漢賦與漢代辭書研究

于淑娟 著

商務印書館
The Commercial Press

圖書在版編目（CIP）數據

漢賦與漢代辭書研究 / 于淑娟著. —北京：
商務印書館，2023
ISBN 978 - 7 - 100 - 21881 - 8

Ⅰ.①漢⋯　Ⅱ.①于⋯　Ⅲ.①漢賦—文學研究　②漢語—
辭書—研究—漢代　Ⅳ.①I207.22　②H16

中國版本圖書館 CIP 數據核字（2022）第236122號

漢賦與漢代辭書研究

于淑娟　著

商　務　印　書　館　出　版
（北京王府井大街 36 號　郵政編碼 100710）
商　務　印　書　館　發　行
蘇州市越洋印刷有限公司印刷
ISBN　978－7－100－21881－8

2023年6月第1版　　開本 889×1194　1/32
2023年6月第1次印刷　印張 12½
定價：118.00元

作者簡介

　　于淑娟，畢業于中國人民大學古代文學專業，獲文學博士學位。現任浙江師範大學教授、博士生導師，曾任香港大學文學院、倫敦大學亞非學院訪問學者，長期從事先秦兩漢文學研究、經學研究以及文獻整理工作。在《文學評論》《中華文史論叢》《浙江學刊》《讀書》等刊物上發表學術論文三十多篇；出版專著《韓詩外傳研究》（2015），古籍整理著作《白香詞譜》（2018）、《山帶閣注楚辭》（2019）、《楚辭燈》（2019）、《遊山日記》（2021）等。主持兩項國家社會科學基金課題、一項教育部社會科學基金課題，擔任一項國家社會科學基金重大項目子課題負責人。

國家社會科學基金項目成果

（項目批准號：12CZW023）

浙江師範大學出版基金資助

（Publishing Foundation of Zhejiang Normal University）

浙江師範大學中國語言文學一流學科建設成果

浙江師範大學江南文化研究中心建設成果

目　錄

導　言

漢賦研究的小學視角

文字是一切文學作品的載體，文學作品又是文字的藝術，正如劉勰所論，文字是"言語之體貌，而文章之宅宇"①，故《文心雕龍》專設《練字》篇，討論文學作品語言文字的得失優劣。文字始終是評價文學作品的重要標準，也是不可或缺的研究視角，所謂"推論文學，以文字爲準"②。中國古代的衆多文體中，漢賦文字以其汪瀁博富、瑋麗瑰奇而著稱，皇甫謐《三都賦序》將賦作稱爲"美麗之文"。語言文字的盛衰與賦體的消長關係密切，因而從小學的角度深入研究漢賦的文體特點，不失爲一個恰當的視角。

第一節　漢賦小學研究的歷史與現狀

賦學研究肇始於漢代，歷經兩千年，成果堪稱浩繁。對漢賦與小學關係的探討雖時日久遠，但相比於漢賦的思想、藝術乃至文化研究，仍非常薄弱。早在二十世紀初期，章太炎《國故論衡》已指

---

① 范文瀾:《文心雕龍注》，人民文學出版社，1958年，第623頁。
② 章太炎:《國故論衡·文學總略》，上海古籍出版社，2003年，第50頁。

出"小學亡而賦不作"[1]，然而大多數學者仍將小學作爲解讀漢賦的工具，只在漢賦的校注疏證中使用。萬曼《辭賦起源：從語言時代到文字時代的橋》一文，探討了漢賦"口誦特徵"對辭賦作品的影響，是較早地從小學角度探討漢大賦的專論文章。[2] 此外，魯迅《漢文學史綱要》在第一節《自文字至文章》中，開篇即論文字對文學特點的影響："其在文章，則寫山曰崚嶒嵯峨，狀水曰汪洋澎湃，蔽芾蔥蘢，恍逢豐木，鱒魴鰻鯉，如見多魚。"[3] 張世祿《中國文藝之變遷論》一書中，也認爲漢賦與文字學的關係較爲密切，並指出漢賦的消長與小學的盛衰有關，原因在於漢字字形來源於圖畫，詞賦文體之美的根源之一在於字形之美。[4] 這些都是非常有意義的探討，但惜篇幅極簡短，寥寥數百字，難以深入腠理，更難及肺腑。

二十世紀八十年代，簡宗梧《漢賦源流與價值之商榷》一書探討了漢大賦語言"各憑其聲，各安其意，各製其字"[5]的特點，並指出漢賦瑋字的本質是當時漢賦中的口語詞彙，其形成是文字假借、轉注、孳乳、增益的結果，也與"人心好異"相關，興起於西漢，在東漢盛極而衰。這是從小學視角研究漢賦的具有劃時代意義的成

---

① 章太炎：《國故論衡・辨詩》，上海古籍出版社，2003年，第92頁。
② 萬曼：《辭賦起源：從語言時代到文字時代的橋》，《國文月刊》1947年第59期，第19—21頁。
③ 魯迅：《漢文學史綱要》，人民文學出版社，1977年，第3頁。
④ 張世祿：《中國文藝之變遷論》，商務印書館，1933年，第61—62頁。
⑤ 簡宗梧：《漢賦源流與價值之商榷》，（台北）文史哲出版社，1980年，第60頁。

果，其深入程度前所未有。萬光治的專著《漢賦通論》中有《漢賦用字造語之謎》①一章，探討了漢賦與漢代文字學的關係，從漢代文字學的進化及復古心理的角度，來解釋漢賦好羅列具體名詞及語言復古的傾向。這是大陸學者從文字學角度研究漢賦的有益嘗試，今天看來仍有重要的借鑒意義。學者唐子恆也從相同的學術角度，提出了漢賦語言中的兩個問題：一是對口語與書面語分化的促進，二是漢賦語言特色對駢體文的影響。②另一篇《漢大賦中爲何多奇文僻字?》，專門探討漢大賦中奇文僻字的來源，指出漢代的政治思想、寫作目的與賦的文體特點是主要成因，此外也與漢賦的口語特色關係密切。③二十一世紀以來，更多學者發現了漢代小學與漢大賦的深層關聯，如趙昌平提出，對文字本質屬性的認識影響了漢大賦的創作，並高屋建瓴地指出中國古代“文學與辭書編纂這種由義及形，由形及音同步發展的現象”④；陳松青《先秦兩漢儒學與文學》⑤認爲，漢代語言文字學的發展既成就了漢大賦的壯麗之美，也體現了賦作者對語言本體的過度追求，反映出漢大賦創作中落後的語言觀念。文字學研究者也注意到了小學與漢大賦的關聯，較爲深入的研究成

① 萬光治：《漢賦通論》，巴蜀書社，1989年，第295—329頁。
② 唐子恆：《關於漢賦語言的兩點思考》，《文史哲》，1990年第5期，第37—39頁。
③ 唐子恆：《漢大賦中爲何多奇文僻字?》，《福建論壇》（文史哲版），2000年第3期，第35—37頁。
④ 趙昌平：《“意匠”說與中國詩學“形式”批評的特點——兼論〈文賦〉、〈文心雕龍〉下篇的義脈》，《唐代文學研究》（第十輯），廣西師範大學出版社，2004年，第579頁。
⑤ 陳松青：《先秦兩漢儒學與文學》，湖南師範大學出版社，2004年。

果當數易敏的兩篇論文:《〈說文解字〉與前期漢賦用字》[①]旨在通過總結漢大賦用字特點,探討《說文解字》的收字原則;《〈文選〉漢大賦用字中的義符類化現象》[②]則關注漢大賦中漢字義符類化的現象,認爲這對漢賦的形式特點起到了促進作用,是一種積極的修辭技巧,但同時也給閱讀帶來一定的困難。

上述成果既是漢賦文字特點及其與小學關係研究的先聲,亦是後學者的研究基礎。但就目前的漢賦研究而言,對這一問題系統深入的研究尚未全面展開。探討漢大賦與小學並行發展的過程中,兩者或隱或顯的文本互動和呼應,總結漢賦在文字、詞語、修辭乃至結構上更深微具體的文體特點,考察社會制度對小學與漢賦的影響,這是本書的立足點,也是研究的重點。

第二節　漢賦與辭書發展的同時共運

漢代是中國古代文字整理與研究的重要發展時期,留存至今的中國第一部辭書《爾雅》是"戰國至西漢之間的學者累積編寫而成的"[③],它標誌着訓詁學的獨立,也是中國古代辭書編纂的起點。《爾雅》主要是對先秦經傳、子書的訓詁,因此《漢書·藝文志》將之

---

① 易敏:《〈說文解字〉與前期漢賦用字》,載馬景侖、薛正興主編:《樸學之路:徐復教授90壽辰學術討論會論文集》,江蘇教育出版社,2004年,第224—232頁。

② 易敏:《〈文選〉漢大賦用字中的義符類化現象》,《北京師範大學學報》(人文社會科學版),2002年第4期,第110—114頁。

③ 周祖謨:《爾雅校箋·序》,雲南人民出版社,2004年,第1頁。

歸入《六藝略》，系於《孝經》類。經傳類辭書在西漢發展迅速，除《爾雅》外，又有《小爾雅》列於《孝經》之下。揚雄的小學著作《方言》也可歸入此類，因"漢代訓詁，不光以今語解古語，也包括古字的解讀，包括古文和今文的破讀"[1]，故魏人孫炎注《爾雅》、張揖作《廣雅》均徵引《方言》，後來《隋書‧經籍志》也將之歸入儒家經部《論語》類而非小學類。在漢代，用於發蒙識字的字書編纂也極爲興盛，據《漢書‧藝文志》所錄，漢初有《蒼頡》《爰歷》《博學》，漢人合稱之爲"三蒼"。漢武帝至漢成帝時期，字書編撰有明顯的發展，主要有司馬相如《凡將篇》、史游《急就篇》、李長《元尚篇》、揚雄《蒼頡傳》《蒼頡訓纂》等。

考察上述辭書作者的生活年代可知，西漢辭書編纂自漢武帝至成帝間最爲繁盛，重要的小學家如司馬相如、史游、揚雄等皆在這一時期。這一時期也是漢大賦創作的興盛階段，不僅有司馬相如、王褒、揚雄等有代表性的賦家，還有很多以辭賦見長的文人，正如班固《兩都賦序》所言：

　　故言語侍從之臣，若司馬相如、虞丘壽王、東方朔、枚皋、王褒、劉向之屬，朝夕論思，日月獻納；而公卿大臣，御史大夫倪寬、太常孔臧、太中大夫董仲舒、宗正劉德、太子太傅蕭望之等，時時間作。或以抒下情而通諷諭，或以宣上德而盡忠

---

① 李零：《蘭臺萬卷——讀〈漢書‧藝文志〉》，生活‧讀書‧新知三聯書店，2011年，第58頁。

孝，雍容揄揚，著於後嗣，抑亦《雅》、《頌》之亞也。故孝成之世，論而錄之，蓋奏御者千有餘篇，而後大漢之文章，炳焉與三代同風。①

這是西漢時期漢大賦鼎盛時期的創作情況，劉勰概述爲"枚馬同其風，王揚騁其勢，皋朔已下，品物畢圖。繁積於宣時，校閱於成世，進御之賦千有餘首"②。這一時期辭賦的輝煌繁盛，從劉向、劉歆父子的書目文獻記載中也可見一斑，《漢書·藝文志·詩賦略》共收錄辭賦七十八家、一千零四篇，即是明證。劉向、劉歆父子曾奉校秘書，故其記載當可據信。漢人辭、賦並稱，這當中雖混雜楚辭類及《成相》體賦作，但漢賦作品數量之豐碩，則自不待言。

東漢時期的漢賦創作也蔚然可觀，上引班固《兩都賦序》之語，表達的正是東漢文人對西漢時辭賦創作盛況的豔羨與追懷。東漢時期賦家與賦作的規模不減西漢，據現存賦作篇目爲準進行統計，東漢時期共有賦家八十七人、賦作三百二十九篇③，如果算上亡佚之作，則其數量將極爲可觀。東漢前期，漢賦的創作已較爲繁榮，這一時期的代表作家有班彪、馮衍、杜篤、梁竦、傅毅、崔駰等人。東漢中後期賦作家與作品數量較前更勝，如李尤、張衡、崔瑗、馬融、皇甫規、崔琦、崔寔、王延壽等等，皆爲東漢賦家巨擘。

① 蕭統編，李善注：《文選》，上海古籍出版社，1986年，第2—3頁。
② 范文瀾：《文心雕龍注》，人民文學出版社，1958年，第134—135頁。
③ 孔德明：《漢賦的生產與消費研究》，光明日報出版社，2013年，第30頁。

　　東漢小學著作亦進入鼎盛時期，漢賦創作與辭書編纂的興盛期有較明顯的重合。《漢書·藝文志》中，小學類十家四十五篇，其中有目之作十二種。東漢小學著作總量雖不能與西漢頡頏，但據姚振宗《後漢藝文志》記載：小學類共五門二十一家二十七部；注續前代字書之屬，共五家十七部；新舊字書兼解釋之屬，共七家八部；新撰字書之屬，共五家七部。①在漢賦創作較爲繁榮的東漢前期，有東平王劉蒼《別字》、曹壽《急就篇解》、杜林《蒼頡訓纂》《蒼頡故》、衛宏《詔定古文官書》、王育《史籀篇解說》、班固《續倉頡篇》。東漢中後期辭賦創作繁興，和帝時期許慎的《說文解字》是東漢辭書的高峯，劉熙《釋名》、酈炎《酈篇》《州篇》、賈魴《字屬篇》②、服虔《通俗文》、馬日磾《群書古文》、賈逵《修理倉頡舊史》、崔瑗《飛龍篇》、孝靈皇帝《皇羲篇》、蔡邕《聖皇篇》《勸學篇》等，與《說文》一同，形成了數量、質量都頗爲可觀的辭書編纂盛況。

　　胡適在談到文學發展時，認爲首要的是文字問題："我們認定文字是文學的基礎，故文學革命的第一步就是文字問題的解決。"③回顧並對比漢賦與漢代辭書的發展，兩者的繁盛期有明顯的重合，加之或明或暗的衆多關聯，更表明漢賦與小學之間確有相互作用、相互影響的一面。

---

①　姚振宗：《後漢藝文志》卷一，民國適園叢書刻本。
②　賈魴另有《滂喜》《異字》二書，不見於姚振宗《後漢藝文志》。
③　胡適著，朱自清評：《胡適文選》（下册），中國文史出版社，2013年，第248頁。

第三節　漢賦家與小學家的身份重合

　　漢代辭書編纂與大賦創作的同時共運，還有一個既是表象也是內因的不爭事實：漢賦與辭書的創作主體往往是重合的，漢賦家同時是小學家，在兩個不同的領域縱橫馳騁，兼長並擅。劉勰在《文心雕龍·練字》中即談到賦家對小學的學習和掌握："及宣成二帝，徵集小學，張敞以正讀傳業，揚雄以奇字纂訓，並貫練《雅》《頌》，總閱音義。鴻筆之徒，莫不洞曉。"[1]這裏的鴻筆之徒，即指漢代賦家，而司馬相如、揚雄、班固、崔瑗、蔡邕等，皆是賦家通曉小學之顯例。漢賦家編纂辭書之例極爲常見，司馬相如撰《凡將篇》，揚雄撰《方言》《訓纂》，班固撰《續訓纂》《太甲篇》《在昔篇》，崔瑗撰《飛龍篇》，張衡曾注《蒼頡篇》，蔡邕撰《聖皇篇》《黃初篇》《吳章篇》《女史篇》等。東漢以來，以小學、經學著稱的學者也往往長於作賦，張衡有《周官訓詁》，馬融注《孝經》《詩經》《論語》《易經》《三禮》《尚書》及《老子》《淮南子》《離騷》等，服虔通經而作賦，《後漢書·服虔傳》稱其"所著賦、碑、誄、書記、《連珠》、《九憤》，凡十餘篇"[2]。這些都是漢代學者型賦家的代表。清人阮元《四六叢話·後序》中也論述了這種現象："綜兩京文賦：諸家莫不

① 范文瀾：《文心雕龍注》，人民文學出版社，1958年，第623—624頁。
② 范曄：《後漢書》，中華書局，1965年，第2583頁。

洞穴經史，鑽研六書，耀采騰文，駢音麗字。"① 這顯然是把小學、經史之學視作漢賦家必備的學養。

小學、經學與賦作，看似分屬不同的領域，但實際上後兩者皆以小學爲基礎。漢賦文辭瑋麗繁富，要求作者必須有極豐富的文字知識，才有可能創作出鋪陳事物、窮形盡相的大賦。經學是對古代儒家經典的閱讀和研究，當然要以文字爲基礎，而漢代辭書中本有一部分隸屬於經學，如《爾雅》《小爾雅》兩辭書，《藝文志》皆歸入《孝經》類。這類辭書從嚴格意義上來講，與字書有所不同，學界一般持"《爾雅》爲訓詁學"② 的觀點。漢代教育中，發蒙首讀小學類字書，即三蒼類等，之後再讀《論語》《孝經》，《爾雅》則是輔助經學學習的訓詁類辭書。王先謙《後漢書集解·荀爽傳》：

> 至後漢，經學益盛。《儒林傳》："自期門羽林之士，悉令通《孝經》章句。"司隸有《孝經》師。《蓋勳傳》："（宋梟）曰：'涼州寡於學術，屢致反暴，今欲多寫《孝經》，令家家習之。'"雖被詔責，要可見漢制誦《孝經》遍天下也。何休、鄭康成、馬融俱有《孝經注》，高誘有《孝經解》，劉熙有《孝經注》，皆後漢之治《孝經》學者。③

東漢時期，地方官中專門設有"孝經師"，在官方的推動下，《孝經》

---

① 孫梅著，李金松校點：《四六叢話》，人民文學出版社，2010年，第2頁。
② 胡樸安：《中國文字學史》，上海書店，1983年，第22頁。
③ 王先謙：《後漢書集解》，中華書局，1984年，第718頁。

成爲家喻戶曉的常見書籍，身爲官吏，必然通曉《孝經》。王國維在《漢魏博士考》中有論：“且漢時有受《論語》《孝經》、小學，而不受一經者；無受一經而不先受《論語》《孝經》者。”①漢人要經過多年的學習，得入小學堂奥，通曉《論語》《孝經》，然後才對一兩門經學甚或五經專心研習，最終成爲儒學經師或文學才士。漢代經學之風大熾，學經者小學基礎深厚，這也爲漢賦的創作與接受提供了條件，成爲漢賦繁盛的土壤。因而漢賦家具備深厚的小學及經學素養，甚至本身就是小學家、經學家，也就不足爲奇了。

前人對漢賦創作需要通贍博雅的才學有深刻認識，謝榛即指出：“漢人作賦，必讀萬卷書，以養胸次。《離騷》爲主，《山海經》、《輿地志》、《爾雅》諸書爲輔，又必精於六書，識所從來，自能作用。”②此處所說的《爾雅》、六書，即是指小學的學養積累。《文心雕龍・神思》也指出文學創作必須“積學以儲寶，酌理以富才，研閱以窮照，馴致以懌辭”③。懌辭是指運用文辭，在劉勰看來，這取決於創作主體所積累的才學。范文瀾指出：

> 稟經酌緯，追騷稽史，貫穿百氏，氾濫眾體，巨鼎細珠，莫非珍寶，然聖經之外，後世撰述，每雜邪曲，宜斟酌於周孔之理，辨析於毫釐之間，才富而正，始稱妙才。④

① 王國維：《王國維全集》第八卷，浙江教育出版社、廣東教育出版社，2010年，第110頁。
② 謝榛：《四溟詩話》卷二，叢書集成初編，中華書局，1985年，第35頁。
③ 范文瀾：《文心雕龍注》，人民文學出版社，1958年，第493頁。
④ 范文瀾：《文心雕龍注》，人民文學出版社，1958年，第498—499頁。

范氏臚列文學創作所需之才學，經史、楚辭、諸子皆在其中，辨析義理時更當以儒家經義爲準，這些必然以小學爲根基。漢賦宏富豐贍的文體特點，要求創作者必須有過人的知識學養，小學是必不可少的基礎。

第四節　漢代賦作與辭書的異質同構

漢賦是講求文辭情采、注重寫物圖貌的文學作品，辭書是用來記載字的形音義及詞語的意義、概念、用法的工具書，兩者的性質有根本的不同。但在思維特點和結構形式上，兩者卻高度相似。

辭書的結構有“分別部居”、以類相從的特點。《爾雅》《小爾雅》《蒼頡篇》《急就篇》《釋名》等，表現出漢代人們對文字清晰的義的分類意識。《說文解字》屬於個例，是以文字的部首分類相從。文字是文學創作的基本要素，漢人對文字的認識及編纂，也深深影響了被稱爲“一代之文學”的漢賦，這種以類相從的現象在漢賦中非常普遍，大賦往往對山川、宮室、器具、物產等作同類事物的羅列鋪陳。這反映出辭書編纂與漢賦創作在思維上的一致性，即以分類描述的方式呈現事物。

相同的思維特點與結構形式使漢賦與漢代辭書有些字句頗爲相似，以司馬相如《上林賦》中敘寫樹木的一段文字爲例：

於是乎盧橘夏熟，黃甘橙楱。枇杷橪柿，樗奈厚樸。樗棗楊梅，櫻桃蒲陶。隱夫薁棣，答遝離支。羅乎後宮，列乎北園。
貤丘陵，下平原。揚翠葉，扤紫莖。發紅華，垂朱榮。煌煌扈
扈，照曜鉅野。沙棠櫟櫧，華楓枰櫨。留落胥邪，仁頻並閭。
欃檀木蘭，豫章女貞。長千仞，大連抱。夸條直暢，實葉葰楙。
攢立叢倚，連卷欐佹。崔錯癹骫，坑衡閜砢。垂條扶疏，落英
幡纚。紛溶箾蔘，猗柅從風。①

對比辭書中的樹木類字詞，如北大藏西漢竹書《蒼頡篇》"松柏橎槭，
桐梓杜楊。鬱桙桃李，棗杏榆柰"，《急就篇》"梨柿柰桃待露霜"，
可以看到，漢賦與辭書都喜好羅列同類名詞，都有以類相從的結構
特點。而漢字象形的特徵使同類名詞大多擁有相同的部首，故漢賦
羅列事物的段落與辭書極爲相似，這也是所謂"辭賦小學，同源共
流"②的重要表徵之一。

漢賦和辭書在字句結構上的相似，透露着相同的以類相從的思
維特點，反映出漢人對文學與文字關係的理解，以及獨特的審美傾
向。兩者在句式、段落以及時空上的結構異同，是辭賦研究不可或
缺的角度與內容，對兩者關係深入而細緻的剖析，或將揭示一些深
隱於文本中的文體特點與文學理念。

漢賦研究源遠流長，作爲漢代蔚爲大觀的新興文學樣式，因文
體獨特且成就巨大，乃至有一代文學之稱。清人焦循首倡此說："余

---

① 蕭統編，李善注：《文選》，上海古籍出版社，1986年，第368—369頁。
② 駱鴻凱：《文選學》，中華書局，1937年，第292頁。

嘗欲自楚騷以下，至明八股，撰爲一集，漢則專取其賦，魏晉六朝至隋則專錄其五言詩，唐則專錄其律詩，宋專錄其詞，元專錄其曲，明專錄其八股，一代還其一代之所勝。"① 王國維對此特加贊賞，在《宋元戲曲考》的序言中以"一代文學"稱之，並由此爲後世所熟知。漢之後，魏晉南北朝至唐宋元明的一千四百餘年中，賦的創作呈現由盛轉衰的大勢，但對賦的研究卻始終處在發展當中。早在漢代，賦家如司馬相如、揚雄、王充、班固等，撰寫賦作的同時，亦間有賦論，雖大多是只言片語，但已論及漢賦的藝術特徵、思想內容以及創作、文體等重要問題。魏晉南北朝時期，賦論雖不乏其篇，如《文心雕龍·詮賦》《三都賦序》等，但總體數量較少，仍處於發展早期。唐宋是賦論緩步發展的時代，專著仍處於空白階段，但史籍、文集和筆記中的賦論比之前大大增多。元代是賦論發展的重要時期，祝堯的《古賦辨體》作爲漢賦作品選集及專論，標誌着賦論的進一步獨立、成熟。明代雖無專書，但詩話中多有長篇賦論，如《藝苑卮言》《詩藪》中都有整卷的賦論。清代賦學研究進入繁榮時期，重要標誌之一是大量賦論文章及論著的出現，前者如沈德潛《賦鈔箋略序》、章學誠《漢志詩賦》、張惠言《七十家賦鈔目錄序》、康紹鏞《七十家賦鈔序》等，專著類如程廷祚《騷賦論》、李調元《賦話》、王芑孫《讀賦卮言》、孫奎《春暉園賦苑卮言》、浦銑《復小齋賦話》、林聯桂《見星廬賦話》等。這些研究成果的深度與廣度

---

① 焦循：《易余籥錄》卷十五，轉引自陳良運主編：《中國歷代賦學曲學論著選》，百花洲文藝出版社，2002年，第1033頁。

超過了之前任何一個時代，真正使賦學成為與詩學、文章學並立的專門之學。二十世紀前半期，近現代研究者如王闓運、林紓、章太炎、劉師培、陳去病、金秬香、陶秋英、魯迅、聞一多、朱光潛等，對漢賦亦有新知卓見。自二十世紀八十年代以來，賦學研究無論是研究的數量還是品質，都有長足的進步。賦學研究專著多達百餘種，學術論文兩千篇左右，碩士、博士學位論文兩百餘篇，賦學研究臻於全面深入。

　　前賢篳路藍縷，後學自當奮勇向前。綜觀漢賦研究的歷史，小學與漢賦的關係研究仍是有待拓展與深耕的領域。全面深入地探討漢代辭書與漢賦發展同時共運的現象，辨析這一現象背後的深層原因，總結漢賦創作與漢代辭書編纂之間的互動影響，揭示小學與文學間的關聯，或將能為日漸輝煌的漢賦研究增加一道微光。

第一章

漢賦字形及其與漢代辭書的關聯

　　文字是文學作品最小的語言單位，具有形、音、義三個要素，字形、音韻、訓詁共同構成了傳統小學的主要內容。"諷誦則績在宫商，臨文則能歸字形矣"[1]，文學作品口耳傳誦時依賴語音，但語音具有暫時性，它轉瞬即逝，在傳播的穩定性與長久性上，始終不能與書面文字相媲美。面對流存於世的文學作品，人們最重視的當然是文字傳達的意義，但仍需要依據字形，方能最終抵達字義。漢賦文字也一樣，同時兼有記音、表義的功能，但歸根到底，一旦書於竹帛，必然要以字形爲載體。字形是文字最直觀的呈現，也是我們深入研究文學作品的重要依據。漢賦的文體特點之一是體物寫貌、抒情達志，因此對事物的鋪陳極爲繁複，力求以窮形盡相的描寫，再現事物形貌，抒發作者情志，正如劉勰《文心雕龍·詮賦》所言："物以情觀，故詞必巧麗。"漢賦用詞之"巧麗"不僅表現在詞義上，也直接呈現在字形中，它透露着漢賦家對語言文字與文學創作關係的獨特理解。漢代文學作品非常注重字形的選擇，即便是記音文字，也並非隨意選用，

---

① 范文瀾:《文心雕龍注》，人民文學出版社，1958年，第624頁。

"漢代文史典籍對於相關語種所涉名物的處理，采用的是音譯與意譯疊加重合的方式。所用的漢字一方面具有標示讀音的功能⋯⋯另一方面，這些漢字還有表意功能"[①]。漢賦字形具有鮮明的特點，不同賦作中相同詞彙的字形並不完全相同，與辭書記錄的字形也互有異同。在考察漢賦字形時，對比辭書，總結漢賦的文字運用特點，是探討漢賦與辭書內在關係的角度之一。

第一節　漢賦聯綿字的同詞異形現象及其淵源與影響

　　漢賦是先秦兩漢時期最集中、最大量使用聯綿字的文學作品。先秦時期，《詩經》《離騷》中已經出現了聯綿字。構成聯綿字的兩個文字，在字音、字形及字義上都有較爲鮮明的特點：字音多爲雙聲疊韻，富於韻律；形符有時相同，字形多變，同詞異形現象非常普遍；字義上兩字不可分訓，共同表達一個完整的意義。聯綿字的這些特點，決定了一旦用於鋪陳描繪事物，在形、音、義上都有獨特之處。漢賦大量運用的聯綿字中，有一些高頻詞，這就爲我們考察字形的發展變化提供了可能。一般認爲聯綿字的字形變化是因爲記音的特點所致，這是正確的，但對比漢賦聯綿字與先秦典籍、漢代辭書的異同，會發現漢賦聯綿字字形變化自有其承傳和內在規律，且與辭書編纂有一定的關聯。

---

① 李炳海：《音譯與意譯的疊加重合——漢代文史典籍對相關語種所涉名物的處理》，《文學遺產》，2015年第3期，第49頁。

一　漢賦中的聯綿字同詞異形現象及其内在規律

漢賦聯綿字字形相異的現象比較複雜，既有不同作家作品間的同詞異形現象，也有同一作家的作品中的同詞異形現象。[①] 前者如：

大鈞播物兮，坱圠無垠。

——賈誼《鵩鳥賦》

騷擾衝蓯其相紛挐兮，滂濞泱軋麗以林離。

——司馬相如《大人賦》

據軨軒而周流兮，忽軮軋而亡垠。

——揚雄《甘泉賦》

坱圠、泱軋、軮軋，是同一個聯綿字在三個不同漢賦家作品中的三種形態。

後者如：

消搖乎襄羊，降集乎北紘。

——司馬相如《上林賦》

夫何一佳人兮，步逍遙以自虞。

——司馬相如《長門賦》

消搖、逍遙，是同一個聯綿字在同一個漢賦家不同作品中的兩種形態。

---

① 漢賦文本散見於《史記》《漢書》《文選》等，費振剛、胡雙寶、宗明華輯校，北京大學出版社1993年出版的《全漢賦》，是一本"收錄完整、文字準確的漢賦校勘本"（見《全漢賦》第4頁），故除特別標註外，本節所論漢賦字形以此書爲據。

以上這兩種現象多見於漢賦，但同一詞語的書寫形式不同，與漢代文字尚未完全規範的時代文化背景、作家的文字知識與主觀意圖、不同時代版本的傳抄等諸多因素有關，情況較爲複雜。一般情況下，同一作家對同一個詞的字形掌握和運用應該是一致的，但事實上同一作家的不同作品中卻出現了同一個聯綿字字形相異的現象，甚至出現了同一作家同一篇作品中同一個聯綿字的字形相異現象，這就大大降低了因版本不同、字形傳抄等致異的可能，更多與漢賦家創作時自覺的字形選擇與運用相關。對同一作家不同或同一賦作中的聯綿字字形相異現象加以對比考察，是研究漢賦聯綿字字形更爲可靠有效的方法。

粗略統計《全漢賦》，以下表同一作家賦作中的同詞異形聯綿字二十七組[①]爲例：

《全漢賦》同一作家所用部分同詞異形聯綿字

聯綿字	例句	出處
蘪蕪	江離蘪蕪	司馬相如《子虛賦》
蘼蕪	糅以蘼蕪	司馬相如《上林賦》
陁靡	登降陁靡	司馬相如《子虛賦》
施靡	登降施靡	司馬相如《上林賦》
咇茀	晻薆咇茀	司馬相如《上林賦》
潰弗	潰弗宓汨	司馬相如《上林賦》

---

① 本節旨在探討聯綿字的字形選擇特點，同一作家同一作品中的聯綿字尤其重要，故選取比較重要的賦作家做部分統計論述，未窮盡所有。

續表一

聯綿字	例句	出處
消搖	消搖乎襄羊	司馬相如《上林賦》
逍遙	步逍遙以自虞	司馬相如《長門賦》
宛潬	宛潬膠盭	司馬相如《上林賦》
婉僤	象輿婉僤於西清	司馬相如《上林賦》
怳忽	芒芒怳忽	司馬相如《上林賦》
荒忽	西望崑崙之軋沕荒忽兮	司馬相如《大人賦》
怵削	眇閻易以怵削	司馬相如《上林賦》
戌削	揚袘戌削	司馬相如《子虛賦》
毒冒	罔毒冒，釣紫貝	司馬相如《子虛賦》
瑇瑁	象瑇瑁之文章	司馬相如《長門賦》
猗柅	猗柅从風	司馬相如《上林賦》
猗抳	又猗抳以招搖	司馬相如《大人賦》
軋沕	西望崑崙之軋沕荒忽兮	司馬相如《大人賦》
軋芴	繽紛軋芴	司馬相如《上林賦》
仿佛	時仿佛以物類兮	司馬相如《長門賦》
髣髴	若神之髣髴	司馬相如《子虛賦》
谽呀	谽呀豁閜	司馬相如《上林賦》
谽谺	通谷㛹乎谽谺	司馬相如《哀二世賦》
膠葛	張樂乎膠葛之㝢	司馬相如《上林賦》
膠輵	雜遝膠輵以方馳	司馬相如《大人賦》
偓佺	偓佺杪顛	司馬相如《上林賦》
偓㑊	掉指橋以偓㑊兮	司馬相如《大人賦》
縣連	翩縣連以牢落兮	王褒《洞簫賦》

續表二

聯綿字	例句	出處
縣聯	縣聯漂撇	王褒《洞簫賦》
膠葛	齊總總撙撙，其相膠葛兮	揚雄《甘泉賦》
膠輵	虝虎之陳，從橫膠輵	揚雄《羽獵賦》
嵾差	增宮嵾差	揚雄《甘泉賦》
參差	五矼參差	揚雄《蜀都賦》
連卷	扶施連卷	揚雄《蜀都賦》
連蜷	蛟龍連蜷於東厓兮	揚雄《甘泉賦》
崑崙	升崑崙以散髮兮	揚雄《太玄賦》
昆侖	白虎敦圉虖昆侖	揚雄《甘泉賦》
駱驛	駱驛飛散	傅毅《舞賦》
絡繹	絡繹相屬	傅毅《洛都賦》
窈窕	窈窕繁華	班固《西都賦》
杳篠	又杳篠而不見陽	班固《西都賦》
的皪	增芙蓉之紅花兮，光的皪以發揚	張衡《舞賦》
的礫	離朱唇而微笑兮，顏的礫以遺光	張衡《思玄賦》
飂戾	鹹洇飂戾沛以罔象兮	張衡《思玄賦》
滼淚	滼淚減汨	張衡《南都賦》
聯翩	繽聯翩兮紛暗曖	張衡《思玄賦》
連翩	連翩駱驛	張衡《舞賦》
璘彬	瑀珉璘彬	張衡《西京賦》
璘㻞	玩赤瑕之璘㻞	張衡《七辯》
夭紹	夭紹紆折	張衡《七辯》
便紹	便紹便娟	張衡《南都賦》

續表三

聯綿字	例句	出處
要紹	要紹修態	張衡《西京賦》
魍魎	螭魅魍魎	張衡《西京賦》
蜎蜎	驚蜎蜎，憚蛟蛇	張衡《西京賦》

　　漢賦中聯綿字同詞異形的現象比較普遍，司馬相如、揚雄、張衡賦作中比較多見，其餘如王褒、傅毅、班固等人的賦作中也時有出現。文字形式的選擇與運用往往受一定規律的支配，結合漢賦上下文，對比分析聯綿字的同詞異形現象，會發現漢賦家的聯綿字字形選擇並非隨心所欲，而是有一定的規律。

　　（一）隨物賦形

　　現有研究多從漢字的通假、記聲來解釋聯綿字字形變化的原因，這固然是正確的，但漢字本身屬於象形文字，很多聯綿字的字形選擇不僅僅依據語音，也包含着對字形含義的考量。"作爲記錄漢語的漢字，其表意功能是永恆的、絕對的，而表音功能是暫時的、相對的。由形及義的認字方式對漢字始終是適用的，是無條件的。"[1]這種由形及義的方式也同樣適用於漢賦中聯綿字的字形選擇。漢賦家雖然有自由選擇和運用文字的空間，卻並非是無所依憑、隨心所欲地決定字形。將漢賦聯綿字的同詞異形現象放置在文本中加

---

[1]　陶健：《試論漢人思維方式對漢字的影響》，《鄭州大學學報》（哲學社會科學版），1988年第6期，第50頁。

以考察，可以非常清晰地看到，漢賦字形往往依據描寫對象而有不同的變化。

漢賦聯綿字所描繪的事物往往與字形的形態密切相關，以膠葛與膠輵爲例，《上林賦》："置酒乎顥天之臺，張樂乎膠葛之寓。"其中"膠葛"二字，司馬貞《索隱》："郭璞云：言曠遠深貌也。"寓指屋，這裏是指樂隊陳設於空闊深邃的室宇之中。"膠葛"一詞最早見於《楚辭·遠游》："騎膠葛以雜亂兮。"王逸注："一作轇輵。"洪興祖補注："轇，音膠。輵，音葛。車馬喧雜貌。一云：猶交加也。一曰：長遠貌。一曰：驅馳貌。"膠葛寫作轇輵，有時亦作膠輵，如司馬相如的另一篇《大人賦》："紛湛湛其差錯兮，雜遝膠輵以方馳。"顔師古注："膠輵猶交加也。"上引洪興祖補注當出於此。《全漢賦校注》："交錯糾纏的樣子。"[1] 這兩句描寫的是車騎紛紛、縱橫雜錯、交相並馳的情景。將"膠葛"寫作"膠輵"，與"輵"字的本義相關，《集韻》："輵，車疾皃。""膠輵"的字形、字義與車馬並馳的場面描寫更相適宜。

無獨有偶，"膠葛"與"膠輵"的字形差異，也同樣出現在揚雄的賦作中。《甘泉賦》："齊總總撙撙，其相膠葛兮，猋駭雲訊，奮以方攘。"這幾句是描寫人群的衆多聚合，紛然錯雜，如猋風駭起，如雲浪奮迅，又疾速地奔離分散，"膠葛"有交加之義。揚雄《羽獵賦》："方馳千駟，狡騎萬師。虓虎之陳，從橫膠輵。"這幾句極寫師

---

① 費振剛、仇仲謙、劉南平：《全漢賦校注》，廣東教育出版社，2005年，第122頁。

旅之衆，成千上萬的車馬、騎卒矯健並馳，勇猛士卒縱橫交錯，列陣以待。將"膠葛"寫作"膠輵"，字形與車馬、士卒的陣旅正相對應。對比司馬相如、揚雄賦作中膠葛、膠輵的運用，可以看到相同的思路：依據所描寫的事物而精心選取相關字形。

再如聯翩與連翩。聯與連是古今字，段玉裁認爲："周人用聯字，漢人用連字，古今字也。"實際上，漢代典籍中仍有使用"聯"字的情況，如《漢書·趙充國傳》："臣恐羌變未止此，且復結聯他種，宜未及然爲之備。"即用"聯"而非"連"字。張衡《思玄賦》："雲霏霏兮繞余輪，風眇眇兮震余旗。繽聯翩兮紛暗暧，倏眩眃兮反常閭。""聯翩"義指連續不斷。這四句主要描寫雲氣盛大，風吹之而連綿不斷，縈繞車駕，忽使前路昏暗不明，抒情主人公祇好返回故鄉。《說文》："聯，从絲，絲連不絕也。"因描寫的是雲霧繚繞、連續不斷之狀，故用"聯"字。"聯"與"繽"字皆從絲，更能直觀呈現賦作所要描寫的雲氣縈繞連綿的情狀。"連翩"一詞見於張衡《舞賦》："連翩駱驛，乍續乍絕。"描寫的是在群舞當中，衆多舞者接連不斷地出現，忽而聚連成一綫，忽而又分散開來的情形。連翩仍有連續不斷之義，但既然是描寫舞蹈的句子，用"連"字，從辵部。《說文》："辵，乍行乍止也。""連"字顯然與此處所描寫的舞蹈形態更爲契合。

漢賦聯綿字隨物賦形的特點使漢賦用字看似隨意，實則不然，這種變化並非毫無理據，往往是根據所描寫的事物與情態選定字形，體現了漢賦家注重漢字字形與描寫對象的一致性。利用漢字的直觀形象性，通過字形的選擇，將文字與物象相匹配，這是極具匠心的巧妙安排。只有深入到文本内部，將字形與意義相結合，才能領會到漢賦家在字形上的苦心孤詣，理解漢賦在形式藝術上的極致追求。但這一現象同時也增加了字形的多變和閱讀的難度，後人因不能深入辨析文字形義的細微差異，故多以"詭異"視之，客觀上並未起到漢賦家預期的藝術效果。

另外也要看到，雖然大多數賦作對聯綿字字形的選擇有隨物賦形的特點，但是也有一些賦作中的聯綿字字形與所描繪的事物並無關聯。如揚雄《甘泉賦》中描寫宮殿時有"增宮嵾差"句，"嵾"字從山部；《蜀都賦》中寫山時有"諸微崛峗，五矶參差"句，"參"字反而並未使用山部。並非所有漢賦聯綿字字形都與描繪對象有關，這需要根據具體文本加以辨析。

（二）字形同化

漢賦聯綿字字形不僅受描寫對象的影響，有時也受上下文字形的影響，出現字形同化的現象。以"猗扺"與"猗柅"爲例，這兩個詞與"旖旎"只是在字形上有差異。但在漢賦中，即便是同一作者筆下，兩詞的字形也並不相同。司馬相如《上林賦》："垂條扶疏，落英幡纚，紛溶萷蔘，猗柅從風，藰莅芔歙，蓋象金石之聲，管籥之音。"此處描寫上林苑樹木繁密茂盛之狀，"猗柅"一詞用來形容樹木隨風搖蕩的柔美之貌。《大人賦》："垂旬始以爲幓兮，曳彗星而爲髾。掉指橋以偃寋兮，又猗扺以招搖。"這兩句描寫的是大人先生以旬始與彗星爲旗，旗幟飄揚搖蕩之狀。在《上林賦》中，因描寫的對象是樹木，"柅"字從木；而在《大人賦》中，描寫的對象是旗幟，其字形則受下文"招搖"二字影響，轉寫爲"扽"，從手部。

漢賦字形既受描寫對象的影響，同時也受上下文字形的影響，這是比較普遍的現象。如"夭紹"與"偠紹"，"夭紹""偠紹""要紹"是同一聯綿字，最早出現的是"夭紹"，《詩經·衛風·月出》："月出照兮，佼人燎兮。舒夭紹兮，勞心慘兮。"夭紹，胡承珙《毛詩後箋》以爲夭紹、要紹相同，馬瑞辰《毛詩傳箋通釋》援引胡氏之說："胡承珙曰：'諸言要紹者，皆與夭紹同。'"①《七辯》："假明蘭燈，指圖觀列。蟬綿宜愧，夭紹紆折。"《全漢賦校注》："夭紹，亦作'要紹'、'偠紹'，形容女子體態輕盈。"② 則"夭紹"描寫的是女子形貌之美。張衡《南都賦》："致飾程蠱，偠紹便娟。"③ 這兩句描寫的是春天男女出游時女子迷人的姿容，"偠紹"一詞亦指體貌之美好。同是形容女子姿容美好，《南都賦》中不用"夭紹"而用"偠紹"，與下文的"便娟"在字形上更爲接近。《七辯》"蟬綿宜愧，夭紹紆折"句中，上下文字形多系部，則"夭紹"與之相一致，運用了《詩經》中原有的字形。

再如"魍魎"與"蜽蛧"，在張衡《西京賦》中都有出現："禁御不若，以知神姦，螭魅魍魎，莫能逢旃。""驚蜽蛧，憚蛟蛇。"同一篇賦作中同一個聯綿字出現了兩次，但字形卻不相同。其中，魍

① 馬瑞辰：《毛詩傳箋通釋》，中華書局，1989年，第418頁。
② 費振剛、仇仲謙、劉南平：《全漢賦校注》，廣東教育出版社，2005年，第787頁、793頁。
③ 蕭統編，李善注：《文選》，上海古籍出版社，1986年，第157頁。

魖、蝄蜽皆爲山川木石精怪之名，但前句描寫鬼神之事，故字形從鬼，與"魅"字形近；後句描寫漁獵之事，故字形改從虫，與"蛟蛇"形近。這是賦家檢字擇形受描寫對象及上下文字形影響的又一顯例。王先謙對這一現象有所總結："凡字有上下相同而誤者，如璿機之爲璿璣，鳳皇之爲鳳凰，宛夕之爲宛夗，展轉之爲輾轉，襃笠之爲簑笠，猒猷之爲猷猷，皆柍柉之類也。"① 當代文字學對這一現象也有探討，有研究者認爲："這些因音見義的詞，其字體原本也大多數沒有形符或形符各異，後來添加了相同的形符或變爲相同的形符，這也首先是人們對這些詞意義的主觀認識及認識統一化後在用字上的反映、記錄的結果，同時也反映了雙音詞在字形上要相搭配的認識。"② "賦家喜歡在不改變讀音的前提下根據描寫對象的意義範疇選用同一形符的形聲字來記錄自己所用的聯綿詞。"③ 以上論述都總結了這一事實：漢賦中的聯綿字字形受到作家對事物主觀認識的影響，也受上下文的字形影響。漢賦家根據作品所描寫的事物屬性以及上下文字形選擇聯綿字字形，這就使漢賦聯綿字字形趨於同化。

（三）形異音同

上表二十七組異形聯綿字，每組全部摘錄於同一作家的賦作，其中十六組聯綿字的字形僅有一字不同，如聯翩與連翩、夭紹與僾

---

① 王先謙：《漢書補注》，中華書局，1983年，第1491頁。
② 賈愛媛：《從"魑魅魍魎"看漢字形符變易的主觀性》，《第三屆"漢字與漢字教育"國際研討會論文集》，萬方數據在線出版，2013年，第461頁。
③ 唐子恆：《漢大賦聯綿詞研究》，《山東大學學報》（人文社會科學版），2002年第1期，第31頁。

紹、的鑠與的皪、璘彬與璘𤩅等；十一組聯綿字的字形兩個都不相同，如宛潬與婉僤、消搖與逍遙、魍魎與蝄蜽、毒冒與瑇瑁等。就聯綿字來看，即便兩個字的字形皆不相同，但主要聲符仍然相同。由於聲符的相同，詞的字音也基本相同。這一特點與聯綿字的表音特點密切相關，正如王力所論：“連綿字中的兩個字僅僅代表單純複音詞的兩個音節。”[①] 郭在貽先生也認爲：“所謂連語，是指用兩個音節來表示一個整體意義的雙音詞，換句話說，它是單純性的雙音詞。”[②] 聯綿字的單純複音詞特點，決定了文字形式的不同並不會導致詞彙的歧義，代表語義的語音既然是相同的，使用同音形近的詞彙，其表義功能並不會受到損害。如陁靡與施靡，現代漢語中“陁”與“施”字音完全不同，但在古音中卻是相同的。《史記·子虛賦》：“登降陁靡。”陁靡，裴駰集解：“音移糜。”《史記·上林賦》：“登降施靡。”王叔岷《史記斠證》：“王先謙曰：施同陁。案：《司馬文園集》施正作陁（或阤字）。”[③] 陁、施古音皆屬餘母歌部，顯然字音也相同。

再如仿佛與髣髴，分別出現在司馬相如的兩篇賦作中，《長門賦》：“時仿佛以物類兮，象積石之將將。”《子虛賦》：“眇眇忽忽，若神之髣髴。”仿佛與髣髴在字形上不同，但聲旁相同。仿，《說文》：“从人方聲。妃罔切。”段注：“仿佛或作侊佛，或作髣髴，或

---

① 王力：《古代漢語》，中華書局，1982年，第88頁。
② 郭在貽：《訓詁叢稿》，上海古籍出版社，1985年，第316頁。
③ 王叔岷：《史記斠證》，中華書局，2007年，第3106頁。

作拂㧍，或作放怫。俗作彷彿。"髣，《集韻》："撫兩切，並音紡，與仿同。"佛，《說文》："从人弗聲。敷勿切。"段注："髟部有髯，解云：髯，若似也。即佛之或字。"綜上可知，"仿佛"與"髣髯"屬於同詞異形，字音完全相同。

綜上，在讀音相近或相同的條件下，聯綿字字形有一定程度的選擇自由，這是聯綿字以音表義的特點決定的。漢賦聯綿字的字形既受所描寫的事物的影響，同時也受上下文字形的影響。使用字形不同而讀音相同的聯綿字，對於漢賦家而言，等於擁有了更大的字形選擇空間，同時又不妨礙、損害意義的表達。聯綿字的運用是漢賦文字豐富多變的成因之一。

二　漢賦聯綿字字形的來源與演變

漢賦聯綿字中，有相當一部分沿用了先秦固有的聯綿字，漢賦家在選擇聯綿字字形時確實有一定的主觀性，但這並不是說漢賦家可以隨意選擇。由上文所考察的漢賦聯綿字的字形特點，可知漢賦家在形、音、義上都有考量，其中先秦典籍、經學訓詁以及楚辭的制約和影響，也是重要的因素。

（一）先秦典籍

劉師培《駢詞無定字釋例》一文影響頗大，其"駢詞無定字"之說爲學界廣泛接受。所謂"定字"，是指某詞固定地由某字記錄。由漢語史來看，詞的定字在不同歷史階段有不同的情況，有的本無定字，後發展出定字；有的雖有定字，但後來被俗字或異體字所取代。總之，這是一個歷時性的發展變化過程，不可拘泥固化。大多數研究者注意到了漢賦聯綿字字形的變動不居，卻並未看到其規範性的一面。從漢賦的實際使用情況來看，有些聯綿字的字形仍然受到辭書與經籍的制約，與先秦文字趨於一致。

聯綿字的概念起源較晚，但在實際的語言運用中，卻始於先秦。《尚書》《詩經》《左傳》《楚辭》等典籍中都有聯綿字，如《尚書》中的張惶、箘簬，《詩經》中的綿蠻、黽勉、繾綣，《左傳》中的饕餮、藍縷、馮陵，《楚辭》中的繽紛、惆款、佗傺，等等。對這些聯綿字的整理與記載也出現在早期的辭書當中，《爾雅·釋訓》中即收錄了一些疊字及聯綿字，如條條、秩秩、穆穆、肅肅、戚施、籧篨、婆娑、殿屎等。之後的《小爾雅》《方言》《說文》等辭書中，也收錄了一些聯綿字，這些聯綿字在字形上互有異同。將漢賦聯綿字字形與這些辭書和典籍加以比較，當可對漢賦的字形特點有更深入的認識。

以張衡《西京賦》中出現的魍魎、蜩蛦爲例，依據王力《同源字論》及《同源字典》中以音義雙重標準判斷同族詞的理論，這兩個詞顯然是同族詞。朱起鳳《辭通》中收錄了"魍魎"一詞的許多字形，如蝄蛦、罔兩、蝄蜽、罔閬、方良、罔兩、罔蜽等，正是聯綿字字無定形的表現。這些不同的聯綿字字形在漢賦中時有出現，如《文選·幽通賦》："恐魍魎之責景兮。"[1]《文選·西京賦》："螭魅魍魎，莫能逢旃。""驚蝄蛦，憚蛟蛇。"《東京賦》："斬蜲蛇，腦方

---

[1]　蕭統編，李善注：《文選》，上海古籍出版社，1986年，第640頁。

良。"①《南都賦》:"追水豹兮鞭蝄蜽。"② 王延壽《夢賦》:"斫鬼魅,捎魍魎。"③

《文選‧幽通賦》中的"魍魎"詞義比較特殊,司馬彪注:"景外重陰也。"我們是在音義相近的前提下考察聯綿字字形的,所以此例不在本文的討論範圍當中,其他幾個需要考察的字形是:方良、蝄蜽、魍魎。

方良,《文選》李善注:"方良,草澤之神也。"方良是傳說中的山澤精怪名,最早見於《周禮‧夏官‧方相氏》:"(方相氏)以戈擊四隅,毆方良。"鄭玄注:"方良,罔兩也。……方良,上音罔,下音兩,注同。"④《左傳》及《莊子》中也寫作"罔兩",皆指山澤之精怪,先秦時期以此字形最爲多見。

蝄蜽,最早見於《國語‧魯語下》:"木石之怪曰夔、蝄蜽。"韋昭注:"蝄蜽,山精,倣人聲而迷惑人也。"⑤ 顯然此蝄蜽與罔兩、方良相同,只是字形有變。"蝄蜽"一詞不見於《爾雅》,但在《說文》中有收錄,《說文‧虫部》:"蝄蜽,山川之精物也。淮南王說:'蝄蜽,狀如三歲小兒,赤黑色,赤目、長耳、美髮。'"⑥ 許慎曾撰《淮南鴻烈閒詁》,則《說文》所引"淮南王說"雖不見於今本《淮

---

① 蕭統編,李善注:《文選》,上海古籍出版社,1986年,第124頁。
② 蕭統編,李善注:《文選》,上海古籍出版社,1986年,第159頁。
③ 費振剛、胡雙寶、宗明華輯校:《全漢賦》,北京大學出版社,1993年,第543頁。
④ 阮元校刻:《十三經注疏‧周禮注疏》卷三十一,中華書局,1980年,第475頁。
⑤ 上海師範大學古籍整理研究所校點:《國語》,上海古籍出版社,1988年,第37頁。
⑥ 許慎撰,段玉裁注:《說文解字注》,上海古籍出版社,1981年,第672頁。

南子》，但其引文必有所據。綜上，蜽蛧應是漢代較爲通用的字形。另，張衡《二京賦》寫於永初元年（107），正與許慎《說文》的編纂時期大致相同。張衡賦作中有一處寫作"魍魎"，同一段落中又出現了"蜽蛧"一詞。如上文所論，漢賦中聯綿字的字形與所描寫的事物屬性有關，此處應當也有避免重複的考慮。漢賦雖然有同類聚合的特點，但往往運用的是相近字形的不同詞語，兩個完全相同的詞近距離簡單重複，會給人詞窮乏味之感，這正是賦家所竭力避免的。如枚乘《七發》中即有"沌沌渾渾，狀如奔馬。混混庉庉，聲如雷鼓"[①]的句子，其中"混"與"渾"同、"沌"與"庉"同，賦家故意顛倒順序、改換字形，目的就是爲了避免字形的完全重複。

"魍魎"一詞晚於蜽蛧，莊吉達校《淮南鴻烈傳·覽冥訓》中有"浮游不知所求，魍魎不知所往"句。正如王欣夫在《蛾術軒篋存善本書錄》中所言，莊氏校本"早稱善本，世頗流行，實則多出擅改"。《北堂書鈔》曾引此句，其中"魍魎"即寫作"罔兩"，足見其字形確有改易。"魍魎"是後起字，也是漢代的俗字，《說文》徐鉉注："今俗別作魍魎，非是。"[②]宋人孫奕《履齋示兒編·字說·集字一》："蜽蛧，俗作'魍魎'。"[③]桂馥《說文解字義證》："字書從鬼，同。《通俗文》：'木石怪謂之魍魎。'"[④]桂馥所引的東漢末年服虔所

---

① 費振剛、胡雙寶、宗明華輯校：《全漢賦》，北京大學出版社，1993年，第20頁。
② 許慎：《說文解字》，上海古籍出版社，2007年，第675頁。
③ 孫奕：《履齋示兒編》卷二十一，中華書局，2014年，第361頁。
④ 桂馥：《說文解字義證》，中華書局，1987年，第1179頁。

撰《通俗文》① 是一部收錄俗言俚語的辭書，其中也收錄了"魍魉"二字，亦可證此爲漢代俗字。屬於經學類的小學著作《廣雅》中有"水神謂之罔象"，並未收錄"魍魉"二字。王念孫疏證中引《國語》："木石之怪，夔、蝄蜽；水之怪，龍、罔象。"② 可見即便到了魏代，小學家張揖仍以"魍魉"爲俗字而不加收錄。

正字與後起字之間並非固定不變，至南朝梁代，《玉篇》鬼部即收錄了"魍魉"一詞："魍魉，水神，如三歲小兒，赤黑色。"③《玉篇》虫部也收錄了"蝄蜽"二字，"蝄：木石之精，如小兒，赤目、美髮。或作魍"；"蜽：蝄蜽，或作魍魉"。④ 原本是俗字的"魍魉"至此終成正字。南朝本是漢字字形變化的重要時期，《顔氏家訓·雜藝》曾描述當時用字之亂象："晉宋以來，多能書者，故其時俗，遞相染尚，所有部帙，楷正可觀，不無俗字，非爲大損。至梁天監之間，斯風未變；大同之末，訛替滋生。"⑤《玉篇》是第一部楷書字書，成書於大同九年（543），正處在文字訛替氾濫的時期，以俗字"魍魉"爲正字，當是南朝字形演變過程中時代風氣使然。

後起俗字因被《玉篇》收錄，轉而成爲正字者並不罕見。再如襄羊，其同族詞有：相羊、方羊、相翔、相佯、相徉、仿佯、翔羊、

---

① 關於《通俗文》的作者及撰著時代，學界一直存有爭議，如顔之推《顔氏家訓·書證》即提出質疑，洪亮吉、姚振宗等人有所駁論。今人段偉《通俗文輯校》中力證其真實性。本文姑從此說。

② 王念孫：《廣雅疏證》，江蘇古籍出版社，2000年，第283頁。

③ 顧野王：《大廣益會玉篇》，中華書局，1987年，第94頁。

④ 顧野王：《大廣益會玉篇》，中華書局，1987年，第118頁。

⑤ 顔之推撰，王利器集解：《顔氏家訓集解》，上海古籍出版社，1980年，第514頁。

翔佯、翔徉等，皆有徘徊之義。《左傳》中即出現了“方羊”一詞：“如魚窺尾，衡流而方羊。”[1]《離騷》：“折若木以拂日兮，聊逍遙以相羊。”[2] 洪興祖注：“相羊，猶徘徊也。”[3]

　　漢代大賦中也多次出現這個聯綿字，司馬相如《上林賦》：“招搖乎襄羊，降集乎北紘。”司馬貞《索隱》引郭璞曰：“襄羊猶仿佯。”[4] 漢武帝劉徹《悼李夫人賦》：“念窮極之不還兮，惟幼眇之相羊。”[5] 另有張衡《西京賦》：“相羊乎五柞之館，旋憩乎昆明之池。”[6]《思玄賦》：“會帝軒之未歸兮，悵相佯而延佇。”[7] 綜上，漢賦中的字形有“相羊”“仿佯”“襄羊”等，獨無儴佯。檢視《說文》，也無此二字。翱，《說文》段注：“《釋名》：翱，敖也，言敖遊也。翔，佯也，言彷佯也。按：彷佯，徘徊也。《左傳》作‘方羊’。”[8] 據此可知，漢代有“襄羊”一詞，“儴佯”尚未出現，直至《玉篇》始見收錄：“儴佯也。《楚辭》曰：聊逍遙以儴佯。”[9] 此“儴佯”實爲“相羊”之異形。《玉篇》也收錄了“彷佯”：“佯：彷佯也。”[10]《玉篇》楷字增衍形旁往往受詞義的影響，而“儴佯”義爲徘徊，其同族詞“彷佯”

① 　阮元校刻：《十三經注疏·春秋左傳正義》卷六十，中華書局，1980年。
② 　朱熹：《楚辭集注》，上海古籍出版社，1979年，第15頁。
③ 　洪興祖：《楚辭補注》，中華書局，1983年，第28頁。
④ 　司馬遷撰，裴駰集解，司馬貞索隱，張守節正義：《史記》，中華書局，2013年，第3658頁。
⑤ 　費振剛、胡雙寶、宗明華輯校：《全漢賦》，北京大學出版社，1993年，第126頁。
⑥ 　費振剛、胡雙寶、宗明華輯校：《全漢賦》，北京大學出版社，1993年，第418頁。
⑦ 　費振剛、胡雙寶、宗明華輯校：《全漢賦》，北京大學出版社，1993年，第395頁。
⑧ 　許慎撰，段玉裁注：《說文解字注》，上海古籍出版社，1981年，第140頁。
⑨ 　顧野王：《大廣益會玉篇》，中華書局，1987年，第47頁。
⑩ 　顧野王：《大廣益會玉篇》，中華書局，1987年，第47頁。

從"彳"部。彳,《說文》:"小步也。凡彳之屬皆从彳。"[1]與行走相關的字多從此部,如往、復、循、徑、徥、彶等。據此可推斷,《玉篇》中"儴佯"正是將"襄羊"增衍形旁的結果。《玉篇》是官方編纂的辭書,"太學博士顧野王奉令撰《玉篇》"[2],詞語一旦收錄入辭書,即可能成爲通用字。顧野王在自序中也說:"百家所談,差互不少;字書卷軸,舛錯尤多。難用尋求,易生疑惑。猥承明命,預纘過庭。總會衆篇,校讎群籍,以成一家之製,文字之訓備矣。"[3]

以上兩例聯綿字字形的發展過程,充分説明漢賦聯綿字雖字形有異,但並非完全由賦家臆造,而是或依辭書,或據典籍。漢人對相如賦有"典而麗,雖詩人之作不能加也"[4]的評價,"典"即典雅,指文章依經據典、根柢高雅之義。東漢王充也以"深覆典雅,指意難覩"[5]來評價漢賦。由西漢至東漢,隨意增加文字形旁的趨勢日益明顯,魏晉南北朝時期則趨於氾濫。漢代之後辭書收錄的聯綿字字形往往與漢賦不同,原因正在於俗字的興起及逐漸固化。辭書本身有規範字形的功能,漢賦中的字形大多與先秦典籍、漢代辭書相同,但聯綿字字形在後世辭書中表現出明顯的俗化趨勢。這種變化符合文字發展的實際情況,反映了聯綿字字形衍加形旁的趨勢和易於演變的特點。

---

[1] 許慎撰,段玉裁注:《說文解字注》,上海古籍出版社,1981年,第76頁。

[2] 姚思廉:《梁書·蕭子顯傳》附《蕭愷傳》,中華書局,1973年,第513頁。

[3] 顧野王:《大廣益會玉篇》,中華書局,1987年,第1頁。

[4] 劉歆撰,葛洪集,向新陽、劉克任校注:《西京雜記》,上海古籍出版社,1991年,第147頁。

[5] 黃暉:《論衡校釋》,中華書局,1990年,第1196頁。

（二）經學訓詁

漢代辭書本身有兩個系統，一是蒙學識字課本，如始自周代的《史籀篇》就是"周時史官教學童書也"。秦代爲統一規範六國文字，李斯、趙高、胡毋敬等人作《蒼頡篇》《爰歷篇》《博學篇》等字書。西漢時，又有司馬相如《凡將篇》、史游《急就篇》、李長《元尚篇》、揚雄《蒼頡傳》《蒼頡訓纂》，等等。另一個系統則是經學及小學類著作，即《爾雅》《小爾雅》《說文》《方言》《釋名》等。經學成爲漢代文化主流後，對文字的影響就更大了。漢代經學今古文的分野表徵即在於經書文字是古文籀篆還是今文隸書的區別，而經文本身及其文字訓詁，既是漢代文人的經學學習內容，也是文字知識的重要來源之一。漢宣帝時的石渠閣會議及漢章帝時的白虎觀會議，即是官方組織的講論五經異同的學術會議。《後漢書·蔡邕傳》："邕以經籍去聖久遠，文字多謬，俗儒穿鑿，疑誤後學。熹平四年，乃與五官中郎將堂谿典、光祿大夫楊賜、諫議大夫馬日磾、議郎張馴、韓說、太史令單颺等，奏求正定六經文字。靈帝許之。邕乃自書丹於碑，使工鐫刻立於太學門外。於是後儒晚學，咸取正焉。"[1] 由漢末靈帝時正定六經文字、刻熹平石經的記載來看，所謂"五經異同"除義理之外，也包括文字之校正。顯然漢代經學本身也有正定文字之用，是當時文人的用字標準之一。漢賦家多是小學家，往往也通曉經學，因此在運用字詞時也會依據經籍，正如《文心雕龍·練字》

---

① 范曄：《後漢書》，中華書局，1965年，第1990頁。

所論："夫《爾雅》者，孔徒之所纂，而《詩》《書》之襟帶也；《倉頡》者，李斯之所輯，而鳥籀之遺體也：《雅》以淵源詁訓，《頡》以苑囿奇文，異體相資，如左右肩股，該舊而知新，亦可以屬文。"①在劉勰看來，經學訓詁之書有益於文章，是文學創作的來源。這一論斷符合歷史事實，漢賦中的文字也能夠證實這一點。如馬融博通經籍，曾爲《周易》《尚書》《毛詩》《論語》《孝經》等作注，其《長笛賦》中即運用了源於儒家經學、小學的聯綿字"匍匐"："逮乎其上，匍匐伐取。"②"匍匐"一詞是雙聲聯綿字，出於《詩經·谷風》："凡民有喪，匍匐救之。"鄭箋："匍匐，言盡力也。"再如蔡邕《述行賦》："僕夫疲而劬瘁兮，我馬虺隤以玄黃。"其中"虺隤"一詞出於《詩經·卷耳》第二章首句："陟彼崔嵬，我馬虺隤。"《爾雅》也收錄了這一詞語："虺隤，病也。"再如《青衣賦》"歎茲窈窕"，"窈窕"一詞出於《詩經·關雎》，另如漂搖、綢繆、翱翔、踟躕、權輿等也出自《詩經》。《詩經》是聯綿字最多的經學典籍，其餘經籍也各有所出，如偃蹇、鞠窮出自《左傳》，逡巡、優游出於《尚書》……這些儒家經典中的聯綿字是漢賦聯綿字依經據典的明證。

（三）楚辭

漢賦與楚辭有着先天的聯繫，楚辭體物寫貌的內容、"文辭麗雅"的特點成爲漢代文人的模擬對象，對漢賦創作有深遠的影響。

① 范文瀾：《文心雕龍注》，人民文學出版社，1958年，第624頁。
② 費振剛、胡雙寶、宗明華輯校：《全漢賦》，北京大學出版社，1993年，第496頁。

王逸《楚辭章句叙》："楚人高其行義，瑋其文采，以相教傳。至於孝武帝，恢廓道訓，使淮南王安作《離騷經章句》，則大義粲然。後世雄俊，莫不瞻慕，舒肆妙慮，纘述其詞。"[①]自戰國以來，屈原作品即在文人間代際相傳，漢代淮南王劉安爲之章句、訓詁後，更成爲文人們閱讀、學習、模擬的文本。"屈原之詞，誠博遠矣。自終沒以來，名儒博達之士著造詞賦，莫不擬則其儀表，祖式其模範，取其要妙，竊其華藻。所謂金相玉質，百世無匹，名垂罔極，永不刊滅者矣。"[②]王逸所說的"名儒博達之士，著造詞賦"，正道出了漢賦與楚辭以及經學之間的關聯。而所謂"華藻"，也就是指華麗的詞彙。漢代騷體賦興盛，不僅題材與楚辭相關，所用字詞也有非常明顯的承襲，由聯綿字來看更是如此，比如馬融《長笛賦》中有"條決繽紛，申韓之察也"[③]，其中"繽紛"一詞即出於《離騷》："佩繽紛其繁飾兮，芳菲菲其彌章。"另如徙倚、蹇産、嬋媛、紛紜、連蜷、膠葛、周章、須臾、陸離等等，不一而足，充分證明了楚辭是漢賦聯綿字的來源之一。

先秦諸子散文也是漢賦聯綿字的來源，以《莊子》爲例，即有澶漫、支離、駘蕩、扶搖等詞，雖少於楚辭，但也不可忽視。

學界早有漢賦用字詭奇的結論，這是正確的，我們通過聯綿字的字形對比分析，可以看到聯綿字的字形變化是漢賦這一特點的成

---

① 洪興祖：《楚辭補注》，中華書局，1983年，第48頁。
② 洪興祖：《楚辭補注》，中華書局，1983年，第49頁。
③ 費振剛、胡雙寶、宗明華輯校：《全漢賦》，北京大學出版社，1993年，第497頁。

因之一。漢賦是注重形式美的文體，漢賦家精通小學與經學，其字
形選擇往往依據一定的創作規律，追求字形、字音、字義的相同、
相近、相諧，但一定程度上仍受到辭書、典籍的束縛，用字往往極
盡巧麗而又力求有所依傍。王芑孫曾這樣描述漢賦家的創作情景：
"選義按部，既待撚髭；招字就班，幾經搔首；僶俛有無，惝恍闕
失。固而存之，久乃錄焉。"[①]"招字就班"即是按照字義、字形的特
點，依據經典或規律選擇用字，因而漢賦家在創作時，往往爲文字
的有無闕失而殫精竭慮，極盡所能。假如漢賦家能夠隨意生造、杜
撰字形，也就不必撚髭搔首、煩惱惝恍了。

三　漢賦聯綿字字形創新及其與辭書編纂的互動

在漢語詞彙史中，秦漢與商周同屬於上古階段，是由單音節詞
向雙音節詞發展的重要時期。雙音節詞多以單音節詞爲基礎，其中
複音單純詞構詞方式主要有兩種，一是疊音構詞法，二是異音聯綿
構詞法。疊音構詞法是指由兩個相同音節重疊構成祇有一個語素的
複音單純詞的構詞方法；異音聯綿構詞法是指由兩個不同音節構成
祇有一個語素的複音詞的構詞方法。[②] 按照疊音構詞法所造的複音
詞彙是疊詞，又稱疊字；按異音聯綿構詞法所造的複音詞彙則是雙
聲或疊韻的聯綿字。這兩種構詞方法在秦漢時期的運用情況有較大
的不同，僅就我們討論的聯綿字而言："秦漢以後，聯綿詞大多是

---

① 王芑孫：《讀賦卮言》，叢書集成三編，（台北）新文豐出版公司，1997年，第590頁。
② 徐朝華：《上古漢語詞彙史》，商務印書館，2003年，第270—272頁。

沿用先秦典籍中已出現的，有的增添了新的意義，而用這種異音聯綿構詞法構造的新詞數量不多，說明此構詞方法在秦漢以後已不再是重要的構詞方法了。"① 漢代是新的聯綿字大量產生的階段，之後的文學作品則主要沿用先秦兩漢詞彙。漢賦中沿用的先秦聯綿字雖然依據先秦典籍及漢代辭書，但並不意味着完全地蹈襲與守舊，相反，漢賦家尚奇好異的心理，使他們在沿用固有聯綿字時，有時會對字形加以改變。固有聯綿字的新字形隨着文學作品的傳播，逐漸被社會接受，甚至能夠成爲通用的字詞，進而深刻影響了辭書的編纂。

漢賦發展繁盛時期編纂的辭書，最有代表性的是揚雄的《方言》和許慎的《說文解字》。《方言》因收錄的主要是各區域方言，本節不做深入討論。《說文解字》成書於永元十二年（100），但許沖作《上〈說文〉表》並獻於漢安帝則是建光元年（121）。以《說文》公諸於世爲分界點，這之前的重要漢賦家有賈誼、枚乘、王褒、司馬相如、揚雄、班固、張衡、馬融、崔瑗、黃香等，他們的賦作也是這一時期的代表作。這些作品中的字詞與《說文》的異同，是考察漢賦與辭書字形關聯的切入點。

《說文》訓釋字詞時，往往徑引經傳之語，其中標明引自經書的條目多達一千三百條左右，經傳顯然是《說文》釋詞引文的重要來源。其他引文中有一種是不言篇名，只稱作者名，如引揚雄說十三

---

① 徐朝華：《上古漢語詞彙史》，商務印書館，2003年，第277頁。

處，司馬相如說十一處。這二十四處引文中，明言引自漢賦的僅有
一處：

> 氏，巴蜀名山岸脅之旁箸欲落㙓者曰氏。氏嶼，聲聞數百
> 里。象形，乁聲。凡氏之屬皆从氏。揚雄賦：響若氏隤。①

這裏所說的"揚雄賦"指《解嘲》，《漢書》《文選》收錄的《解嘲》
一文中，"氏"皆寫作"阺"，顏師古注："阺音氏。巴蜀人名山旁堆
欲墮落曰阺。應劭以爲天水隴阺，失之矣。"②《說文》引用漢賦原文
作"氏"字，辭書較其他書更重字形，且許慎編寫《說文》距揚雄
賦作的創作時間較近，故《說文》所引當更接近《解嘲》原文。《說
文》中直引漢賦，說明在《說文》的編纂中，漢賦也是其字詞來源
之一。《說文》很少直接援引漢賦，這與《說文》的編纂體例有關，
並不意味着對漢賦的忽視。段玉裁《說文解字注》在解說文字時，
往往對字源交待甚詳，而段注中，《說文》與漢賦可互證之處達四佰
多條，足以證明兩者間的密切關係。

語言隨着社會的發展而不斷變化，漢賦中也出現了大量先秦
典籍所未見的聯綿字，並被《說文》所收錄，成爲後世常用詞語。
如"潗濕"一詞不見於先秦典籍，最早出現於司馬相如《上林賦》：
"滭弗宓汨，潗濕鼎沸。馳波跳沫，汩濦漂疾。"③之后"潗"字見錄

---

① 許慎撰，段玉裁注：《說文解字注》，上海古籍出版社，1981年，第628頁。
② 班固：《漢書·揚雄傳》，中華書局，1962年，第3574頁。
③ 蕭統編，李善注：《文選》，上海古籍出版社，1986年，第363頁。

於《說文》："滈，滈汗，黖也。"段注："《索隱》引周成《雜字》曰：滈溔，水沸之貌也。溔與汗同。汗又訓雨下，故不類厠於此。沸、黖，古今字。鼎沸者，言水之流如爨鼎沸也。按：此蓋引《上林》成語。"[1] 段玉裁所論極是。許慎以漢賦爲文字來源，收錄並解釋"滈"字，"滈溔"由此成爲辭書中的規範用語，賦作中多有運用，後世也成爲文學作品中的詞語，如柳宗元《答問》："而僕乃樸鄙艱澀，培塿溔滈。"[2]

再如"磊砢"一詞，首見於《上林賦》："蜀石黃硬，水玉磊砢。"郭璞注"磊砢，魁壘貌也"[3]，形容委積衆多貌。《說文》中也收錄了這個新詞："砢，磊砢也。"段注："磊砢二字雙聲。《上林賦》曰：'水玉磊砢。'"[4] 東漢及魏晉時期，"磊砢"一詞多見於賦作及文章中，如王延壽《魯靈光殿賦》："萬楹叢倚，磊砢相扶。"[5] 左思《吳都賦》："繚賄紛紜，器用萬端。金鎰磊砢，珠琲闌干。"[6] 酈道元《水經注·淇水》："巨石礧砢，交積隍澗。"[7] 磊，《說文》段注："是以亦作礧也。"[8] 至唐宋時期，"磊砢"已經成爲描寫山水時常用的詞語。

① 許慎撰，段玉裁注：《說文解字注》，上海古籍出版社，1981年，第549頁
② 柳宗元：《柳河東集》，上海古籍出版社，2008年，第280頁。
③ 蕭統編，李善注：《文選》，上海古籍出版社，1986年，第364頁。
④ 許慎撰，段玉裁注：《說文解字注》，上海古籍出版社，1981年，第453頁。
⑤ 蕭統編，李善注：《文選》，上海古籍出版社，1986年，第513頁。
⑥ 蕭統編，李善注：《文選》，上海古籍出版社，1986年，第219頁。
⑦ 陳橋驛：《水經注校證》，中華書局，2007年，第234頁。
⑧ 許慎撰，段玉裁注：《說文解字注》，上海古籍出版社，1981年，第453頁。

又如《子虛賦》："礧石相擊，硠硠礚礚。"①《説文》有"硍"字而無"硠"字："硍，石聲。从石良聲，魯當切。"段玉裁則認爲《子虛賦》中的"硠硠"當爲"硍硍"：

> 此篆各本作硠，从石，良聲，魯當切，今正。按：今《子虛賦》"礧石相擊，硠硠礚礚"，《史記》《文選》皆同，《漢書》且作"琅"。以音求義，則當爲硍硍，而決非硠硠。何以明之？此賦言水蟲駭波鴻沸，涌泉起奔揚會，礧石相擊，硍硍礚礚，若雷霆之聲，聞乎數百里之外，謂水波大至動搖山石，石聲礚天。硍硍者，石旋運之聲也。礚礚者，石相觸大聲也。硍《篇》《韻》音諧眼切，古音讀如痕，可以兒石旋運大聲。而硠硠字祇可兒清朗小聲，非其狀也。音不足以兒義，則斷知其字之誤矣。《江賦》曰"巨石硴矶以前却"，又曰"觸曲崖以縈繞，駭奔浪而相礧"，皆即此賦之意。《漢桂陽太守周憬碑》："瀦水之邪性，順導其經脈。斷硍濫之電波，弱陽庆之汹涌。"此用《子虛賦》也，而"硠"作"硍"，可證予説之不繆。《釋名》曰"雷，硍也，如轉物有所硍雷之聲也"，最爲明證。左思《吴都賦》"拉攞雷硍，崩巒弛岑"，雷即《子虛》礧石之礧，礧硍亦用《子虛賦》字也，而俗本譌作硠，李善不能正，且曰音郎，於是韓愈本之，有"乾坤擺雷硠"之句，蓋積譌之莫悟也久矣。至於許書之本有此篆，可以《字林》證之，《周禮·典同》釋文曰

---

① 蕭統編，李善注：《文選》，上海古籍出版社，1986年，第354頁。

"《字林》硍音限，云石聲"，此必本諸《說文》，《說文》必本《子虛賦》也。①

段玉裁依據《子虛賦》所描寫的景物，以音求義，推論"砍砍"當爲"硍硍"之誤，所論詳實。而《說文》中有"硍"而無"砍"字，亦可佐證傳世文獻中《子虛賦》字形的變化及訛誤。這個例子不僅僅是一個字或詞的字形糾謬，更重要的是，它透露出漢賦與漢代辭書之間共生互證的深層關係。我們既可以依據《說文》來考證漢賦字詞，亦可藉助漢賦了解《說文》字詞的來源。

《說文》對字義的解說，有時會因漢賦而另附一說，這是辭書編纂以漢賦爲來源的又一顯例。以"虗"字爲例，《說文》：

> 虗，鬭相瓦不解也。从豕虍。豕虎之鬭，不相捨。讀若蘭蕏艸之蕏。司馬相如說：虗，封豕之屬。一曰虎兩足舉。
>
> 段注：此別一說也。《毛詩》傳曰："封，大也。"封豕，大豕也。《上林賦》："欔蜚遽。"遽，或作虡。《廣韵》引作虡，其即虗歟？一曰虎兩足舉。此又別一義。②

許慎解說"虗"字本義外，另引司馬相如之說"虗，封豕之屬"爲釋，認爲"虗"即封豕一類的猛獸。段玉裁認爲司馬相如之說可於《上林賦》中找到依據，"蜚遽"（《史記》作"蜚虞"）中的"遽"即

---

① 許慎撰，段玉裁注：《說文解字注》，上海古籍出版社，1981年，第450—451頁。

② 許慎撰，段玉裁注：《說文解字注》，上海古籍出版社，1981年，第456頁。

爲“虡”，亦即“鐻”，《廣韻》引作“虞”，則“虞”與“鐻”“虡”同。《說文》“虞”字中，段玉裁再次徵引漢賦作爲考證依據：

> 張揖注《上林賦》曰：“虡獸重百二十萬斤，以俠鐘旁。”俠同夾。此可見虡制。師古改其注云“以縣鐘”，則昧於古制矣。《廣韻》引《埤倉》“鐻，樂器，以夾鐘，削木爲之”，與張注同。今本《廣韻》作形似夾鐘，則非矣。又考《上林賦》“摋飛虞”，《廣韻》引正作“虞”。[①]

《說文》中另列與漢賦相關的字義並非獨此一例，再如“淋”，《說文》：“淋，以水沃也。從水林聲。”[②]《說文》在本義之外，又列“一曰淋淋，山下水也”之義，“淋淋”一詞正出於漢初大賦《七發》。段注：“‘一曰淋淋，山下水也’，謂山下其水也，與下文‘决，下水也’義同。《七發》曰：‘洪淋淋焉，若白鷺之下翔。’”[③]“淋淋”一詞，不見於漢前文獻，漢賦中首用此義，故段玉裁以《七發》爲例注《說文》“淋”字，可稱允當。

漢賦新創聯綿字出現在漢代辭書中，或被《說文》引爲訓釋之例，或成爲字的義項之一，都是漢賦直接影響辭書編纂的明證。漢賦作品在漢代的興盛繁榮與廣汜傳播，對漢代的語言文字產生了重要影響，成爲辭書收錄字詞、解釋字義的依據之一。辭書所收錄的

---

① 許慎撰，段玉裁注：《說文解字注》，上海古籍出版社，1981年，第210頁。
② 許慎撰，段玉裁注：《說文解字注》，上海古籍出版社，1981年，第564頁。
③ 許慎撰，段玉裁注：《說文解字注》，上海古籍出版社，1981年，第564頁。

漢賦字詞，有更大的機會成爲規範的書面通語，對後世的小學與文學創作又産生了積極的影響。

綜上，漢賦中的聯綿字因其表音的屬性而字形不定，但細加考辨，仍能總結出明確的內在規律。首先，漢賦聯綿字字形往往受到所描寫的事物屬性的影響，同時也受上下文字形影響。其次，漢賦沿用的先秦聯綿字字形有時依據文獻，有源有本，並非隨意杜撰臆造。最後，漢賦聯綿字與漢代辭書間有着密切的關聯：漢賦直接影響了漢代辭書的編纂，是漢代辭書文字的收錄來源之一；漢代辭書可作爲考訓漢賦文本的重要依據。

第二節　漢賦字形的繁化及其與辭書的關聯

現代語言學認爲，簡化是漢字發展的總體趨勢。中國古代文字的發展也確實遵循着這個規律，如先秦籀文至秦代省改爲小篆，隸書在漢代逐漸取代了小篆，東漢末期楷書又日漸興起，字形正是由繁而趨簡。但是在漢字的發展運用中，因爲認知、運用的需求，字形也會隨之發生改變，有時甚至會出現與主流趨勢不同的現象。增加義符從而形成新的形聲字，這是兩漢魏晉南北朝時期比較普遍的字形繁化現象。這些繁化後的文字經過文學作品的運用，辭書的收錄、整理和規範，逐漸固化成常用字，最終影響了漢字的形態。

漢代文學作品中，文字最爲豐富的當屬漢賦，參照漢代辭書，可梳理漢賦文字的字形變化，總結漢賦文字的運用特點，探究漢賦對文字發展以及辭書編纂的影響。

一　漢賦中的義符化形聲字

漢代文字以隸書爲主，雖仍屬於象形字，但直觀性已大大削弱。漢字的象形屬性在小篆中已有所減弱，但仍部分保留其遺義，隸書則進一步將漢字的象形部分簡化成符號性質的筆畫。如果仍按照因形求義的特點去認識、理解文字，就有可能出現障礙。另外，隨着交際的需要，同一個漢字開始承擔更多的意義，出現了一字多義的現象，這更增加了認知理解的難度。爲了區別不同的義項，一個很普遍的方法是在原有字形的基礎上增加義符，也就是漢字義符化。如"燃"字，小篆寫作𤓪，而隸書則寫作"燃"。小篆中，𤓪下原爲火字，已經有了義符，但爲了與其常用義項"是""這樣"相區別，隸書又在左邊增加了火部爲義符，表示火焰燃燒之義。再如"奉"字，小篆寫作𡩜，下半部分原來已有"手"字義符，本義即爲雙手承托。隸書在字的左側增加手部爲義符，寫作"捧"，表示雙手承托之義，以區別於"供養""尊重"等義項。義符化是漢代字形變化的重要現象，漢賦在文字運用上，也有與漢代文字發展相同的義符化特點。

辭書記錄並反映了漢字的字形變化，《說文解字》爲我們研究漢代文字義符化提供了依據。綜觀兩漢大賦，其字形義符化以《說文解字》的編纂爲時間節點，可分爲前後兩個階段。

以"盧"字爲例，西漢賦作中"盧"字有鳥名之義，字形多省鳥部，如《漢書·上林賦》①："箴疵鵁盧，群浮乎其上。"郭璞注："盧，盧鷀也。"②西漢後期，揚雄的名篇《蜀都賦》中也以"盧"字指稱鳥名："其中則有翡翠鴛鴦，衮盧鷀鷺。"③

"盧"作爲鳥名，出現在《上林賦》中，但在《爾雅》中"盧"寫作"鸕"。《爾雅·釋鳥》："鸕，諸雉。"郭璞注："未詳。或云即今雉。"④《説文·隹部》："雉，有十四種：盧諸雉、鷸雉、鳲雉、鷩雉……"⑤據此可知"鸕"與"盧"同，皆指鳥名。《爾雅》"鸕"字後出，當是"盧"義符化後的字形。但爲何漢初的《爾雅》中寫作"鸕"，而晚於《爾雅》的漢賦中卻仍使用更早的字形"盧"呢？據段玉裁注："張揖《上林賦》注曰：'盧，白雉也。'按《上林》自謂水鳥，然張語必《爾雅》古説。"段玉裁認爲張揖注是古《爾雅》中的記載，據此可知，古《爾雅》當寫作"盧"。《爾雅》與古《爾雅》的差異不止此處，另如"徥"，《説文》："徥徥，行皃也。从彳是聲。《爾雅》：'徥，則也。'"段注："今本《釋言》作'是，則也'。蓋古《爾雅》假'徥'爲'是'也。"諸如此類，足證古《爾雅》與今《爾雅》在字形上頗有差異。清人王筠指出："《爾雅》者，小學專書

---

① 顏師古在《漢書·司馬相如傳》卷首有論："近代之讀相如賦者多矣，皆改易文字，竟爲音説，致失本真……今依班書舊文爲正，於彼數家，並無取焉。"顏師古注《漢書》核對古本，文字歸正，故其中賦作多與今本《史記》《文選》相異，但更近原文。故此處以《漢書》所載賦作爲本。

② 班固：《漢書》，中華書局，1962年，第2553頁。

③ 張震澤：《揚雄集校注》，上海古籍出版社，1993年，第16頁。

④ 郭璞注，邢昺疏：《十三經注疏·爾雅注疏》，上海古籍出版社，2019年，第555頁。

⑤ 許慎撰，段玉裁注：《説文解字注》，上海古籍出版社，1981年，第141頁。

以此爲最古，所收之字亦視群經爲最多。彼以義爲主而形從之，《說文》以形爲主而義從之，正相爲錯綜而互爲筦攝者也。乃陸孔在中原，時代雖後而猶見善本，景純居東晉，傳注薈萃而適據譌文。加以學者傳習，多求便俗，羽族安鳥，水蟲著魚，故徐鼎臣曰：'《爾雅》所載草木魚鳥之名，肆意增益，不足復觀。以群經之鈐鍵，而譌誤顛倒重出，比比皆是，不有《說文》，何所據以正之乎？'"①漢之後的文人爲學習的方便，順應當時文字義符化的潮流，對《爾雅》字形"肆意增益"。"盧"正屬於王筠所說的"草木魚鳥之名"，且考之《說文》，可知《爾雅·釋鳥》中的"鸕"，確應是後世將"盧"字義符化後的字形。司馬相如、揚雄皆爲小學家，未讀《爾雅》的可能性幾近於無，其賦作中用"盧"而非"鸕"，也側證了《爾雅》中的"鸕"字爲後起字，西漢時以"盧"爲正字。

東漢賦作中，作爲鳥名的"盧"多寫作"鸕"，增加了鳥部義符的字形已經成爲通用字，如張衡《南都賦》："其鳥則有鴛鴦鵠鷺，鴻鴇鴐鵝，鸄鶄鵾鶼，鸕鵝鶢鸔。"再如漢賦家馬融在其《廣成頌》中也使用這一字形："水禽鴻鵠，鴛鴦、鷗鷺，鶬鴰、鸕鶄，鷺鴈、鷺鷿，乃安斯寢，戢翮其涯。"②東漢賦家的作品中，文字的字形義符化已經非常明顯，並且往往與同義符形近字前後相接。這種現象在

① 王筠：《說文句讀·自序》，上海古籍出版社，1983年，第2—3頁。
② 《廣成頌》並非賦作，但卻是以賦體來寫頌的典型，如劉勰即評其"雅而似賦"，摯虞認爲"馬融《廣成》《上林》之屬，純爲今賦之體"，加之馬融本爲東漢賦作名家，故此處引《廣成頌》作爲漢賦家用字之例證。

現代語言學研究中也稱之爲字形的義化："所謂義化，是指原本不表義的形體變爲表義或者在原字形上增加表義構件的現象。……後來象鳳象雞的象形構件被表示義類的'鳥'替換，就都變成了義音合體字。……至於在母字的基礎上增加表義構件的現象，則更爲普遍，有的增加義符前後記錄的是同一詞或同一語素，有的增義符字是分擔母字的某個或某些義項，在職能上有所專化。"[①]

　　漢賦字形義化有非常明顯的階段性，張衡的《南都賦》約作於永初四年（110）[②]，《廣成頌》作於元初二年（115）[③]，兩篇作品與《說文解字》的成書大致處於同一時期。兩漢賦作中同一詞的字形前後不一，《說文解字》在其中起到了重要的作用。盧，《說文》："飯器也。"鸕，《說文》："鱸，鱸鶿也。""鱸"與"鸕"的文字構件完全相同，僅在結構上發生了部首的左右移位。而漢字部首移位的現象比較常見，構件相同而結構不同的文字在音和義上並無區別，可以視爲同一個字，如"秌"與"秋"、"峯"與"峰"、"羣"與"群"等，都屬於此類現象。自東漢開始，字形義符化愈演愈烈，《說文》順應了這一趨勢，並且選用合理的義符加以規範，

---

①　李運富：《漢字學新論》，北京師範大學出版社，2012年，第175—176頁

②　張震澤：《張衡詩文集校注·張衡年表》，上海古籍出版社，1986年，第382頁。

③　關於《廣成頌》的寫作年代學界至今聚訟不已，如陸侃如先生《中古文學史繫年》中提出異議，認爲當是元初五年（118），唐蘭先生《馬融作〈廣成頌〉的年代》一文認爲作於延熹元年（158），劉躍進先生認爲史料記載雖存疑問，但仍將此篇認爲元初二年所作，楊化坤《馬融〈廣成頌〉、〈上林頌〉考辨》一則認爲當是元初五年獻頌。各說仍有牴牾之處，且主要的兩種說法相差三年，與本書持論並不矛盾，此處仍依《後漢書》本傳記載。

"盧"繁化爲"鱸",正是這一發展趨勢的結果。與《說文》同時期的張衡、馬融的作品中也以"鱸"代"盧",證明此時"盧"字的義符化已經完成。王逸《九思》中也使用了"鱸"字:"鴻鱸兮振翅,歸鴈兮於征。"《九思》作於王逸任職侍中時期,其始任此職在漢陽嘉四年(135),此時距許沖獻《說文》已十餘年。據此可知,經過東漢時期的文字發展與辭書規範後,"鱸"字已成爲通用字,取代了西漢時期的"盧"字。

由兩漢賦作中"盧""鱸"的字形變化可知,西漢賦作中字形義化的現象雖已出現,但一些古字仍具有生命力,運用於文學創作中。東漢時期賦作的文字義符化更趨繁盛,而辭書對這類文字的收錄,則使義符化後的文字被廣汎接納和運用。以往對漢賦文字多一概而論,只以艱澀、詭怪的特點籠統而言,這就使漢賦在不同時期的字形差異被忽視。對漢賦用字作歷時性的梳理考察,方能揭示漢賦用字特點的變化。以辭書爲參照系與時間坐標,是漢賦用字研究的重要方法。

孤證難立,漢賦的字形變化並非僅有"盧""鱸"一例。類似的其他例子如"諸柘"與"諸蔗"。

"諸柘"一詞最早出現在司馬相如的《子虛賦》中:"茳蘺蘪蕪,諸柘巴苴。"① 揚雄《蜀都賦》:"黃甘諸柘,柿桃杏李。"② 諸柘,《史記》寫作"諸蔗",即是今天的甘蔗。

---

① 蕭統編、李善注:《文選》,上海古籍出版社,1986年,第350頁。
② 費振剛、胡雙寶、宗明華輯校:《全漢賦》,北京大學出版社,1993年,第161頁。

"諸柘"的字形義符化也在東漢時期出現並完成,《說文》:"藷,藷蔗也。""蔗,藷蔗也。"① 這顯然是將"諸"字增加艸部義符,原有的"諸"字作爲聲符,繁化後寫作"藷"。"柘"爲古字,又寫作"蔗","柘"與"蔗"通。《楚辭·招魂》:"有柘漿些。"王逸注:"柘,藷蔗也。……柘,一作蔗。"② 王夫之《楚辭通釋》:"柘,與蔗通。"③《說文》的收錄證明"藷蔗"在東漢已經成爲通用字形,文學作品也證實了這一變化,如張衡《南都賦》:"若其園圃,則有蓼蕺蘘荷,藷蔗薑蟠。"④ 另如上文所引王逸《招魂》注中也寫作"藷蔗"。這反映出東漢時期文字義符化的趨勢已非常明顯,無論是文學作品,還是辭書,都已經接受了將義符化的字形作爲正字。

漢賦中字形的義符化與聯綿字密切相關,如"夫容"與"芙蓉"、"昌蒲"與"菖蒲"、"毒冒"與"瑇瑁"、"昆吾"與"琨珸"等等,都是聯綿字的義符化結果。《說文解字》對義符化文字的收錄與規範,促進了字形的變化,並使義符化字形趨於穩定。西漢與東漢賦作在字形上的差異,與辭書中的字形相互印證,反映了漢代文字義符化的進程。劉熙載《藝概》中指出"賦之尚古久矣",並認爲賦"性情古,義古,字古,音節古,筆法古"⑤,可惜未有詳述。筆者以爲,"字古"即指漢賦多用古字的現象,這一點從西漢大賦的文字

① 許慎撰,段玉裁注:《說文解字注》,上海古籍出版社,1981年,第29頁。
② 洪興祖:《楚辭補注》,中華書局,1983年,第208頁。
③ 王夫之:《船山全書·楚辭通釋》卷九,嶽麓書社,2011年,第411頁。
④ 費振剛、胡雙寶、宗明華輯校:《全漢賦》,北京大學出版社,1993年,第459頁。
⑤ 劉熙載撰,袁津琥校注:《藝概注稿》,中華書局,2009年,第465頁。

運用上可以得到確證，也體現了西漢賦家在文字運用上的特點。相對於西漢，東漢大賦中的文字則體現了東漢賦家的適俗與應變。

二 漢賦字形義化與連類手法的結合

文學作品中，文字是最小的語言單位，也是影響作品藝術風格的基本因素。文字義化導致的字形變化，與漢賦中的修辭手法相結合，影響了賦作的文字形式及語言風格。

漢賦中常常會出現羅列同類事物的語句，如《七發》：

> 龍門之桐，高百尺而無枝。中鬱結之輪菌，根扶疏以分離。上有千仞之峯，下臨百丈之谿。湍流溯波，又澹淡之。其根半死半生，冬則烈風漂霰飛雪之所激也，夏則雷霆霹靂之所感也。朝則鸝黃鳱鴠鳴鳴焉，暮則羈雌迷鳥宿焉。獨鵠晨號乎其上，鵾雞哀鳴翔乎其下。①

枚乘描寫龍門之桐，先圍繞其生長環境，依次敘寫上下之山川、冬夏之氣象、朝暮之禽鳥。在描繪百丈之谿時寫道："湍流溯波，又澹淡之。""湍流"指急流，"溯波"指逆流的波浪，"澹淡"指水波紆緩的樣子。接着又羅列了冬日漂霰飛雪、夏日雷霆霹靂等各種天氣現象，以及鸝黃鳱鴠、獨鵠鵾雞等禽鳥鳴啼於上下。這種將相同事物前後接連的敘述手法，即是漢賦中的"比物連類"。因爲漢字的象形

---

① 蕭統編，李善注：《文選》，上海古籍出版社，1986年，第1562頁。

特點，同類事物往往使用同一義符，連類就會造成字形相近的字詞輻輳成群，是極富藝術表現力的修辭技巧。正如錢鍾書所言："'連類'即'詞采'，偶儷之詞，緟於散行，能使'意'寡而'視'之'如似多也'。"① 漢賦中羅列鋪陳事物的段落文辭繁豔，正是漢賦詞采緟麗的集中表現。連類有意寡而詞豐的藝術效果，這對漢賦宏富風格的形成有一定的影響。古人對於"連類"與文章風格的關係有所認識，如陳騤《文則》庚條："文有數句用一類字，所以壯文勢，廣文義也。"② 比如上文所引的《七發》，即被評為"筆力卻蒼勁，自是西京格調，其馳騁處，真有捕龍蛇、搏虎豹之勢，成為千古傑作"③（《評注〈昭明文選〉》引孫月峯說）。《七發》之後，《子虛賦》《上林賦》《蜀都賦》等大賦，亦多見連類手法，不僅語意相對或相繼而出，且字形相近，使文風更趨宏富而雄壯。

　　《七發》是漢大賦的奠基之作，具有"腴詞雲構，夸麗風駭"④的特點，也被後起之賦家爭相仿效。文體的循序相因，使之後的漢賦襞積詞句，推尚繁豔。司馬相如的《子虛賦》《上林賦》即"繁類以成豔"，"材極富，辭極麗，而運筆極古雅，精神極流動，意極高，所以不可及也"。⑤ 相如賦作在文字運用與藝術風格上與《七發》有相似之處，故後人往往將相如賦作與《七發》並稱，稱"相如之賦，

① 錢鍾書：《管錐編》（一），生活·讀書·新知三聯書店，2007年，第523頁。
② 陳騤：《文則》，商務印書館，1937年，第23頁。
③ 費振剛、仇仲謙、劉南平：《全漢賦校注》，廣東教育出版社，2005年，第52頁。
④ 范文瀾：《文心雕龍注》，人民文學出版社，1958年，第254頁。
⑤ 王世貞著，陸潔棟、周明初批注：《藝苑卮言》卷二，鳳凰出版社，2009年，第32頁。

枚乘《七發》，一時兩雄，不可偏廢"①（《評注〈昭明文選〉》引邵子湘語）。這句評論雖不專指賦作的語言，但對語言的評價也是其中應有之義。西漢後期，揚雄賦作亦喜按類鋪陳，且字詞古奧生僻，故劉勰有"搜選詭麗"的評價。范文瀾注釋此語，認爲劉勰意指"子雲多知奇字，亦所謂搜選詭麗也"②。通觀揚雄賦作，在鋪陳事物的段落中，所用文字古奧，且多以連類手法相組綴，但字形並未完全義符化。

西漢賦家雖多用連類的手法，但並未將字形義符化作爲追求文字整飭與規模的重要手段，雖然有文字"詭麗"之評，但究其原因，在於多用古字，故後世遂以爲奇僻。東漢賦家對西漢賦作既有模擬，又欲超越，故在連類手法的運用上更趨極致，文字上則順應字形義符化的發展趨勢，這就使東漢賦的字形特點更爲明顯，字義也得以更直觀地呈現。比如同樣是描寫禽鳥，《七發》"朝則鸝黃鳱鴠鳴焉，暮則羈雌迷鳥宿焉。獨鵠晨號乎其上，鶤雞哀鳴翔乎其下"，四句中出現六種鳥，鳥部形近字共八個；《上林賦》"鴻鸕鵠鴇，駕鵞屬玉，交精旋目，煩鶩庸渠，箴疵鴚鸕"，四句中共列舉十二種鳥，鳥部字共八個；《蜀都賦》"其中則有翡翠駕鵞，晨盧鷫鷞，霍鵯鷫鸘"，三句中出現了八種鳥，鳥部字共八個。綜合來看，西漢大賦連類句中鳥旁同類字規模基本相同。東漢張衡的《南都賦》中也出現了同樣的鳥部連類："其鳥則有駕鵞鵠鷺，鴻鴇駕鵞，鶬鴰鶬鴰，鷫鷞鵁鶄

---

① 費振剛、仇仲謙、劉南平：《全漢賦校注》，廣東教育出版社，2005年，第40頁。
② 范文瀾：《文心雕龍注》，人民文學出版社，1958年，第705頁。

鷉，嚶嚶和鳴，澹淡随波。"①這段文字中，連續羅列了十一種禽鳥，鳥部字多達十七個，多個同形旁字連類而出，令人印象深刻。這當中有些字正是文字義符化的結果，如"鷫鵊"西漢賦作中寫作"肅爽"，"鵾"寫作"昆"，"鸕"寫作"盧"。由對比可知東漢時期漢賦文字義符化的普遍性，當它與連類手法相結合，在同類字形的規模和整飭上，表現出對西漢賦作的明顯超越。

漢賦是形式的藝術，對文字美的追求是其文體特徵之一。文字之美不僅指字義，也包括對字形美的追求。東漢賦作中的字形義符化及連類手法，是賦家對西漢大賦模擬的結果，也是對這種形式的極致探索。東漢賦家爲追求大賦的宏富壯麗，大量使用義符化字形，雖然在規模上超越了西漢賦作，但在藝術效果上卻不盡如人意。以張衡的《南都賦》爲例，其鋪采摛文、繁富華丽的特點非常明顯，其中連類手法的運用、義符化的字形，使作品描寫鳥獸卉植的字形在規模與整飭上都超越了西漢大賦，但綜觀其行文，多以"其魚""其鳥"進行整段的羅列鋪陳，直綫平面式的鋪敍、板塊式的結構，使作品的羅列痕迹明顯，結采綿靡，"雖極點染，無以洞目駭心"②（《評注〈昭明文選〉》引陸雨侯語）。後人以此文爲"規矩準繩之文，逐節敍去，畫工細，第逐段稍拘，未極宏肆之致，意態不踊躍"（《評注〈昭明文選〉》引孫月峯語），確爲高論。枚乘、司馬相如的賦作以空間次序鋪陳事物，立體而自然，故雖繁富連類而有雄

① 費振剛、胡雙寶、宗明華輯校：《全漢賦》，北京大學出版社，1993年，第459頁。
② 費振剛、仇仲謙、劉南平：《全漢賦校注》，廣東教育出版社，2005年，第744頁。

壯流動之勢。東漢大賦連類的手法與漢字義符化的趨勢相結合，使東漢辭賦在形式與規模上超越了西漢辭賦，但卻陷於冗滯堆垛。

綜上，自《七發》始，連類即成爲漢賦創作的常見手法，因漢字義符化的趨勢，東漢賦作的文字整飭與規模都超越了西漢，但藝術成就上卻未能有所突破。"諸公馳騁文詞，而欲齊驅枚乘，大抵機括相同，而優劣判矣。"[①] 兩漢賦作的優劣之別，反映出東漢賦家在形式追求上的誤區，也再次證明，文學形式的審美價值是有限的，並且無法完全獨立，只有與作品的思想内容、情感表達相契合，才能達到更高的藝術水準。

三 漢賦字形的繁化與簡化

漢賦文字的義符化是兩漢以及魏晉南北朝時期文字發展演變的重要現象，這看似與漢字簡化的大趨勢悖反，但在字形繁化的現象背後，卻隱含着深層的簡化訴求。這種繁化與簡化的悖反統一，也體現在漢賦的字形義符化進程中。

字形義符化是在原有的字形上增加與字義相關的義符，因而必然會出現字形繁化的結果。繁化與簡化看似完全矛盾，但在實際的文字發展過程中，兩者並非不可調和，有時繁化恰恰是應簡化的需求而產生的。書寫文字的目的是記錄和傳播，從這個意義上來說，文字字義的重要性占首位。大多數義符具有一定的表義功能，往往

---

① 謝榛：《四溟詩話》卷一，叢書集成初編，中華書局，1985年，第15頁。

使人一望而知大致的種屬類別或相關事象，即"凡某之屬（類）皆從某"的形義對應關係。因而文字在字形上增加義符，實質上維繫和加強了漢字表意的系統性與構形的邏輯性，實際上達到了文字認知和閱讀的簡易化效果。尤其是某些漢字因爲義項的增多，本義變得更爲隱晦，這就在客觀上使字形義符化具有合理性。比如"莫"本義是傍晚，太陽落山的時候，後來引申義"不，沒有"成爲主要義項，其本字只好又增加一個與時間密切相關的"日"字形符，寫作"暮"字，來表示"傍晚"的本義。這樣一來，漢字就通過增加義符，重新強化了字形與字義的對應關係。義符的增加使漢字字義得以直觀化，由字形可推知大致屬類，如"倉庚"寫作"鶬鶊"，一望而知其爲鳥類；"武夫"寫作"碔砆"，一望而知其爲石類；"夫容"寫作"芙蓉"，一望而知其爲草木類。這類增加義符的字形雖然比之前更加繁複，卻使字義的認知更加直觀和簡化。如上文所論，字形義符化在東漢時期已成爲文字發展的普遍現象，並直接體現在漢賦創作和辭書編纂中。

　　文字增加義符的現象與漢字本身的屬性及漢人的思維特點有關。"作爲一種輔助語言進行交際的符號系統，漢字確實更注重圖象性，力圖擺脫語音的糾纏，使語義通過生動形象、具體可感的字形本身顯示出來，使之符合漢人目及於象，道存於胸的認知方式。"[1] 文字義符化既符合漢字的圖象性特點，也符合漢人的認知方式，因而具有

---

[1]　陶健：《試論漢人思維方式對漢字的影響》，《鄭州大學學報》（哲學社會科學版），1988年第6期，第47頁。

一定的合理性。由兩漢至南北朝時期，字形的變化非常普遍，一些
文學家已關注到這一現象，比如顏之推即以切身體會提出文字應盡
量從古，但同時也要通權達變。"許慎檢以六文，貫以部分，使不得
誤，誤則覺之。……大抵服其爲書，隱括有條例，剖析窮根源，鄭
玄注書，往往引以爲證；若不信其說，則冥冥不知一點一畫，有何
意焉？"① 這是說《說文》的體例、內容合理，文字考釋注重本義，故
在東漢時成爲經學注疏的重要依據。從辭書史來看，《說文》確實起
到了規範漢字、釐清本源、減少訛誤的作用。同時顏之推也認識到
不可拘泥於辭書，要適應文字的發展，因時通變：

> 　　世間小學者，不通古今，必依小篆，是正書記；凡《爾雅》
> 《三蒼》《說文》，豈能悉得蒼頡本指哉？亦是隨代損益，互有同
> 異。……吾昔初看《說文》，蚩薄世字，從正則懼人不識，隨俗
> 則意嫌其非，略是不得下筆也。所見漸廣，更知通變，救前之
> 執，將欲半焉。若文章著述，猶擇微相影響者行之，官曹文書，
> 世間尺牘，幸不違俗也。②

顏之推是"南北兩朝最通博、最有思想的學者，經歷南北兩朝，深
知南北政治、俗尚的弊病，洞悉南學北學的短長"③，他所談文字運
用中堅持正字與隨俗變體的矛盾，反映了當時漢字發展變化的事實

---

① 顏之推撰，王利器集解：《顏氏家訓集解》，上海古籍出版社，1980年，第457—458頁。
② 顏之推撰，王利器集解：《顏氏家訓集解》，上海古籍出版社，1980年，第462—463頁。
③ 范文瀾：《中國通史簡編》，人民出版社，1965年，第277頁。

和文人的普遍心態。他對書證的切身體會以及由固執到通變的態度，正是當時文人對正俗文字的認識與接受過程。與此相似，漢賦文字的義符化發展軌迹，也是兩漢賦家用字觀念由依經好古到與時俱進的轉變。

漢字義符化雖有因形見義的功能，但顯然也增加了字形的煩瑣，與此相伴隨的，是這一時期漢語詞語由單音節向雙音節轉變。雙音節詞具有更強大的區別語義的功能，以動詞爲例，"通過單雙音節詞的比較，我們可以明顯地看出，所有的雙音節詞都比單音節詞表義精確、明晰"①。雙音節詞的大量出現分擔了漢字的表義壓力："當詞語的繁衍主要是靠延長語音長度來實現後，也就擺脫了詞語對漢字的依賴，擺脫了單音詞對漢字的依賴，使漢字繁化的功能急劇降低。中古以後漢字繁化對漢語詞語的發展遠不如早期那樣來得重要。漢字就由原來由'讀'與'寫'雙重壓力構成的運行機制變成了主要由'寫'的壓力。方便於'寫'的追求也就要求漢字做到結構簡單、筆畫省減。這就是漢字簡化背後的語言原因。"②中古之後，雙音節詞強大的區別詞義的功能，加之中古時期文字義符化已基本完成，漢字開始進入以便利書寫爲主要訴求的階段，義符化階段即告終結。

字形繁化一旦脫離了文字特性與交流的實際需求，缺少理性與規範的束縛，就會逐漸走向訛濫，失去生命力。後世學者在回顧審

①　張國憲：《現代漢語動詞的認知與研究》，學林出版社，2016年，第66頁。
②　蘇新春：《漢字的語言性與語言功能》，山東教育出版社，2014年，第246頁。

視這一時期的漢字演變時，多有不滿並屢加批判，如唐玄度即以爲：
"秦焚詩書，塞人視聽；漢興典籍，以廣聰明。伏以鼴鳥之文，去聖
彌遠，點畫訛變，遂失本源。"① 杜鎮球指出有漢以來字形變化之巨：
"自隸書盛行，而音形誼三者或者謬爲合併，或強爲分析，任意改
作，惟變所適。"② 隸變中，字形義符化屬於"惟變所適"的一種。文
字繁化訛變的現象漸至氾濫，文字與古代文獻典籍出入較大，故而
帶來了客觀上的文字阻礙。但將之一概歸爲"任意改作"，則顯然過
於武斷。字形義符化符合當時文字發展運用的實際需要，有一定的
合理性，不可全部否定。

　　與後世文學作品相比，漢賦文字詭奇僻難的特點較爲明顯，也
因而爲後世學者文人所詬病："兩漢賦多使難字，堆垛聯綿，意思重
疊。"③ 再如祝堯以爲漢賦多奇字，使"讀者苦之"，並以爲"若夫霧
穀組麗，雕蟲篆刻，以從事於侈靡之辭，而不本於情，其體固已非
古，況乎專尚奇難之字以爲古，吾恐其益趨於辭之末，而益遠於辭
之本也"。④ 對漢賦好用"奇難之字"的指責，固然有一定的道理，
因爲它確實給閱讀增加了阻礙，但同時也要看到這是後人在自身文
化知識背景下所做的評判。從文學審美的角度來看，漢賦中保留的

① 唐玄度：《新加九經字樣·序》，商務印書館，1936年，第9—10頁。
② 杜鎮球：《篆書各字隸合爲一字篆書一字隸分爲數字舉例》，載《考古》第2期，考古學
　社，1935年，第29頁。
③ 謝榛：《四溟詩話》卷四，叢書集成初編，中華書局，1985年，第65頁。
④ 祝堯：《古賦辨體》卷四，轉引自劉志偉主編：《文選資料彙編·賦類卷》，中華書局，2013
　年，第66頁。

奇難僻字及多變的字形，是遮蔽其光芒的雲霧，但從文字學的角度來看，卻仿佛是古文字的化石，反映出漢代文字發展的軌迹，也體現出漢賦文字由依經據典到應時適俗的轉變。

文字是語言的符號，是文學創作的基本因素，與文學作品的形式和藝術風格密切相關，"是以綴字屬篇，必須練擇"[①]。漢賦既依經據典運用並保留了古字，也順應時變，形成了字形的義化、繁化現象。漢賦字形的獨特性既是作家精心選用字詞、自覺追求藝術形式與風格的結果，也有漢代辭書的影響。漢賦字形與辭書的對比研究，真實反映出漢賦與小學間相互促進、彼此影響的關係。

---

① 范文瀾:《文心雕龍注》，人民文學出版社，1958年，第624頁。

第二章

漢賦詞彙及其與漢代辭書的關聯

　　文字是文學作品最基本的載體，但從表義功能上來看，最小的能夠獨立運用的有意義的語言單位則是詞，因而"漢語的基本結構單位是'詞'而不是'字'"①。漢賦作品中的文字字形固然重要，但最終仍要回歸到語義層面才能完成表達這一根本目的。這就是說，要考察漢賦在語義表達上的特點，詞彙是合適的研究對象。

　　漢賦作爲文學作品，追求形式與內容的同榮並茂，正所謂"文雖新而有質，色雖糅而有本，此立賦之大體也"②。漢賦在字形上精心選擇、着意安排的同時，在運用詞彙、內容表達上也有非常鮮明的特點，它既影響着漢賦藝術風格的形成，也反映出漢賦家獨特的審美觀念。漢賦鴻篇巨制，詞彙數量極爲可觀，一定程度上反映了漢代語言文字的發展狀況。《凡將》《急就》《方言》《說文解字》《釋名》《廣雅》等辭書，反映了這一時期小學發展的巨大成就。對比兩者在詞彙上的異同，當可總結出漢賦詞彙的特點及其與辭書的關聯。

---

① 蔣紹愚：《漢語歷史詞彙學概要》，商務印書館，2015年，第21頁。
② 范文瀾：《文心雕龍注》，人民文學出版社，1958年，第136頁。

第一節　漢賦詞彙的創新與承傳

　　詞的義項並不是一成不變的，隨着社會發展與交流的需要，有些詞在原有詞義的基礎上進一步發展，產生了新的引申義或比喻義。漢代是詞彙發展的重要時期，漢賦中詞彙的豐富性超越了以往的文學作品。與先秦時期相比，漢賦詞彙既有穩定承傳的一面，也有明顯的變化創新。

　　兩漢魏晉南北朝是漢語發展的重要階段，語言和文字都產生了較大的變化，漢賦中的語詞在魏晉時已經"翻成阻奧"，與今人閱讀漢賦時艱澀滯阻、佶屈聱牙、難以卒讀的感受頗爲相似。漢賦研究者在評價這一現象時，往往歸因於漢賦家的逞才好奇，這是基於漢賦的直觀總體印象和文學史料得出的結論，論證難免疏闊。只有深入梳理並考察漢賦詞彙的具體運用，進行全面的歷時性研究，才能了解漢賦詞彙的特點，總結其發展變化的軌跡。從創作時期、作品數量及地位、影響來看，司馬相如、揚雄、班固、張衡分別是西漢早期、後期以及東漢早期、中期最有代表性的漢賦家，以他們賦作中的詞彙運用情況作爲案例，加以梳理、分析、對比，當可總結出不同時期漢賦詞彙的特點。

一　西漢賦作中的首見詞

　　漢賦詞彙的創新性集中體現在首見詞上。"首見詞是指根據現有材料能夠證明的，漢語史上第一次出現在某一典籍中的詞。"① 對首見詞的研究意義在於"揭示出漢語詞彙的初始狀態，尤其是詞彙動態運用的早期狀態，還原漢語詞彙早期出現的語境，這是實證意義上的語源探索"②。漢賦中的首見詞是漢賦的語言學價值之一，也是衡量漢賦語言創造力的重要標準。以漢賦首見詞中的聯綿字爲例，有研究者統計："《上林賦》使用聯綿詞沿用舊詞與新造詞之比爲 21：80（前一個數字爲沿用舊詞數，後一個數字爲新造詞數），《洞簫賦》爲16：50，《南都賦》爲 12：35，《羽獵賦》爲 7：22。"③ 漢賦中的首見詞，既包括這些聯綿字，也包括普通詞彙。

（一）相如賦中的首見詞與舊詞新義

　　西漢賦作中，司馬相如的賦作中有較多的首見詞。試以《上林賦》中描寫崇山的句子爲例：

　　　　崇山矗矗，巃嵸崔巍。深林巨木，嶄巖參嵯。九嵕巁嶭，南山峩峩。巖阤甗錡，摧崣崛崎。④

這個段落中，矗矗、嶄巖、巁嶭、巖阤、甗錡、崛崎等詞，都屬於首見詞，約占整個句子的一半，數量可觀。另外三個詞巃嵸、崔巍、

----

① 陳長書：《〈國語〉首見複音詞研究》，載《詞彙學理論與應用》（五），商務印書館，2010年，第400頁。
② 陳長書：《〈國語〉首見複音詞研究》，載《詞彙學理論與應用》（五），商務印書館，2010年，第400頁。
③ 郭瓏：《〈文選·賦〉聯綿詞研究》，巴蜀書社，2006年，第114頁。
④ 蕭統編，李善注：《文選》，上海古籍出版社，1986年，第365頁。

摧崣見於其他作品:

> 巃嵸、摧崣　董仲舒《山川頌》:"山則巃嵸嵓崔, 摧崣崟巍。"①
>
> 崔巍　東方朔《七諫·初放》:"高山崔巍兮, 水流湯湯。"②

崔巍、摧崣與《詩經·小雅·谷風》中的"崔嵬"是同一聯綿詞。此外, 還有一些詞語及詞組來自先秦典籍, 如:

> 深林　《荀子·宥坐》:"夫芷蘭生於深林, 非以無人而不芳。"
>
> 巨木　《呂氏春秋·慎行論》第二:"陵上巨木, 人以爲期, 易知故也。"
>
> 參差　《詩經·周南·關雎》:"參差荇菜, 左右芼之。"
>
> 南山　《詩經·小雅·節南山》:"節彼南山, 維石巖巖。"
>
> 裁裁　《楚辭·招魂》:"增冰裁裁, 飛雪千里些。"

這段文字中的詞語, 一定程度上反映了西漢初期賦家用詞的狀況。首先, 辭賦重視語言, 大多"雖引古事, 而莫取舊辭", 反映在詞語運用上, 有明顯的求新尚異的特點。其次, 漢賦首見詞多用形聲假借手法構建, 聯綿字和疊音詞占大多數。如上文所引的研究成果即統計出,《上林賦》中新造聯綿字多達八十個。黄侃指出漢賦家多以形聲假借之法自創新詞:"此蓋因揚、馬之流, 精通小學, 故能撮字

---

① 董仲舒:《春秋繁露》, 上海古籍出版社, 1989年, 第87頁。
② 洪興祖:《楚辭補注》, 中華書局, 1983年, 第236頁。

書之單詞，綴爲儷語，或本形聲假借之法，自鑄新詞。"①漢賦家爲極物寫貌，窮力追新，利用自身豐厚的小學知識，將單音節詞綴合成新的雙音節詞。大量新詞的運用，使漢賦呈現出不同於以往文學作品的語言風貌。

　　首見詞之外，從上文所舉句例來看，仍有部分詞語來自於先秦典籍，分別是《詩經》《楚辭》和諸子散文，這也顯示出漢賦詞彙對經典的承傳與依據。司馬相如賦作向來有"弘麗溫雅"②之譽，這一風格的形成與詞彙的運用不無關係。司馬相如並非只是機械地沿用固有詞語，有時還會創造性地使用舊詞並賦予新義。比如"藹藹"一詞，最早見於《詩經·大雅·卷阿》："藹藹王多吉士。"《傳》："藹藹，猶濟濟也。"《爾雅·釋訓》："藹藹、濟濟，止也。"郭璞注："賢士盛多之容止。"據此可知，藹藹爲盛多貌。司馬相如《長門賦》中也使用了"藹藹"一詞："望中庭之藹藹兮，若季秋之降霜。"李善注："藹藹，月光微闇之貌。"這是"藹藹"一詞此前未有的義項，詞義的創新拓展了詞語的運用範圍，從而具有更強的表現力。

　　再如"褰"這個動詞，《詩經·鄭風·褰裳》："子惠思我，褰裳涉溱。"高亨注："褰，用手提起。"③《子虛賦》："襞積褰縐。"張揖注："褰，縮也。縐，裁也。"司馬貞《索隱》引蘇林曰："褰縐，縮

---

① 黃侃：《文心雕龍札記》，華東師範大學出版社，1996年，第296頁。
② 班固：《漢書·揚雄傳》，中華書局，1962年，第3515頁。
③ 高亨：《詩經今注》，上海古籍出版社，2009年，第120頁。

蹙之也。"縮指縮疊之意，緅也有皺縮之意，"襃緅"合成了一個新的複合詞，指衣裙的褶皺縮疊成裥。"襃"的詞義與之前的單音詞確有相關之處，但並不完全相同，形式上也發生了改變。

相如賦作對詞語的創新性不止於此，有時同一詞語的詞義也不完全一致。如"案衍"一詞，首見於《子虛賦》："其南則有平原廣澤，登降陁靡，案衍壇曼。"① "案衍"是形容地勢之低窪。《上林賦》中也出現了"案衍"一詞："《韶》《濩》《武》《象》之樂，陰淫案衍之音。"② 這裏的"案衍"則形容樂聲的低平綿延。兩者有一定的意義關聯，但顯然並不相同。這是同一詞語因運用而產生的新的引申義。

綜上，司馬相如賦作詞彙的創新性通過兩個方法來實現：一是大量創造新詞，二是舊詞新義，三是一詞多義。其賦作詞彙的瑋麗豐富，反映出早期漢賦活躍的創造力以及漢賦家令人驚歎的語言能力。

（二）揚雄賦中的首見詞及沿用詞

詞彙創新的特點在漢賦家揚雄的賦作中也有所體現。揚雄是小學家，著有《方言》《訓纂》，知殊方絕域之語，加之對司馬相如的有意模擬，其賦作的首見詞亦時時可見。以《文選・羽獵賦》中的兩句為例：

舉烽烈火，嘼者施技，方馳千駟，狡騎萬師。虓虎之陳，

① 蕭統編，李善注：《文選》，上海古籍出版社，1986年，第350頁。
② 蕭統編，李善注：《文選》，上海古籍出版社，1986年，第375頁。

從橫膠轕。猋拉雷厲，騄駓骖礚。①

據存世文獻，其中屬首見詞有施技、狡騎、虓虎、猋拉、雷厲、騄駓、骖礚。這些創新詞語約占句子的一半，創新性差可比肩於相如。

其他沿用的固有詞語分別見於先秦典籍，如《詩經》《墨子》《孟子》《晏子春秋》《楚辭》等，其中有些詞語在漢賦中有所承襲，也有的在漢賦中發生了改變，出現了新的義項。

以"膠葛"一詞爲例，《楚辭·遠游》："驕膠葛以雜亂兮。"王逸注："參差駢錯，而縱橫也。"②此處"膠葛"指纏綿雜錯貌。司馬相如《大人賦》"雜遝膠轕以方馳"，《索隱》引《廣雅》："膠轕，驅馳也。"③"膠轕"字形有變化，詞義相同。而揚雄賦作中"膠轕"凡兩見，一是《甘泉賦》："齊總總以撙撙，其相膠轕兮，猋駭雲訊，奮以方攘。"④"膠轕"義爲雜亂的樣子，與《楚辭》中的字形、意義相同。二是《羽獵賦》："從橫膠轕。""膠轕"義爲交錯糾纏貌，與《楚辭·遠游》《大人賦》形異而義同，屬於承襲沿用。這一詞語的新義出現在東漢王延壽《魯靈光殿賦》中："洞轇轕乎其無垠也。"⑤"轇轕"即"膠葛"的同詞異形，義爲深遠貌，與《楚辭·遠游》相比，

---

① 蕭統編，李善注：《文選》，上海古籍出版社，1986年，第393頁。
② 洪興祖：《楚辭補注》，中華書局，1983年，第169—170頁。
③ 司馬遷撰，裴駰集解，司馬貞索隱，張守節正義：《史記》，中華書局，2013年，第3684頁。
④ 蕭統編，李善注：《文選》，上海古籍出版社，1986年，第323頁。
⑤ 蕭統編，李善注：《文選》，上海古籍出版社，1986年，第510頁。

形義並異。

揚雄賦中也有對漢賦詞彙的創新。如"允溶"一詞，首見於司馬相如《上林賦》："陂池貏豸，允溶淫鬻。"司馬貞《索隱》引郭璞云："游激淖衍兒。"張守節《正義》引張揖曰："水流谿谷之閒也。"《全漢賦校注》："水緩流的樣子。"揚雄《羽獵賦》中的"允溶"一詞寫作"沇溶"："萃傱沇溶，淋離廓落，戲八鎮而開關。"李善注："沇溶，盛多之貌也。"① 這裏的"沇溶"指盛大貌，與相如賦中"允溶"指水緩流貌顯然不同，是典型的舊詞新義。

漢賦詞彙創新分爲首見詞和舊詞新義，其中漢賦首見詞在之後賦作中的承襲和創新，體現出詞語在文體內部的傳遞與革新。

二 東漢賦作的詞彙承傳與創新

與西漢賦作相同，東漢賦作的詞彙運用亦既有承傳，也有創新。在承傳上，一是對先秦經典文獻的倚重，二是對西漢賦作首見詞的大量運用。在創新方面，一是舊詞新義，二是首見詞的出現與運用。

首先，東漢賦作大量引用經傳詞彙。以班固爲例，劉勰評其《兩都賦》"明絢以雅贍"②。所謂"明絢雅贍"，即是指作品暢達絢麗、雅正豐贍的特點。任何文學風格都與作品語言密不可分，《兩都賦》詞彙的選擇運用，體現出與儒家經典的密切關聯。《後漢書》中的《東都賦》，共有李賢注疏七十三條，幾乎條條引經據典。據筆者

① 蕭統編，李善注：《文選》，上海古籍出版社，1986年，第392頁。
② 范文瀾：《文心雕龍注》，人民文學出版社，1958年，第135頁。

統計，其中《詩經》出現二十五次，另有《毛詩》六次、《韓詩》二次、《魯詩》一次，《詩經》類經籍共計三十四次。《尚書》十七次，《禮記》七次，《周禮》四次，《易》六次，《春秋》及三傳共十六次，“六經”一詞出現兩次。班固是明經通儒，在賦作中對先秦詞彙及典故的大量援引，最多出自經類，尤其是五經。史書如《國語》《戰國策》《史記》《漢書》，辭書如《爾雅》《說文》《方言》《字書》等，諸子類如《論語》《孟子》《荀子》《韓非子》《列子》《淮南子》等，都有多則十餘次、少則一二次的援引。另外，其中還有西漢賦家司馬相如及揚雄的作品出現。這些足以體現《東都賦》在詞彙運用上的依經據典，其種類之繁、數量之多，在賦作中實爲顯例。

　　班固之後，賦作引經據典的風氣直至漢末仍然盛行不衰，舉凡漢賦名家如張衡、馬融、王延壽、蔡邕等，概莫能外。以張衡爲例，其賦作對經傳的運用也非常之多，尤其是《東京賦》，以開篇首段爲例：

　　　　安處先生於是似不能言，憮然有間，乃莞爾而笑曰：“若客所謂，末學膚受，貴耳而賤目者也！苟有胸而無心，不能節之以禮，宜其陋今而榮古矣！由余以西戎孤臣，而悝繆公於宮室，如之何其以溫故知新，研覈是非，近於此惑？”[①]

這段是賦中的散體，乃陳述議論之語，據李善注，引《論語》三次，

①　蕭統編，李善注：《文選》，上海古籍出版社，1986年，第93—94頁。

《孟子》《新論》《韓詩外傳》《史記》各一次，另引《國語》《禮記》注文各一次。賦的散體部分不是最重辭采的部分，仍徵引頻繁，足證張衡賦作與先秦典籍聯繫之緊密。

　　兩漢賦作的異同歷來是學者們關注的問題，前人多有論述。如清人程廷祚《青溪文集》中即有"賦至東京，長卿、子雲之風未泯，雖神妙不足，而雅贍有餘"①的評論。所謂"雅贍"，指文辭典雅富麗。由能獨立使用的最小的語義單位詞來看，東漢賦作中既沿用了先秦經典詞彙，同時也對西漢賦作的詞彙多有承襲和運用。西漢賦作中的首見詞，在重視承傳與模擬的東漢賦作中得到了運用，增加了成爲穩定的文學語言的可能，形成了漢賦文體內部的語言傳承。

　　西漢賦家文辭瑋麗，司馬相如與揚雄是其中的代表。如上文所論，相如賦中的首見詞在揚雄賦中也有運用，這說明賦作內部的詞彙承傳早自西漢即已開始。如"壇曼"一詞，始見於司馬相如《子虛賦》："其南則有平原廣澤，登降阤靡，案衍壇曼。"《文選》引司馬彪注"壇曼，平博也"②，義指平坦寬廣。這個首見詞在揚雄《甘泉賦》中也有運用："平原唐其壇曼兮，列新雉於林薄。"李善注："《子虛賦》曰：'案衍壇曼。'"③揚雄賦中的"壇曼"一詞，詞義、用法皆與司馬相如賦作相同，故李善注特引《子虛賦》來解釋。揚雄作賦本以相如爲圭臬，《漢書》本傳中記載："蜀有司馬相如，作

① 程廷祚：《青溪文集》卷三，清道光十七年東山草堂刻本。
② 蕭統編，李善注：《文選》，上海古籍出版社，1986年，第350頁。
③ 蕭統編，李善注：《文選》，上海古籍出版社，1986年，第324頁。

賦甚弘麗溫雅，雄心壯之，每作賦，常擬之以爲式。"① 從揚雄對司馬相如賦作首見詞的運用來看，確實有明顯的學習和模擬的痕迹，如鬱律、肸蠁、崔嵬、巀嶭等詞，皆蹈襲於相如賦。東漢賦家對西漢賦家的學習則有過之而無不及，以張衡賦作爲例，相如、揚雄賦作中的詞彙時有運用，如隱轔、鬱律、沛艾、割鮮、攢立、布濩、肸蠁、陸梁、威弧、浮柱等等。漢賦文體內部的詞彙承傳非常明顯，詞彙描寫的事物往往相同，有時連句式也加以借鑒化用。試以張衡與司馬相如、揚雄、班固賦作中相同詞語的句子爲例，對比中更能看清兩者之間的密切關係：

1. 司馬相如《上林賦》："皓齒粲爛，宜笑的皪。"

　張衡《七辯》："皓齒朱唇，的皪粲練。"

2. 司馬相如《大人賦》："沛艾赳螑仡以佁儗兮，放散畔岸驤以孱顏。"

　張衡《東京賦》："六玄虬之弈弈，齊騰驤而沛艾。"

3. 司馬相如《上林賦》："丘虛堀礨，隱轔鬱嵍。"

　張衡《西京賦》："隆崛崔崪，隱轔鬱律。"

4. 司馬相如《子虛賦》："騖於鹽浦，割鮮染輪。"

　班固《西都賦》："割鮮野食，舉烽命爵。"

　張衡《西京賦》："割鮮野饗，犒勤賞功。"

5. 司馬相如《上林賦》："攢立叢倚，連卷櫐佹。"

---

① 班固：《漢書》，中華書局，1962年，第3515頁。

　　　　張衡《南都賦》："攢立叢駢，青冥肝瞑。"

　　6. 司馬相如《上林賦》："布護閎澤，延曼太原。"

　　　　張衡《南都賦》："布護漫汗，潒沆洋溢。"

　　7. 揚雄《甘泉賦》："飛蒙茸而走陸梁。"

　　　　張衡《西京賦》："怪獸陸梁，大雀踆踆。"

以上七組句子中，對比前後句式，張衡賦作中的詞彙與句式皆與之前賦作相似，如"皓齒朱唇，的皪粲練"與相如賦作中的"皓齒粲爛，宜笑的皪"，"的皪"一詞描繪的事物相同，字形一致；"割鮮野饗，犒勤賞功"與班固賦中的"割鮮野食，舉烽命爵"，"割鮮"的用法、字形也相同；"布護漫汗，潒沆洋溢"與相如賦中的"布護閎澤，延曼太原"，"布護"一詞在字形和用法上極爲相似。由此可知，東漢賦作運用西漢賦作中的首見詞時，對句式也有明顯的模擬，這也進一步證實了漢賦文體內部的詞彙承傳。

　　東漢賦家對西漢賦作首見詞蹈襲較多，但也時有創新，在運用中賦予新的意義。以"鬱律"一詞爲例，司馬相如《大人賦》中首見："徑入雷室之砰磷鬱律兮，洞出鬼谷之堀礨崴魁。"顏師古注："砰磷鬱律，深峻貌。"[1] 鬱律指深峻險曲的樣子。揚雄《甘泉賦》："雷鬱律而巖突兮，電倏忽於牆藩。"顏師古注："鬱律，雷聲也。"[2] 鬱律擬狀雷聲，這是"鬱律"一詞在西漢賦作中的運用情況。東漢賦作中"鬱

① 班固：《漢書》，中華書局，1962年，第2597頁。

② 班固：《漢書》，中華書局，1962年，第3527—3528頁。

律"也是常用詞，如班固《終南山賦》："嶔崟鬱律，萃于霞雰。"[①]
鬱律，亦指高峻貌。張衡《西京賦》："隆崛崔崒，隱轔鬱律。"李善
注："山形容也。"[②]張震澤注："深峻貌。"[③]可知詞義與相如賦相同。
馬融《長笛賦》："充屈鬱律，瞋菌碨抰。"李善注："皆衆聲鬱積競
出之貌。"[④]形容笛聲沈郁而競發之狀。從"鬱律"一詞的詞義來看，
司馬相如所用的原義"深峻貌"固然在東漢賦作中有所承傳，但在馬
融的賦作中，則用來形容聲音之沈悶郁積欲發，已經與相如賦作中的
首見詞詞義相去較遠，而是與揚雄賦中形容雷聲的"鬱律"有相通之
處，但也不完全相同，在承襲的基礎上有所創新。

　　東漢賦作對來自經學的詞彙也偶有創新，如"踟躕"一詞，首
見於《詩經·邶風·靜女》"搔首踟躕"，此處"踟躕"指徘徊猶疑之
貌。東漢王延壽《魯靈光殿賦》："西廂踟躕以閑宴。"李善注："踟
躕，相連貌。"[⑤]這顯然是"踟躕"一詞的新義項。這些舊詞新義的現
象，體現了東漢賦作語言在承襲基礎上的創新。

　　最後，在詞彙創新上，東漢賦作家也有顯著的成就，張衡即是
其中翹楚。他賦作中的首見詞非常普遍，如抗殿、苯蒪、岋嶪、炳
煥、蓊蔚、趥起、嘈嗷、濊潏、菌蠢、漫汗、蹁躚……這些首見詞
正是漢賦家作爲小學家的語言能力的集中反映。

---

①　費振剛、胡雙寶、宗明華輯校：《全漢賦》，北京大學出版社，1993年，第354頁。

②　蕭統編，李善注：《文選》，上海古籍出版社，1986年，第49頁。

③　張震澤：《張衡詩文集校注》，上海古籍出版社，1986年，第21頁。

④　蕭統編，李善注：《文選》，上海古籍出版社，1986年，第814頁。

⑤　蕭統編，李善注：《文選》，上海古籍出版社，1986年，第512頁。

已有的研究成果中對漢賦形容詞首見詞的統計，明確反映出兩漢賦家在詞彙創新上的總體水平："漢賦中共有雙音形容詞862個，發現漢賦新見雙音形容詞528個，占雙音形容詞總數61.1%。"[①] 這意味着漢賦中大多數形容詞都屬於新創。詞彙創新的熱情與追求，貫穿了兩漢賦作，成爲漢賦最明顯的語言特徵之一。

三　漢賦詞彙特點的成因

上文所論兩漢賦作的詞彙使用情況表明，漢賦已形成了自己的詞彙特點：大量創造新詞的同時，對固有詞彙創新性地運用，從而產生新的義項；沿用固有詞彙時，既依據先秦經典，也模擬前人賦作。這一特點的形成既有時代政治的影響，也有文化乃至時代審美心理的因素，更包含着賦家對文體的理解和認識。

（一）依經據典

由司馬相如、揚雄到班固、張衡，源於先秦經典的詞彙在漢賦中所占的比重日漸增大，這首先是因爲語言本身的延續性與實用性。同一文化系統內，用以表情達意的詞彙自然地得到承傳，西漢大賦雖極力求新求異，但同時也有明確的依經據典意識。

西漢賦家文體意識極強，如司馬相如就有"合纂組以成文，列錦繡而爲質"的賦論，體現了對賦體文辭的極致追求；揚雄則認爲"詩人之賦麗以則，辭人之賦麗以淫"，其本意雖然是強調詩人之賦

---

① 農海慧：《漢賦新見雙音形容詞研究》，廣西大學碩士學位論文，2008年，第11頁。

與辭人之賦的區別，但同時也指出了兩者的共同點在於"麗"，即賦作在文辭上的華美。

賦體發展至東漢，賦家的文體觀念已發生了一些改變，比如班固在談論大賦文體時，以《詩經》爲大賦源頭，認爲賦體的弊病在於"競爲侈麗閎衍之詞，沒其風諭之義"[①]，這顯然是以政教爲主的賦體觀，與西漢賦家對賦的文體認識差異顯著。班固本爲通經大儒，有這樣的賦體觀念並不奇怪，加之東漢經學影響日甚，文辭上摘採五經、斟酌經傳，也就順理成章了。張衡通經學而好詩賦，《東京賦》中曾評譏西漢賦家曰："故相如壯《上林》之觀，揚雄騁《羽獵》之辭。雖系以隤牆填塹，亂以收罝解罘。卒無補於風規，祇以昭其愆尤。"[②] 由此可知，張衡也注重賦作的諷諭價值，雖然他自己的賦作中不乏麗辭壯采，也有明顯的模擬痕迹。東漢賦家秉持着深受經學影響的文體觀，表現在詞語運用上，即是比西漢賦家更自覺地依經據典。

（二）自鑄新詞

自西漢初年至東漢末年，賦作名篇中都有較多的首見詞。這些新詞或取自於口語，或遵循語言規律創制，有一定的合理性。比如司馬相如《上林賦》"皓齒粲爛"中的首見詞"粲爛"。"粲"本指精制白米，引申爲鮮明光澤義；"爛"本義指用火烹煮食物至熟爛，引申爲光亮義。《詩經·唐風·葛生》："角枕粲兮，錦衾爛兮。"相如

---

① 班固：《漢書》，中華書局，1962年，第1756頁。
② 蕭統編，李善注：《文選》，上海古籍出版社，1986年，第132頁。

上下句各取一字，合爲一詞。“粲爛”自司馬相如賦中首見，後又寫作“燦爛”，如《東京賦》“燦爛炳煥”，薛綜注：“燦爛炳煥，絜白鮮明之貌。”《說文·火部》有徐鉉增補：“燦，燦爛，明淨皃。”“粲爛”實際上是兩個意義相近的單音節詞組合而成，用來形容並強調鮮明光潔之貌。“燦爛”一詞在後世的普遍運用，也證明了漢賦新創詞彙的合理性。

漢賦中的首見聯綿字與疊音字，有一些生命力較強，如崛崎、矗矗等。這些詞語經過漢賦家的精心選擇，不僅與所描繪事物相匹配，與句中的其他詞語也往往有字形、字義上的關聯，使賦作的語言更爲瑋麗，強化了漢賦的語言特徵。

漢賦中的創新詞也是漢賦文體需要的結果。漢賦是注重藝術形式的文體，句子是組成篇章的重要成分，從漢賦的總體發展來看，賦作句式有逐漸統一的趨勢。比如漢初大賦《七發》中，除飲食、游觀及觀濤的段落以四言句式爲主外，其他段落句式都比較雜糅。而《子虛賦》《上林賦》中，各個段落的句式整齊程度有明顯的提高，比如描寫山水、觀覽、林木、宴飲的段落主要是四言句式，描寫校獵及天子重德時多用三言或三四言雜用句式。在首尾處因敘事的需要而運用散體，句式比《七發》略顯整飭。東漢時期的賦作如張衡《二京賦》《舞賦》、馬融的《長笛賦》《圍棋賦》、蔡邕的《青衣賦》《彈琴賦》等，皆蹈襲相如，每個段落的形式趨於整齊一致。班固的《兩都賦》、張衡的《南都賦》等，除少量段落中句式一致外，大多段落的句式比較多樣、短長不忌，但往往兩兩相對，參差中透露出整齊和對稱。句式的整齊不僅關係到文學作品的形式美，也直接影響到誦讀的流暢與音聲的和諧，而誦讀正是漢賦重要的欣賞方式之一。形式與聲韻，都要求漢賦的句式以整齊對稱爲潛在規則，這就使漢賦家必須精心擇用詞彙，以適應這一要求。漢初單音詞居多，漢賦家就在詞語上加以創新，比如揚雄《羽獵賦》："舉烽烈火，彎者施技，方馳千駟，校騎萬師。虓虎之陳，從橫膠輵，猋泣雷厲，驞駢駖磕。"① 這段描寫皆用四言句式，其中"猋泣雷厲""驞駢駖磕"都是首見詞，也是口語書面化形成的詞彙。

綜上，漢賦家的文體意識以及漢賦句式的發展趨勢，是詞彙創新的重要因素。

（三）舊詞新義

舊詞新義是漢賦作品中出現的另一種詞彙創新現象，是順應文體表達的需要而產生的。字義、詞義的變化是語言特性之一，如黃侃《文心雕龍札記》所論："名無固宜，名無固實，在乎約定俗成。然造字之始，或含義本狹，而後擴充以爲寬，或含義至通，而後減削以爲局。至於採用之頃，隨情取捨，義界模糊。刑名文名，蓋由官府定著，論學術者亦或自定名例以便詮說，尋常文翰固無是也。故字義紛綸，檢擇無準。"② 字詞義項的增多、擴充乃至選擇、運用，不僅存在於學術研究中，文學作品中也很普遍。漢代社會發展對交

---

① 費振剛、胡雙寶、宗明華輯校：《全漢賦》，北京大學出版社，1993年，第188頁。
② 黃侃：《文心雕龍札記》，華東師範大學出版社，1996年，第242頁。

流及表達提出了更高的要求，舊有詞彙已無法滿足需要，除自創新詞外，另有一種方法，就是在已有詞彙的語義基礎上，引申、拓展、衍生出新的義項，使之能更好地滿足表達的多樣性需要。漢賦家正是順應了語言的自然發展需求，創造性地運用舊詞，以適應漢賦鋪張揚厲的文體特點。但這也同時造成了語義上的紛綸，進一步增加了漢賦閱讀與理解的難度。

漢賦中的首見詞與舊詞新用，使漢代詞彙在數量和表義功能上都有提高，促進了文學語言的豐富性和創新性。西漢賦作中出現的這些詞彙，在之後的賦作中往往又會被重複運用。這當然與漢賦家重視學習模擬前人賦作相關，揚雄就曾說過"能讀千賦則善賦"[1]。今天的學者也有同樣的認識："漢賦中有大量的詞彙，所以讀漢賦詞彙量會大增。"[2]漢賦首見詞在不同賦作描寫同類事物的段落中反復出現，且往往有相似的形式和意義，這固然是漢賦家遞相學習、模擬的結果，同時也是文體語言特徵固化的表現之一。這種語言特徵成爲漢賦區別於其他文體的顯著特點，即使今人的賦作，在描繪同一事物時也往往會運用與漢賦相同的詞語。

綜上，漢賦詞彙的創新和承傳與漢賦家的文體觀念、好異心理相關，與漢代社會的語言發展相關，與漢代經學文化的影響相關，是多個因素疊加的結果。在諸多因素當中，辭書編纂是應當得到關注但往往被忽略的一種。

---

[1]　馬總:《意林》卷三，清武英殿聚珍版叢書本。
[2]　許結:《賦學講演錄》，北京大學出版社，2009年，第157頁。

四 辭書與漢賦詞彙的存亡

漢賦中大量的首見詞代表着漢賦家高超的語言文字水平，它使漢賦語言瑰麗，也影響到後世許多文學作品。學者楊許波就曾指出，揚雄賦作中的首見詞，如泔淡、沸渭、青熒、淩兢、崇隆等，不但在東漢及魏晉六朝時期的賦作中出現，唐代詩文中也有運用。[①] 也有一些漢賦中的首見詞，猶如曇花一現，在後世文學作品中再無運用，成爲僵死的語言化石。漢賦首見詞的生命力差異如此之大，究其原因，除了詞彙本身外，辭書也起到了重要的作用。

辭書對語言文字的收錄和整理始終具有滯後性。以東漢時期的《說文》爲例，它收錄的主體仍是先秦經典文獻中的文字。漢賦中的首見詞雖然也有收錄和運用，但只占總量很小的一部分，而且大多數是在釋文中徵引。《說文》中的漢賦新創詞彙可見上文，此處不再詳論。《說文》之後，漢末辭書編纂並未隨王朝的衰陵而消亡，劉熙的《釋名》、服虔的《通俗文》皆編纂於此時。這些辭書各有特色，深入分析可發現，其內容、體例都與漢賦詞彙有一定關聯。與《說文》類似，《釋名》在釋訓中也運用了一些漢賦新創詞語，比如"陂陁"一詞，司馬相如《哀二世賦》："登陂陁之長阪兮，坌入曾宮之嵯峨。"[②]"陂陁"也寫作"陂陀"，如《文選·子虛賦》："罷池陂陀。"[③]《釋名·釋山》在釋文中運用了這一詞語："山旁曰陂，言陂

---

① 楊許波：《漢賦影響唐詩考論》，南京大學博士學位論文，2010年。
② 費振剛、胡雙寶、宗明華輯校：《全漢賦》，北京大學出版社，1993年，第89頁。
③ 蕭統編，李善注：《文選》，上海古籍出版社，1986年，第349—350頁。

阤也。"① 辭書中以"陂阤"釋"陂"，體現出漢末小學家對漢賦詞彙的關注和接受。《釋名》之後，《廣雅·釋丘》也有收錄："陂阤，險也。""陂阤"一詞在後世的詩賦作品中也時有出現，如唐代李華《含元殿賦》："靡迤秦山，陂阤漢陵。"温庭筠《七夕》詩："彎橋銷盡奈愁何，天气駘蕩雲陂阤。"宋元明清的詩文中也屢見運用。

再如"拂戾"一詞，首見於馬融《長笛賦》："牢剌拂戾，諸、賁之氣也。""拂戾"用來形容心情的違逆、不和順。《釋名·釋車》："彎，拂也。牽引拂戾以制馬也。"② 這裏"拂戾"是指用彎逆向牽制馬匹。後世詩文中也有運用，如宋人陳普有"無一毫之拂戾，無一息之改移"③ 之句，"拂戾"有違逆之義；宋人喻汝礪有詩《玉局洞石恪畫天仙四壁》："近之豪者郭忠恕，落筆拂戾如奔諸。"④ "拂戾"一詞指揮筆時逆筆所形成的豪邁不平之氣。

由以上兩例可見，《釋名》並未特意收錄整理漢賦詞彙，但在釋訓時有所運用。這一方面體現了漢代辭書編纂者對漢賦的熟悉，另一方面也表現出小學家對這些詞語的接納。辭書對漢賦詞彙的運用，反映的是漢賦創新詞彙的活力，對漢賦詞彙成爲後世文學作品語言起到了一定的推動作用。

① 劉熙撰，畢沅疏證，王先謙補，祝敏徹、孫玉文又點校：《釋名疏證補》，中華書局，2021年，第30頁。
② 劉熙撰，畢沅疏證，王先謙補，祝敏徹、孫玉文又點校：《釋名疏證補》，中華書局，2021年，第283頁。
③ 陳普：《石堂先生遺集》卷三，明萬曆三年薛孔洵刻本。
④ 程遇孫：《成都文類》卷十一，清文津閣四庫全書本。

　　東漢服虔的《通俗文》雖已亡佚，但由後人鈎沉輯佚所得的條目來看，這是"我國第一部專釋俗言俚語、冷僻俗字的訓詁學專著"①。它收錄的字詞也非常有特點，正如胡奇光《中國小學史》所言："它有不同於《說文》的特色，就在專收新字。那新字不僅指外來字，主要是指漢代新造的通用字，當然也收《說文》漏收的先秦古籍上的正字。"②漢代各類文學作品中，運用新造字和冷僻字最多的文體當推漢賦。而《通俗文》的出現，必有大量內容涉及賦作。服虔本身也是賦作家，據《後漢書》本傳："所著賦、碑、誄、書記、《連珠》、《九憤》，凡十餘篇。"③漢賦家要諳熟已有的賦作，方能模擬爲文，據此推論，漢賦中的冷僻字、首見詞對服虔編纂《通俗文》或有一定的影響。這從《通俗文》散存於《文選》注釋中的條目，也可窺見一斑。

　　張衡《西京賦》："廼使中黃之士，育獲之儔，朱鬘鬒鬒，植髮如竿。"其中的冷僻繁難字，當數"鬘鬒鬒"。李善引《通俗文》訓釋其中的"鬒"字："《通俗文》曰：露髻曰鬒。以麻雜爲髻，如今撮也。"鬒，《說文》："束髮少也。"顯然《通俗文》的解說更爲詳細，指出鬒義爲露髻，以麻布將頭髮纏束成豎起的髮髻，並不加簪巾。《說文》語焉不詳，《通俗文》的釋義更爲明晰形象，故李善注《西京賦》引《通俗文》而捨《說文》。薛綜也據此注"朱鬘鬒鬒，

---

① 段書偉：《通俗文輯校・前言》，中州古籍出版社，1993年，第1頁。
② 胡奇光：《中國小學史》，上海人民出版社，2005年，第110頁。
③ 范曄：《後漢書》，中華書局，1965年，第2583頁。

植髮如竿”一句：“絳帕額，露頭髻，植髮如竿，以擊猛獸，能服之。”①

再如《文選·上林賦》：“唼喋青藻，咀嚼菱藕。”“唼喋”即“唼喋”，“唼”字見於《楚辭·九辯》“鳧鴈皆唼夫粱藻兮”②，義爲吃食貌。喋，古作“啑”，又作“啑”。《文選》劉良注：“唼喋、咀嚼，皆食物貌。”李善注：“《通俗文》曰：水鳥食謂之啑。與‘唼’同。”啑，《說文》等辭書中無載，只有《通俗文》最早訓釋，且明晰易懂，故李善據以爲訓。“唼喋”（一作“唼啑”）一詞在後世的廣氾傳播和運用，主要原因固然是相如賦作的影響，但辭書的訓釋也起到了一定作用。

《通俗文》因亡佚而無法窺知其原貌，但由以上《文選》注中所引訓釋可知，與《說文》等記載雅言的辭書相比，《通俗文》對詞彙的解釋更爲具體形象。若無《通俗文》，漢賦中的有些首見詞詞義難免含混模糊，無法了解所描繪事物的具體形貌。可以說，《文選·賦》注釋中的《通俗文》佚文，爲我們了解這部辭書提供了文獻資料；而《通俗文》對漢賦首見詞的訓釋，則是漢賦詞彙在漢末傳播與運用的例證。

由《釋名》《通俗文》與漢賦詞彙關係的考察，我們可以明確地看到，漢賦爲辭書提供了詞目、例句，是辭書內容的重要來源；辭

---

① 蕭統編，李善注：《文選》，上海古籍出版社，1986年，第71頁。
② 洪興祖：《楚辭補注》，中華書局，1983年，第189頁。

書在漢賦詞彙的訓釋、載錄與傳播過程中也起到了一定作用，並對後世文學作品產生了影響。

第二節　漢賦疊字及其與辭書的關聯

漢賦詞語中有一類複合詞，構成詞的文字的字形、字音、字義完全相同，如"泱泱""泠泠""霏霏""時時"等，這便是古漢語中的疊字。現代漢語研究者認爲："把同一的字接二連三地用在一起……緊相連接而意義也相等的，名叫疊字。"[1] 古代學者又稱疊字爲"疊詞""重言""重文"或"重言形況字"等。

疊字有兩重屬性，它既是由相同的字連用而構成的特殊詞彙，同時也是利用語言文字本身的情趣增加藝術效果的一種修辭手法。漢賦中有大量的疊字，這些疊字的類型、分布有何特點？它在不同時期漢賦作品中的運用是否有明顯異同？漢賦疊字的文學傳統可追溯至何處？疊字對漢賦的文體與風格有哪些影響？漢賦家大量使用疊字，這背後有怎樣的文化心理？漢賦疊字與漢代辭書中的疊字有何關聯？這是我們探討漢賦疊字時需解答的疑問。

一　漢賦疊字及其特點

漢賦中出現了大量的疊字，學者楊許波根據費振剛等人輯校

---

[1]　陳望道：《修辭學發凡》，復旦大學出版社，2015年，第140頁。

的《全漢賦》統計出漢賦中運用疊字多達六百九十處，共出現了三百五十個疊字。① 這些疊字分布在不同的作品當中，但它們在詞性、文本位置和句式結構上，都表現出一定的規律和特點。

首先，漢賦中的疊字數量按照詞性來看，差異非常明顯。以枚乘的《七發》爲例，全文共出現了二十七次疊字，可分爲四種詞性："賴君之力，時時有之"，"時時"是副詞；"侯波奮振，合戰於藉藉之口"，"藉藉"是名詞；"汩汩""邕邕"是象聲詞，其餘的二十三個疊字都是形容詞。再看司馬相如的《上林賦》，全文共出現了二十二次疊字，除"泫泫下瀨"中的"泫泫"是象聲詞、"禺禺鮭鰎"中的"禺禺"是名詞外，其餘二十個都是形容詞。西漢早期的大賦如此，之後的重要賦作如西漢後期揚雄的《甘泉賦》中，共使用疊字二十四次，除"遰遰"爲副詞、"子子孫孫"爲名詞外，其餘皆爲形容詞。東漢京都大賦興起，張衡的極軌名篇《西京賦》中，"生生""之之"雖形式與疊字相同，但實爲語句意義表達所致，並非疊字。刪除這兩處後，全篇共使用疊字二十四次，除象聲詞"隱隱""展展"外，其餘二十二次皆爲形容詞。以上所舉的例子是由西漢至東漢幾篇重要賦作的疊字情況，其餘名篇如班固《兩都賦》、王延壽《魯靈光殿賦》等，情況皆與此類似，大約百分之九十的疊字爲形容詞，其次爲象聲詞、副詞，名詞較爲少見。其實在已有的疊字研究中，象聲詞比如"交交""藐藐"等，在詞義、詞性上未有定

---

① 楊許波：《論漢賦疊字運用的承與變》，《現代語文》（學術綜合版），2014年第11期，第144頁。

論，界定上較爲困難，但因爲可以確定這些詞是對事物聲貌情態的描寫，故研究者多將之歸入形容詞，如向熹的《詩經語言研究》中，就把象聲詞計入形容詞。從這個角度來考察疊字詞性，形容詞更具有絕對的優勢。

其次，漢賦疊字的散用、連用在不同時期各有盛衰。疊字有時零散分布在句子中，常見的單個疊字散用如《七發》："螭龍德牧，邕邕群鳴。"[1]《甘泉賦》："正瀏灠以弘惝兮，指東西之漫漫。"[2] 有時則兩個、三個疊字連在一起，如"顛倒偃側，沈沈湲湲，蒲伏連延"[3]，這是兩個疊字的連用。揚雄《河東賦》"穆穆肅肅，蹲蹲如也"，這是三個疊字的連用。一般來說，疊字連用的現象中，兩疊較爲多見，三疊少見，四或六疊連用的情況偶有出現，如劉楨《大暑賦》："赫赫炎炎，烈烈暉暉。"枚乘《七發》："顒顒卬卬，椐椐彊彊，莘莘將將。"[4] 這個六疊連用是漢賦疊字的極致，令人印象深刻。另外，還有一種特殊的疊字用法，如"沌沌渾渾，狀如奔馬。混混庉庉，聲如雷鼓"，"清淵洋洋，神山峩峩"。這些疊字所在句式特點明顯，相對而出，本文姑且稱之爲"對出疊字"。

連用疊字的現象在不同時期漢賦作品中有明顯的差異，西漢賦作如《七發》《上林賦》《羽獵賦》等，連用疊字的方式占據了絕對優勢：《七發》二十七個疊字中，散用疊字僅九個；《上林賦》二十一

---

① 蕭統編，李善注：《文選》，上海古籍出版社，1986年，第1565頁。
② 蕭統編，李善注：《文選》，上海古籍出版社，1986年，第325頁。
③ 蕭統編，李善注：《文選》，上海古籍出版社，1986年，第1572頁。
④ 蕭統編，李善注：《文選》，上海古籍出版社，1986年，第1570頁。

個疊字中，散用疊字八個；《羽獵賦》十三個疊字中，散用疊字僅兩個。東漢賦作中，散用疊字的比例逐漸變大，如班固的《西都賦》中，共有十三個疊字，散用疊字五個，連用疊字八個。這種趨勢在稍後的賦作中表現得更加明顯，張衡《西京賦》中共二十四處疊字，散用疊字十個，連用疊字八個，嚴格的連用僅有兩處："櫼櫨重桼，鍔鍔列列"①，"商旅聯楓，隱隱展展"②，其餘則是如"狀蜿蜿以蝹蝹"這樣的有虛詞間隔的連用。另外還有對出疊字六個。兩漢賦作的疊字統計對比表明，由西漢到東漢，大賦中連用疊字的比例逐漸下降，散用疊字逐漸成爲主要形式。

最後，漢賦疊字在賦作中的位置值得探討。漢大賦"首尾是文，中間乃賦"③，即大賦往往首尾段落用散體，故稱其爲文，中間部分則爲韻文。綜合考察漢賦作品中疊字出現的段落，絕大多數是鋪陳描寫事物的有韻部分，也是最有藝術性的部分。以西漢初期枚乘的《七發》爲例，全篇二十七處疊字，全都出現在中間段落，尤其是以描寫生動著稱的觀濤，共有二十四處疊字，占據了全篇疊字的大多數，可謂高度集中。再如《上林賦》，全文二十二處疊字皆不在首尾，盡在中間有韻的部分，在全篇最著名的"八川分流"一段，竟有多達十處疊字，幾乎占了全篇數量的一半。劉熙載《藝概》卷三認爲："賦中駢偶處，語取蔚茂；單行處，語取清瘦。此自宋玉、相

① 蕭統編，李善注：《文選》，上海古籍出版社，1986年，第58頁。
② 蕭統編，李善注：《文選》，上海古籍出版社，1986年，第63頁。
③ 陳良運主編：《中國歷代賦學曲學論著選》，百花洲文藝出版社，2002年，第190頁。

如已然。"① 這段話總結了漢賦韻語部分多用駢偶、語繁詞盛的特點，而疊字正是文辭繁富的表現之一。但自西漢末期，漢賦中疊字集中出現的現象越來越少，一般疊字零散分布在全篇的韻語部分，開頭的散體部分仍舊極少有疊字出現。如揚雄《甘泉賦》，全篇二十四處疊字分布在中間及亂詞部分，開頭的散體部分無一疊字。張衡《西京賦》二十四處疊字中，共有二十一處形容詞疊字，無一例外出現在韻文部分，但大多分布較零散，出現較多的段落是描寫角抵百戲一段，但也僅有八個疊字，與西漢賦作相比，疊字的集中程度弱化比較明顯。

　　由以上統計及考論可知，漢賦中的疊字以形容詞爲主，大多出現在賦作的韻文部分。從西漢至東漢，疊字連用由盛轉衰，疊字分布也由集中而趨向分散。

二　漢賦疊字的淵源與發展

　　疊字在賦中的普遍運用使它成爲漢賦的語言特徵之一，漢賦名篇皆用疊字，雖然各篇的疊字運用各有差異。漢賦疊字的大量運用與始自先秦的文學傳統密切相關。

　　先秦時期漢語詞彙處於由單音節向雙音節發展的進程當中，單音詞的複合化的方法之一就是疊用，疊字也由此而產生。在《詩經》中，疊字大量地得到運用。多位學者曾統計過《詩經》中的疊字，

---

① 劉熙載撰，袁津琥校注：《藝概注稿》，中華書局，2009 年，第415頁。

向熹認爲："《詩經》共有重言詞359個，其中形容詞352個。"①趙航統計，《詩經》有疊字673個，"經文中出現迭詞的有一九二篇，占全部《詩經》的百分之六十以上"②。夏傳才《詩經語言藝術》中統計重言共647次，陳健章《毛詩重言詞研究》中統計數據爲681次。雖然因學者對疊字的理解不同，統計方法及原則不同，因而統計結果各不相同，但足證《詩經》中疊字運用之廣，數量之多，以及學者們對這一語言現象的重視。

　　《詩經》中散見的疊字非常普遍，如三百篇之首《關雎》即以疊字起句："關關雎鳩，在河之洲。"再如第二首《葛覃》中的"維葉萋萋""維葉莫莫"。這種出現在句子當中的疊字，散見於各章中，比較常見，往往以簡潔的形式表達具體可感的形象。這也是漢賦中最常見的散用疊字的主要功能，如《西京賦》中"大夏耽耽""彤庭煇煇""雨雪飄飄"等句，都屬於這類。

　　《詩經》疊字連用的現象少於散見疊字，但也並不罕見，如"穆穆皇皇""緜緜翼翼""赫赫業業""萋萋薆薆，雝雝喈喈"等。這種疊字形式在漢賦中得到了承傳和發展，比如《東都賦》"翩翩巍巍，顯顯翼翼"、《東京賦》"肅肅習習，隱隱轔轔"的四疊字連用，又如上文所舉《七發》中的六個疊字連用，在規模上已經超越了《詩經》。

---

①　向熹：《詩經語言研究》，四川人民出版社，1987年，第209頁。
②　趙航：《詩經經文中迭詞探源》（一），《南京曉莊學院學報》，2000年第2期，第15頁。

《詩經》中還有一種密集使用疊字的現象，如《衛風·碩人》的第四章：

> 河水洋洋，北流活活。施罛濊濊，鱣鮪發發，葭菼揭揭。庶姜孽孽，庶士有朅。

這一章中連續六句使用疊字，不能不使人注意到這一特殊現象。這種情形在《詩經》中並不僅此一處，另如《大雅·生民》第四章："荏菽旆旆，禾役穟穟，麻麥幪幪，瓜瓞唪唪。"這種多個疊字連用的特點是每句都有一個不同的主語，而漢賦中這種疊字形式較爲少見，更未見四或六個不同主語連用疊字的現象。西漢賦作中如枚乘的《柳賦》"階草漠漠，白日遲遲"句、揚雄的《羽獵賦》"王睢關關，鴻雁嚶嚶"句中的對出疊字與《詩經》相近，但較爲少見。東漢時期這類疊字連用略有增加，如杜篤的《首陽山賦》"長松落落，卉木蒙蒙"句，班固的《終南山賦》"玄泉落落，密蔭沉沉"句，崔駰的《大將軍臨洛觀賦》"桃枝夭夭，楊柳猗猗"句等。但大多數賦作中只是零星出現，只有張衡賦作中，出現了多個同類疊字連用句式，如《西京賦》"反宇業業，飛檐轍轍""清淵洋洋，神山峨峨"，《東京賦》"鑾聲噦噦，和鈴鉠鉠""萬舞奕奕，鍾鼓喤喤"等，但四、六句連用的現象從未出現。究其原因，漢賦往往在一段中只圍繞一個主要事物進行鋪陳描寫，即使羅列了多種事物，也不對衆多事物的情態分別細緻描寫，而是更側重總體形貌的描寫。比如《子虛賦》："車按行，騎就隊。纚乎淫淫，般乎裔裔。"① 這裏的兩個疊字都是用來形容車騎的狀貌，與《詩經》對多個事物分別加以形容的疊字連用並不相同，這是漢賦疊字的獨特之處。

此外，《詩經》中的疊字也大量出現在漢賦中，據學者楊許波統計："漢賦中出現的 350 個疊字，源於《詩經》的共有 113 個，而源於先秦其他典籍的共有 97 詞，這也可見《詩經》對漢賦的影響。"② 有些《詩經》中的疊字句在漢賦中有非常相似的表達，如揚雄《羽獵賦》"王雎關關，鴻鴈嚶嚶"③，顯然是從《周南·關雎》"關關雎鳩"、《小雅·伐木》"鳥鳴嚶嚶"詩句中化用而來。再如張衡《東京賦》"啓南端之特闈，立應門之將將"④ 與《大雅·綿》"迺立應門，應門將將"也有明顯的承傳關係。疊字運用上的相似之處，是《詩經》與漢賦疊字淵源關係的明證。

先秦文學早期，疊字已經大量廣汜地運用在文學作品中。不僅僅是《詩經》，先秦時期的經典文獻中都有疊字，僅次於《詩經》疊字數量的是《楚辭》，據學者陳亞平統計："《楚辭》中重言詞共出現 192 次，不計重出共 130 個。"⑤ 疊字大量出現在《詩經》《楚辭》中，並不是偶然，這是因爲疊字本身的特點更適宜詩體。疊字接近

---

① 蕭統編，李善注：《文選》，上海古籍出版社，1986年，第355頁。
② 楊許波：《論漢賦疊字運用的承與變》，《現代語文》（學術綜合版），2014年第11期，第145頁。
③ 蕭統編，李善注：《文選》，上海古籍出版社，1986年，第396頁。
④ 蕭統編，李善注：《文選》，上海古籍出版社，1986年，第103頁。
⑤ 陳亞平：《〈楚辭〉中的重言詞》，《內江師範學院學報》，2006年第1期，第44頁。

口語，富於表現力，由口頭創作轉向書面創作的過程中，疊字因其生動、形象的特點，在早期的詩歌中多見運用。這從先秦其他一些典籍中的疊字運用也能看出，如《左傳》《老子》中也有一定數量的疊字，有些也比較集中，比如《老子》第二十章："俗人昭昭，我獨昏昏；俗人察察，我獨悶悶。"《老子》第三十九章："琭琭如玉，珞珞如石。"再如《左傳・僖公五年》："均服振振，取虢之旂。鶉之賁賁，天策焞焞。"[①]《老子》一書韻散相間，本就被視爲散文詩，詩歌因素明顯；《左傳》中的這幾個疊字句，本身就是童謠，也屬於詩體。綜上可知，以情貌描寫來抒情達志的文體，適宜於疊字的運用。正如清人王筠《毛詩重言》所論："《詩》以長言詠歎爲體，故重言視他經爲多。"[②]

　　漢大賦窮形極貌的文體特點、口頭諷誦的欣賞方式，也決定了漢賦大量使用疊字。劉熙載《藝概》卷三："賦取窮物之變。如山川草木，雖各具本等意態，而隨時異觀，則存乎陰陽、晦明、風雨也。"[③]由先秦至漢代，疊字之所以在詩歌與辭賦中廣汎運用，與文體本身的特點密切相關。疊字在漢代其他文體中雖然也有出現，但就其頻次和數量而言，顯然不能構成特殊的語言現象，也就不能成爲文體的語言特徵之一。

　　此外，在各類文體運用疊字的統計數據中，也能看出疊字與詩賦

---

① 楊伯峻：《春秋左傳注》，中華書局，1990年，第311頁。
② 王筠：《毛詩重言・序》，清咸豐二年賀蓉等刻本。
③ 劉熙載撰，袁津琥校注：《藝概注稿》，中華書局，2009年，第461頁。

的相宜。據學者王若江統計，重言詞在《文選》各類文體中所占比重如下：賦，共有 104 個詞，占 60.47%；詩，共 22 個詞，占 12.79%；騷，共 18 個詞，占 10.47%；七體，共 13 個詞，占 7.56%。其他文體按由多到少排序，依次爲：符命、書、論、箋、表、頌、誄、設論。其中箋、表、頌、誄、設論五種文體中，僅有 1 個重言詞出現[①]，是極偶然的現象。《文選》諸多文體中的重言詞，賦占據了絕對的比例，這充分說明，將疊字視作漢賦的文體語言特徵，是客觀而準確的。

三　漢賦疊字特點的形成及影響

漢賦疊字的詞性、句式結構與文本位置都有明顯的特點，這些特點一定程度上反映了漢賦文體與形式的特殊性。

首先，疊字以形容詞爲主，故適用於漢賦這種以鋪陳爲主的文體。清人邵晉涵《爾雅正義》即認爲："古者重語皆爲形容之詞。"[②]這一結論顯然過於絕對，實際情況如上文所論，漢賦疊字中也有少部分副詞、名詞，但顯然形容詞占絕大多數，其中也包括可歸屬爲形容詞的象聲詞。形容詞的主要功能是描繪或修飾名詞或代詞，表示人或事物的性質、狀態、特徵或屬性。象聲詞模擬水、車、雷等事物發出的聲響，在賦中的作用也主要是對事物聲貌的描寫，作用也與形容詞相似。詩賦需要通過具體可感的形象來抒情達志，這正

---

① 　王若江：《〈昭明文選〉重言詞的調查與分析》，載中國文選學研究會編：《文選與文選學》，學苑出版社，2003年。

② 　邵晉涵：《十三經清人注疏・爾雅正義》，中華書局，2017年，第261頁。

與大多數疊字的形容詞功能相吻合。疊字渲染氣氛、描寫聲貌的效果可使詩賦增色，正如《文心雕龍·物色》所論："是以詩人感物，聯類不窮，流連萬象之際，沈吟視聽之區；寫氣圖貌，既隨物以宛轉；屬采附聲，亦與心而徘徊。故灼灼狀桃花之鮮，依依盡楊柳之貌，杲杲爲出日之容，瀌瀌擬雨雪之狀，喈喈逐黃鳥之聲，喓喓學草蟲之韻。……以少總多，情貌無遺矣。雖復思經千載，將何易奪？"①這段話中所舉疊字寫貌擬聲的例子，體現了疊字在描寫事物上的優勢，看似簡單，卻能以極少的字傳達出豐富的情態，生動形象，栩栩如生，有令人心領神會、無法移易之妙。

漢賦與詩歌有相似之處但更長於鋪陳描寫，如劉熙載《藝概》卷三所論："賦起於情事雜沓，詩不能馭，故爲賦以鋪陳之。斯於千態萬狀、層見迭出者，吐無不暢，暢無或竭。"②賦以鋪陳事物的種種情態爲務，疊字既多爲形容詞，且其形式優美，正適用於描寫事物，因而被賦家大量使用。可以說，漢賦文體的自身需求使疊字成爲漢賦的語言特徵之一。

其次，漢賦疊字連用有時會出現在對偶或排比句中，這與漢賦在鋪陳事物時使用韻語、注重形式的特點有關，同時也反映了漢賦特殊的審美傾向。疊字本身就是兩個相同的字的重複，而對偶、排比則是兩個相同或相似的句式的組合，"是一種句調上的反復"③。對

---

① 范文瀾：《文心雕龍注》，人民文學出版社，1958年，第693—694頁。
② 劉熙載撰，袁津琥校注：《藝概注稿》，中華書局，2009年，第411頁。
③ 陳望道：《修辭學發凡》，復旦大學出版社，2015年，第164頁。

偶、排比的句式與包含在其中的疊字相結合，構成了字詞和句式兩個層次的對稱與重複。如班彪《北征賦》："飛雲霧之杳杳，涉積雪之皚皚。"應瑒《愁霖賦》："雲曖曖而周馳，雨濛濛而霧零。"司馬相如認爲賦作應"合纂組以成文，列錦繡而爲質"，此處的合、列指多個事物的組合或陳列，漢賦本身不忌重複，甚至以同類事物的繁富爲美，故在形式上追求字形與句式的相似或匹配。這種對稱和重複也使漢賦雖繁複但並不淩亂，並且形成了繽紛而又有序的形式特點。

疊字連用構成的排比、對偶句式，是漢賦疊字形式的強化，在漢賦中占一定的比例。不同疊字句式的藝術效果是有差異的，排比、對偶句中的疊字整齊對稱，如"初若飄飄，後遂霏霏"，句式優美，全部由疊字構成的對偶句式，因疊字數量衆多、排列密集、形式重複，如"顒顒卬卬，椐椐彊彊，莘莘將將"，給人以壓迫緊張之感。正如《國故新探·疊字》所論：

> 疊見的字，既然是同一字，那末，當然他們的音完全相同，所以他們是兼包着雙聲、疊韻、應響、同調的關係。……疊字因爲相同的元素太多，容易使人覺得單調。所以非能夠穿插得自然，錯綜得如意，不可輕於嘗試。[①]

多個疊字連用往往給人以堆砌、單調之感，漢賦之鋪陳令後人排斥

---

① 唐鉞：《國故新探》，（台北）商務印書館，1969年，第81—86頁。

與之不無關係。作爲詩賦中較爲特殊的字詞，疊字在運用技巧上要求頗高，顧炎武《日知錄》有論："詩用疊字最難。《衛詩》'河水洋洋，北流活活。施罛濊濊，鱣鮪發發，葭菼揭揭。庶姜孽孽'，連用六疊字，可謂複而不厭，賾而不亂矣。古詩'青青河畔草，鬱鬱園中柳。盈盈樓上女，皎皎當窗牖。娥娥紅粉粧，纖纖出素手'連用六疊字，亦極自然，下此即無人可繼。"[①] 這裏的連用六疊字只是句中的穿插，並非純粹的連用，而西漢賦作中的疊字連用則是以"磷磷爛爛"這類的句式爲主。漢賦以鋪陳爲主，敘事描寫追求贍麗宏肆的風格，疊字連用符合大賦的審美追求，尤其是早期枚乘、司馬相如的賦作，更是以連用爲主。東漢賦作中的疊字以散用爲主，是由於漢賦已由鋪張揚厲轉向宏富雅贍。概而言之，詩歌運用疊字以自然貼切爲上，而早期漢賦運用疊字卻以規模氣勢爲高，至東漢則連用漸漸減少，疊字運用更爲自然。疊字運用反映出兩漢賦作在語言特徵和風格上的變化。

最後，漢賦中的疊字多集中於韻文部分而少見於散體段落，賦體的形式特徵是根本原因。如前所論，漢大賦韻散段落的區分非常明顯，散體部分在首尾，有交待全篇緣起和收束全文的作用；韻文部分鋪陳事物，注重辭藻、聲律，是全篇藝術價值的集中體現。漢賦內容以鋪陳描寫爲主，疊字在描述聲色形貌上有先天的優勢；漢賦風格以壯麗宏富爲主，疊字字形上的重複與對稱正是形成這一

---

① 顧炎武著，陳垣校注：《日知錄校注》，安徽大學出版社，2007年，第1158頁。

風格的語言因素之一。散體部分的内容以陳述爲主，句式上散雜無韻，因此除了極少數偶然出現的疊字外，漢賦散體部分基本不使用疊字。

漢賦疊字對後世詩歌有一定的影響。韓愈《南山詩》連用了十四句疊字："延延離又屬，夬夬叛還遘。喁喁魚闖萍，落落月經宿。闇闇樹墻垣，巘巘架庫廄。參參削劍戟，煥煥衒瑩琇。敷敷花披萼，闔闔屋摧霤。悠悠舒而安，兀兀狂以狃。超超出猶奔，蠢蠢駭不懋。"① 這首詩歌中的疊字顯然並非以自然優美爲上，爲描繪事物的雄奇瑰麗，紛沓而來的疊字令人産生壓迫性的感受，形成了拗硬險怪詩風，正是唐代以賦法入詩的典型代表。漢賦疊字用法在後世詩歌中的局部復活體現了漢賦疊字的獨特性及影響，但它也只是偶然的帶有實驗性質的文學現象。事實證明：《南山詩》並不是成功的詩歌藝術作品，漢賦中的疊字運用方式也不適用於詩歌創作。

四 漢賦與辭書中的疊字關係

對疊字的關注和釋義，先秦時期已經出現。《荀子·大略》解釋了各種禮儀及相關詞彙，其中有這樣的句子："言語之美，穆穆皇皇。朝廷之美，濟濟鎗鎗。"② "穆穆皇皇"出自《詩經·大雅·假樂》："穆穆皇皇，宜君宜王。""濟濟"出自《大雅·文王》："濟濟

---

① 錢仲聯：《韓昌黎詩繫年集釋》，上海古籍出版社，1984年，第434—435頁。
② 王先謙：《荀子集解》，中華書局，1988年，第494頁。

多士，文王以寧。"《毛詩》："濟濟，多威儀也。""鎗鎗"出自《小雅·采芑》："約軧錯衡，八鸞鎗鎗。"《毛詩》："鎗鎗，聲也。"從語言學角度來看，《荀子·大略》中的這兩句話，可以看作對經文的釋義訓詁，反映出疊字在先秦儒學中已經成爲釋訓的詞彙。這兩句釋訓也出現在《禮記·少儀》中，只是内容上有所差異："言語之美，穆穆皇皇。朝廷之美，濟濟翔翔。祭祀之美，齊齊皇皇。車馬之美，匪匪翼翼。鸞和之美，肅肅雍雍。"①《荀子·大略》《禮記·少儀》中的疊字，有些在《詩經》中原本並非連用，但經過訓釋連用，在後世卻成爲固定的搭配，比如"肅肅"和"雍雍"。《大雅·思齊》："雍雍在宫，肅肅在廟。"《周頌·雍》："有来雍雍，至止肅肅。"《曾國藩全集·經·毛詩》："雍雍、雍雍、噰噰，同音通用。"②自《禮記·少儀》將"肅肅雍雍"合併釋義爲"鸞和之美"後，遂成爲固定搭配的疊字成語。齊明堂樂歌《嘉薦樂》中即有"儐僚贊列，肅肅雍雍"的詩句，唐宋元明清時期的文學作品中也有運用。疊字連用是詞彙創新的方法之一，隨着漢初辭書對疊字的集中整理、合併釋義，這一現象有所發展。

　　漢初辭書對先秦語言文字的整理與規範中，針對疊字做了專門的收錄、訓釋。《荀子·大略》同義類聚的訓釋形式在《爾雅》中進一步發展。《爾雅》同義類訓的方式是將兩個或多個同義詞並舉，用一個常用詞語加以解釋，如《爾雅·釋詁》："如、適、之、嫁、徂、

---

① 　朱彬：《禮記訓纂》，中華書局，1996年，第934頁。
② 　曾國藩：《曾國藩全集》，嶽麓書社，2012年，第32頁。

逝，往也。"《爾雅·釋訓》也採用了多詞並訓的體例，其中描寫事物情貌的疊字占絕大多數，共有一百四十四個，很多出自於《詩經》，故而出現了疊字同訓的現象，如"伂伂、瑣瑣，小也"。

《詩經》重章疊句的結構形式使得每章句中相同位置的關鍵字，往往運用近義或同義詞，如《詩經·召南·草蟲》一章云"未見君子，憂心忡忡"，二章云"未見君子，憂心惙惙"。《爾雅·釋訓》將《草蟲》一詩中的"忡忡""惙惙"兩個疊字同訓："殷殷、惸惸、忉忉、慱慱、欽欽、京京、忡忡、惙惙、怲怲、弈弈，憂也。"再比如《詩經·豳風·七月》："春日遲遲，采蘩祁祁。"《爾雅·釋訓》也將這兩個疊字同訓："祁祁、遲遲，徐也。"

《釋訓》中的一百四十四個疊字，同訓的疊字多達一百一十八個，分屬五十九個條目。《爾雅》中有一些同訓疊字原本就是《詩經》中的成句，如"委委佗佗""子子孫孫"，同時還有一類同訓疊字則是將一些從未連用的疊字組合成爲新的固定搭配，然後成爲後世文學作品中的成語，並直接影響了漢賦疊字的運用。如《爾雅·釋訓》："藹藹、萋萋，臣盡力也。"[1] "藹藹""萋萋"出自於《大雅·卷阿》："藹藹王多吉士""菶菶萋萋，雝雝喈喈"。"藹藹萋萋"在先秦並沒有連用的現象，《爾雅》將之並舉同訓後，漢代賦作中即出現了相同的疊字連用，如何晏《景福殿賦》："藹藹萋萋，馥馥芬芬。"[2] 再如"穆

---

① 郭璞注，邢昺疏：《十三經注疏·爾雅注疏》，上海古籍出版社，2019年，第189頁。
② 蕭統編，李善注：《文選》，上海古籍出版社，1986年，第527頁。

穆肅肅"，出自於《周頌・雝》："有來雝雝，至止肅肅。相維辟公，天子穆穆。"《爾雅・釋訓》中歸類同訓爲："穆穆、肅肅，敬也。"[①]這之後即被漢賦家運用，成爲固定搭配，如揚雄《河東賦》："穆穆肅肅，蹲蹲如也。"[②]人們在討論漢賦疊字的來源時，往往將源頭直接上溯至《詩經》《楚辭》，但如果將辭書納入到《詩經》和漢賦的疊字體系中，稍加對比就可以確定，辭書在先秦至兩漢的疊字承傳之間，起到了整理、示範和傳播的作用。

《爾雅》之後，漢代辭書如《蒼頡篇》《急就篇》等字書因體例問題不收錄疊字，其他的辭書中也不再有對疊字的集中收錄。《小爾雅》中有《廣訓》，是對《釋訓》篇的增補廣益，其中共訓釋了二十二個字詞和《詩經》成句，僅有三個疊字條目，皆引《詩經》成句："'鄂不韠韠'，言韠韠也""'魴鱮甫甫'，語其大也""'麀鹿麌麌'，語其眾也"。[③]揚雄《方言》與《爾雅》同樣採取了同義類訓的體例，但全篇僅有九處疊字。這說明，在西漢辭書中，對疊音詞並未有進一步的整理和規範。

漢代辭書爲漢賦提供了固定的疊字詞組，同時辭書中也有一部分詞語收錄自漢賦，兩者之間互爲來源、互相影響。漢賦對辭書編纂有直接的影響，最能體現這一點的，應當是漢賦首創疊字在辭書中的收錄。從現存典籍來看，"漢代賦家自創疊字 126 個，占總數

① 郭璞注，邢昺疏：《十三經注疏・爾雅注疏》，上海古籍出版社，2019年，第174頁。
② 費振剛、胡雙寶、宗明華輯校：《全漢賦》，北京大學出版社，1993年，第183頁。
③ 遲鐸：《小爾雅集釋》，中華書局，2008年，第217頁。

的 36%"①，這意味着有三分之一的疊字首次出現在漢賦中。但這些疊字在東漢辭書《說文》中所見極少，究其原因，主要是《說文》以存字形、釋本義爲主，正如段玉裁所論："三代小學之書不傳，今之存者，形書《說文》爲之首。"②《說文》注重保存字形，而漢賦中的首創疊字本身是詞彙，並不是《說文》主要關注的對象。儘管如此，漢賦疊字在《說文》中仍有一些存留，如淋淋，枚乘《七發》："其始起也，洪淋淋焉，若白鷺之下翔。""淋淋"一詞不見於《七發》之前的任何文獻，可認定是漢賦首見。《說文》："淋，以水渂也。一曰淋淋，山下水兒也。"段玉裁注中即以《七發》原文加以疏證。但這樣的例子極爲偶然，漢賦中大部分疊字《說文》都沒有收錄。

將漢賦疊字作爲重要內容加以整理、收錄的辭書是《廣雅》及《玉篇》，尤其是成書於三國時期的《廣雅》。《上廣雅表》中也明言"八方殊語，庶物易名，不在《爾雅》者，詳錄品覈，以箸於篇，凡萬八千一百五十文"③，其收錄可謂齊備。張揖自言："繼兩漢諸儒後，參考往籍，徧記所聞，分別部居，依乎《爾雅》，凡所不載，悉箸於篇。其自《易》、《書》、《詩》、三《禮》、三《傳》經師之訓，《論語》、《孟子》、《鴻烈》、《法言》之注，楚辭漢賦之解，讖緯之記，

---

① 楊許波：《論漢賦疊字運用的承與變》，《現代語文》（學術綜合版），2014年第11期，第146頁。
② 段玉裁：《廣雅疏證·序》，引自王念孫：《廣雅疏證》，江蘇古籍出版社，2000年，第2頁。
③ 王念孫：《廣雅疏證·序》，江蘇古籍出版社，2000年，第3頁。

《倉頡》、《訓纂》、《滂喜》、《方言》、《說文》之說，靡不兼載。"①《廣雅》共收錄疊字四百零三個，數量規模之大，前所未有，表現出對疊字的重視。漢賦是《廣雅》疊字的重要來源之一，以張衡《西京賦》爲例，全篇共二十五個疊字，其中有九個收錄於《廣訓》篇。《廣雅》中有些疊字甚至在順序上都與漢賦相同，有些還是漢賦首創的疊字，如"螞螞"，張衡《西京賦》："海鱗變而成龍，狀蜿蜿以螞螞。"薛綜注："蜿蜿、螞螞，龍形貌也。"②"螞螞"一詞不見於此前任何文獻，而《廣雅》在訓釋此詞時，就是按《西京賦》的連用順序，蜿蜿、螞螞同訓："蜿蜿、螞螞，□也。"闕文處王念孫考定爲"動"字。③順序及組合上的一致，可證《廣雅》確實曾依據漢賦來收錄訓釋疊字。再如何晏《景福殿賦》："藹藹萋萋，馥馥芬芬。"《廣訓》篇亦將"馥馥""芬芬"同條合訓："馥馥、芬芬、馞馞、馠馠、醃醃、馤馤、馦馦、馡馡、馣馣，香也。"④再如"混混沌沌"，出自枚乘《七發》："沌沌渾渾，狀如奔馬。混混庉庉，聲如雷鼓。"《廣雅》："混混沌沌，轉也。"王念孫注曰："凡狀水之轉，亦曰渾渾沌沌。枚乘《七發》說曲江之濤云：沌沌渾渾，狀如奔馬；混混庉庉，聲如雷鼓。混庉，猶渾沌耳。"⑤以上三例可充分證實漢賦是《廣雅》收錄與編纂疊字的重要來源，漢賦疊字影響了《廣雅》的編纂。

① 王念孫：《廣雅疏證・序》，江蘇古籍出版社，2000年，第1頁。
② 蕭統編，李善等注：《六臣注文選》，中華書局，1987年，第59頁。
③ 王念孫：《廣雅疏證》，江蘇古籍出版社，2000年，第187頁。
④ 王念孫：《廣雅疏證》，江蘇古籍出版社，2000年，第182頁。
⑤ 王念孫：《廣雅疏證》，江蘇古籍出版社，2000年，第187頁。

辭書在語言整理與規範上具有滯後性，因此在三國時期的辭書編纂中才出現對漢賦疊字的集中收錄與整理；辭書的整理使這些疊字得到訓釋和規範，爲後世文學作品提供了豐富的語詞材料和依據，在漢賦與後世文學之間起到了橋梁的作用。

《廣雅》之後，顧野王的《玉篇》中也收錄了大量的漢賦疊字，有一些是《廣雅》中未收錄的。比如"踆踆""趤趤"等，都是首次在《玉篇》中得到訓釋，此後的文學作品中也偶有運用。

疊字被辭書大量收錄，意味着這些疊字正式進入了穩定的共同語系統，也意味着將會有更多的機會被後世學習使用，但這並不意味着漢賦疊字一定會在後世詩作中得到運用。劉勰在《文心雕龍·練字》中即指出："重出者，同字相犯者也。《詩》《騷》適會，而近世忌同。"[1]疊字本爲重出之字，疊字連用的現象在南北朝時期逐漸成爲詩歌的忌諱，漸趨衰落。但對疊字運用的批評並不適用於《詩》《騷》以及漢代詩賦評價，正如趙翼所論："一連六句皆用疊字，今人必以爲句法重複，古詩正不當以此論也。"[2]漢賦疊字是依據文體特點、時代風氣創作的結果，它們爲辭書收錄後，成爲語言系統中穩定而規範的部分，一定程度上影響了後世的文學創作。漢賦疊字與辭書編纂的相互影響與相互成就，體現了漢賦的語言創造性以及對小學發展的促進作用。

[1] 范文瀾：《文心雕龍注》，人民文學出版社，1958年，第625頁。
[2] 趙翼：《陔餘叢考》，商務印書館，1957年，第463頁。

第三節　漢賦與漢代辭書中的方言

　　傳情達意是文學作品的第一要義，作家在遣詞用字時，首先考慮的必然是語義。辭書編纂對語言文字的歸納整理也大多以語義爲重點，與漢大賦幾乎同時的漢代辭書中，記錄了先秦兩漢豐富的文字。漢人對語言文字的認識，既體現在文學作品中，也反映在辭書中。在語義層面上，漢賦與辭書相互影響、彼此作用，體現出深層的聯繫。作爲地域性語言，方言與作爲共同語的雅言相對，漢代時得到了充分的重視，漢賦作品中運用了一些方言詞語，揚雄的《方言》則對方言做了系統的整理和編纂。對比漢賦與辭書中的方言詞彙，是我們研究漢賦與辭書關係的合理視角。

一　漢賦中的方言

　　方言同義詞是因地域語言差異造成的，即方言與方言之間、方言與雅言之間的異詞同義，這在漢代辭書中有清晰的記錄。漢賦運用了不少方言詞語，且往往與辭書有密切的關聯。

　　漢賦對偶句中經常會出現方言詞彙。對偶句要求兩個相同位置的語詞應當在詞性上相同、在語義上相近或相反，這就對語言的豐富性提出了很高的要求。漢賦中既然有大量的對偶句，必然要運用大量的同義詞、反義詞，這是對偶得以形成的基本條件。而方言作爲因地域文化不同而形成的異形同義詞，是同義詞中的一種，因而在漢賦的對偶句中得以大量運用。如班固《東都賦》：
"馬踠餘足，士怒未渫。"①《方言》："戲，泄，歇也。楚謂之戲
泄。奄，息也，楚、揚謂之渫。"②"泄"爲楚、揚兩地的方言，有
息止義。以"未渫"對"餘足"，正是利用方言詞彙構成的近義詞
對偶。

再如《七發》："掩青蘋，游清風。"《說文》："掩，斂也，小上
曰掩。"段注："《釋器》：'圜弇上謂之鼒。''弇上'當作'掩上'。"③
以"斂"來訓釋"掩"，顯然過於屈曲。《方言》卷十二："攘、掩，
止也。"④以此訓釋，則"掩"義當爲止息，與"游"形成反義詞對
偶。司馬相如《上林賦》中的"登龍臺，掩細柳"，也是非常典型的
對偶句，其中"掩"即是《方言》中的止息之義，與"登"形成反
義詞。由以上例子可以看出，《方言》中記錄的漢代方言詞語有些與
漢賦形義相同，證實了漢賦運用方言詞彙的事實。

漢賦方言詞彙的運用以及訓釋，都與辭書有密不可分的聯繫。
胡奇光認爲："《爾雅》裏不少的同義詞，實際上就是古代的不同方
言詞。……凡此種種，都是古代不同的方言詞，其中不少到漢代變
成了同義詞：'初別國不相往來之言也，今或同。'這就對部分同義
詞的成因，作了精闢的說明。"⑤辭書中的方言詞彙與漢代同義詞之間

① 蕭統編，李善注：《文選》，上海古籍出版社，1986年，第34頁
② 華學誠：《揚雄方言校釋匯證》，中華書局，2006年，第664頁。
③ 許慎撰，段玉裁注：《說文解字注》，上海古籍出版社，1981年，第607頁。
④ 華學誠：《揚雄方言校釋匯證》，中華書局，2006年，第780頁。
⑤ 胡奇光：《中國小學史》，上海人民出版社，2005年，第69頁。

的關聯，很早就引起了小學家的重視，除上文所引胡奇光論《爾雅》中的方言詞彙外，上文兩例漢賦方言詞，都記載於西漢末期揚雄編纂的《方言》中。

《方言》的全名爲《輶軒使者絕代語釋別國方言》，揚雄自述其編纂目的是"不勞戎馬高車，令人君坐帷幕之中，知絕邈異俗之語，典流於昆嗣，言列於漢籍"①，即通過記錄不同地區的語言差異，以消弭理解與溝通的障礙，立言於當代，澤被於後世。或許正出於這一宏願，《方言》的體例模仿了經典辭書，與《爾雅》頗爲類似。《方言》每個條目的前半部分與《爾雅》的體例相同，也采用了同義類訓的方式，後一部分則依次按照各個方言區域，逐一羅列同義方言詞，比如：

> 驫、郅、跂、徦、躋、踰，登也。自關而西秦晉之間曰驫，東齊海岱之間謂之躋，魯衛曰郅，梁益之間曰徦，或曰跂。②

地域方言詞彙差異較大，其中也有很多僻難怪奇之字，在當時的字書和雅類辭書中都未見收錄，因而《方言》中所記錄的同義詞，有些是其他辭書無法取代的。從這個角度來看，辭書所收錄的大量方言，爲喜用複語、多用對偶的漢賦家提供了豐富的語言材料，對漢賦的創作有重要的影響。

---

①　張震澤：《揚雄集校注》，上海古籍出版社，1993年，第265頁。
②　華學誠：《揚雄方言校釋匯證》，中華書局，2006年，第86頁。

二 漢賦方言的訓釋與漢代辭書

依據辭書《方言》，我們可以確證漢賦運用方言的事實。同時，在漢賦的訓釋解讀中，《方言》也起到了重要作用。

《文選‧西京賦》："隆崛崔崒，隱轔鬱律。"李善注："山形容也。《埤蒼》曰：'崛，特起也。'"[①] "隆崛"又作"隆屈"，王念孫《廣雅注疏》"枸簍隆屈篍篷籅籠，䡈也"條：

> 此謂蓋弓也。《方言》："車枸簍，宋、魏、陳、楚之間謂之筱，或謂之籅籠。自關而西秦晉之間謂之枸簍；西隴謂之橑；南楚之外謂之篷，或謂之隆屈。"郭注云："即車弓也。"[②]

據此訓釋，則"隆屈"義指如車篷一樣高聳突出貌，《方言》的訓釋更細緻準確。另如司馬相如《大人賦》："詘折隆窮躩以連卷。"費振剛認為"隆窮"為隆起義[③]，應當也是依《方言》"隆屈"條訓釋。

又如《洞簫賦》："狀若捷武，超騰踰曳，迅漂巧兮；又似流波，泡溲汎淂，趨巇道兮。"這六個句子三句為一組，上下兩組句法有相似之處，雖然並非嚴整的對偶句，但仍體現出較明顯的對偶意識。其中"超騰踰曳"對應"泡溲汎淂"，是四個單音節詞。李善注："泡溲，盛多貌。汎淂，微小貌，又云波急之声。《方言》曰：

---

① 蕭統編，李善注：《文選》，上海古籍出版社，1986年，第49頁。
② 王念孫：《廣雅疏證》，江蘇古籍出版社，2000年，第242頁。
③ 費振剛、仇仲謙、劉南平：《全漢賦校注》，廣東教育出版社，2005年，第121頁。

泡，盛也。"①考《方言》卷二："儚、渾、膹、膿、儚、泡，盛也。自關而西秦晉之間語也。陳宋之間曰儚，江淮之間曰泡，秦晉或曰膿，梁益之間凡人言盛及其所愛曰偉其肥臟謂之膿。"②"泡溲汎渼"形成了四接聯邊，單音節詞兩兩構成複語，同時與上句形成對偶。辭書《方言》爲訓釋提供了可靠的依據。

　　賦家以方言俚語爲語詞材料，這與漢賦文字瑋怪僻難的特點有一定關聯。加之漢賦家在修辭上的偏好，客觀上造成了漢賦語言阻奧的特點，但並非全是故作艱深。正如葛洪所論："且古書之多隱，未必昔人故欲難曉。或世異語變，或方言不同；經荒歷亂，埋藏積久，簡編朽絕，亡失者多，或雜續殘缺，或脫去章句。是以難知，似若至深耳。"③時空的變遷與阻隔，使漢賦中的古今詞與方言變得晦澀難懂，而辭書記錄下來的同時代方言材料，則是解讀漢賦方言、研究漢賦語言特點的重要依憑。

　　辭書因其載錄訓釋文字的性質，有兩個特點：一是辭條不相重複。辭書收錄了大量語詞，但各條目彼此相異，各不相同。二是用同義詞或近義詞來訓釋語詞。對辭條的釋訓往往採用同類同義互訓，如《爾雅》《小爾雅》《方言》等，皆用此法。辭書中大量的同義或近義詞一方面爲漢賦提供了語料，另一方面也體現出辭書本身錯綜而豐富的特點。從這兩方面來看，漢賦與漢代辭書不僅在詞彙來源上

---

①　蕭統編，李善注：《文選》，上海古籍出版社，1986年，第789頁。
②　華學誠：《揚雄方言校釋匯證》，中華書局，2006年，第113頁。
③　葛洪著，楊明照校箋：《抱樸子外篇校箋》卷三〇，中華書局，1991年，第67頁。

有深層的關聯，形式上也有共通之處。

　　漢人對語言文字的認識比之前更深入全面。漢代辭賦家多爲小學家，漢代辭書編纂與漢賦創作也出現了同時興盛的局面。漢賦中的首見詞、疊字以及方言，體現了漢賦家傑出的語言創造力、語言運用技巧以及開放的語言觀念，同時爲辭書編纂提供了豐富的語料和資源；辭書對首見詞、疊字及方言詞彙的整理、記錄與規範，直接影響了漢賦詞彙的釋讀以及承傳。漢賦與小學在詞彙上的雙向影響與互動，體現出漢人對語言文字的理性認識和審美感知，也是漢代賦作與辭書編纂共同繁榮的深層原因。

第三章

漢賦修辭及其與漢代辭書的關聯

　　漢賦是唯美的文學體裁①，對語言藝術有極高的要求。劉勰在《詮賦》中描述了他理想的賦作："麗詞雅義，符采相勝，如組織之品朱紫，畫繪之著玄黃，文雖新而有質，色雖糅而有本，此立賦之大體也。"②在古人看來，賦的文辭應華麗典雅、繽紛多彩，這是賦體的重要特徵。漢賦也確乎注重語言文字，善於利用漢字形、音、義的特點，精心安排，極力營造並呈現辭采之美。這種遣詞造句的技巧，也就是現代語言學中的修辭。

　　陳望道先生在《修辭學發凡》中指出，修辭是"調整語辭使達意傳情能夠適切的一種努力"③。當代賦學研究者認爲賦正是以修辭爲主的文學作品："賦就是修辭的藝術。修辭本身就是賦的價值所在。"④漢賦在語辭安排上的苦心孤詣，已經達到了極致。"修辭所可

---

① 學者多有論述，可參閱劉斯翰：《漢賦：唯美文學之潮》，廣州文化出版社，1989年；李炳海：《黃鍾大呂之音——古代辭賦的文本闡釋》，吉林人民出版社，2001年。萬光治：《漢賦通論》，巴蜀書社，1989年。餘不一一。
② 范文瀾：《文心雕龍注》，人民文學出版社，1958年，第136頁。
③ 陳望道：《修辭學發凡》，復旦大學出版社，2015年，第15頁。
④ 許結：《賦學講演錄》，北京大學出版社，2009年，第17頁。

利用的，是語言文字的一切可能性"①，漢賦也正是利用了語言文字的形、音、義的一切可能，成就了高超的修辭藝術。

現代語言學中，修辭按照對語言文字内容和形式的利用，分爲辭格和辭趣，"辭格涉及語辭和意旨，辭趣大體只是語言文字本身的情趣的利用"②。漢賦語言重視形式，同時也兼顧内容，既有聯邊、複語這類以形式爲主的辭趣，也有對偶、排比這類兼顧語辭和意旨的辭格，是漢代文學中最長於修辭藝術的文體。

第一節　聯　邊

"聯邊"是指段落行文中部首相同的字前後接續的特殊現象。《文心雕龍·練字》："聯邊者，半字同文者也。"③所謂"半字同文"，指的是文字有相同的部首。文字部首相同而又連續出現，這種現象在漢賦中比較常見，如枚乘的《七發》：

> 湍流溯波，又澹淡之。其根半死半生，冬則烈風漂霰飛雪之所激也，夏則雷霆霹靂之所感也。朝則鸝黃鳱鳴鳴焉，暮則羈雌迷鳥宿焉。……蚑蟜螻蟻聞之，拄喙而不能前。④

① 陳望道：《修辭學發凡》，復旦大學出版社，2015年，第28頁。
② 陳望道：《修辭學發凡》，復旦大學出版社，2015年，第49頁。
③ 范文瀾：《文心雕龍注》，人民文學出版社，1958年，第624頁。
④ 蕭統編，李善注：《文選》，上海古籍出版社，1986年，第1562—1563頁。

這段描寫"龍門之桐"的文字中，有鳥部三接聯邊"鴀鳴鳴"，雨部四接聯邊"雷霆霹靂"，虫部四接聯邊"蚑蟜螻蟻"。再如"湍流溯波，又澹淡之"，忽略虛字，共有六個水部字，也形成了聯邊。《七發》是漢代散體賦的奠基之作，它在許多方面決定了之後大賦的發展方向，其中多處運用的聯邊，成爲漢大賦的形式特徵之一，也是漢大賦重要的修辭手法。

漢賦中的聯邊確乎俯拾皆是，甚至無聯邊則不成篇章。二接、三接只是尋常，四接乃至六接不足爲奇，十接以上亦有所見。但自南北朝以來，文人對這一現象大多以"類志""字林""字窟"泛加評貶，對漢賦聯邊的成因及其與漢賦的藝術關係卻極少做深入探究。二十世紀以來，最重要的相關研究成果是簡宗梧先生的《漢賦瑋字源流考》。[①]簡文認爲，漢賦中的瑋字是當時的口語詞彙，其形成是文字假借、轉注、孳乳、增益的結果，也與"人心好異"相關，興起於西漢，在東漢盛極而衰。簡文系統而深入地分析了漢賦瑋字的本質及其形成和發展，但其所論"瑋字"是指"那些足以爲漢賦表徵，被認爲非明六書假借之用不能通其詞的古文奇字"[②]，雖與聯邊相關卻並非專指聯邊，因而並未論及漢賦聯邊的淵源、修辭特點、藝術影響等問題。本文擬在先賢已有成果的基礎上，對漢賦聯邊與漢代辭書的關係做一專論，以揭示聯邊的藝術價值及其侷限。

---

① 簡宗梧：《漢賦瑋字源流考》，《政治大學學報》第36期，1977年12月，第199—232頁。
② 簡宗梧：《漢賦瑋字源流考》，《政治大學學報》第36期，1977年12月，第199頁。

一 漢賦聯邊的藝術特點

集中且大量使用聯邊字，是漢賦顯著特徵之一。漢賦大量運用聯邊難道只是賦家騁才使氣的炫技嗎？後人"字林""字窟"的評價當然不可能是賦家的本來追求。賦家大量運用聯邊的原因，在剖析漢賦聯邊的形式特點與藝術效果中，或可探知真相。

（一）漢賦聯邊的字形圖像化

司馬相如《上林賦》中有一段描寫"八川分流"的文字：

> 經乎桂林之中，過乎泱漭之壄。汩乎混流，順阿而下，赴隘陝之口。觸穹石，激堆埼，沸乎暴怒，洶涌彭湃，滭弗宓汩，偪側泌㴲。橫流逆折，轉騰潎洌。滂濞沆溉，穹隆雲橈，宛潬膠盭。踰波趨浥，涖涖下瀨。批巖衝擁，奔揚滯沛。臨坻注壑，瀺灂霣墜。沈沈隱隱，砰磅訇礚。滈滈湲湲，㳌潗鼎沸。馳波跳沫，汩濦漂疾，悠遠長懷。寂漻無聲，肆乎永歸。然後灝溔潢漾，安翔徐回。翯乎滈滈，東注太湖，衍溢陂池。[1]

對聯邊的理解必須還原到古文的書寫、閱讀情境當中。漢代文學作品書於簡帛之上，右起豎排，無標點間隔。這段聯邊左側多爲水部，小篆寫作水，閱讀時視綫自上而下，映入眼簾的文字如同一條長河，波濤洶涌而來，淋淋漓漓，洋洋灑灑，在視覺上給人以直觀的震撼，帶來形象整飭、氣勢浩大的美感。前後排列、不斷出現

---

[1] 蕭統編，李善注：《文選》，上海古籍出版社，1986年，第362—363頁。

的聯邊字組合在一起，造成客觀上的視覺重複，使人感覺整段文字皆與水有關。這種視覺感知效果是人的完型心理造成的，習慣知覺使人類具有完型心理，傾向於把局部形象當作一個整體形象來感知，比如一個由間斷的虛綫構成的圓形，觀看者仍傾向於把它視同圓形。因而漢賦中這段聯邊字雖然時斷時續，但不斷出現的水部漢字，仍使人感覺到強烈的、整體的水意象。依此類推，部首爲木的聯邊，字形展示着茂密的林木，部首爲山的聯邊字，字形構成了連綿錯落的群山。這類情況在漢賦中經常可以見到，是聯邊所具有的直觀圖像化效果。

　　漢賦聯邊的直觀圖像化特點對漢賦影響甚巨。首先，聯邊以其連續出現的同一部首使漢賦形成了整飭有序的文字形式。從直觀上來看，重複出現的聯邊字因其部首相同，半邊同文，一望而知文字描寫的對象。《七發》《子虛賦》《上林賦》等賦作，描寫雖鋪張揚厲、紛紜繁複，但絕不淩亂，或屬山水，或屬人事，形類相從，清晰有序。正如學者所論："漢字確實更注重圖象性，力圖擺脫語音的糾纏，使語義通過生動形象、具體可感的字形本身顯示出來，使之符合漢人目及於象，道存於胸的認知方式。"[1] 聯邊的直觀圖像化特點，使漢賦具有繁而有序的形式之美。

　　其次，漢賦聯邊反復出現的部首強化了物象的屬性，使讀者產生視覺聯想。聯邊的部首如山、水、木、鳥、魚等等，往往是漢賦

---

[1]　陶健：《試論漢人思維方式對漢字的影響》，《鄭州大學學報》（哲學社會科學版），1988年第6期，第47頁。

重點鋪陳的對象。聯邊借助漢字象形的特點，使多種物象得以通過字形反復展示，使人印象深刻。

（二）漢賦聯邊的聲韻音樂化

漢賦中的聯邊一旦付諸誦讀，即體現出音韻上的精心調遣。仍以上文所引《上林賦》段落爲例，這段文字以水部聯邊爲主，據上古音來分類，"澎湃""渾沸""滂濞""灃濞"爲聯邊雙聲，"洶涌""泱漭""泌瀄""潎洌""湁潗""滯沛"爲聯邊疊韻，而"澒澒""沈沈""潏潏""渭渭"則爲聯邊疊音。這段漢賦聯邊在字音上相互呼應，具有跌宕和諧之致，富於節奏音韻之美。

漢賦是口語文學向書面文學的過渡，其口誦特徵早有學人論及，兹不贅述。[①] 漢賦的欣賞方式也決定了這一文體必然對音韻有所要求。《漢書·王褒傳》："太子喜褒所爲《甘泉》及《洞簫頌》，令後宮貴人左右皆誦讀之。"[②] 另，《三國志·蜀書·劉琰傳》："侍婢數十，皆能爲聲樂，又悉教誦讀《魯靈光殿賦》。"[③] 以上提到的以誦讀爲欣賞方式的三篇賦作，王褒《甘泉賦》今僅存殘句，不見全篇，故本文存而不論，《洞簫賦》《魯靈光殿賦》幸存全貌，兩篇賦作中也有較多的聯邊現象，可據此來考察聯邊的音韻特點。如《洞簫賦》中的一段文字：

---

① 參見萬曼：《辭賦起源：從語言時代到文字時代的橋》，《國文月刊》1947年第59期，第19—21頁；簡宗梧：《漢賦源流與價值之商榷》，（台北）文史哲出版社，1980年。餘不一一。

② 班固：《漢書》，中華書局，1962年，第2829頁。

③ 陳壽：《三國志》，中華書局，1959年，第1001頁。

時奏狡弄，則彷徨翱翔，或留而不行，或行而不留。惆悵澜漫，亡耦失疇。薄索合沓，罔象相求。故知音者樂而悲之，不知音者怪而偉之，故聞其悲聲，則莫不愴然累欷，擗涕抆淚。其奏歡娛，則莫不憚漫衍凱，阿那腲腰者已。是以蟋蟀蚸蠖，蚑行喘息。螻蟻蝪蜒，蠅蠅翊翊。①

這段文字中有十一處聯邊，考察其上古音，"彷徨""惆悵""澜漫""腲腰""蝪蜒"爲聯邊疊韻，"蠅蠅""翊翊"爲聯邊疊音。"蟋蟀""蚸蠖""螻蟻""翱翔"等詞，其上古音的聲韻有相通之處，可判定爲準雙聲或疊韻。② 聯邊用來描寫物象情貌，在音韻上有上下相應的特點，不僅誦讀時和諧悅耳，也能夠藉此傳達賦作中洞簫之音的情感變化。

再看《魯靈光殿賦》：

圓淵方井，反植荷蕖。發秀吐榮，菡萏披敷。綠房紫菂，窋咤垂珠。雲栱藻梲，龍桷雕鏤。飛禽走獸，因木生姿。奔虎攫挐以梁倚，仡奮豐而軒鬐。虬龍騰驤以蜿蟺，頷若動而躨跜。朱鳥舒翼以峙衡，騰蛇蟉虯而遠樓。白鹿孑蜺於櫨欂，蟠螭宛

---

① 蕭統編，李善注：《文選》，上海古籍出版社，1986年，第788頁。
② 據謝紀鋒《漢語聯綿詞詞典》（外語教學與研究出版社，2011年，第889頁）："蟋，心母質部；蟀，山母物部。按：心母與山母爲準雙聲，質部與物部旁轉。"此外，古音中，螻，來母侯部；蟻，疑母支部。侯部與支部旁轉。蚸，來母錫部；蠖，影母鐸部。錫部與鐸部旁轉。

轉而承楣。狡兔踜伏於柎側，猨狄攀橡而相追。[①]

這段文字中有多處聯邊，"菡萏""蜿蟺""躩跳""螻蚓"爲聯邊疊韻。"荷蕖"，荷屬歌部，蕖屬魚部，歌部與魚部通轉；"槾櫨"，槾屬鐸部，櫨屬魚部，鐸部與魚部對轉。"荷蕖""槾櫨"也應爲聯邊疊韻。與《洞簫賦》相同，這段賦作中的聯邊也具有上下相應、音聲相和的音韻特點。

漢賦可觀可誦，故賦家在遣詞用字時，除了考慮文字的直觀視覺之美，也必須斟酌字音的聲韻是否和諧入耳。由上述兩篇古人誦讀欣賞的漢賦作品來看，聯邊確有聲韻和美的特點。漢賦中的聯邊通過疏密有致、應和起伏的音韻節奏，形成了一種類似於音樂旋律的表達，它訴諸聽者的審美聯想，達成聽覺上的美感體驗。

漢賦聯邊以直觀圖像化的字形反復呈現作品描寫的物象，以音樂化的聲韻獲得聽覺上的美感。漢賦聯邊在字形與字音上的雙重特點，使人在漢賦的誦讀過程中，同時調動視覺和聽覺，獲得融通一體的審美感受。從這個意義上講，聯邊使漢賦語言具有了畫與音樂的雙重特徵。

（三）漢賦聯邊的結構層次化

同類相從是漢代文人普遍秉持的理念，漢賦聯邊也是這一理念的文學産物。漢賦將同類相從理念貫徹在作品中，從而形成三個結

---

① 蕭統編，李善注：《文選》，上海古籍出版社，1986年，第513—514頁。

構層次。

漢賦許多作品內部結構遵循大類相從的原則，每個板塊集中描寫同一類事物。枚乘的《七發》共七個板塊，前六個板塊分別對六類事物加以鋪陳，每個板塊是一個大類，其中包括一系列相關的同類事物。司馬相如《上林賦》中，對上林苑的鋪陳描寫按照河川、山林、離宮別館的順序展開，每個板塊出現的均是屬於同一空間的一類或幾類相關事物。按物象的類別劃分作品的板塊，是漢賦同類相從理念的第一個結構層次。

漢賦聯邊是漢賦同類相從理念的第二個層次。聯邊的部首相同，是同類相從原則的直觀呈現。聯邊是以單句爲依托，同類相從理念體現在字形和單句層面，屬於微觀範圍，較之第一個結構層次更加具體。

漢賦聯邊語音上的雙聲、疊韻、疊音，則是作品同類相從理念的第三個層次，這是由聲音媒介承載和實現的。並不是所有的聯邊都天生具有聲韻之美，作家的精心構思與巧妙運用賦予了聯邊音樂美。語音具有抽象性，在這一層面上，同類相從理念付諸聽覺，更爲隱蔽。

二　聯邊的文字學理據與文學淵源

聯邊現象的生成與漢字的特點直接相關，漢字的象形屬性是孕育聯邊的溫牀。指事字、會意字、形聲字皆與象形字密切相關："指事字是在象形字上加標志，會意字也常由兩個以上的象形符號構成。

形聲字產生時，所選擇加注的義符絕大多數是象形字。"①許慎所著
《說文解字》收入九千三百五十三個字，歸納爲五百四十部，照此計
算，每個部首應平均有十七個左右的字。可是，《說文解字》各部首
下所收文字的數量差別極大，少則屈指可數，多則數以百計，如艸部
收伍佰零伍字，兒部僅收三字，已部僅收二字。"《說文》的大部分部
首是義符"②，義符絕大多數爲象形字，使用相同義符的字往往表示同
一類事物，如水部、木部、艸部、鳥部、魚部等等。因爲漢字的這一
特性，文學作品或辭書在記述同類事物時出現聯邊的機率就大大增加
了，因此可以說，漢字的象形特點是聯邊產生的前提條件。

　　漢賦家對修辭的主動追求，則是聯邊出現的另一個重要原因。
聯邊利用字義、字音、字形，形成了獨特的形、音、義特點，這與
修辭學中的積極手法有關：

　　　　所謂積極手法，約略含有兩種要素：（1）內容是富有體驗
　　性的，具體性的；（2）形式是在利用字義之外，還利用字音、
　　字形的。……這種形式方面的字義、字音、字形的利用，同那
　　內容方面的體驗性、具體性相結合，把語辭運用的可能性發揚
　　張大了，往往可以造成超脫尋常文字、尋常文法以至尋常邏輯
　　的新形式，而使語辭呈現出一種動人的魅力。③

---

① 陳楓：《漢字義符研究》，中國社會科學出版社，2006年，第47頁。
② 陳楓：《漢字義符研究》，中國社會科學出版社，2006年，第22頁。
③ 陳望道：《修辭學發凡》，上海教育出版社，2006年，第4頁。

漢賦聯邊在內容上並非完全是體驗性的、具體性的，因而陳望道先生將聯邊歸屬到修辭積極手法中的辭趣："一種是比較同內容疏遠的，其魅力也比較地淡淺，叫做辭趣。"[1]根據聯邊的特點，可明確它作爲辭趣的修辭屬性。歸根結底，這是漢賦家們利用漢字的特點，以積極手法達成的修辭現象。

先秦兩漢時期人們以類相從的思維方式是造成聯邊現象的另一重要因素。邏輯思維是人類最基本的思維原則，它的重要功能之一就是對事物做類別的劃分。中國古代先民在認識事物的過程中，形成了以類相從的重要理念。《周易·繫辭上》："方以類聚，物以群分。"[2]這裏所說的類、群，指的是同類事物的聚集。《周易·乾·文言》云：

> 同聲相應，同氣相求。水流濕，火就燥，雲從龍，風從虎。聖人作而萬物覩。本乎天者親上，本乎地者親下，則各從其類也。[3]

通過列舉一系列相從相屬的事象，先民們體認並總結出物從其類的理念。這種理念在先秦時期得到普遍認可，並且在許多文獻中有專門的論述，《呂氏春秋》中的《應同》《召類》篇就是對同類相從理念的闡説。這一理念也體現在造字中，如占漢字大多數的形聲字，其

① 陳望道：《修辭學發凡》，上海教育出版社，2006年，第4頁。
② 阮元校刻：《十三經注疏·周易正義》卷七，中華書局，1980年，第76頁上。
③ 阮元校刻：《十三經注疏·周易正義》卷七，中華書局，1980年，第16頁中。

義符“是字義的一種標識，有時標識事物的種類，有時標識着事物的性質”①，同類或同性質的事物義符大多相同，這也正是同類相從理念在文字上的體現。

在文學創作中，以類相從表現爲對同類事物的集中記述，如《尚書·益稷》“藻火粉米黼黻絺繡”句中有“黼黻”“絺繡”這種兩接聯邊，《禹貢》“沿於江海，達於淮泗”②句中有“沿江海”三接聯邊。③但這些顯然是行文中描寫某類事物時形成的自然聯邊，並非有意爲之，故出現較爲偶然，其規模也有限。

有意利用漢字的特點生成聯邊並將其作爲一種藝術表現手法，當始於《詩經》。《豳風·七月》：“黍稷重（按：又作種。毛傳：“先種後熟曰重，又作種。”）穆，禾麻菽麥。”④這句詩歌最顯著的形式特點即爲禾部聯邊，以此描寫所種植的莊稼種類繁多。《鄘風·定之方中》：“樹之榛栗，椅桐梓漆，爰伐琴瑟。”⑤詩句列舉多種樹名構成了木部六接聯邊，描寫所種植樹木的種類繁多。再如《周頌·臣工之什·潛》：“猗與漆沮，潛有多魚。有鱣有鮪，鰷鱨鰋鯉。以享以祀，以介景福。”⑥詩句描寫漆水、沮水深處魚類繁多，列舉了六種魚，形成魚部多接聯邊，用以贊頌祭祀祈福儀式的豐盛、虔誠。由以上三

① 鄭慧生：《中國文字的發展》，河南人民出版社，1996年，第274頁。
② 阮元校刻：《十三經注疏·尚書正義》卷五，中華書局，1980年，第141頁下；卷六，第149頁上。
③ 統計聯邊時，句中的虛詞因無實義而忽略不計，故可視爲三接聯邊。以下同。
④ 阮元校刻：《十三經注疏·毛詩正義》卷八之一，中華書局，1980年，第391頁下。
⑤ 阮元校刻：《十三經注疏·毛詩正義》卷三之一，中華書局，1980年，第315頁下。
⑥ 阮元校刻：《十三經注疏·毛詩正義》卷一九之三，中華書局，1980年，第595頁下。

例可知,《詩經》中的聯邊手法已基本確立, 即羅列某類事物,以聯邊呈現其豐富繁盛之美, 表達喜悅贊美之情。

《楚辭》中的聯邊現象更爲普遍, 三接聯邊非常多見, 如《九歌·湘夫人》中"葺之兮荷蓋""芷葺兮荷屋"①,《河伯》"波滔滔兮來迎"②,《悲回風》"藐蔓蔓之不可量兮""氾濫濫其前後兮"③, 等等。《楚辭》多以聯邊營造情境, 傳達事物的情態之美。《高唐賦》是先秦時期運用聯邊的代表作, 全篇出現了多處聯邊, 如"水澹澹而盤紆兮, 洪波淫淫之溶滴", 水部聯邊已達六接;"雕鶚鷹鵰, 飛揚伏竄"④, 是鳥部三接聯邊。聯邊的規模與技巧都表明, 至戰國末期, 文學家已開始自覺而嫺熟地運用聯邊來描寫景物、烘托氛圍。

漢代同類相從的思維方式, 較之先秦時期又有所強化。董仲舒的《春秋繁露》卷一三有題爲《同類相動》的專論, 開篇寫道:

> 今平地注水, 去燥就溼, 均薪施火, 去溼就燥。百物去其所與異, 而從其所與同, 故氣同則會, 聲比則應, 其驗皦然也。⑤

前四句列舉的事象取自《荀子·勸學》, 後幾句則是作者的觀點闡發。董仲舒是西漢經學的代表人物, 這意味着經學作爲西漢的主流

① 洪興祖:《楚辭補注》, 中華書局, 1983年, 第66、67頁。
② 洪興祖:《楚辭補注》, 中華書局, 1983年, 第78頁。
③ 洪興祖:《楚辭補注》, 中華書局, 1983年, 第159、160頁。
④ 蕭統編, 李善注:《文選》, 上海古籍出版社, 1986年, 第877頁。
⑤ 蘇輿撰, 鍾哲點校:《春秋繁露義證》, 中華書局, 1992年, 第358頁。

意識形態，也秉持着同類相從的理念，並對漢代的文學創作產生了直接的影響，如董仲舒《山川頌》："山則巄嵷嵓崔，嶊嵬崥巍"，"水則源泉混混沄沄，晝夜不竭"。[①] 八接及六接聯邊的出現，顯然是董仲舒同類相從觀念在文學作品中的直接體現。

同一時期的文學家也有明確的以類相從觀念，東方朔在《七諫·謬諫》中寫道：

> 同音者相和兮，同類者相似。飛鳥號其群兮，鹿鳴求其友。故叩宮而宮應兮，彈角而角動。虎嘯而谷風至兮，龍舉而景雲往。音聲之相和兮，言物類之相感也。[②]

這是把同類相從的理念，以優美形象的文學語言闡發。辭賦家枚乘《七發》中有"比物屬事，離辭連類"之說，司馬相如《封禪文》中也有"依類託寓"之論。[③] 綜上可知，同類相從是漢代文人重要的理念，必然對創作思維方式發生影響，加之《詩經》《楚辭》的文學傳統，則漢賦中的大量聯邊現象，自有其理論依據與文學淵源，並非無本之木。

三　漢賦聯邊與時代審美風尚

漢賦聯邊是漢代審美風尚的折射，從中可以看出漢代文人的

---

① 蘇輿撰，鍾哲點校：《春秋繁露義證》，中華書局，1992年，第423—424頁。
② 洪興祖：《楚辭補注》，中華書局，1983年，第254—255頁。
③ 蕭統編，李善注：《文選》，上海古籍出版社，1986年，第1565、2144頁。

美學追求。

（一）以多爲美的時代風尚

聯邊把多個部首相同的字組綴在一起，集中出現在文學作品中，這種行文方式體現的是多多益善、以多爲美的理念。

聯邊成文的漢字往往詞性相同，主要有名詞、動詞和形容詞。聯邊名詞集中於草木、鳥獸、蟲魚、玉石、天象、車馬、宮室等物類中，是漢賦中最常見的聯邊現象。如司馬相如《子虛賦》：

> 其石則赤玉玫瑰，琳瑉琨吾。瑊玏玄厲，碝石碔砆。其東則有蕙圃，衡蘭芷若，芎藭菖蒲。茳蘺蘪蕪，諸柘巴苴。[①]

這段文字中有玉部聯邊、石部聯邊和艸部聯邊。玉部聯邊如"玫瑰"本寫作"玟瑰"。《說文》："玟瑰，火齊珠。一曰石之美者。"段注："《吳都賦》注曰：'火齊如雲母，重沓而可開，色黃赤似金，出日南。'"[②]據此，玫瑰或指火齊珠，又有一說爲美玉。《天工開物·珠玉》："至玫瑰一種，如黃豆、綠豆大者，則紅、碧、青、黃數色皆具。寶石有玫瑰，如珠之有璣也。"[③]玫瑰當是珠寶或玉石之名。

琳瑉，李善引張揖注："琳，珠也。瑉者，石之次玉者。"又引郭璞曰："琳，玉名。"[④]

① 蕭統編，李善注：《文選》，上海古籍出版社，1986年，第350頁。
② 許慎撰，段玉裁注：《說文解字注》，上海古籍出版社，1981年，第18頁。
③ 宋應星著，潘吉星譯注：《天工開物譯注》，上海古籍出版社，1993年，第313頁。
④ 蕭統編，李善注：《文選》，上海古籍出版社，1986年，第350頁。

瑊玏，李善引張揖注："瑊玏，石之次玉者。"[1]

玫瑰、琳瑉、瑊玏，玉部聯邊名詞均爲玉石珠寶之義。

"碝石碔砆"，李善注："張揖曰：碝石、碔砆，皆石之次玉者。……碔砆，赤地白采，葱蘢白黑不分。"[2]此石部四接聯邊都是玉石名稱。

艸部聯邊如"芷若""芎藭""菖蒲""茳蘺""蘪蕪"，十接聯邊皆爲香草名稱。

以上是名詞聯邊的典型片段，這種情況在漢賦中比較常見。除此之外，動詞、形容詞的聯邊，也同樣追求數量的衆多，以多爲美的傾向非常明顯。

《史記·司馬相如列傳》記載，《上林賦》中無是公形容天子的上林苑爲"巨麗"[3]，由此，後代學者也以巨麗之美爲漢大賦定性。所謂的巨，指的是以大爲美；而所謂麗，則是以多爲美。揚雄《法言·吾子》寫道："詩人之賦麗以則，辭人之賦麗以淫。"對於後一句，李軌注："奢侈相勝，靡麗相越，不歸於正也。"[4]李注大意得之，但是對於"麗"字未做出確切的界定，有必要進行深入的辨析。

《說文解字·鹿部》："麗，旅行也。"段玉裁注："此麗之本義。其字本作丽，旅行之象也。"[5]許慎以旅行釋麗，有數量衆多之

---

① 蕭統編，李善注：《文選》，上海古籍出版社，1986年，第350頁。
② 蕭統編，李善注：《文選》，上海古籍出版社，1986年，第350頁。
③ 司馬遷撰，裴駰集解，司馬貞索隱，張守節正義：《史記》，中華書局，2013年，第3633頁。
④ 汪榮寶撰，陳仲夫點校：《法言義疏》，中華書局，1987年，第49—50頁。
⑤ 許慎撰，段玉裁注：《說文解字注》，上海古籍出版社，1981年，第471頁。

義。"王筠句讀:'旅,俗作侶。''旅行',謂結伴行走,成群結隊地行走。"[1]麗字釋爲多義,還見於《詩經·大雅·文王》:"商之孫子,其麗不億。"毛傳:"麗,數也。"[2]漢代辭書《小爾雅》:"算、麗,數也。"遲鐸注:"葛其仁曰:《詩·文王》正義曰:'以億是數名。故知麗爲數也。'……胡世琦曰:《孟子·離婁》引《詩》,趙岐注:'麗,數也。'"[3]這樣看來,《上林賦》及《法言·吾子》中的"麗",均暗含數量衆多之義。漢賦聯邊以同部首字的數量之多爲美,符合"巨麗"的追求,從一個側面反映出漢代的審美風尚。漢賦聯邊是以多爲美的審美風尚的具體表現,也是漢賦以多爲美傾向的修辭實踐。

(二)不忌重複的書寫方式

漢賦聯邊所用的語詞,往往意義相同或相近,有前後重複的現象。以《上林賦》中的一處聯邊爲例:"洶涌彭湃,滭弗宓汩,偪側泌瀄。"

洶涌,《文選》李善注:"司馬彪曰:洶涌,跳起也。"[4]義爲水波跳躍。

彭湃,《文選》李善注引司馬彪曰:"彭湃,波相戾也。"義爲水波相互衝擊。

---

① 楊琳:《小爾雅今注》,漢語大詞典出版社,2002年,第78頁。
② 阮元校刻:《十三經注疏·毛詩正義》卷一六之一,中華書局,1980年,第504頁下。
③ 遲鐸:《小爾雅集釋》,中華書局,2008年,第90頁。
④ 蕭統編,李善注:《文選》,上海古籍出版社,1986年,第362頁。

　　渾弗（《史記》作“渾涕”），弗、沸同音，亦作“渾沸”。《說文》：“畢沸，濫泉也。从水弗聲。”[1]《爾雅·釋水》：“濫泉，正出。正出，涌出也。”[2]可知渾弗指水波涌動。

　　宓汩（《史記》作“滵汩”），《文選》李善注引司馬彪曰：“去疾也。”[3]宓汩，義爲水波疾流。

　　偪側泌㵫，李善注引司馬彪曰：“偪側，相迫也。泌㵫，相揳也。”[4]義爲水波相互衝擊碰撞。

　　這段聯邊中的詞意義大體相近，水波跳躍、撞擊，皆激蕩之貌，洶涌與彭湃近義；水波涌流與水波疾流，皆水流之貌，則渾弗與宓汩近義；偪側泌㵫指水相迫、相擊，亦爲近義詞。這些聯邊詞詞義皆爲水波涌流衝擊的動態，意義相近、詞性相同、上下接聯，是一個同類近義詞群。

　　漢賦中的聯邊形容詞如《文選·上林賦》：

　　　　於是乎崇山矗矗，巃嵸崔巍。深林巨木，嶄巖參嵯。九崚嵲薛，南山峩峩。巖陁甗錡，嶊嵬崛崎。[5]

　　崇山矗矗，巃嵸崔巍，李善引郭璞注：“皆高峻貌也。”[6]可知崇、

<hr>

[1]　許慎撰，段玉裁注：《說文解字注》，上海古籍出版社，1981年，第553頁。
[2]　郭璞注，邢昺疏：《十三經注疏·爾雅注疏》，上海古籍出版社，2019年，第364頁。
[3]　蕭統編，李善注：《文選》，上海古籍出版社，1986年，第362頁。
[4]　蕭統編，李善注：《文選》，上海古籍出版社，1986年，第363頁。
[5]　蕭統編，李善注：《文選》，上海古籍出版社，1986年，第365頁。
[6]　蕭統編，李善注：《文選》，上海古籍出版社，1986年，第365頁。

矗矗、巃嵸、崔巍皆爲描寫山峯高大險峻的形貌。

　　嶄巖，費振剛注："通'巉巖'，山勢險峻。"①

　　嶜崟（《史記》作"嶜嵯"），通參差，張守節正義引顏師古注："不齊也。"②

　　嶻嶭，李善引郭璞注："高峻貌。"③

　　峨峨，《廣雅·釋訓》："峨峨，高也。"④《楚辭·惜賢》："冠浮雲之峨峨。"王逸注："峨峨，高貌也。……峨，一作峗。"⑤

　　摧崣崛崎，李善引張揖注："摧崣，高貌也。崛崎，斗絶也。"⑥亦爲山峯高大險峻之義。

　　這段漢賦聯邊除"山""巖"兩個名詞之外，絶大多數爲形容詞，並與聯邊名詞、聯邊動詞的特點相似，即上下相接，詞性一致，詞義相近，形成了一個同類近義詞群。

　　漢賦聯邊字義不忌重複的書寫方式，與以多爲美的理念直接相關，是受這種理念驅使的結果。漢賦家對聯邊的運用追求數量的衆多，就把同義詞、近義詞作爲選擇對象納入其中。這種做法對於漢賦本身而論具有必然性，但是從傳統和主流的美學觀念加以衡量，卻不具有合理性。《周易·繫辭下》云："物相雜，故曰文。"王弼注：

---

① 費振剛、仇仲謙、劉南平：《全漢賦校注》，廣東教育出版社，2005年，第96頁。
② 司馬遷撰，裴駰集解，司馬貞索隱，張守節正義：《史記》，中華書局，2013年，第3640頁。
③ 蕭統編，李善注：《文選》，上海古籍出版社，1986年，第365頁。
④ 王念孫：《廣雅疏證》，中華書局，2019年，第431頁。
⑤ 洪興祖：《楚辭補注》，中華書局，1983年，第296頁。
⑥ 蕭統編，李善注：《文選》，上海古籍出版社，1986年，第365頁。

"剛柔交錯，玄黃錯雜。"孔穎達疏："言萬物遞相錯雜，若玄黃相間，故謂之文也。"[1] 這是對於所謂的"文"做出的明確界定，是得到普遍認可的經典性命題。《國語·鄭語》記載："聲一無聽，色一無文，味一無果。"韋昭注："五聲雜，然後可聽。五色雜，然後成文。五味合，然後可食。"[2]《鄭語》所載上述話語出自兩周王朝大臣史伯之口，他同樣以物相雜來解釋所謂的文，即把眾多不同因素的錯雜作爲衡量文的尺度。

《西京雜記》卷二記載了司馬相如作賦的體會："合綦組以成文，列錦繡而爲質，一經一緯，一宮一商，此賦之迹也。"[3] 照此來看，司馬相如深知物相雜以成文的道理，並且在創作賦的過程中加以遵循。但是，他的賦運用聯邊字卻不忌重複，並不是眾物相雜，而是同物相繫，這與他的作賦主張是相悖的，二者無法協調。當然，這僅是就聯邊而言，在其他方面並不完全如此。漢賦聯邊在字義上重疊複沓的特點，顯然與"文"的主流觀念不符，這是漢賦聯邊缺乏內在生命力的主要原因，也是受後人詬病的癥結所在。

（三）尚奇好異——學者型文人的選擇

漢賦所用的聯邊字數量眾多，其中相當一部分是冷僻的詞語，

---

① 阮元校刻：《十三經注疏·周易正義》卷八，中華書局，1980年，第90頁下。
② 上海師范大學古籍整理研究所校點：《國語》，上海古籍出版社，1988年，第516、518頁。
③ 劉歆撰，葛洪集，向新陽、劉克任校注：《西京雜記》，上海古籍出版社，1991年，第91頁。《西京雜記》雖爲雜史，但其中所保存的對西漢文化禮制的記載及其所反映的思想觀念卻是真實而有價值的。

這種傾向在散體大賦的生成期就已經出現。枚乘是漢代散體賦的奠基者，他的《梁王菟園賦》大量運用聯邊字，有些很生僻，如描寫西山的險峻，所用的聯邊字有"隒隒""嵬嵬""崨嶫嵳峨""崟巖""嵸巍"①，這些聯邊字多數是生僻字。揚雄是西漢後期重要文人，其《蜀都賦》作於蜀地，屬於他的早期作品，其中的聯邊也多見生僻字，如提到的野獸有"麐麙鹿麝""猨蠝玃犴"，形容山勢是"岌嶷嶵嵬""嵟崒崛崎"②，諸如此類，不一而足。漢賦中的生僻字，相當一部分出現在聯邊中，後人稱漢賦是字林、字窟，主要即指聯邊中的大量僻怪字。

　　漢賦多用生僻瑋怪之字，簡宗梧認爲有以下幾種原因：以口語入賦、運用假借字、文字好繁的傾向、衍形變異的需要、賦家愛好瑋字。③ 這些結論是正確的，但需要補充的是，這也與漢賦作家的知識背景、文化素養密切相關。漢賦發軔期的代表作家賈誼是兼有才幹和學者品格的文人，後來出現的重要漢賦作家司馬相如、揚雄、班固、張衡，無一不是才子兼學者型文人。他們在創作漢賦時，往往發揮其才學上的優勢，大量運用同部首字構成聯邊。正如劉熙載所言："賦兼才學。"④ 馳騁才學的結果是使漢賦艱澀難讀，這是古代以學問爲文的早期表現，也是爲文尚奇好異傾向的反映。

　　另外，在中國文字系統中，常用字的數量不多，在整個文字中

---

① 費振剛、胡雙寶、宗明華輯校：《全漢賦》，北京大學出版社，1993年，第29頁。
② 費振剛、胡雙寶、宗明華輯校：《全漢賦》，北京大學出版社，1993年，第160頁。
③ 簡宗梧：《漢賦源流與價值之商榷》，（台北）文史哲出版社，1980年。
④ 劉熙載撰，袁津琥校注：《藝概注稿》，中華書局，2009年，第467頁。

所占比例較小，即以當下爲例，漢字總數量達五萬多，而經常使用的不過三千多字。漢賦聯邊追求同部首或有相同構件的字詞多個連用，而常用字往往無法滿足這種需求。由此，大量運用生僻字就成爲才學淵博的賦家的必然選擇。

四　漢賦聯邊的衰落及"省聯邊"的再討論

"文變染乎世情"[1]，漢賦聯邊是漢代審美風尚的產物，隨着漢王朝的衰落，漢賦出現了重大的變化，東漢時大賦盛極而衰，抒情小賦日漸興起。小賦與大賦相比，以抒發個人情感爲主題，內容更貼近現實，形式趨於樸素簡練。聯邊以多爲美、不忌重複、文字險奇瑋怪的審美風尚與抒情小賦的體制、內容、旨趣不相契合，無法相容，故小賦中聯邊不再是重要、明顯的形式特徵。

魏晉南北朝時期，隨着文學的發展，聯邊不僅不被提倡，仅而成爲被批評的禁忌。《文心雕龍·練字》提出用字的四種規則，其中即有"省聯邊"：

> 聯邊者，半字同文者也。狀貌山川，古今咸用，施於常文，則齟齬爲瑕，如不獲免，可至三接。三接之外，其字林乎！[2]

後世對漢賦的"字林"之譏正肇源於此，學人也往往依此而否定漢賦聯邊的藝術價值。但劉勰提出的"省聯邊"並非是晉宋齊梁間文

---

[1]　范文瀾：《文心雕龍注》，人民文學出版社，1958年，第675頁。
[2]　范文瀾：《文心雕龍注》，人民文學出版社，1958年，第624—625頁。

學創作所遵循的普遍規律，這一時期賦作中的聯邊雖遠遜於漢代，但仍是常見現象。如左思《三都賦》中有大量的多接聯邊，與劉勰同時代的沈約，其《郊居賦》中也有"檐梢松栝""巍峨崇崒"等聯邊出現。① 詩歌中也可見聯邊，如曹植《雜詩》"綺縞何繽紛"，陸機《日出東南隅行》"瓊珮結瑤璠"，等等。② 顯然聯邊不僅未滅絕，甚至已經滲透到詩歌創作中。劉勰也認識到這點，故在《情采》中指出："而後之作者，採濫忽真，遠棄風雅，近師辭賦，故體情之制日疏，逐文之篇愈盛。"③ 在劉勰看來，齊梁詩歌的藻飾之風正出於辭賦，這也側證了他提出的"省聯邊"並不是當時文壇的普遍共識，而是劉勰作爲文學理論家的先見卓識。劉勰"狀貌山川，古今咸用"之語是對聯邊應用得當的肯定，"省聯邊"並非僅僅針對漢賦，更重要的是對當時文學創作的批評和引導。

一是對繁縟文風的反撥。魏晉文風與漢代相比，已日趨繁縟，"降及元康，潘、陸特秀，律異班、賈，體變曹、王，縟旨星稠，繁文綺合"④。太康時期的代表作家文風秀麗，藻飾繁盛，而晉宋齊梁時期彌有加矣，如劉師培所言："當晉、宋之際，蓋多隱秀之詞，嗣則漸趨縟麗。齊、梁以降，雖多侈豔之作，然文詞雅懿，文體清峻者，正自弗乏。"⑤ 此間雖不乏清峻之作，但侈豔縟麗已經成爲文學主

① 陳慶元：《沈約集校箋》卷一，浙江古籍出版社，1995年，第9頁。
② 逯欽立輯校：《先秦漢魏晉南北朝詩》，中華書局，1983年，第457、652頁。
③ 范文瀾：《文心雕龍注》，人民文學出版社，1958年，第538頁。
④ 沈約：《宋書·謝靈運傳》，中華書局，1974年，第1778頁。
⑤ 劉師培：《中國中古文學史講義》，上海古籍出版社，2000年，第100頁。

流。聯邊因其重複冗沓、用字瑋怪的特點，如果在文學創作中大量
運用，必然導致浮辭虛飾的進一步加劇。在劉勰看來，這正是"采
濫辭詭""繁采寡情"①的時弊根源。理論批評是對文學創作的總結與
引導，故魏晉以降，文論中多見對繁縟文風的反省與批判。《抱樸
子·應嘲》云："非不能屬華豔以取悅，非不知抗直言之多忤，然不
忍違情曲筆，錯濫真偽。欲令心口相契，顧不愧景，冀知音之在後
也。……著書者徒飾弄華藻，張磔迂闊，屬難驗無益之辭，治靡麗
虛言之美。"②葛洪對當時虛美華豔的文風深惡痛絕，卻自知無法得到
時人的理解，只能寄希望於後世。摯虞也曾以"古詩之賦"和"今
之賦"對比，指出當時賦作之"四過"："假象過大""免（逸）辭過
壯""辯言過理""麗靡過美"。③"逸辭過壯""麗靡過美"批評的是漢
賦在語言及風格上的問題，而這也正是漢賦聯邊的弊病。對宏肆繁
縟文風的批判背後，體現的正是溫柔敦厚、中正平和的審美理念。
劉勰在《序志》中自陳《文心雕龍》本為針對時弊而著："而去聖久
遠，文體解散，辭人愛奇，言貴浮詭，飾羽尚畫，文繡鞶帨，離本
彌甚，將遂訛濫。"④因而《練字》提出的"省聯邊"，正是試圖以文
學批評來糾正當時浮靡縟麗的文風。

　　二是對文字訛替濫造現象的遏止。魏晉南北朝時期文字，改易

---

① 范文瀾：《文心雕龍注》，人民文學出版社，1958年，第538、539頁。

② 葛洪著，楊明照校箋：《抱樸子外篇校箋》卷四二，中華書局，1991年，第414—416頁。

③ 李昉：《太平御覽·文部》卷五八五，中華書局，1960年，第2635頁下。

④ 范文瀾：《文心雕龍注》，人民文學出版社，1958年，第726頁。

濫造現象日趨嚴重，"蓋文字之不同，而人心之好異，莫甚於魏、齊、周、隋之世"①。江式《求撰集古今文字表》也指出："皇魏承百王之季，紹五運之緒，世易風移，文字改變，篆形謬錯，隸體失真。俗學鄙習，復加虛巧，談辯之士，又以意說，炫惑於時，難以釐改。"② 文字濫用的情況在南北朝時尤爲突出，《顏氏家訓》記載：

> 大同之末，訛替滋生。蕭子雲改易字體，邵陵王頗行僞字；朝野翕然，以爲楷式，畫虎不成，多所傷敗。至爲一字，唯見數點，或妄斟酌，逐便轉移。爾後墳籍，略不可看。北朝喪亂之餘，書迹鄙陋，加以專輒造字，猥拙甚於江南。③

如果在文學創作中大量運用聯邊，追求同部首字的連用，顯然會加劇文字的訛變濫造，文字的訛易變化又必將成爲文學創作與接受的阻礙。魏晉南北朝的賦作中即多有改易字形以構成聯邊的現象，如"婀娜"一詞本出於《詩經·檜風·隰有萇楚》："隰有萇楚，猗儺其枝。"毛傳："猗儺，柔順也。"④ 張衡《南都賦》："阿那蓊茸。"⑤ 曹植《洛神賦》："華容婀娜，令我忘餐。"⑥ 由先秦至魏，字形三次變化，最終在魏代賦作中寫作聯邊並由此漸趨固定。再如"漣漪"一詞，

① 凌揚藻：《蠡勺編》，中華書局，1985年，第404頁。
② 魏收：《魏書·術藝傳·江式》，中華書局，1974年，第1963頁；參見嚴可均：《全上古三代秦漢三國六朝文·全後魏文》卷四五，中華書局，1958年，第3735頁上。
③ 王利器：《顏氏家訓集解·雜藝》（增補本），中華書局，1993年，第574—575頁。
④ 阮元校刻：《十三經注疏·毛詩正義》卷七之二，中華書局，1980年，第382頁下。
⑤ 張震澤：《張衡詩文集校注》，上海古籍出版社，1986年，第172頁。
⑥ 趙幼文：《曹植集校注》卷二，人民文學出版社，1984年，第284頁。

《詩經·魏風·伐檀》本作“河水清且漣猗”①，“猗”爲語氣詞，無實義。左思《吳都賦》“濯明月於漣漪”②，“漣漪”也是衍加部首後成爲聯邊，並在之後的賦作中廣泛使用。

依據上下文添加部首是制造聯邊的主要手法，也就是王力先生所說的漢字“類化法”：一是受上下文影響的類化，二是“因爲多數字有形符而依樣製造”③。這兩種類化法正是聯邊得以形成的路徑。以類化法改易文字在唐以前極爲普遍，陸德明《經典釋文·序錄》記載：

> 近代學徒，好生異見，改音易字，皆采雜書。唯止信其所聞，不復考其本末。且六文八體，各有其義，形聲會意，寧拘一揆？豈必飛禽即須安鳥，水族便應著魚，蟲屬要作虫旁，草類皆從兩中。如此之類，實不可依。④

類化法導致的字形訛變一旦過度，必然會對文學創作與傳播構成危害，因而《練字》提出“省聯邊”等四種用字規則後，即論述了“字靡異流，文阻難運”的後果。劉勰宣導“依義棄奇”⑤的用字規則，反對“爲文而造情”⑥的形式主義文風，確爲當時先進的文藝觀。

先秦至魏晉南北朝，文學作品中的聯邊經歷了形成、發展、興

---

① 阮元校刻：《十三經注疏·毛詩正義》卷五之三，中華書局，1980年，第358頁下。
② 蕭統編，李善注：《文選》，上海古籍出版社，1986年，第229頁。
③ 王力：《王力文集》第十九卷，山東教育出版社，1980年，第6頁。
④ 陸德明：《經典釋文》，中華書局，1983年，第3頁上。
⑤ 范文瀾：《文心雕龍注》，人民文學出版社，1958年，第625頁。
⑥ 范文瀾：《文心雕龍注》，人民文學出版社，1958年，第538頁。

盛、衰落的過程，直至成爲文學創作的禁忌。但翻閱南北朝之後的歷代賦作，聯邊仍時有出現，只是模擬痕迹明顯，未能"化堆垛爲煙雲"[①]，無復漢賦之神韻。但在特殊歷史時期和特定作家手中，已經衰落的藝術手法往往能夠重新煥發生機，標舉復古通變的詩人韓愈，以聯邊手法營造奇崛境界，形成險怪詩風，如《南山詩》"微瀾動水面，踴躍躁猱狖"[②]，用"躁"字形成足部三接聯邊，不避拗險。再如《陸渾山火和皇甫湜用其韻》一詩："水龍鼉龜魚與黿，鴉鴟鵰鷹雉鵠鵑"[③]其中鳥部聯邊的運用與漢賦異曲同工，甚至不惜打破詩歌固有的節奏。對此古今文學批評者持論一致："昌黎之詩，原本漢賦。"[④]"讀韓愈的詩，像讀漢人的賦和其他受漢賦影響的作品。"[⑤]韓愈以賦法作詩，對中唐"險怪詩風"的形成以及晚唐詩人、宋代詩壇都有一定的影響，因學界已有專文論述，茲不贅述。[⑥]

　　韓愈之後以聯邊入詩者如蘇軾《書韓幹〈牧馬圖〉》"驊駵駒駱驪騮騵"[⑦]，以馬部七接聯邊入詩；再如劉基《二鬼》"蚊虻蚤虱蠅蚋

---

① 錢鍾書：《管錐編》（一），生活·讀書·新知三聯書店，2007年，第578頁。
② 《全唐詩》，中華書局，1960年，第3764頁。
③ 《全唐詩》，中華書局，1960年，第3799頁。
④ 沈德潛著，潘務正、李言編輯點校：《沈德潛詩文集》，人民文學出版社，2011年，第1379頁。
⑤ 錢鍾書：《〈韓昌黎詩繫年集釋〉書評》，《文學研究》，1958年第2期，第179—185頁。
⑥ 如陳友冰：《傳統的背叛和詩美的創新——淺論中晚唐險怪詩風的流變及其美學價值》，《中國文哲研究集刊》，1994年第10期，第183—219頁；蔣寅：《韓愈詩風變革的美學意義》，《政大中文學報》，2012年第18期，第1—29頁；薛原：《唐代險怪詩風研究》，武漢大學碩士學位論文，2000年；等等。
⑦ 王文誥輯注，孔凡禮點校：《蘇軾詩集》，中華書局，1982年，第722頁。

蜞"①，以虫部七接聯邊入詩。劉基不僅在用字上模仿漢賦聯邊，更以具有漢賦特點的句式和鋪陳手法，大膽革新詩風。

這類詩歌有意違反聯邊禁忌，打破詩歌的節奏和對仗，使詩句生硬拗戾；羅列繁多同類物象，使詩歌格壯氣奇，形成了奇崛新異的美學風貌。以聯邊手法入詩，固然是對典雅中正的主流詩風的革新，但也因過度偏重形式、用字冷僻險怪，而有堆砌、隔膜之嫌。

在中國古代文學瑰麗的藝術寶庫中，聯邊以其獨特的形式、奇麗的色彩，吸引着漢賦家及後代的一些詩人。它的生成有歷史的根源和現實合理性，它的衰落同樣符合文學自身的發展規律，是無法避免的趨勢。聯邊的興衰成敗，反映了中國古代文學審美風尚的階段性發展與演變。

五　漢代辭書中的聯邊

聯邊現象因漢賦而被關注，但並不僅僅存在於漢賦之中。漢代是中國辭書編纂的起始時期，成書於秦漢之際的《爾雅》是一次有意識的文字歸納與整理，它象徵着漢人已經達到了較高的文字認知水平。略晚於《爾雅》，則有《凡將篇》《急就篇》等。這些出現在漢賦形成初期的辭書當中，也存在着大量聯邊現象。

（一）漢代辭書中的聯邊現象

《爾雅》是現存的中國古代第一部辭書，它反映的是由戰國至漢

① 劉基著，林家驪點校：《劉伯溫集》卷一八，浙江古籍出版社，2011年，第362頁。

初的語言文字情況。由於漢字的象形屬性，同類事物在字形上往往會使用同一部首或構件，《爾雅》的編排方法主要有三種：分類成篇、聚類成條、以類相從，因此《爾雅》中的聯邊現象較爲普遍，如《釋詁》：

> 怡、懌、悅、欣、衎、喜、愉、豫、愷、康、妟、般，樂也。
> 悅、懌、愉、釋、賓、協，服也。①

樂、服都指人內心愉悅的感受，因而此類文字多從心部。由這兩條訓釋來看，"愷"與其他同部首字並不接聯，"怡、懌、悅""悅、懌、愉"構成的聯邊，很可能是文字聚合自然形成的，編纂者並沒有非常明確的字形聯邊意識。與此類似，《釋蟲》："蠑，螈蜥。蟋蟀，蛬。"②這類聯邊也是因《爾雅》以類相從的編纂體例而出現的自然聯邊現象，並非辭書編纂者有意爲之。

　　《爾雅·釋訓》主要以疊字爲對象，故形成了二接乃至四接聯邊的現象，如：

> 爞爞、炎炎，薰也。居居、究究，惡也。仇仇、敖敖，傲也。③

這些同義疊音聯邊現象表明，《爾雅》在編纂中已經特別注意到疊

---

① 郭璞注，邢昺疏：《十三經注疏·爾雅注疏》，上海古籍出版社，2019年，第19—20頁。
② 郭璞注，邢昺疏：《十三經注疏·爾雅注疏》，上海古籍出版社，2019年，第492—493頁。
③ 郭璞注，邢昺疏：《十三經注疏·爾雅注疏》，上海古籍出版社，2019年，第182—183頁。

字，故集中於《釋訓》中，並在形、音、義上客觀形成了與漢賦聯邊相似的特點，但也並非是有意的、自覺的聯邊現象，只是因爲語言文字的自身特點和辭書編纂體例自然形成的聯邊。

《爾雅》全書十九篇，其中《釋詁》《釋言》《釋訓》體現了早期辭書編纂時以義類相從的思維方式，以及對相近字形的初步歸類意識。但其中的聯邊現象並非基於理性認識後的歸類，而是文字的自然聯邊現象。

《爾雅》之後，漢代辭書編纂進入了一個新的發展時期，《漢書·藝文志》記載：

> 漢興，閭里書師合《蒼頡》、《爰歷》、《博學》三篇，斷六十字以爲一章，凡五十五章，併爲《蒼頡篇》。武帝時司馬相如作《凡將篇》，無復字。元帝時黃門令史游作《急就篇》，成帝時將作大匠李長作《元尚篇》，皆《蒼頡》中正字也。《凡將》則頗有出矣。至元始中，徵天下通小學者以百數，各令記字於庭中。揚雄取其有用者以作《訓纂篇》，順續《蒼頡》，又易《蒼頡》中重復之字，凡八十九章。臣復續揚雄作十三章，凡一百二章，無復字，六藝群書所載略備矣。[①]

據此，西漢重要的辭書有《蒼頡篇》《凡將篇》《急就篇》《元尚篇》《訓纂篇》《續訓纂篇》等。值得注意的是這些辭書作者往往兼有賦家

---

① 班固：《漢書》，中華書局，1962年，第1721頁。

身份，如司馬相如、揚雄、班固，皆爲辭賦大家，但三人所編的辭書皆已亡佚殘闕，唯有史游的《急就篇》存世。

史游《急就篇》與司馬相如《凡將篇》有較深的淵源，顏師古《急就篇注叙》：“逮至炎漢，司馬相如作《凡將篇》，俾效書寫，多所載述，務適時要。史游景慕，擬而廣之。”[①]《急就篇》是對《凡將篇》的擬作，故據現存《急就篇》，參以《凡將篇》殘句，當可考論司馬相如辭書編纂中是否具有自覺的聯邊修辭意識。

《急就篇》繼承了《爾雅》以類相從的編纂方法，其句式、字形和字音都具有鮮明的特點。

首先，《急就篇》句式整齊劃一，全文以三言、七言句式爲主，僅篇末述帝德時以十四個四言句爲結語，規整的句式體現出編纂者對形式的注重。

其次，《急就篇》在字形上出現了多接聯邊。如《急就篇》第十一章：

> 鐵鈇鑽錐釜鍑鏊，鍛鑄鉛錫鐙錠鐎。
>
> 鈐鏈鉤錍斧鑿鉏，銅鍾鼎鋞銅鉇銚。
>
> 釭鐗鍵鉆冶鋼鐈，竹器簦笠篳籧篨。
>
> 笆篰篗筥篡箄籅，筵箕帚筐篋簍。[②]

《急就篇》因其字書性質，注重字形歸類，至於字義則衹作概要的

---

① 史游：《急就篇》，商務印書館，1936年，第1頁。

② 史游：《急就篇》，商務印書館，1936年，第158—167頁。

解釋，如"竹器"二字之後即羅列以竹子爲材料的器具名詞，對器物樣貌、用途並不加以解釋。上文所引八句五十六字中，出現了三十二個金部聯邊字，最多的聯邊長達十八接，竹部聯邊字十八個，聯邊多達十五接。出現這一現象的原因，當然與同類事物的文字形符相同有關，但因爲《急就篇》並非收錄表示一類事物的所有文字，而是由編纂者加以挑選組合，故而這些文字的聯邊，一定有編纂者特意組綴的因素。

再次，《急就篇》講求押韻。以上句末八字分別爲：鏊、鐎、鉏、銚、鐈、篠、篝、簍，其上古音韻部依次爲：幽部、宵部、魚部、魚部、宵部、魚部、侯部、侯部。上古音中，幽部與宵部旁轉，侯部與魚部旁轉，由此可知，這段辭書句句押韻，音韻和諧。

綜上，《急就篇》將字形上相同部首的字前後接續，形成了直觀形式上的聯邊；字音上講求音韻和諧、前後相應；字義上同類彙聚，組成同類近義詞群。

司馬相如《凡將篇》散存於文獻中的殘句也有與《急就篇》類似的特點，如《藝文類聚》卷四四引《凡將篇》："鐘磬竽笙筑坎侯。"[1] 參以其他佚文，可知《凡將篇》也以七言句式爲主，且字形上有"竽笙筑"竹部三接聯邊，字義上皆爲樂器，與《急就篇》"竽瑟空侯琴筑箏"的形式相像。《急就篇》是韻語，後人對《凡將篇》也有"妙辨六律"[2] 之評，知其亦應有韻。《凡將篇》本爲

---

[1]　歐陽詢撰，汪紹楹校：《藝文類聚・樂部四・塦篌》，上海古籍出版社，1982年，第787頁。
[2]　陶宗儀：《書史會要》，《中國書畫全書》（三），上海書畫出版社，1992年，第8頁上。

《急就篇》編纂的藍本，《凡將篇》中的聯邊特點亦應與《急就篇》類似。

（二）辭書聯邊與漢賦聯邊的相通相異

《凡將篇》《急就篇》繼承了早期辭書《爾雅》分類而訓的編纂思路，但從字書本身來看，司馬相如、史游已經清晰地認識到漢字形、音、義一體的屬性，開始關注漢字的字形特點及其與音、義間的聯繫。這在辭書中表現爲相近字形、字義的漢字前後接連，按音韻巧妙安排，使句子音聲鏗鏘和諧，便於人們閱讀、記誦辭書內容。《凡將篇》《急就篇》等字書的編纂目的並非爲了文學欣賞或審美體驗，而是注重記形、誦音、明義的現實功用。聯邊的字形特點易於強化記憶，讀音多爲雙聲疊韻，易於記誦，同類聚訓的形式也利於明曉字義，因而辭書聯邊一方面是由於辭書的編纂體例決定的，另一方面也是兼顧了實用與審美的需求。它對文學創作、欣賞仍有一定的影響，體現的是漢代小學家精心編排、連類成文的語言文字能力。

辭書聯邊與漢賦聯邊雖然形式相似，並體現了同類相從理念、文字知識水準和運用能力，但兩者之間仍存在着本質差異。因辭書的文本性質及現實功用所限，辭書中的聯邊雖然形式精巧，但缺少意義深遠、鮮明突出的主題，在表達情感、刻畫形象上力量薄弱，藝術價值較低。而漢賦宏大的體制、完整的敘事、諷勸的主題、豐富的形象、問答的形式，使聯邊成爲具有表現力和感染力的藝術修辭手法。聯邊以獨特的形式、和諧的聲韻、連類的義群，構建了漢賦獨特的審美空間，呈現出以多爲美、不忌重複、追求險奇等藝術特徵。

綜上所述，漢賦聯邊的字形、字音及字義，構成了漢賦獨特的藝術形式。賦家運用聯邊，正是以一種超乎尋常的形式，充分利用字音、字形、字義的特點，力求語辭具有驚采絕豔的動人魅力，殫精竭慮而不改其志。雖然實際上漢賦因聯邊不忌重複、冷僻瑋怪的用字而削弱了可讀性，但漢賦仍代表了有漢一代文學藝術的最高水平。

第二節　複　語

漢賦文字以詭異僻難而著稱，在漢賦句子中，一個生僻詞有時會與另一個或多個近義、同義生僻詞前後接連，這些前後接續、語義重複的僻難詞語，構成了漢賦閱讀的主要障礙。漢賦中這類同義詞語或詞組連用並舉的現象，就是複語。

"複語"一詞，源於唐代孔穎達的經學訓釋。《左傳·桓公六年》："故奉牲以告曰：'博碩肥腯，謂民力之普存也，谓其畜之碩大蕃滋也。'"孔穎達正義："養六畜，故六畜既大而滋息也。博碩言其形狀大，蕃滋言其生乳多。碩大、蕃滋，皆複語也。"①《尚書·無逸》："自朝至於日中昃，不遑暇食，用咸和萬民。"孔穎達正義："遑亦暇

---

① 阮元校刻：《十三經注疏·春秋左傳正義》卷六，中華書局，1980年，第1750頁中。

也，重言之者。古人自有複語，猶云‘艱難’也。”①據此可知，複語原指同義或近義詞連用的語言現象。

孔氏之後，宋人孫奭、張淳，明人陸粲、方以智、顧炎武，清人劉淇、王念孫、俞樾等眾多學者，都關注並探討過複語。複語又稱複說、重說、重言、複用、迭寫、同義連文等，是一種同義反復的語言現象，同時也是一種修辭手法。現代學者在討論複語的修辭定義時，認爲複語“是將兩個或兩個以上的同義的詞語或句子選用在一起，重複描寫或者述說同一意思，以收到某種特有的表達效果的一種修辭方式”②。梳理並總結漢賦中的複語現象，能使我們清晰地了解漢賦中複語修辭的特點，進而探討其形成原因、審美傾向和藝術效果。

一 漢賦中的複語類型

漢賦篇幅甚巨，其體物寫貌、不厭鋪陳的文體特點，使大賦用詞豐富繁多，其中就有大量的同義詞。有學者曾對《文選》中的漢賦同義詞做過統計：“根據中華書局1977年版的《文選》，統計出《文選》中漢賦的同義詞情況：‘初步歸納出同義詞二百二十八組，其中四音同義詞三組，約占同義詞總數的1.3%；雙音同義詞九十六組，約占同義詞總數的42.1%；單音同義詞一百二十九組，約占同

---

① 阮元校刻：《十三經注疏·尚書正義》卷十六，中華書局，1980年。
② 楊春霖、劉帆主編：《漢語修辭藝術大辭典》，陝西人民出版社，1995年，第563頁。

義詞總數的 56.6%。'"① 需要說明的是，以上統計中每組同義詞少則兩三個，多則十餘個，故漢賦運用的同義詞總量是驚人的。這些同義詞正是我們要討論的漢賦複語。

漢賦複語大多運用在對事物的鋪陳描寫上，尤其是對某類事物某種特徵的描寫。如《上林賦》："於是乎崇山矗矗，巃嵸崔巍。深林巨木，嶄巖參差。九嵕嶻嶭，南山峨峨。巖陀甗錡，摧崣崛崎。"這段文字中的形容詞多屬複語，"崇山矗矗，巃嵸崔巍"，郭璞注："皆高峻貌也。""嶻嶭，高峻貌也。"② 峨峨，《廣雅·釋詁四》："峨，高也。"《卓氏藻林》："摧崣崛崎，皆山石險峻貌。"③ 綜上，崇、矗矗、巃嵸、崔巍、嶻嶭、峨峨、摧崣、崛崎，皆爲複語，都是高峻之義。

再如《上林賦》中描寫流水的句子："滭弗宓汩，偪側泌瀄。馳波跳沫，汩㴸漂疾，悠遠長懷。寂漻無聲，肆乎永歸。"④ "滭弗宓汩，偪側泌瀄"，顏師古引郭璞注："皆水微轉細涌貌也。"⑤ 則這几個詞構成了複語。汩㴸，水急轉貌；漂疾，指水勢悍猛迅急。汩㴸、漂疾爲近義詞，皆有水勢迅急之義，構成了又一組複語。悠、遠、長，三個單音節詞詞義相近，也是複語。寂漻，《文選·九辯》劉良注："虛靜貌。"則寂漻與無聲義近，也是一組複語。三組複語占據

---

① 劉昕：《〈文選〉漢賦單音同義詞義位考釋》，蘭州大學碩士學位論文，2008年，第19頁。

② 蕭統編，李善注：《文選》，上海古籍出版社，1986年，第365頁。

③ 卓明卿：《卓氏藻林》卷一，明萬曆八年刻本。

④ 蕭統編，李善注：《文選》，上海古籍出版社，1986年，第363頁。

⑤ 班固：《漢書》，中華書局，1962年，第2551頁。

了這個句子的絕大部分。

　　複語不僅出現在相如賦中，西漢賦作皆有複語，如劉勝《文木賦》"制爲樂器，婉轉蟠紆"，蟠紆即指婉轉；"制爲屏風，鬱弗穹隆"，鬱弗指曲而高之義，而穹隆指長曲之貌，顯然也是以近義詞構成的複語。這一現象在漢賦中極爲常見，不一而足。

　　西漢賦作多以複語鋪陳，這一特點在之後的賦作中也得到了承傳，如東漢班固、張衡、王延壽等人的賦作中，大量運用複語的現象也非常普遍。如張衡《西京賦》："駊娑、騎蕩，熹昇桔桀。柍詣、承光，瞵黢序筤。"熹昇、桔桀指高峻深邃貌，瞵黢、序筤指深空之貌，兩組詞皆是明顯的複語。"嘉卉灌叢，蔚若鄧林。鬱蓊薆薱，橚爽櫹槮。"其中鬱蓊、薆薱、橚爽、櫹槮，皆指草木茂盛貌，是一組四個詞的複語。再如王延壽《魯靈光殿賦》："鴻爌炾以爣閬，颺蕭條而清泠。"李善注："爌炾、爣閬，皆寬明也。""颺、蕭條，清涼之貌。"[1] 每個句子中的形容詞都是一組複語。漢賦的鋪陳描寫段落中，複語俯拾皆是，已經成爲漢賦的語言和修辭特點。

　　以上所舉皆爲形容詞複語，實際上，漢賦也多運用動詞複語和名詞複語。王褒《洞簫賦》中有多處動詞複語，如："膠緻理比，挹抐擫攡。"擫、擫與"擪"同。擪，《說文》："一指按也。"段注：《洞簫賦》：'挹抐擫攡。'李注：'言中制也。'《莊子·外物》：'擪其噦。'一作壓。《南都賦》：'彈琴擪籥。'李注引《說文》。按：擫、擫皆同

---

① 蕭統編，李善注：《文選》，上海古籍出版社，1986年，第511頁。

擪。"[①] 擫，《文選·笙賦》李善注："擫，指捻也。"[②] 李周翰注："膠緻理比，謂竹細密相次貌；挹抐擫擫，手執之貌。"[③] 這四個動詞皆是以手持按簫管之義。再如《洞簫賦》"瞋啣啯以紆鬱"句，李善注："《說文》曰：顄，頤也。《釋名》曰：啯，咽下垂也。言氣之盛而啣啯，類瞋也。"[④] 瞋、啣、啯皆指氣盛之狀，也構成了一組複語。又如《洞簫賦》"廉察其賦歌"，李善注："廉，亦察也。"[⑤] 再如"超騰踰曳，迅漂巧兮"，《說文》："超，跳也。"[⑥] 騰，段注《說文》："引申爲馳也，爲躍也。"[⑦] 躍即指跳，踰指越。據此，"超""騰""踰"也是一組複語。另有"悲愴怳以惻惐兮""躊躇稽詣"[⑧] 等，皆爲複語。其他賦作如王延壽《魯靈光殿賦》："奔虎攫挐以梁倚。"《說文》："挐，持也。"[⑨]《說文》："攫，執也。"《通俗文》："手把曰攫。"[⑩] 可知攫、挐都指手執，也構成了一組單音節詞複語。另如同篇賦作中的"却負載而蹲跠"中的"蹲"與"跠"、"顤顟而睽睢"中的"睽"與"睢"等，都各是一組動詞複語。

複語是同義詞的連用，形容詞、動詞連用在鋪陳中相對容易出

---

① 許慎撰，段玉裁注：《說文解字注》，上海古籍出版社，1981年，第598頁。
② 蕭統編，李善注：《文選》，上海古籍出版社，1986年，第858頁。
③ 蕭統編，李善等注：《六臣注文選》，中華書局，1987年，第317頁下。
④ 蕭統編，李善注：《文選》，上海古籍出版社，1986年，第785頁。
⑤ 蕭統編，李善注：《文選》，上海古籍出版社，1986年，第786頁。
⑥ 許慎撰，段玉裁注：《說文解字注》，上海古籍出版社，1981年，第63頁。
⑦ 許慎撰，段玉裁注：《說文解字注》，上海古籍出版社，1981年，第468頁。
⑧ 蕭統編，李善注：《文選》，上海古籍出版社，1986年，第786、789頁。
⑨ 許慎撰，段玉裁注：《說文解字注》，上海古籍出版社，1981年，第598頁。
⑩ 許慎撰，段玉裁注：《說文解字注》，上海古籍出版社，1981年，第605頁。

現，但名詞複語極少出現，因爲這意味着同一事物以不同的名稱接連重複出現。這種看似不可思議的名詞複語現象在漢賦中不止一處，司馬相如賦作中即有出現，如《子虛賦》："蹷蛩蛩，轔距虛。"[①]劉向、張揖根據《子虛賦》這一文句，認爲蛩蛩、距虛是兩種不同的動物，但郭璞指出："距虛即蛩蛩，變文互言爾。"[②]李善引郭注爲訓，亦贊同此說。今人多從郭說，如《故訓匯纂》："邛邛岠虛，狀如馬，前足鹿，後足兔，前高不得食，而善走。《爾雅·釋地》：'邛邛岠虛負而走，其名謂之蟨。'"[③]司馬相如本爲小學家，必然熟讀《爾雅》，且蛩蛩、距虛本爲獸名，此處連用並與《爾雅》中的次序相同，很可能是依據辭書有意運用複語的結果。再如《魯靈光殿賦》："枝掌枒而斜據。"李善注："《說文》曰：掌，柱也。"[④]《史記·項羽本紀》倪瓚注："小柱爲枝。"枝和掌屬於名詞複語。再如"圓淵方井，反植荷蕖"。李善注："《爾雅》曰：荷，芙蕖。"[⑤]則荷、蕖亦爲名詞複語。再如"據坤靈之寶勢，承蒼昊之純殷"。李善注："蒼、昊，皆天之稱也。"[⑥]另外，在漢賦羅列的大量同類事物中，也有類似名詞複語的現象，比如《子虛賦》："其石則赤玉玫瑰，琳珉琨吾。瑊玏玄厲，硬石碔砆。"李善注引張揖曰："瑌者，石之次玉者。""瑊玏，

---

① 蕭統編，李善注：《文選》，上海古籍出版社，1986年，第352頁。
② 班固：《漢書》，中華書局，1962年，第2540頁。
③ 宗福邦、陳世饒、蕭海波主編：《故訓匯纂》，商務印書館，2007年，第529頁。
④ 蕭統編，李善注：《文選》，上海古籍出版社，1986年，第513頁。
⑤ 蕭統編，李善注：《文選》，上海古籍出版社，1986年，第513頁。
⑥ 蕭統編，李善注：《文選》，上海古籍出版社，1986年，第517頁。

石之次玉者。"" 硬石、砥砆, 皆石之次玉者。"① 這些因色彩不同而名稱各異的玉石, 皆爲同類玉石, 從相對寬汜的角度來看, 也是複語的一種形態。

由上文舉例可知, 漢賦複語既有複音節詞複語, 也有單音節詞複語。漢代是單音節詞向複音節詞發展的重要時期, 有的單音節詞複語在後世發展爲固定的複合詞, 但在漢賦中, 還並不是固定的複合詞, 而是兩個同義單音詞的連用。如《七發》: "履游麕兔, 蹈踐麤鹿。"履,《說文》段注: "引伸之訓踐。"蹈,《說文》: "踐也。"踐,《說文》: "履也。"兩句八字中, 履、蹈、踐三個單音詞皆爲複語。再如張衡《西京賦》: "在彼靈囿之中, 前後無有垠鍔。""鍔或作咢作鄂, 皆假借字。"② 揚雄《甘泉賦》: "紛被麗其亡鄂。"顏師古注: "鄂, 垠也。"③ 據顏師古注可知, "垠"與"鄂"同義, "垠鍔"是由兩個單音節複語構成的雙音節複合詞。又如隔閡,《西京賦》: "右有隴坻之隘, 隔閡華戎。"④《說文》: "隔, 障也。"《說文》: "閡, 外閉也。"段注: "有外閉則爲礙。"⑤ "障"與"礙"義同, 則"隔""閡"也是單音節詞複語。這類複語在漢賦中多有出現, 一般來說, 單音節詞複語大多數只是兩個或三個連用。單音節詞複語與複音節詞複語共同組成了漢賦的複語現象。

① 蕭統編, 李善注:《文選》, 上海古籍出版社, 1986年, 第350頁。
② 張震澤:《張衡詩文集校注》, 上海古籍出版社, 1986年, 第62頁。
③ 班固:《漢書》, 中華書局, 1962年, 第2526頁。
④ 蕭統編, 李善注:《文選》, 上海古籍出版社, 1986年, 第49頁。
⑤ 許慎撰, 段玉裁注:《說文解字注》, 上海古籍出版社, 1981年, 第590頁。

漢賦中的複音節詞有時還會與單音節詞一同構成複語，比如《魯靈光殿賦》："霊寥窲以峥嵘。"李善注："霊、寥窲、峥嵘，皆幽深之貌。"這裏"霊"爲單音節詞，可單訓，義爲幽深貌，與"寥窲""峥嵘"形成複語。再如《洞簫賦》："悲愴悗以惻恓兮，時恬淡以綏肆。"其中"悲"爲單音節詞，"愴悗"有悲傷義，"惻恓"也指傷痛，則悲、愴悗、惻恓共同構成了單、複音節詞複語。

綜上，漢賦中的複語數量多，分布廣，在鋪陳描寫的段落中運用得較爲普遍，詞性上也較寬泛，出現了形容詞、動詞、名詞等各類複語。漢賦複語在形式上，也有單音節詞複語、複音節詞複語、單複音節詞組合式複語等。

二　先秦文學中的複語及其對漢賦的影響

複語並不是漢賦獨有的語言現象，而是對先秦文學傳統的發揚光大。《詩經》中已經有複語出現，漢賦中的單音節詞複語、複音節詞複語以及單、複音節詞組合式複語，《詩經》中都已經出現，甚至成爲一種獨特的藝術手法。單音節詞複語如《小雅·正月》："洽比其鄰，婚姻孔云。"《毛傳》："洽，合。鄰，近。"[①]《說文》："比，密也。"洽、比皆有鄰近之義，是一組單音節詞複語。再如《小雅·鴻雁》："維彼愚人，謂我宣驕。"王引之《經義述聞》"經傳平列二字上下同義"條："《小雅·鴻雁》篇'謂我宣驕'，解者訓宣爲示，

---

① 阮元校刻：《十三經注疏·毛詩正義》卷十二，中華書局，1980年，第443頁下。

不知宣者侈大之稱，宣猶驕也。"① 據此，宣、驕也屬於單音節詞複語。雙音節詞複語如《大雅·公劉》："京師之野，於時處處，於時廬旅，於時言言，於時語語。"向熹曾論此詩："'廬旅'爲'旅旅'變文。楊樹達說：'廬旅與處處同義，語語與言言同義，詩人自有複語耳。'"② 這是双音節複語的例證。單、複音節詞組合複語如《大雅·文王》："濟濟多士，文王以寧。"濟濟，高亨注："多而整齊。"③ "多"與"濟濟"近義，也構成了複語。

此外，《詩經》中還有多個同類名詞羅列的現象，比如《鄘風·定之方中》："樹之榛栗，椅桐梓漆，爰伐琴瑟。"④ 再如《周頌·臣工之什·潛》："猗與漆沮，潛有多魚。有鱣有鮪，鰷鱨鰋鯉。以享以祀，以介景福。"⑤ 這種較大規模的同類名詞連用現象對漢賦名詞複語也有一定的影響。

《詩經》中的複語數量和形式都很豐富，先秦時期的其他文學作品，如諸子散文、《楚辭》，也都有複語的存在。尤其是戰國時期的《楚辭》，其中的複語對漢賦複語的影響非常明顯。以宋玉的作品《九辯》爲例："惆悵懭悢兮，去故而就新。"⑥ 朱熹《楚辭集注》："惆悵、懭悢，皆失意貌。"⑦ 則惆悵、懭悢爲複語。班昭《東征賦》："遂去故

---

① 王引之：《經義述聞》，中華書局，1936年，第32頁下。
② 向熹：《詩經語言研究》，四川人民出版社，1987年，第401頁。
③ 高亨：《詩經今注》，上海古籍出版社，2009年，第371頁。
④ 阮元校刻：《十三經注疏·毛詩正義》卷三，中華書局，1980年，第315頁下。
⑤ 阮元校刻：《十三經注疏·毛詩正義》卷一九，中華書局，1980年，第595頁下。
⑥ 洪興祖：《楚辭補注》，中華書局，1983年，第183頁。
⑦ 朱熹撰，蔣立甫點校：《楚辭集注》，上海古籍出版社、安徽教育出版社，2001年，第117頁。

而就新兮，志愴恨而懷悲！"①句式、語義及用詞，皆與《九辯》有明顯的承襲關係。"愴恨"一詞指悲傷義，正與"悲"構成複語。另王褒《洞簫賦》中也有："悲愴怳以惻恫兮，時恬淡以綏肆。""惻恫"義爲悲痛，"愴怳"義爲悲傷失意貌，與句首的悲字一同構成複語。

再如《九辯》："蟬寂漠而無聲。"錢繹《方言箋疏》："'家'與'寂'同。《說文》又云：'叔，嘆也。'又：'募，寂也。'《釋詁》'貉、嘆、安，定也'，郭注云：'皆靜定。'《繫辭上》云：'寂然不動。'《文選·潘岳〈西征賦〉》李善注引韓詩《薛君章句》云：'寂，無聲之貌。'字並與'家'通。"②洪興祖《楚辭補注》："螗蜩斂翅，而伏藏也。"③據此可知，"寂漠"即安靜無聲之義，與"無聲"構成複語。楚辭與漢賦的文體淵源是學界的普遍共識，在複語運用上，漢賦也同樣表現出對楚辭的學習。

先秦文學中的複語現象到了漢代更爲普遍，不僅漢賦，漢代多種文體中都有複語現象，比如漢初散文中也有大量的複語，帶有縱橫家遺風的散文最有代表性。以賈誼《過秦論》爲例："秦孝公據崤函之固，擁雍州之地，君臣固守，以窺周室，有席卷天下，包舉宇內，囊括四海之意，併吞八荒之心。"④席卷、包舉、囊括、併吞形成了同義複語。再如"秦無亡矢遺鏃之費"，亡矢、遺鏃同義，屬於複語；"執

---

① 蕭統編，李善注：《文選》，上海古籍出版社，1986年，第432頁。
② 錢繹撰集，李發舜、黃建中點校：《方言箋疏》卷十，中華書局，1991年，第346頁。
③ 洪興祖：《楚辭補注》，中華書局，1983年，第183頁。
④ 蕭統編，李善注：《文選》，上海古籍出版社，1986年，第2233頁。

敲扑以鞭笞天下”，敲與扑皆爲刑杖，短爲敲，長曰扑，則敲、扑也構成複語。[1] 鞭笞，《說文》：“笞，擊也。”笞指用鞭杖或竹板打。鞭作動詞，有用鞭子抽打之義，與笞近義，則鞭笞構成了動詞複語。

王念孫在《讀書雜誌》中總結了先秦兩漢文學中的這一語言現象：“古人行文不避重複”，“古人自有複語”。複語成爲先秦兩漢文學中普遍存在的語言現象，與先秦時期的語言觀念密切相關。

先秦時期對待言語普遍持審慎的態度，《周易·繫辭上》：“言行，君子之所以動天地也，可不慎乎！”[2] 儒家倡導“君子慎言”，主張“多聞闕疑，慎言其餘”(《論語·爲政》)；墨家提出“慎言知行”(《非命篇》)；道家甚至主張“不言”，“聖人處無爲之事，行不言之教”(《老子》第二章)。“不言之教，無爲之益，天下希及之。”(《老子》第四十三章) 審慎的態度背後，蘊含的是對語言的高度重視，而不是對語言的高下評價。在語言評價上，先秦時期側重內在的邏輯與次序，如《周易·艮·卦辭》六五：“艮其輔，言有序。”這是說語言要講究次序。《詩經·小雅·都人士》：“彼都人士，狐裘黃黃，其容不改，出言有章。”這是贊美都人士的語言能力，以法度文采作爲評價語言的標準。荀子《非十二子》：“多言而類，聖人也；少言而法，君子也；多少無法而流湎然，雖辯，小人也。”[3] 這是將語言的多寡與內在章法結合在一起討論，對言語的評價是以語言是否合乎

---

① 蕭統編，李善注：《文選》，上海古籍出版社，1986年，第2235頁。
② 阮元校刻：《十三經注疏·周易正義》卷七，中華書局，1980年，第79頁下。
③ 王先謙：《荀子集解》，中華書局，1988年，第97頁。

邏輯、是否有内在的條理、是否符合所要表達的内容爲標準的。其中"多言而類"是指言説的内容雖然多，但不流於雜亂，而是合乎準則，有内在的規律，這是聖人的語言境界。綜上，語言重要的是内在的邏輯與條理，這是先秦時期一以貫之的語言觀念。

先秦文學作品中的複語與講求章法次序的語言觀念相一致。比如《詩經》中的複語以單音節同義詞連用爲主，兩兩組合，形成了對事物的細緻描寫。向熹在談到《詩經》同義詞時，列舉了幾十個表示美義的形容詞，認爲這些近義詞各有不同，"詩人根據不同的情況靈活運用，可以細緻地描寫客觀事物，表達思想感情，增加語言的變化，避免重複和雷同；還可以選擇不同的字入詩，使用韻和諧，語言優美，增加感染力"[1]。這就指出了複語的兩個修辭功能：一是使寫物抒情更加豐富細緻；二是語言更加優美而富於變化。這個觀點是正確的，《詩經》運用複語的目的正在於提高藝術表達效果，複語是《詩經》在語言修辭上取得的藝術成就之一。

與先秦至漢初文學作品中的複語現象相比，漢賦複語雖然在形式上、數量上有所增强，但本質上導源於先秦文學傳統，仍在先秦文學的藩籬之内，體現了兩者之間的承傳與發展。

三　漢賦複語的特點及文學影響

與先秦複語相比，漢賦複語在形式上有所超越，最能集中體現

---

[1]　向熹：《詩經語言研究》，四川人民出版社，1987年，第195—196頁。

漢賦文體獨特性的，是漢賦中多個同義形容詞連用的複語現象。漢賦形容詞複語在詞彙和修辭上有以下特點：

首先，漢賦形容詞複語往往與聯邊結合，形成視覺及語義認知上的同時重複。

如上文所論，聯邊是指段落行文中半邊同文的字前後接續的特殊現象。以《上林賦》中的句子爲例："於是乎崇山矗矗，巃嵸崔巍。深林巨木，嶄巖參嵯。九嵕巀嶭，南山峨峨。巖陁甗錡，摧崣崛崎。"① 這段描寫山峯的文字中，崇、矗矗、巃嵸、崔巍、巀嶭、峨峨、摧崣、崛崎皆指山勢高峻，構成了複語，同時這些以山字爲部首的詞語也構成了聯邊。這些詞語在語義與字形兩個層面形成了多次重複，加之有些詞語字形瑋怪詭奇，具有陌生化的效果，給人以直觀視覺上的衝擊和心理上的壓迫。而複語詞彙在詞義上的重疊反復，已經遠遠超出了一般的強調程度，達到了繁複的極致。正所謂"數則煩"（《禮記·祭義》），這類複語的數量之龐大、形式之誇張，已經悖離了《詩經》複語的中和適度，而是形成了一種全新的、具有壓迫性的審美感受。這類複語固然會給人以深刻的印象，也能充分顯示出所要描繪的事物特點，但字義與字形上的瑋怪重複，也難免會給讀者帶來閱讀障礙與心理排斥。

其次，漢賦中的聯綿字複語，因字形多變和表音屬性，形成了理解的障礙。

① 蕭統編，李善注：《文選》，上海古籍出版社，1986年，第365頁。

　　漢賦在寫貌體物中，有時會恰當地使用複語，用兩三個同義詞對事物進行細緻的描述，有時漢賦複語又表現出繁富而晦澀的特點，比如漢賦中的聯綿字複語。漢賦聯綿字因爲表音的屬性，且字形多變，造成了詞義理解上的障礙。以《洞簫賦》結尾的句子爲例："吟氣遺響，聯緜漂撇，生微風兮。連延駱驛，變無窮兮。"這段句子中的三個詞語：聯緜、連延、駱驛，皆有接連不斷之義，漂撇指餘音繚繞而相击，也有接連之義，與上述三詞詞義相近。駱驛、漂撇都是聯綿字，與聯緜、連延不同，字形與詞義沒有直接的相關性，無法由字形來理解或猜測詞義。駱驛、漂撇與聯緜、連延一同構成了複語，反復描寫了簫聲連綿不斷、餘音繚繞的情狀，詞彙的多樣性使漢賦語言豐富，但在詞義理解上增加了一定的難度。又如《洞簫賦》描寫音樂感人的句子："其奏歡娛，則莫不憚漫衍凱，阿那腲腇者已。"憚漫、衍凱指歡悅貌，阿那、腲腇指舒緩貌。這兩組複語中，憚漫、阿那、腲腇都是聯綿字，無法據字面推測理解詞義，只能借助於訓詁。

　　最後，漢賦聯綿字、聯邊、複語相結合的現象，體現了新的審美傾向。

　　凡是不斷重複的語義，客觀上都能起到強化意義、突出所要表達內容的作用。比如林希逸在談到古文中的語義重複時指出：

　　　　論古文者，以省字省句爲高。若《過秦論》所謂"有席卷天下，包舉宇內，囊括四海之意，併吞八荒之心"，其間十六字只是一意。蓋不如此，不足以甚孝公之用意也。①

這裏所說的"十六字"，是指席卷天下、包舉宇內、囊括四海、併吞
八荒，每個句子都表達了相同的語義，並沒有使用生僻瑋怪的文字，
但也有突出強調的作用，同時又收到了很好的藝術效果。漢賦複語
在相近或相同語義的詞語中選用聯綿字，運用聯邊在字形上的辭趣，
造成一種豐富而直觀的語言感受。它是一種偏向於極端的情感表達，
與儒家倡導的中和雅正的審美情趣大相徑庭。這在漢賦中不止一處，
以《魯靈光殿賦》爲例：

> 瞻彼靈光之爲狀也，則嵯峨嶵嵬，崒巍巇嵲。吁！可畏乎
> 其駴人也。②

"嵯峨嶵嵬，崒巍巇嵲"詞義相同，都是"高峻貌"；字形上皆以山
爲部首，屬於聯邊字；從詞性上來看，又都是聯綿字。聯綿字、複
語結合聯邊，意味着語義重複外加詞義隱蔽、字形瑋怪，極致而誇
張地描寫了靈光殿的高峻。但由此形貌描寫引發出的感歎以及讀者
的內心感受卻並不是欣喜或興奮，而是異乎尋常的"可畏""駴人"，
是驚駴恐懼。這正與聯邊、聯綿字以及複語在形義上的壓迫感相契
合，烘托出事物宏壯無比的氣勢，以及對觀看者的心理震懾。《魯靈
光殿賦》中描寫恐懼驚駴的感受不止一處，再如寫堂後房舍、東西

① 林希逸：《竹溪鬳齋十一稿續集》卷二十八，清文津閣四庫全書本。
② 蕭統編，李善注：《文選》，上海古籍出版社，1986年，第510頁。

兩廂的深邃幽曲，引發的也是驚恐的感受："魂悚悚其驚斯，心猥猥而發悸。"① 漢賦的審美傾向於極致而非中和，正是通過特殊的詞彙、修辭手法來達成的。漢賦複語在詞義、字形上的壓迫性審美感受，與所要表達的情志正相匹配。

漢賦複語雖承傳自先秦文學傳統，但通過與聯邊、聯綿字的結合，在藝術表現上有所發展。這既根源於文體的需求、情志的表達，也與獨特的時代審美心理密切相關。

漢人尚奇，對偏離中和的繁複之美抱持着欣賞態度。上文探討漢賦字形特點時，已經總結了漢賦不避重複、以多爲美的審美好尚，這種審美心理也同樣作用於漢賦的語義層面，複語就是最典型的體現。漢賦規模驚人的複語和它所表達的情志，是漢代大一统帝国背景下，時代風氣的文學表現。漢人以多爲美，如王充就曾論述繁縟之美的合理性，認爲"德彌盛者文彌縟，德彌彰者人彌明"②。對於文辭的多寡，認爲"爲世用者，百篇無害；不爲世用者，一章無補。如皆有用，則多者爲上，少者爲下"③。這是非常鮮明的以多爲美的態度。漢人追求恢宏巨麗之美，漢賦正是在歌頌大國聲威的心態下，以規模空前、豐富繁豔的語言，敘寫天子諸侯之事，自然、人文之美，故鋪陳四方山川、土地、物產、人事等情貌時，也不憚繁複，以多爲尚。

---

① 蕭統編，李善注：《文選》，上海古籍出版社，1986年，第512頁。
② 黃暉：《論衡校釋·書解》，中華書局，1990年，第1149頁。
③ 黃暉：《論衡校釋·自紀》，中華書局，1990年，第1202頁。

　　漢賦複語是時代文學的產物，它對文學既有積極的推動，也有消極的影響。

　　首先，漢賦以多個同義詞語連用的方式，對事物進行窮形盡相的細緻描寫，同時要考慮形聲的和諧，這就必然需要調動所有的語言儲備，精心檢擇組綴。這一方面賦予了文學語言更重要的地位，使語言形式得到了前所未有的重視，另一方面也影響了文學語言的發展。後人往往從中汲取一些富於表現力的詞語，運用到創作當中，對後世文學語言的豐富性有一定影響。而那些瑋怪少見的詞語，雖然在詩文中絕迹，但卻並沒有完全消亡，有些成爲賦體的專用語言，至今仍在狹窄的文體內部使用。

　　其次，漢賦複語對同一事物或情貌的細緻描述與反復強調，以及由此表達的情志，悖離、突破了以中和爲美的先秦儒家文學觀念。語言繁複的形義，再結合強烈的情感表達，爲讀者提供了一種新的審美體驗。賦家重視文學形式的特性，突出了賦作體物緣情的特點，正如王延壽在《魯靈光殿賦》中所說："物以賦明，事以頌宣。匪賦匪頌，將何述焉。"在這種自覺的文體意識下，漢賦家對始自先秦的複語有所發展，進一步提高了修辭技巧。

　　再次，漢賦複語運用時難免雷同，削弱了漢賦文體的多樣性。漢賦對事物的描寫側重突出事物的形貌特點，傾心於事物的繁盛衆多、雄奇偉麗，比如寫山重其高峻陡峭，寫水喜其浩大洶涌，寫木樂其豐茂繁盛……而描寫事物同類特點的詞語是有限的，漢賦需要運用大量同義詞構成複語，這也就無法避免語言的雷同。不同賦作中描寫山水、園林、宮室、畋獵的段落，語言、形式和審美傾向大致趨同，難逃窠臼，令讀者有千篇一律之感。

最後，漢賦對複語的追求，也造成了詞語的堆砌。多個同義詞連用，難免疊床架屋，造成漢賦詞繁而義寡的弊病。對語言形式的過度追求，對懾人心目的詞語的精心選用，使漢賦形式重於內容，有時甚至成爲一種文字游戲。太康繁縟詩風的形成，齊梁時期堆砌辭藻、以文害義的形式主義文風，與此不無關係。

複語在漢賦中發展到極致，之後雖也有運用，但不復漢時盛況。後人深知其弊病，因而認識和批判也非常深刻，正如劉勰所論："引而申之，則兩句敷爲一章，約以貫之，則一章刪成兩句。思贍者善敷，才覈者善刪，善刪者字去而意留，善敷者辭殊而意顯。字刪而意缺，則短乏非覈；辭敷而言重，則蕪穢而非贍。"[1]（《文心雕龍·鎔裁》）漢賦複語固然有運用合理之處，但同時也難逃辭敷言重、繁華損枝的弊病。

四　漢賦、辭書中的複語及其關聯

上文我們總結了漢賦複語的特點及其文學表達上的利弊，如果單從語言學角度來看，漢賦複語則體現了漢代語言的發展水平以及高超技巧。與此相應，漢代辭書中也有對近義、同義詞的歸納和總結。分析對比兩者在同義詞認識與運用上的異同，不失爲探討文學

---

[1]　范文瀾：《文心雕龍注》，人民文學出版社，1958年，第543—544頁。

創作與辭書編纂關係的合適角度。

漢賦産生之前的辭書，無論是成書於戰國至漢初的《爾雅》，還是成書於秦時的《蒼頡篇》，在收錄和整理文字時，都採用了同義類訓方式。以《爾雅》爲例：

> 初、哉、首、基、肇、祖、元、胎、俶、落、權、輿，始也。①

《釋詁》《釋言》《釋訓》都採用這種方式訓釋，有些詞語也會單獨訓釋，如《釋訓》："餱，酒食也。"《釋宫》《釋器》等對詞的訓釋，則採用分别訓釋、同類聚合的方式，如：

> 西南隅謂之奥，西北隅謂之屋漏，東北隅謂之宧，東南隅謂之窔。②
>
> 室中謂之時，堂上謂之行，堂下謂之步，門外謂之趨，中庭謂之走，大路謂之奔。③

這些詞語的詞義雖有差别，但仍屬於同類，故在同一條目中加以訓釋。

對同義詞的分類收錄與整理，《爾雅》既有首創之功，又是具有代表性的辭書。胡奇光認爲：

---

① 郭璞注，邢昺疏：《十三經注疏·爾雅注疏》，上海古籍出版社，2019年，第12頁。
② 郭璞注，邢昺疏：《十三經注疏·爾雅注疏》，上海古籍出版社，2019年，第229頁。
③ 郭璞注，邢昺疏：《十三經注疏·爾雅注疏》，上海古籍出版社，2019年，第239頁。

　　《爾雅》先釋普通語詞，後解百科名詞。再者，普通語詞又以多義詞、同義詞居多。多義詞的存在，說明語言裏有"一詞多義"的現象，而同義詞的存在，則說明語言裏有"一義多詞"的現象。這兩者看似相反，實則相成："多義詞的各個意義差不多都可以和別的詞的意義構成同義關係。"尤其在漢語裏，由於缺乏詞形變化，同義詞來得特別豐富，這種"一個概念的多重表達，大家都認爲是語言的力量和色彩的泉源"。這個道理古人未必明白，但事實上，他們正是把同義詞（不是多義詞）的訓釋，放在首要的地位。以同義爲訓的方式，對古代普通語詞進行訓釋，這是《爾雅》的一個創舉。①

辭書對同義詞的歸納與整理，爲同一意義的多樣表達提供了詞語選擇便利，也體現了語言的豐富與活力。《爾雅》的這種訓釋形態，客觀上也爲漢代作家運用複語提供了借鑒。漢賦複語能在《爾雅》中找到相應的依據，如《爾雅》中的普通語詞有較多的同義詞，包括形容詞、動詞與名詞的同義訓釋，也有兩至三個同義詞和多個同類名詞連用的形式。這種相近的語言現象，不能因其分屬於文學和小學而無視，更不能僅以巧合來解釋。漢賦家往往也是小學家，因爲對《爾雅》的熟悉和掌握，進而影響到他們的文學創作語言，有其合理性與必然性。

　　《爾雅》隸屬於經學，相對來說，秦漢之際流傳範圍最廣的辭書

---

① 胡奇光：《中國小學史》，上海人民出版社，2005年，第56頁。

是字書，人們大多通過字書來認識文字，《蒼頡篇》就是漢代流傳的重要字書。《蒼頡篇》存世雖無全本，但目前所見出土及存世殘本頗多，如流沙墜簡本、居延漢簡本、雙古堆簡本、水泉子簡本，以及近年發現的字數最多的北大簡本《蒼頡篇》，等等。諸本對讀，可了解《蒼頡篇》的大貌。《蒼頡篇》採取了以類相從的編纂方式，它不重釋訓，而重在載錄字形、字音，爲便於記誦，多採用羅列句式，將同類或近義、同義字按類組綴成文。比如北大簡本《蒼頡篇》"莎荔菉蓴，蓬蒿兼葭。薇薛莪蔞，蘿藜薊荼。薺芥萊荏"[①]，"柳櫟檀柘，柱橑枝枎"[②]，屬於是同類詞羅列句式。還有一類，"前兩個字之間、後兩個字之間各有字義（或爲假借義）上的聯繫，是同義字、同類字或義近字，而前兩個字與後兩個字之間並無字義上的聯繫，如'泛泛孃姪，髻弟経枲'"[③]。這兩種同義或近義詞的類訓方式，與上文總結的漢賦複語形式有一定的相似之處。《蒼頡篇》中還有多個同義形容詞連用的現象，比如"姣竅娃媱"[④]，姣、竅、娃皆有美好之義，這種語義上的重複與漢賦複語對人的形貌描寫相類似，已有學者關注並論及，如朱鳳瀚即指出："而這種句式堆垛義近字詞，對漢賦的句式也顯然是有重要影響的。"[⑤]

比較《爾雅》與《蒼頡篇》，後者受四言句式的限制，故同義詞

[①] 朱鳳瀚：《北京大學藏西漢竹書》（壹），上海古籍出版社，2015年，第92頁。
[②] 朱鳳瀚：《北京大學藏西漢竹書》（壹），上海古籍出版社，2015年，第101頁
[③] 朱鳳瀚：《北京大學藏西漢竹書》（壹），上海古籍出版社，2015年，第80頁。
[④] 朱鳳瀚：《北京大學藏西漢竹書》（壹），上海古籍出版社，2015年，第102頁。
[⑤] 朱鳳瀚：《北京大學藏西漢竹書》（壹），上海古籍出版社，2015年，第175頁。

連用的規模有限，但它在漢代廣爲流傳，對漢賦產生了一定影響。同時也應該認識到，《爾雅》《蒼頡篇》同義類訓的方式，實際上也受文學作品的直接影響，比如《詩經》。《爾雅》訓釋的對象就是經學，出土《蒼頡篇》儘管殘缺，但仍存錄了不少《詩經》字詞，比如北大簡《蒼頡篇》簡三二有"細小貧寠"句，"寠"同"窶"，與《詩經·邶風·北門》"終窶且貧"句子不無關係。另如"鱣鮪""蒹葭"等，顯然也與《詩經》中的詞語相關。

《爾雅》《蒼頡篇》與漢賦中相似的複語現象，是文學作品與辭書之間密切聯繫的一個例證。文學語言對辭書編纂的內容與體例有直接的影響，而辭書對文學語言的歸納和整理，又爲之後的文學創作提供了語言材料和形式借鑒，直接影響了後世文學作品的語言運用。漢賦與辭書在複語上的關聯，反映出漢代文學與小學相互影響、相互滲透的複雜關係，兩者也正是在互動中共同發展、不斷進步。

五　複語、同義類訓與漢人的思維、審美特點

漢賦複語與辭書同義訓釋的現象，體現了漢人在文學創作與辭書編纂中相同的思維方式。

漢初的辭書採取了依義分類的編纂方法，如《爾雅》首先區分普通詞語和百科詞語，再以《釋詁》《釋言》《釋訓》分類歸納普通詞語中的同義詞。《小爾雅》也大致依此分類，只略有不同，《方言》的體例也可歸入這類。漢賦家也有非常明確的以義類從的理念，枚

乘《七發》中明言"博辯之士，原本山川，極命草木，比物屬事，離辭連類"，司馬相如《封禪文》中也有"依類託寓"①之說。這種意識落實在漢賦家的文學創作中，就形成了漢賦"繁類成豔"的文體特點，故劉熙載《藝概》卷三有論："賦欲縱橫自在，係乎知類。"②而漢賦複語的運用，是依義分類、以類相從思維在賦作語言上的反映。這種以義相從的語言分類、整理與運用能力，代表了漢民族的思維與認知水平："一個語言中，同義詞的多少，與操這個語言的人群在這個領域中的思想、思維與感知水平有很大的關係。因爲同義詞就是爲表現這個領域中互有區別的精神與意識內容應運而生的。同義詞的豐富程度可以作爲人類精神與意識在特定領域內細密程度的一個標尺。"③也有學者指出："一個民族的思維方式是區分民族差異的深層次標準，它涉及民族的集體認知水平，與民族土生土長的文化知識背景密切相關，其發展模式也有一定的傾向性和選擇性。一般來說，發展水平較高的民族對事物的認知更加清晰、細緻，在語言中相對應的詞彙也分割得越細，在表達方面也更加準確。"④從這個角度來看，漢賦複語與辭書數量衆多的同義詞正是兩漢時期語言文字水平的體現，代表了漢民族高度發達的思維與認知水平，也反映了漢代文學創作與辭書編纂所達到的高度。

① 蕭統編，李善注：《文選》，上海古籍出版社，1986年，第2144頁。
② 劉熙載撰，袁津琥校注：《藝概注稿》，中華書局，2009年，第459頁。
③ 韓寶育：《語義的分析與認知》，電子科技大學出版社，2014年，第139頁。
④ 劉向前：《文化與語義分割細度相互關係的傾向性原則》，載解放軍外國語學院亞洲研究中心編：《東方語言文化論叢》第32卷，軍事誼文出版社，2013年，第240頁。

　　另外，需要說明的是，名詞複語的大量出現並不必然代表語言的高度發達，相反，漢賦與辭書中的名詞類同義詞恰恰是原始語言的一種遺留。"所謂'原始語言'，是指遠古人民對一類事物按照不同的顏色、形相、性能等等，一一給以不同的特稱，而缺乏概括一類的統稱（類名）。這種特殊的命名方式，自與後世的修飾語加類名的表示法完全不同。"[1]辭書對某些事物的名稱羅列也有類似的現象出現，比如《爾雅》中對馬的特稱即是如此。"《釋畜》以馬的特稱居第一位，各以毛色、毛狀、性別、身高等命名，有五十多個。其次是牛，也有十六個特稱，居第二位。"[2]辭書中保留了馬和牛因形貌性狀不同而各自不同的特稱，固然具有訓釋古典文獻的作用，但漢賦羅列大量的同類異名事物，讀起來詞繁義寡，佶屈聱牙，並不符合文學作品的審美特性。錢鍾書對此曾有論述："夫排類數件，有同簿籍類函，亦修詞之一道。然相如所爲，'繁'則有之，'艷'實未也，雖品題出自劉勰，談藝者不必效應聲蟲。能化堆垛爲烟雲，枚乘《七發》其庶幾乎。他人板重悶塞，堪作睡媒，即詞才清拔如周邦彥，撰《汴都賦》（呂祖謙《皇朝文鑑》卷七），'其草'、'其魚'、'其鳥'、'其木'聯篇累牘，大似《文心雕龍·練字》所嘲'其字林乎！'高文雅製中此類鋪張排比，真元好問《論詩絕句》所謂'斌駮'耳。"[3]錢鍾書先生以多個同類名詞的羅列爲例，批評

① 胡奇光：《中國小學史》，上海人民出版社，2005年，第61頁。
② 胡奇光：《中國小學史》，上海人民出版社，2005年，第61頁。
③ 錢鍾書：《管錐編》（一），生活·讀書·新知三聯書店，2007年，第578—579頁。

這類名物鋪排的枯燥乏味，是很有道理的。從漢賦作品來看，名詞複語雖字形整齊美觀，但確實煩瑣寡味，是漢賦複語中文學性、藝術性最差的。

漢賦複語與辭書同義類訓的現象，是漢人共通的審美觀念的產物。如上文所論，漢賦複語最爲壯觀之處，是對事物某一特點的描寫，這種特點往往具有高大宏闊、壯麗雄偉的審美傾向。但這並不是漢賦家獨有的好尚，翻檢辭書中的同義詞，會看到相同的審美追求。

以《爾雅》爲例，同義詞數量最多的條目是"大"：

> 弘、廓、宏、溥、介、純、夏、幠、厖、墳、嘏、丕、弈、洪、誕、戎、駿、假、京、碩、濯、訏、宇、穹、壬、路、淫、甫、景、廢、壯、冢、簡、箌、昄、晊、將、業、席，大也。①

《釋詁》中的這條訓釋記錄了"大"的同義詞，多達三十九個。

從審美範疇來看，"大"有多種涵義，它可以指數量、體積、空間的宏大，因而"多""長""厚""高"等，都可納入其中。

《爾雅》中與大相關的字數量也很多，如收錄的義爲"衆"與"多"的詞語十二個：

> 黎、庶、烝、多、醜、師、旅，衆也。

---

① 郭璞注，邢昺疏：《十三經注疏·爾雅注疏》，上海古籍出版社，2019年，第14頁。

> 洋、觀、裒、衆、那，多也。①

此外，"高"的同義詞有三個，"長"的同義詞有六個，"厚"的同義詞有十個。這些同一審美範疇的詞語聚合在一起，數量衆多，體現出漢人審美觀念中承自先秦的對大的偏好與重視。

與此相對應，《爾雅》中語義爲"小"的詞語有七個："瘞、幽、隱、匿、蔽、竄，微也。"與表示大的詞語相比，約爲後者的六分之一。表示"少"的同義詞語共四個，是"多"的三分之一：

> 希、寡、鮮，罕也。鮮，寡也。②

某類近義、同義詞數量的多少，反映的是當時人們對這類事物的重視程度。因爲只有高度關注，才能認識得更全面深入，語言表達也就更豐富細緻。《爾雅》中三十九個"大"的同義詞，以及與此相關的"多""長""高"等同義詞，體現了先民們以"大"爲美的觀念。這在先秦諸子文獻中也可以得到印證，有學者依據《四部叢刊》電子版統計，"《老子》中'大'出現 59 次，《論語》36 次，《墨子》402 次，《孟子》1123 次，《莊子》384 次，《管子》581 次，《荀子》401 次，《韓非子》463 次，《呂氏春秋》608 次，共計 4057 次"③。不

---

① 郭璞注，邢昺疏：《十三經注疏·爾雅注疏》，上海古籍出版社，2019 年，第 47 頁。
② 郭璞注，邢昺疏：《十三經注疏·爾雅注疏》，上海古籍出版社，2019 年，第 63 頁。
③ 張群、龔元秀：《楚辭、漢賦"以大爲美"的美學觀念》，載中國屈原學會編：《中國楚辭學》（第十五輯），學苑出版社，2011 年，第 286 頁。

僅量化統計直接反映出先秦思想觀念中對"大"的重視，內容上也體現着對"大"的崇尚，比如《老子》中"大音希聲，大象無形"的論述，《莊子・天地》中"夫道，覆載萬物者也，洋洋乎大哉"①的贊美，《莊子・天道》"美則美矣，而未大也"②的陳說，《知北游》中"天地有大美而不言"③的感歎，顯然都將"大"作爲正面的審美追求。儒家也同樣以大爲美，如《論語・泰伯》："子曰：大哉堯之爲君也！巍巍乎！唯天爲大，唯堯則之。蕩蕩乎！民無能名焉。巍巍乎！其有成功也，煥乎！其有文章。"劉寶楠注："'巍巍'爲'高大'者，《方言》：'巍，高也。'《說文》同。"④孔子以"大""巍巍"來贊美堯的德行功績之卓著，正是以大爲美觀念的引申，將空間形態轉換成抽象的道德評價。正因如此，先秦諸子著述中出現如此多的表示"大""多"的詞語，也就不足爲奇了。

漢賦中以多個屬於"大"的審美範疇的同義詞來鋪陳描寫景物，突出事物的高、大、多，是漢人以大爲美的觀念的體現；《爾雅》中以"少"爲義類的"寡""罕"，僅列同義詞四個，則從反面證實了先秦兩漢審美觀念中對"大"的崇尚。

《爾雅・釋詁》情感類詞語的數量對比中，表達喜樂情感的同義詞數量共十八個：樂十二個，服六個；表示憂懼的詞語共十六個：

---

① 郭慶藩：《莊子集釋》，中華書局，1961年，第406頁。
② 郭慶藩：《莊子集釋》，中華書局，1961年，第475頁。
③ 郭慶藩：《莊子集釋》，中華書局，1961年，第735頁。
④ 劉寶楠：《論語正義》，中華書局，1990年，第308頁。

憂八個，懼八個。與"憂"密切相關的還有"思"字："悠、傷、憂，思也。"去除其中重複的"憂"字，則憂懼類詞語多達十九個，與表示喜樂的詞語數量幾乎相等。漢人並不排斥憂懼類情感，如上文所論，《魯靈光殿賦》《洞簫賦》中，以複語作鋪張揚厲的景物描寫，表達驚駭恐懼之情，體現的是漢人好奇尚異、趨於極致的情感取向，這與辭書中憂懼類同義詞的數量正相對應。辭書中表喜樂的同義詞數量也有不少，相應地，漢賦中描寫宴飲歌舞的段落，也往往表達喜樂歡快之情。而無論悲喜，皆極爲濃烈，體現了漢人偏離中和、趨於極致的情感體驗。

綜上，漢賦複語與辭書的同義類訓都代表了先秦兩漢時期的語言水平和思維能力，體現了先民們的審美偏好與情感傾向。文學作品與辭書在近義、同義詞上的認識與運用具有共通性，昭示了兩者共生互濟的關係，也揭示了語言發展對社會文化的全面影響。

第三節　對　偶

對偶也叫對仗，是中國古代文學作品中常見的修辭手法。現代語言學認爲："凡是用字數相等，句法相似的兩句，成雙作對排列成功的，都叫做對偶辭。"[1] 對偶以句子爲單位，形式趨於整齊、均衡，在段落中比較明顯。中國古代文學作品中，對偶也從少量使用到大

---

[1]　陳望道：《修辭學發凡》，復旦大學出版社，2015年，第164頁。

量出現，然後產生了有意識地以駢偶句式爲主要形式的駢文，體現
了對偶修辭的藝術魅力，以及中國古典審美對整齊、對稱、次序的
重視。在這一頗爲漫長的發展過程中，漢賦是其中不可忽略的一環。

　　"夫人之立言，因字而生句，積句而成章，積章而成篇。"① 漢賦
對形式的關注細緻而深入，從字形到詞彙，以至於句子、段落，修
辭無所不在。本節將以對偶爲例，探討漢賦及辭書的修辭手法與技
巧，以及兩者間的關聯。

一　漢賦中的對偶

　　西漢初期，漢賦作品中體現出的對偶意識並不明顯，以漢初賈
誼的騷體賦《鵩鳥賦》爲例：

　　　　萬物變化兮，固無休息。斡流而遷兮，或推而還。形氣轉
　　續兮，變化而蟺。沕穆無窮兮，胡可勝言！禍兮福所倚，福兮
　　禍所伏；憂喜聚門兮，吉凶同域。彼吳強大兮，夫差以敗；越
　　棲會稽兮，句踐霸世。斯游遂成兮，卒被五刑；傅說胥靡兮，
　　迺相武丁。夫禍之與福兮，何異糾纆；命不可說兮，孰知其
　　極！水激則旱兮，矢激則遠；萬物迴薄兮，振蕩相轉。雲蒸雨
　　降兮，糾錯相紛；大鈞播物兮，坱圠無垠。天不可預慮兮，道
　　不可預謀；遲速有命兮，焉識其時。②

---

① 范文瀾：《文心雕龍注》，人民文學出版社，1958年，第570頁。
② 蕭統編，李善注：《文選》，上海古籍出版社，1986年，第605—606頁。

這段中有一些具有駢偶特徵的句子，如"禍兮福所倚，福兮禍所伏"，上下句對應詞語的詞性相同，句式結構也相同，但相比於中國古代嚴格的駢偶句所要求的上下句詞語對應而非相同的特點，這兩句更像是一組排比句。類似的帶有駢偶特點的句子還有不少，如"水激則旱兮，矢激則遠""天不可預慮兮，道不可預謀"（"兮"是虛詞，故可忽略不計）都是句式結構相似的句子，具有對偶的特點，但嚴格來說應屬於排比句。這段韻文雖然體現出非常明顯的修辭意識，但合乎駢偶句特點的，卻僅有一句："憂喜聚門兮，吉凶同域。"賈誼的《弔屈原賦》與此篇類似，也有一些相對規範的駢偶句，上下句結構相似，如"鸞鳳伏竄兮，鴟梟翱翔""賢聖逆曳兮，方正倒植""莫邪爲鈍兮，鉛刀爲銛"等。總體來看，漢初騷體賦中的對偶手法還處於初期階段，與《楚辭》比較相似。

《七發》標誌着漢大賦體制的成熟，文體特點已經基本形成，如篇章首尾用散體，中間鋪陳的部分用韻。《七發》中，篇首及對話開頭部分基本不用對偶，在鋪陳事物時則會使用，以"龍門之桐"爲例：

客曰："龍門之桐，高百尺而無枝。中鬱結之輪菌，根扶疏以分離。上有千仞之峯，下臨百丈之谿。湍流溯波，又澹淡之。其根半死半生，冬則烈風漂霰飛雪之所激也，夏則雷霆霹靂之所感也。朝則鸝黃鳱鴠鳴焉，暮則羈雌迷鳥宿焉。獨鵠晨號乎其上，鵾鷄哀鳴翔乎其下。於是背秋涉冬，使琴摯斫斬以爲琴，

野繭之絲以爲弦，孤子之鈎以爲隱，九寡之珥以爲約。使師堂
操暢，伯子牙爲之歌。歌曰：'麥秀蔪兮雉朝飛，向虛壑兮背槁
槐，依絕區兮臨迴溪。'飛鳥聞之，翕翼而不能去；野獸聞之，
垂耳而不能行；蚑蟜螻蟻聞之，拄喙而不能前。此亦天下之至
悲也，太子能強起聽之乎？"太子曰："僕病，未能也。"①

這個段落中，有一些句子看似對偶，實則爲排比，如"冬則烈風漂
霰飛雪之所激也，夏則雷霆霹靂之所感也""獨鵠晨號乎其上，鵾雞
哀鳴翔乎其下"。這兩句字數不同，詞性也不完全對應，但句法相
似，故屬於排比句。與賈誼的騷體賦相比，《七發》運用排比與對偶
的修辭手法更多。值得注意的是，這段文字有比較規範的對偶句，
如"中鬱結之輪菌，根扶疏以分離。上有千仞之峯，下臨百丈之
谿""朝則鸝黃鳱鴠鳴焉，暮則羈雌迷鳥宿焉""向虛壑兮背槁槐，依
絕區兮臨迴溪"。《七發》是漢賦的代表作，對賦體影響巨大，其中
的對偶句式及修辭手法，對之後的漢賦創作都有一定的影響。

《七發》是奠定漢賦體制的作品，與之相比，司馬相如賦作中
的對偶手法既有承襲，也有突破。以《上林賦》中的"八川分流"
爲例：

且夫齊楚之事又烏足道乎？君未覩夫巨麗也，獨不聞天子
之上林乎？左蒼梧，右西極。丹水更其南，紫淵徑其北。終始

---

① 蕭統編，李善注：《文選》，上海古籍出版社，1986年，第1562—1563頁。

灞滻，出入涇渭。酆鎬潦潏，紆餘委蛇，經營乎其內。蕩蕩乎八川分流，相背而異態。東西南北，馳騖往來。出乎椒丘之闕，行乎洲淤之浦。經乎桂林之中，過乎泱漭之壄。汨乎混流，順阿而下，赴隘陜之口。觸穹石，激堆埼，沸乎暴怒，洶涌彭湃，滭弗宓汨，偪側泌㵫。橫流逆折，轉騰潎洌。滂濞沆溉，穹隆雲橈，宛潬膠盭。踰波趨浥，涖涖下瀨。批巖衝擁，奔揚滯沛。臨坻注壑，瀺灂霣墜。沈沈隱隱，砰磅訇磕。潏潏淈淈，湁潗鼎沸。馳波跳沫，汩濦漂疾，悠遠長懷。寂漻無聲，肆乎永歸。然後灝溔潢漾，安翔徐回。翯乎滈滈，東注太湖，衍溢陂池。於是乎蛟龍赤螭，䱇鰽漸離，鰅鰫鰬魠，禺禺魼鰨，揵鰭掉尾，振鱗奮翼，潛處乎深巖，魚鱉讙聲，萬物眾夥。明月珠子，的皪江靡。蜀石黃碝，水玉磊砢，磷磷爛爛，采色澔汗，藂積乎其中。鴻鷫鵠鴇，䴌鵝屬玉，交精旋目，煩鶩庸渠，箴疵鵁盧，群浮乎其上。汎淫氾濫，隨風澹淡，與波搖蕩，奄薄水渚，唼喋菁藻，咀嚼菱藕。①

以上劃直綫的句子爲駢偶句，劃曲綫的句子爲排比句。與《七發》相比，相如賦作中駢偶句數量明顯增多，並且整個段落以四言句爲主，句式更爲整飭。而字數不一、句式相近的排比句，則有所減少。從整體來看，有意追求對稱有序的句式，整段文字整飭而又不乏變化。

---

① 蕭統編，李善注：《文選》，上海古籍出版社，1986年，第361—364頁。

西漢後期的揚雄賦作比如《羽獵賦》等，駢偶句的數量與形式都與相如賦作類似。東漢大賦中的駢偶句則明顯增多，在班固、張衡、馬融等人的賦作中，更是如此。以班固的《西都賦》爲例：

> 其宮室也，體象乎天地，經緯乎陰陽。據坤靈之正位，做太紫之圓方。樹中天之華闕，豐冠山之朱堂。因瓌材而究奇，抗應龍之虹梁。列棼橑以布翼，荷棟桴而高驤。雕玉瑱以居楹，裁金璧以飾璫。發五色之渥彩，光爛朗以景彰。於是左城右平，重軒三階。閨房周通，門闥洞開。列鍾虡於中庭，立金人於端闈。仍增崖而衡閾，臨峻路而啟扉。徇以離宮別寢，承以崇臺閒館。煥若列宿，紫宮是環。①

這個段落共有二十七個單句，其中對偶句有十六個，占一半略多。其餘的十一個句子中，如"因瓌材而究奇，抗應龍之虹梁。列棼橑以布翼，荷棟桴而高驤"等句子，句法大致相似，但"究奇"與"虹梁"、"布翼"與"高驤"的詞性不同，不能算是工整的對偶。如果考慮到漢代駢偶意識尚未臻於完善，以寬鬆的標準來看，可算作偶句，那麼這段中的對偶句則多達二十個。對偶句出現的頻率如此之高，說明東漢時期賦作對駢偶的認識與重視已經超越了西漢，漢賦駢偶成分的增加，也爲後世駢賦的形成奠定了基礎。但由修辭手法來看，這一時期賦作的對偶在句式及具體詞性上，還未達到嚴整

---

① 蕭統編，李善注：《文選》，上海古籍出版社，1986年，第11—12頁。

細緻的程度。東漢初期的馮衍、中期的馬融以及末期的蔡邕等人的賦作，也與班固類似，體現出明確的駢偶意識。

　　漢賦七體中對偶的發展軌迹也很明顯。七體以《七發》爲首創，東漢時多有模擬之作，共有傅毅《七激》、張衡《七辯》、崔駰《七依》、李尤《七款》、馬融《七廣》等十二篇。這十二篇中，僅《七激》《七辯》比較完整，其餘多爲殘篇剩句。由現存文獻來看，東漢時期七體的句式更加整齊統一，多用四言、三言駢偶句，駢偶化的趨勢比散體大賦更明顯，有的甚至通篇以駢偶句爲主，如《七激》即是如此。

　　漢賦在對偶句上的成就古人早有評價，《文心雕龍·麗辭》篇主要討論駢偶，"古文作丽，象兩兩相比之形。此云麗辭，猶言駢儷之辭耳"①。劉勰充分肯定了漢賦家對駢偶發展的貢獻："自揚馬張蔡，崇盛麗辭，如宋畫吳冶，刻形鏤法，麗句與深采並流，偶意共逸韻俱發。"②將司馬相如、揚雄、張衡、蔡邕相提並論，意在指出漢賦在偶句儷詞上的顯赫之功。從總體上來看，由西漢至東漢，賦作中的對偶句式確實呈現出增多、規整的趨勢。

　　漢賦中的對偶句由少至多，由粗疏至精細，體現了漢賦家駢偶意識的逐漸增強以及修辭技巧的不斷發展。漢賦大量運用駢偶句，促進了這一修辭手法的發展，表現出漢代文學家對語言修辭的關注與探索，同時也爲之後文學作品的駢偶化奠定了基礎。

---

① 范文瀾：《文心雕龍注》，人民文學出版社，1958年，第590頁。
② 范文瀾：《文心雕龍注》，人民文學出版社，1958年，第588頁。

二　正對、反對

　　駢偶既是一種特殊句式，更是一種修辭手法，它並非只對文體形式產生影響，對文學作品的內容也有一定的制約作用。對偶句在句式上相同，在語義上也往往相關，依據駢偶句語義的趨同或相反，可劃分爲正對和反對。

　　漢賦中的正對如"閨房周通，門闥洞開"（班固《西都賦》），閨房和門闥同屬於宮室建築類，而"周通"指四面暢達，"洞開"指大開、敞開之義，兩者意義趨同。這種正對句在漢賦中十分普遍，比如"奏陶唐氏之舞，聽葛天氏之歌"（司馬相如《上林賦》）、"雕玉瑱以居楹，裁金璧以飾璫"（班固《西都賦》）、"原野猒人之肉，川谷流人之血"（班固《東都賦》）等，皆屬於此類。正對在語義上的趨同勢必形成反復，古人又稱合掌，它能夠起到強調的作用，但辭多而義寡，有失凝練，或造成語義的冗餘、文勢的緩弱。正如劉勰《文心雕龍・麗辭》所論："幽顯同志，反對所以爲優也。並貴共心，正對所以爲劣也。"[①] 漢賦家顯然對這種優劣之分還沒有明確的認識，所以漢賦駢偶句大多屬於正對。

　　漢賦中也有反對，如："中鬱結之輪菌，根扶疏以分離。"（枚乘《七發》）中、根分別指樹的不同部位，鬱結指緊密閉結貌，輪菌指屈曲貌，扶疏、分離則義爲向四方舒張伸展之貌。上下句相對應的詞語語義相反，寫出了龍門之桐樹幹中積聚着盤曲的紋路，樹根在

---

① 范文瀾：《文心雕龍注》，人民文學出版社，1958年，第589頁。

土中四向延展的不同形態。兩相對照，形貌錯落，意趣別致。另如"秦據雍而彊，周即豫而弱"（張衡《西京賦》）、"《書》戒牝雞，《詩》載哲婦"（張超《誚青衣賦》），對偶句式相同而相對應詞語的語義卻相反，詞義相反而句子的意旨卻相近，正符合古人稱道的"理殊趣合"，有着比正對更高的藝術性。

以上反對是漢賦對偶中較爲突出的例子，總體看來，漢人的對偶技巧稱不上高明，漢賦家在運用反對時，也有偏重形式而義理不通者，如錢鍾書先生所論：

> 漢人詞賦中鋪比對仗而"不成義理"者，別自不乏。如班固《東都賦》稱宮室云："奢不可踰，儉不能侈"，《文選》李善注："奢儉合禮"；然上句若謂"奢已窮極而加無可加"，下句若謂"儉已太過雖加而無濟於事"，兩端相反，施於一處，洵"不成義"。苟依善注，應曰："奢不可損，儉不須增"，庶幾如宋玉之言"增一分則太長，減一分則太短"；張衡《西京賦》："奢未及侈，儉而不陋"，則詞意圓妥矣。[1]

錢鍾書對班固《東都賦》中這一反對的義理不通之處剖析甚明，這也反映出漢賦在對偶技巧上的缺憾。張衡"奢未及侈，儉而不陋"之語，顯然源於班固而有所超越，這是漢賦家在承傳中自省與提高的結果，也反映出漢賦對偶技巧的不斷發展。

---

[1]　錢鍾書：《管錐編》（三），生活・讀書・新知三聯書店，2007年，第1523頁。

對正反對的剖析始見於魏晉，漢人對駢偶的認識並未達到這樣的深度，因而從總體上來看，漢賦中的正對遠多於反對，比如上文所引班固《西都賦》中的段落，對偶句皆爲正對，無一反對。這表明，漢賦家雖然傾心於駢麗之美，但對這一修辭技巧的理解和認識屬實有限。漢賦家執着於辭采與技巧，有時在行文中不顧文意，過多過濫地運用對偶，造成同義反復，以至冗贅難通。清人魏禧的《制科策》一文，在談到四六文的對仗時，以爲其弊病在於"一說而畢，必强爲一說以對之，又必摹其出比，句述字妃"。雖然這一批評並非針對漢賦而發，但漢賦中卻正有此類因文害義的現象。駢偶是必要的修辭手法，一旦濫用，便難免成爲弊病，正如錢氏所論："句出須雙，意窘難偶，陳義析事，似夔一足，似翁折臂；勉支撐而使平衡，避偏枯而成合掌。"[①]

對偶句在賦作中日益增多，正對數量又遠遠多於反對，這也是東漢大賦文風趨於冗緩板滯的原因之一。

三　漢賦對偶的文學承傳

對偶這一修辭手法導源於先秦文學，它的產生和發展，從根本上來說，是漢民族思維特徵的產物。

先民在對世界與自身的探索中，已經注意到事物之間並非孤立的存在，而是具有普遍的聯繫，比如天地、日月、畫夜、男女、高

---

① 錢鍾書:《管錐編》（三），生活‧讀書‧新知三聯書店，2007年，第1524頁。

低、冷熱等等。這種對事物關係的認識也記錄在先秦文獻當中，如《周易·賁卦》："故小利有攸往，天文也；文明以止，人文也。觀乎天文，以察時變；觀乎人文，以化成天下。"① 它表達的是古人將天道與人事相比附對應的觀念。再如《老子》中"有無相生，難易相成，長短相形，高下相傾，音聲相和，前後相隨"的論述，正是對事物相反相成關係的清晰認識，同時這個句子中同類相反概念兩兩出現，本身就是對偶觀念的體現。

對偶觀念反映在文學創作上，即如《文心雕龍·麗辭》所論："造化賦形，支體必雙，神理爲用，事不孤立。夫心生文辭，運裁百慮，高下相須，自然成對。"② 這是用遠取諸物、近取諸身的例子來說明對偶觀念，論述文辭駢偶的合理性，提倡文學創作中審慎妥當地運用對偶技巧。

《周易·繫辭》中有大量對偶句，《詩經》中各種對偶形式已然齊備，陳鍾凡《中國韻文通論》③ 中有較細緻深入的討論，茲不一一詳述。劉勰總結了春秋戰國時期對偶修辭的發展："詩人偶章，大夫聯辭，奇偶適變，不勞經營。"④ 在《詩經》《楚辭》及先秦諸子散文中，對偶普遍存在，但以自然爲本，並不刻意爲之。然而到了漢代，賦家開始推崇形式之美，刻意追求駢偶句，數量日益增多，句子的駢偶化趨勢越來越明顯。漢賦對偶與先秦文學傳統有一定關係，但

---

① 阮元校刻：《十三經注疏·周易正義》卷三，中華書局，1980年，第37頁下。
② 范文瀾：《文心雕龍注》，人民文學出版社，1958年，第588頁。
③ 陳鍾凡：《中國韻文通論》，中華書局，1936年。
④ 范文瀾：《文心雕龍注》，人民文學出版社，1958年，第588頁。

更多的是漢賦家因注重藝術形式而刻意經營，並在對經典賦作的模擬中形成了對偶的思維慣性。正如朱光潛所論："用排偶文既久，心中就於無形中養成一種求排偶的習慣，以致觀察事物都處處求對稱，說到'青山'便不由你不想到'綠水'，說到'才子'便不由你不想到'佳人'。中國詩文的駢偶起初是自然現象和文字特性所釀成，到後來加上文人求排偶的心理習慣，於是就'變本加厲'了。"①

除心理和思維慣性之外，漢賦家推崇和重視對偶，也與漢賦的文體特點有關。

對偶作爲文學修辭手法，首先帶來的是形式上的整齊，結構上的勻稱。漢賦對形式美有一種近乎偏執的追求，段落是篇章的主要組成部分，駢偶在句式上兩兩相對的特點，必然使句子及段落的形式趨於整齊。漢賦字詞繁複瑋怪，名物衆多紛雜，如果段落中的句式沒有規則，必然更增凌亂蕪雜之感。對偶手法因句式、句法的相似，使繁多的物象相對而出或次第展開，有序地呈現出來，而段落及篇章形式也會因而趨於整齊，傳達出大賦內在的條理性。駢偶句式尤其是正對句式，使賦作意寡而辭多，滿足了漢賦家對鴻篇巨制的追求。另外，因爲對偶句的字數相同，上下同韻，因而利於諷誦，對賦作的傳播欣賞也有積極的作用。

其次，對偶句將性質相同、相反或相關的事物兩兩對舉，上下句的語義形成互補或映襯，因而在語義上具有豐富細緻的特點。比

---

① 朱光潛：《詩論》，生活·讀書·新知三聯書店，2012年，第267頁。

如"體象乎天地，經緯乎陰陽"（班固《西都賦》），這是對宮室總貌的描寫，前一句寫其規天矩地的宏偉構架，後一句寫其布局安排；"捷鰭掉尾，振鱗奮翼"（司馬相如《上林賦》），這是寫水中蛟龍、群魚揚起背鰭，擺動尾巴，振攔魚鱗，奮起兩翅的形貌。再如"上有千仞之峯，下臨百丈之谿"（枚乘《七發》），這是對龍門之桐生長環境的描寫，上有高山，下臨深谿，突出了自然地勢的險峻。"鑾聲噦噦，和鈴鉠鉠"（張衡《東京賦》），這是對車鈴聲的反復描寫，噦噦形容車鈴的節奏，鉠鉠模擬聲響的清脆悅耳，側面突出車馬儀仗的整齊盛大。對偶上下句相互映襯補充，使所描繪事物的特徵細緻全面、生動傳神。

最後，漢賦對偶句形成了句調上的反復。所謂"離章合句，調有緩急"（《文心雕龍·章句》），綜觀漢賦對偶句，因句式、句法的相似，在表達語氣、情感態度上大多趨於一致，這便是句調的趨同反復。比如："忠臣過故墟而歔欷，孝子入舊室而哀歎。"（馮衍《顯志賦》）前後句句式相同，情感低沈悲傷，強化了表達的效果。再如"家家自以爲稷契，人人自以爲咎繇"（揚雄《解嘲》），句調的重複使諷刺之義更加突出。

漢賦中對偶句的增多，意味着句調的重複頻率變高。它帶來的積極影響是節奏的整齊、音韻的和諧，既利於誦讀，也使情感在反復中得到了強化。漢賦對偶從早期的適情切意、自然成章，再到後來的捶單成雙、有意經營，雖然有一定的積極修辭效果，但在章句形式、語義及句調上形成的弊病，也不可忽視。

從形式上來看，整齊勻稱的段落在形式上確實更加優美，但句式愈來愈趨向一致也會造成單調板滯的問題。尤其是東漢時期，駢偶化的傾向已出現在各種文體中，比如七體即多以四言句式爲主，密集而單調，缺少靈動錯落之美，與“物相雜，故成文”(《周易·繫辭下》) 的文學理念相違背。另外，漢賦對偶在語義上的重複非常明顯，一旦過度，也會帶來冗餘繁複的弊病，正如《韓非子·難言》所論：“多言繁稱，連類比物，則見以爲虛而無用。”[①] 漢賦中大量運用對偶，客觀上帶來篇幅的加長擴大，詞繁義寡的特點與此不無關係。正如劉知幾在《史通·敘事》中所論：“其爲文也，大抵編字不隻，捶句皆雙，修短取均，奇偶相配。故應以一言蔽之者輒足爲二言，應以三句成文者必分爲四句。”[②] 文學作品最根本的目的在於抒情達志，“情者，文之經，辭者，理之緯；經正而後緯成，理定而後辭暢，此立文之本源也”[③]（《文心雕龍·情采》）。再華美的文辭最終也要與情感相協調，再巧麗的形式最終也應與內容相適配，兩者間的比重一旦失衡，必然導致虛文浮飾的形式主義文風日熾。

從句調上來看，過多的對偶句使文章冗緩復沓，如劉勰所批評的“若氣無奇類，文乏異采，碌碌麗辭，則昏睡耳目”[④]。對事物的鋪陳描寫雖生動細緻，但句式重複，文氣緩弱，也就難免“繁而不

---

① 王先慎：《韓非子集解》，中華書局，1998年，第21頁。
② 浦起龍：《史通通釋》，上海古籍出版社，1978年，第174頁。
③ 范文瀾：《文心雕龍注》，人民文學出版社，1958年，第538頁。
④ 范文瀾：《文心雕龍注》，人民文學出版社，1958年，第589頁。

珍"①，以文害義了。

漢賦中對偶修辭的普遍運用，是漢代文學語言藝術技巧的反映，也促進了對文學形式的重視。受漢賦的直接影響，魏晉時期詩文中的對偶手法已經十分普遍，作家對駢偶規律自覺地加以總結，技巧更爲成熟高明，謹嚴細緻的程度也進一步加強。這是魏晉文人"析句彌密，聯字合趣，剖毫析釐"②（《文心雕龍·麗辭》）的結果。至於南北朝文學，形式主義文風已登峯造極，劉勰雖然反對浮濫的文風，但仍有根深蒂固的對偶意識，認爲"理資配主，辭忌失朋"，"若辭失其朋，則羈旅而無友"（《文心雕龍·章句》），就連《文心雕龍》全書也以駢文寫成。駢偶的興盛並非魏晉南北朝時期一蹴而就，漢賦在對偶發展的過程中，是不可忽略的重要一環，影響了駢偶技巧的發展以及駢體的形成。

漢賦對駢文的産生和發展有不可忽略的影響。祝堯在《古賦辯體》卷三中，指出《子虛賦》《上林賦》《兩都賦》《二京賦》等賦作的韻文部分正是南朝駢體之先聲："首尾是文，中間乃賦。世傳既久，變而又變。其中間之賦，以鋪張爲靡，而專主於詞者，則流於齊梁唐初之俳體。"駢偶甚夥的班固《兩都賦》，更有學者直認其爲駢文："《兩都賦》殆可視爲標準駢文之一矣。"③賦中的七體發展到魏晉時期，又有曹植的《七啓》、王粲的《七釋》、張協的《七命》、陸機的

---

① 黃侃：《文心雕龍札記》，岳麓書社，2013年，第128頁。
② 范文瀾：《文心雕龍注》，人民文學出版社，1958年，第588頁。
③ 劉麟生：《中國駢文史》，東方出版社，1996年，第27頁。

《七徵》、左思的《七諷》等。七體的發展與駢文的起源有直接關係，有學者指出："大抵駢字儷句，爲駢文之基本原則，至七之演變告成，則文章中之謀篇布局，亦以儷爲歸宿，是知駢儷之造成，在中國文學史上，具有特殊之意義，未可忽也。"[1] 綜上，漢賦中駢偶技巧的發展，深刻影響了駢體的形成。

漢賦對偶是漢賦家依據文體特點，對語言修辭不斷錘煉、精研覃思的結果。它體現了漢賦家對章句修辭的熱衷，對形式的偏好。漢賦對偶是駢體的先聲，引領了文學修辭與形式至上的風氣。

四　漢代辭書中的對偶

對偶是古老的修辭技巧，不僅詩賦作品中將對偶作爲章句修辭手法，應用性文體中亦多有運用。辭書是應用性極強的工具書，它不以敘事、抒情爲目的，只是載錄字形、字音，訓釋字義，以便於人們檢閱、記誦。辭書看似與修辭無關，但只要翻閱漢代辭書，就會發現實際情況並非如此。

辭書是訓釋字詞的工具書，一般來說，只要將字詞訓釋清楚即達到了目的，但因爲辭書編纂者對文字的形、音、義有深刻的理解和認識，這使得他們在編纂辭書時，也會有意利用字詞的特點，使辭書的形式更具美感。在辭書的章句編排上，對偶成爲小學家們經常利用的修辭技巧。

---

[1]　劉麟生：《中國駢文史》，東方出版社，1996年，第26頁。

　　漢代辭書可分爲兩個系統：一個是隸屬於經學系統的辭書，比如《爾雅》《小爾雅》等；另一個則是面向社會大衆的辭書，比如《蒼頡篇》《凡將篇》《急就篇》等。《蒼頡篇》等字書偏重分類記錄字詞，於訓釋上則不費筆墨。這兩類辭書在形式上有較大的區別，前者用散體的形式，後者則多爲整齊的韻文。兩類辭書中，字書較多地運用了對偶句式。

　　留存至今的較早的漢代字書是《蒼頡篇》，保存最完整的則是《急就篇》，這兩部字書的章句形式與內容都嫻熟地運用了對偶。北大簡《蒼頡篇》有較爲完整的章節段落，比如：

> 漢兼天下，海內並廁。
>
> 胡無噍類，菹醢離異。
>
> 戎翟給賨，百越貢織。
>
> 飭端脩灋，變大制裁。
>
> 男女蕃殖，六畜逐字。

從這段文字來看，全文統一採用四言句式，這就具備了對偶句式的出現的必要條件。

　　第五、六句“戎翟給賨，百越貢織”，據朱鳳瀚先生的釋讀，戎翟、百越，皆是少數民族名稱；給、貢，義爲供給進獻；賨指漢朝向南夷征收的稅名，織指用作賦稅的布帛。[①]這顯然是一組對偶句。

---

① 朱鳳瀚：《北京大學藏西漢竹書》（壹），上海古籍出版社，2015年，第78頁。

第九、十句"男女蕃殖，六畜逐字"，蕃殖即指生殖，逐有交配之義，字指生子。[1] 這顯然也是一組對偶句。這兩組對偶句即使用比較嚴格的對偶標準來衡量，也是工整合格的。

《蒼頡篇》中的對偶句並非只此兩例，在記載同類字詞的段落中，也會形成對偶。比如："勇猛剛毅，便走巧疌。"這組句子中的每個詞都是形容人的某種性情或行爲特點，句式、詞性都符合對偶的標準。

《蒼頡篇》中沒有出現反對，這與漢初大賦中很少出現反對的情況是一致的。這一方面與字書本身所收錄字詞的限制有關，但更重要的原因是秦漢之際小學家還未能深入理解修辭中的反對。

《蒼頡篇》之後的重要字書是漢元帝時黃門令史游所撰的《急就篇》。《急就篇》因書法而得以傳世，現存本相對完整，所以能全面明晰地梳理其中的對偶句。《急就篇》全文共有三種句式，即三言、四言與七言。這些句式集中在不同的段落，比如三言皆爲姓名，四言句僅有十五個，作爲結語集中在篇末，七言篇幅最多，集中排列在姓名之後，是全篇的主要部分。《急就篇》中有多種對偶句式，正對如："沐浴揥撅寡合同，襐飾刻畫無等雙。"[2] 顔注："寡合同者，言其妍靜，少對偶也。""無等雙，亦名殊絕異於衆也。"[3] 據此可知這是前後語義趨同的對偶句。另如"五音總會歌謳聲，倡優俳笑

---

① 朱鳳瀚：《北京大學藏西漢竹書》（壹），上海古籍出版社，2015年，第78頁。
② 史游：《急就篇》，商務印書館，1936年，第14頁。
③ 史游：《急就篇》，商務印書館，1936年，第189—193頁。

觀倚庭"①，"貰貸賣買販肆便，資貨市贏匹幅全"②等，都是正對。正對是漢初最主要的對偶形式，但《急就篇》中也有反對，出現在三言的人名當中，如"慈仁他，郭破胡"。顏注："仁他者，所愛及遠也。""破胡，言能克匈奴。"③這是詞義相反的對偶句。再如"葛轗軻，敦倚蘇"，顏注："轗軻，言坎壈不平也"，"倚蘇，言爲萌庶所倚賴，喜於來蘇也"。④一爲坎壈失職之士，一爲牧民之官，顯然也是反對。

更值得關注的是，《急就篇》中也出現了較爲少見的隔句對形式：

> 皋陶造獄法律存。誅罰詐僞劾罪人。
>
> 廷尉正監承古先。總領煩亂決疑文。
>
> 變鬭殺傷捕伍鄰。亭長游徼共雜診。
>
> 盜賊繫囚榜笞臀。朋黨謀敗相引牽。
>
> 欺誣詰狀還反真。坐生患害不足憐。
>
> 辭窮情得具獄堅。籍受證驗記問年。⑤

前四句中，一、三句"皋陶造獄法律存"與"廷尉正監承古先"，"法律存""承古先"有詞性上的差異，因而並非工整的對偶句，二、四句"誅罰詐僞劾罪人"與"總領煩亂決疑文"在句法、詞性上都符合對偶的標準，屬於標準的隔句對。

①　史游：《急就篇》，商務印書館，1936年，第15頁。

②　史游：《急就篇》，商務印書館，1936年，第10頁。

③　史游：《急就篇》，商務印書館，1936年，第99—100頁。

④　史游：《急就篇》，商務印書館，1936年，第103—104頁。

⑤　史游：《急就篇》，商務印書館，1936年，第24—25頁。

　　與《蒼頡篇》相比，《急就篇》的對偶形式更爲豐富，技巧也更爲嫻熟，這透露出西漢後期對偶修辭手法的發展與進步。這一現象也與上文所論漢賦中對偶技巧的發展情況相一致，再一次印證了漢賦及辭書在對偶修辭上的共時性。

　　漢代辭書中，與經學密切相關的《爾雅》《小爾雅》《廣雅》《釋名》以及字書《方言》《說文解字》等，因逐條訓釋的原因，所以無法全部採用統一的句式和韻語，因而在對偶手法上乏善可陳。但在少數篇章中，仍盡力統一句式，也出現了一些帶有對偶特徵的句子，比如《爾雅·釋言》《釋訓》中的句式大多一致，有時前後兩條就會出現形似對偶的句子，如“宪，肆也。肆，力也”[1]。再如《釋訓》：“業業、翹翹，危也。惴惴、憢憢，懼也。番番、矯矯，勇也。桓桓、烈烈，威也。”[2]這些句子與正對有一定的相似性，但因爲各條訓釋相對獨立，且上下文無法構成完整的敘事及抒情，故不是辭書中的修辭手法，只能看作雅類辭書在語言上力求整齊、對稱、美觀的結果。同樣是雅類辭書，漢末的《釋名·釋言語》的詞目編排次序也體現出小學家對修辭的重視，如：

> 善，演也，演盡物理也。
>
> 惡，扼也，扼困物也。
>
> 好，巧也。如巧者之造物，無不皆善人好之也。

① 郭璞注，邢昺疏：《十三經注疏·爾雅注疏》，上海古籍出版社，2019年，第120頁。
② 郭璞注，邢昺疏：《十三經注疏·爾雅注疏》，上海古籍出版社，2019年，第175—176頁。

醜，臭也，如臭穢也。

遲，顇也，不進之言也。

疾，截也，有所越截也。

緩，浣也，斷也。持之不急，則動搖浣斷，自放縱也。

急，及也，操切之使相逮及也。

巧，考也，考合異類共成一體也。

拙，屈也，使物否屈不爲用也。①

《釋名》按照反對的順序編排詞目，除上文所列善惡、好醜、遲疾、緩急、巧拙外，還有燥濕、強弱、能否、躁靜、逆順等多對反義對偶詞。因爲要準確訓釋詞語，這些條目的釋義部分無法形成對偶，但詞目的編排順序，顯然是對偶思維的産物。漢代辭書大多因義分類，往往同義、近義相從，而《釋名》則將善惡、好醜等相對、相反的概念編排在一起，體現了東漢末期小學家對偶思維的增強。

相比於文學作品，漢代辭書中的對偶雖然在形式上、效果上都有明顯的侷限，但它體現的對偶意識以及不斷進步的技巧，與漢賦中對偶修辭的發展同時共進並相互印證，體現了漢人對這一修辭手法的重視與錘煉。魏晉南北朝時期對偶成爲最受重視的文學技巧之一，實與漢代賦家、小學家的貢獻密不可分。

漢賦中的辭趣、辭格，如聯邊、複語、對偶，在辭書中都有相

---

① 任繼昉：《釋名匯校》，齊魯書社，2006年，第181—182頁。

同的語言現象出現。修辭不僅僅存在於文學作品之中，在我們的刻板印象中一向枯燥乏味的辭書，實際上也講究修辭，力求形式的優美。漢賦家往往身兼辭書編纂者的角色，對語言文字的理解超於常人，他們對語言文字的形、音、義特點及規律諳熟於心，也能領會其中的趣味，這是漢賦創作與辭書編纂中組成聯邊、形成複語、運用對偶的基礎。

漢賦與辭書在修辭上的共性與差異，體現了漢代文學與小學之間的深層聯繫，反映了漢人共同的形式偏好、思維特點及審美傾向。兩者在修辭手法上的異同優劣之別，也再次證明了文學形式與內容的不可分離。語言文字是文學創作的基礎，但僅有形式技巧或過度追求形式之美，並不能達成完美的修辭效果。聯邊、複語、對偶等修辭手法與技巧，只有結合意義深遠的主題、鮮明生動的形象、濃郁動人的情志，才能成為真正具有藝術感染力的、不朽的文學作品。

第四章

漢賦結構及其與漢代辭書的關聯

    漢賦在文字上的苦心經營、詞語上的精心檢擇、修辭上的周密安排，體現了賦家的語言認知、創新能力以及運用技巧，這是文學作品細膩的肌理、美妙的細節。但真正能支撐起篇章的，是文學作品的結構。漢賦以字詞構成章句，以章句組綴成篇，章句、篇章的結構方式，都體現着漢賦家的思維特點。辭書是對文字、詞語的收錄、整理與訓釋，雖然不以敘事抒情爲目的，但對編纂結構的重視並不亞於文學作品。辭書的句式及結構既體現了小學家對文字的認識，也反映了他們的思維方式與特點。漢代是賦作與辭書的共同發展期，兩者看似各有畛域，但比較兩者的句式及結構，仍然能發現漢賦與辭書的深層關聯。

第一節　漢賦與辭書的句式異同

    句子由詞和短語構成，能夠表達一個完整的意義，是組成段落的基本單位。句子結構是指句子的內部關係和內部組織，分析句子的內部結構及特點，是認識並總結文本特點的合理途徑。

一　辭書與漢賦中的有韻羅列句式

從音韻角度，句子可分爲有韻和無韻。漢代辭書可分爲兩種情
況，一類是以無韻的一般句式爲主，另一類則是有韻的整齊句式。

以訓釋字詞爲主的辭書，如《爾雅》《小爾雅》《方言》《說文解
字》《廣雅》等，其中多用無韻的一般句式，比如《爾雅·釋宮》：

> 㭿謂之闑，根謂之楔，楣謂之梁，樞謂之椳。樞達北方謂
> 之落時，落時謂之戹。[①]

再如《方言》：

> 鬱悠、懷、惄、惟、慮、願、念、靖、慎，思也。晉宋衛
> 魯之間謂之鬱悠。惟，凡思也；慮，謀思也；願，欲思也；念，
> 常思也。東齊海岱之間曰靖；秦晉或曰慎。凡思之貌亦曰慎，
> 或曰惄。[②]

又如《說文》：

> 二：高也。此古文上。指事也。凡二之屬皆从二。[③]

這些段落中的句子長短不一，沒有明顯的、有規律的聲韻，因此屬
於一般句式。雖然在一些段落中也能看到句子盡量追求整齊，如

---

① 郭璞注，邢昺疏：《十三經注疏·爾雅注疏》，上海古籍出版社，2019年，第30頁。
② 華學誠：《揚雄方言校釋匯證》，中華書局，2006年，第34頁。
③ 許慎撰，段玉裁注：《說文解字注》，上海古籍出版社，1981年，第1頁。

《方言》：“惟，凡思也；慮，謀思也；願，欲思也；念，常思也。”
幾句就是同一句式，但只是摻雜在散句當中，數量有限，並不能代
表辭書句子的主要特點。雅類辭書主要以一般句式爲主，而漢賦則
以整齊有韻的句子爲主，兩者的關係並不密切，並非本章討論的重
點，故存而不論。漢代辭書中的字書如《蒼頡篇》《急就篇》等，運
用的句式整齊押韻，與漢賦句式的相似度較高，是本節討論的重點。

　　自二十世紀初至今，《蒼頡篇》出現了多個版本，比如羅振玉、
王國維所刊布的流沙墜簡本，英國國家圖書館所藏削柿本，加之
一九七二至一九七六年發掘的居延漢簡本，一九七七年出土的安徽阜
陽雙古堆簡本，二〇〇八年出土的甘肅永昌水泉子簡本，等等。版本
雖然衆多，但每個版本的出土漢簡數量並不多，所存字數最多的水泉
子簡本共有九百七十個可釋讀文字。最新版本是二〇一四年回流北大
的一批西漢竹簡，其中的《蒼頡篇》“保存有完整字一千三百一十七
個（其中含有標題字十五個，重見字七個），殘字二十個。這批竹簡，
是迄今爲止所見到的《蒼頡篇》這部久佚古書保存字數最多的一個文
本，因而也是最爲重要的一次發現”[1]。北大本最能反映《蒼頡篇》的
原貌，故本章討論《蒼頡篇》時，以此本爲主。

　　北大本《蒼頡篇》全書皆爲四言句式，隔句押韻。從句式來看，
胡平生、韓自強將之歸納爲“羅列式”與“陳述式”兩種。朱鳳瀚
先生認爲：“羅列式，是將字義相近、相類（少數亦爲相反）或相互

---

[1]　朱鳳瀚：《北京大學藏西漢竹書》（壹），上海古籍出版社，2015年，第170頁。

有聯繫的字詞組合在一起，排列出來，意在強調相互組合在一句中的各個字詞的含義之內在關係。……陳述式，即句子中的字詞間有語法關係，在陳述一個語義，而且這種‘陳述式’的句子往往還通過若干連續的句子來陳述一個主旨。”①

陳述式句子屬於文學作品中最常見的句子，但在《蒼頡篇》中卻是較爲少見的，這是因爲陳述式句子中的詞語要在詞性上不完全相同，才可能構成語法關係，表達完整的意思。比如《蒼頡篇·□祿》章：“寬惠善志。桀紂迷惑，宗幽不識。”“寬惠善志”，“寬”“惠”義近，“爲講人之性情義近詞也”②；“善”爲好義，“志”可釋爲志意。“寬”“惠”“善”是形容詞，而“志”則爲名詞，整個句子大意是說人的志意應寬厚仁惠善好。“桀紂迷惑，宗幽不識”句，有主語有動詞，也屬於陳述句。但作爲字書，《蒼頡篇》以載錄字形、便於識記爲主，並不以訓釋爲特點，故陳述類句子不可能大量存在，只偶爾出現，起到上下文過渡勾連的作用。

《蒼頡篇》中最多的仍然是羅列式句子，如：“莎荔菉蕁，蓬蒿兼葭。薇薢莪蔞，蘽藜薊荼。薺芥萊茬。”③五句中所用詞語都是名詞，是對各種草名的羅列。另如“柳櫟檀柘，柱橈枝朳”④“瘕瘵癃痤，疾痛邀欨”⑤，也全用同一類事物的名詞，是典型的羅列式句子。

---

① 朱鳳瀚：《北京大學藏西漢竹書》（壹），上海古籍出版社，2015年，第174—175頁。
② 朱鳳瀚：《北京大學藏西漢竹書》（壹），上海古籍出版社，2015年，第71頁。
③ 朱鳳瀚：《北京大學藏西漢竹書》（壹），上海古籍出版社，2015年，第92頁。
④ 朱鳳瀚：《北京大學藏西漢竹書》（壹），上海古籍出版社，2015年，第101頁。
⑤ 朱鳳瀚：《北京大學藏西漢竹書》（壹），上海古籍出版社，2015年，第71頁。

　　與辭書相反，早期的漢賦作品中，陳述式句子占大多數，羅列式句子也已經具備一定的數量及規模。比如枚乘的《七發》即以陳述句為主，即使在鋪陳事物時，也是羅列句少而陳述句多，比如以下這一段落：

> 　　浮游覽觀，乃下置酒於虞懷之宮。連廊四注，臺城層構，紛紜玄綠。輦道邪交，黃池紆曲。涸章白鷺，孔鳥鶤鵠，鵷雛鵁鶄，翠鬣紫纓。螭龍德牧，邕邕群鳴。陽魚騰躍，奮翼振鱗。潎瀊菁蓼，蔓草芳苓。女桑河柳，素葉紫莖。苗松豫章，條上造天。梧桐並閭，極望成林。眾芳芬鬱，亂於五風。從容猗靡，消息陽陰。[①]

這段描寫的物象主要有宮苑、禽鳥、樹木。在三種物象中，宮苑建築共有四種，採用的完全是陳述句式：“連廊四注，臺城層構……輦道邪交，黃池紆曲。”語句自然，對偶工巧。描寫禽鳥時，接連羅列六種鳥名：涸章、白鷺、孔鳥、鶤鵠、鵷雛、鵁鶄，這是與《蒼頡篇》非常相似的同一事物名詞的羅列句式。還羅列了樹木六種：“女桑河柳，素葉紫莖。苗松豫章，條上造天。梧桐並閭，極望成林。”每兩種為一句，其後附一句描寫形態，羅列的痕跡並不明顯。

　　再如鋪排飲食的段落：

> 　　犓牛之腴，菜以筍蒲。肥狗之和，冒以山膚。楚苗之食，

---

① 蕭統編，李善注：《文選》，上海古籍出版社，1986年，第1565—1566頁。

安胡之飯，摶之不解，一啜而散。於是使伊尹煎熬，易牙調和。熊蹯之臑，勺藥之醬。薄耆之炙，鮮鯉之鱠。秋黃之蘇，白露之茹。蘭英之酒，酌以滌口。山梁之餐，豢豹之胎。小飯大歠，如湯沃雪。①

這段所羅列的飲食名稱有十六種之多，雖極力描寫飲食的豐富多樣，但卻並非簡單羅列名稱，有的是對飲食材料加以交待，如"肥狗之和""熊蹯之臑，勺藥之醬"等。這類描寫句式整齊，有些也頗具美感，比如"蘭英之酒，酌以滌口"，渲染蘭花浸漬的美酒的芬芳清冽。多個飲食名稱前後接續，則使人有目不暇接、豐饒美盛之感。

司馬相如的《子虛賦》《上林賦》中，在鋪排事物時出現了更多的羅列句式，如《子虛賦》：

其土則丹青赭堊，雌黃白坿，錫碧金銀，眾色炫耀，照爛龍鱗。其石則赤玉玫瑰，琳瑉琨珸。瑊玏玄厲，碝石碔砆。②

這類句子與漢代辭書中的羅列句式相似，有色之土六種，"丹青赭堊，雌黃白坿"；金玉四種，"錫碧金銀"；玉石九種，"赤玉玫瑰，琳瑉琨珸。瑊玏玄厲，碝石碔砆"。這些羅列句中的同類名詞連續羅列，不摻雜其他詞語，與字書中的羅列句並無二致。

---

① 蕭統編，李善注：《文選》，上海古籍出版社，1986年，第1563頁。
② 蕭統編，李善注：《文選》，上海古籍出版社，1986年，第350頁。

再如《上林賦》：

> 於是乎盧橘夏熟，黃甘橙楱。枇杷橪柿，亭奈厚樸。樗
> 棗楊梅，櫻桃蒲陶。隱夫薁棣，答遝離支。羅乎後宮，列乎
> 北園。①

這段連續羅列了十七種果木名稱，前後接續，一貫而下。羅列句式在
司馬相如賦作中雖然仍遠遠少於陳述句式，但因其語法結構上的特殊
性，故而令人印象深刻，並成爲大賦標誌性的句式。司馬相如之後，
賦家景從響應，揚雄的《蜀都賦》《羽獵賦》、班固的《西都賦》、張
衡的《二京賦》《南都賦》、王延壽的《魯靈光殿賦》等賦作中，都有
這類羅列句式。尤其是在東漢張衡的賦作中，對樹木、禽鳥的羅列在
規模和數量上都超過了之前的賦作。

　　此外，其他文體中出現的羅列句式也可作爲辭書句式影響文學
作品的側證，比如《柏梁臺》②中即有"日月星辰和四時，驂駕駟馬
從梁來""柱枅構櫨相枝持。枇杷橘栗桃李梅"③的陳述與羅列句式，
與字書《急就篇》中的句式同出一轍。只不過其他文體中只是偶爾
使用羅列句式，給人的印象遠不如漢賦深刻。

---

① 蕭統編，李善注：《文選》，上海古籍出版社，1986年，第368頁。
② 關於《柏梁臺》的真偽問題，學界紛紜不一。顧炎武《日知錄》中論證爲僞作，但丁
　福保、陳直、余冠英、逯欽立和方祖等人，都認爲並非僞作。近年來學界的考證進一
　步深入、細化，由其用韻字的時代特徵及職官排序等方面，可證其並非僞作。筆者採
　用真詩說，故於此引爲例證。
③ 逯欽立輯校：《先秦漢魏晉南北朝詩》，中華書局，1983年，第97頁。

羅列句式始見於《詩經》，但規模和數量都不能與辭書及漢賦比肩。漢代辭書與《詩經》的羅列句式有明顯的承襲關係，比如北大本《蒼頡篇》"鱣鮪鯉鮦"①，"鱣鮪"二字連用，顯然出自《衛風·鱣鮪》中"鱣鮪發發"句。另如"蓬蒿蒹葭"②，亦與《秦風·蒹葭》不無關聯。《蒼頡篇》這類字書在漢代流傳廣汜，賦家又多兼小學家身份，對比辭書與漢賦中的羅列句，可確定羅列句始於先秦文學，多見於辭書，並對漢賦有直接的影響。

二 漢賦對漢代字書的句式影響

漢代字書中的有韻羅列句式對漢賦產生了影響，但字書中的句式也並非一成不變，包括漢賦在內的漢代文學對字書也產生了重要影響。

北大本《蒼頡篇》以羅列句式爲主，但在較晚出現的水泉子簡本《蒼頡篇》中，則改寫成以陳述句式爲主，最明顯的變化是由四言句到七言句的變化。水泉子簡本《蒼頡篇》"屬於西漢晚期以後的七言本，即將原來四言本的各句後又加上三個字"③。對比北大本和水泉子簡本，即能看出兩者間句式的異同：

<table>
<tr><td>顫皼觭贏</td><td>□皼觭贏思美食</td></tr>
<tr><td>骷臾左右</td><td>骷臾左右行□□</td></tr>
</table>

---

① 朱鳳瀚：《北京大學藏西漢竹書》（壹），上海古籍出版社，2015年，第89頁。
② 朱鳳瀚：《北京大學藏西漢竹書》（壹），上海古籍出版社，2015年，第92頁。
③ 朱鳳瀚：《北京大學藏西漢竹書》（壹），上海古籍出版社，2015年，第172頁。

誅罰贖耐　　　□□□耐責未塞

冢章棺柩　　　冢椁棺柩不復出

由以上相對應的句子可以看出，兩個版本之間有非常明顯的承襲關係。水泉子簡本在《蒼頡篇》原有的四字句後又加上的三個字，實際上是對羅列名物淺顯通俗的解釋，比如"誅罰贖耐"四個詞皆刑罰之名，水泉子簡本加上"責未塞"三字，義指刑罰未能抵償過失、罪孽，既順承擴展文意，又形成了對原有四字的簡單解釋。再如"冢章棺柩"，皆是與喪葬相關的事物的羅列，而水泉子簡本加上"不復出"三個字，順承上文羅列事象，感慨生命的一去不返，死亡的無法逆轉。

水泉子簡本《蒼頡篇》在句式上的重大變化，引起了眾多學者的關注，胡平生先生認爲七言本是字書在應用性上的重要進步：

對於學習識字的孩童，能夠更加符合當時的口語習慣，讀來朗朗上口，更便於誦讀記憶，是了不起的"改革"舉措。秦代時，官定的教科書《蒼頡》《爰歷》《博學》應當是具有權威的、決不能隨意改動的。到了漢代，《蒼頡篇》失去了官方教科書的"光環"，也必須"與時俱進"了，首先是那些帶有頌揚秦朝色彩的文字，諸如"秦兼天下"之類就不能不改。基層的教書先生們大可各顯其能，愛怎麼改就怎麼改，《漢志》無法確切地記錄這一群眾性的改易活動，只好用一句"閭里書師"來概括……這種改易活動並沒有人指揮和管束，儘可一直改下去。到西漢中晚期，"武帝時，司馬相如作《凡將篇》"，"元帝時，黃門令史游作《急就篇》。成帝時，將作大匠李長作《元尚篇》"。我們懷疑，這時就有"閭里書師"受到這些七言本字書的影響，而對《蒼頡篇》進一步動手將四字句改編爲七字句的。[①]

《蒼頡篇》在句式上的變化，確實有益於學習者的誦讀、理解和記憶，但這種改變不僅僅是形式上從四言到七言的轉變，更重要的是句式表達方式的轉變，即從羅列句式爲主到陳述句式爲主。在這一轉變過程中，《凡將篇》《急就篇》等字書起到了直接的作用。

《凡將篇》已經亡佚，僅有殘句留存，依據目前輯錄於《文選·蜀都賦》注中所引"黃潤纖美宜制禪"句，《藝文類聚》所引《凡將篇》"鐘磬竿笙筑坎侯"句，可知確有七言句式，其中"黃潤"句爲陳述句，"鐘磬"句爲羅列句。因《凡將篇》存句極少，難以窺其全貌並作爲討論之用，故可以與《凡將篇》有較深淵源關係的《急就篇》爲例，考察辭書句式在漢代的發展變化。

《急就篇》的創作受《凡將篇》影響極深，據《漢書·藝文志》："元帝時，黃門令史游作《急就篇》。"顏師古《急就篇注敘》："逮至炎漢，司馬相如作《凡將篇》，俾效書寫，多所載述，務適時要。史游景慕，擬而廣之。"[②]顏師古認爲《急就篇》是對《凡將篇》的模擬和增廣，對比《凡將篇》殘句與《急就篇》，這一論斷切實可信，因此

---

① 胡平生：《讀水泉子漢簡七言本〈蒼頡篇〉》，載《胡平生簡牘文物論稿》，中西書局，2012年，第42—51頁。

② 張傳官：《急就篇校理》，中華書局，2017年，第3頁。

《急就篇》在句式上的變化，當可反映出漢代前期字書的句式變化。

　　《急就篇》開篇即言"羅列諸物名姓字"，但實際上與成書於秦漢時期的《蒼頡篇》相比，最大的變化在於陳述句的增加，同時也開始注重對事物形貌的生動描寫，如：

> 錦繡縵絶離雲爵。乘風縣鐘華洞樂。
>
> 豹首落莫兔雙鶴。春草雞翹鳧翁濯。

這四句描寫了漢代絲織品典型的雲氣、禽獸紋樣。織錦上雲紋與雀鳥相繚繞，鳥形的樂器架上懸掛着鐘鼓，奏出美妙的洞天仙樂，更有精彩的豹首、兔子、雙鶴圖案，以及春天草地上翹尾雄雞和水中濯毛的野鴨。這四句描寫顯然絶非簡單的羅列，而是頗爲生動且富有感染力的描寫。雖然它是片斷的，但依然具有文學作品形象動人的特點。

　　據筆者統計，《急就篇》正文共有七言句式二百一十六句，一千五百一十二字，其中羅列式句式共有八十二句，陳述句式共有一百三十四句，這與四言《蒼頡篇》以羅列句式爲主的情況相比，轉變不可謂不大。這種句式上的巨大變化有多重原因：

　　首先是出於實用性的考慮。羅列句式中的詞語，往往詞義、詞形相近，但卻各自獨立，並不構成完整的意義表達，記誦比較困難。字書改成以陳述句爲主，句子的語義完整，上下勾連，有益於記誦。

　　其次是出於文學性的要求。司馬相如是文學家，在編纂字書時，也把文字的可讀性與形象性作爲重要追求，比如《凡將篇》中"黃潤纖美宜制禪"一句，即對蜀地細布的柔軟細膩以及用途有生動的描述，同時也對載錄的字詞形成了語義的解釋。史游《急就篇》乃模擬之作，其中文學性的描寫除上文所舉的織物紋樣外，還有很多，比如寫祭祀之事："卜問譴祟父母恐。祠祀社稷叢臘奉。謁禓塞禱鬼神寵。"[1]這段載錄問卜、祭祀事象的文字，以三句構成了一段完整的敘事：因問卜得知禍事後的恐懼之情，再以祭祀儀式表達虔敬之情，一系列的祈禱請謁最終獲得鬼神護佑。這可視作一段有起因、有過程、有結果並帶有情感色彩的描寫，其文學性和藝術性顯然要高於早期四言句式的《蒼頡篇》。

再如《急就篇》中與罪罰刑獄相關的字句："變鬥殺傷捕伍鄰。亭長游徼共雜診。盜賊繫囚榜笞臀。朋黨謀敗相引牽。欺誣詰狀還反真。"[2]這段內容既記載了犯罪事件、查案搜捕的律法及官吏，也記錄了刑訊、問供、招供同犯、審查辯誣的整個過程，不但包含着律法、職官的常識，也有簡單的描寫，實用性與文學性並存。對於字書的文學性，古人早有認知，顏師古《急就篇注敘》中即指出："(《急就篇》於)元、成之間，列於祕府。雖復文非清靡，義闕經綸，至於包括品類，錯綜古今，詳其意趣，實有可觀者焉。"[3]"詳其意趣"，即指《急就篇》在羅列事象品類時，形象生動的描寫與解釋，相比於原本枯燥的字詞羅列，這是字書在趣味性、文學性上的重要進步。

---

① 張傳官：《急就篇校理》，中華書局，2017年，第409—412頁。

② 史游：《急就篇》，商務印書館，1936年，第24—25頁。

③ 史游：《急就篇》，商務印書館，1936年，第1頁。

　　從《蒼頡篇》到《急就篇》，句式的變化反映了漢代字書中文學因素的逐漸增強，文學作品的趣味影響了字書編纂。與字書相反，漢賦中羅列句式卻由少變多，規模有所擴大，有些句子在羅列某類事物時，幾與字書無異。這是賦家有意突出漢賦的文體特徵，過度追求誇麗繁富的結果，實際上反而削弱了賦作的文學性與可讀性。漢代辭書與漢賦在句式上的相互影響，證實了漢賦與小學共生互動的關聯。

三　漢賦羅列句式的運用技巧

　　羅列句式大多數只是列舉同類近義詞，且往往詞性統一，以名詞、動詞居多，幾乎沒有文學性，句子的語法關係也呈單一化。以《急就篇》中的藥用植物爲例：

　　　　黃芩伏苓礜茈胡。牡蒙甘草菀藜蘆。烏喙附子椒芫華。半夏皂莢艾橐吾。芎藭厚樸桂栝樓。款東貝母薑狼牙。遠志續斷參土瓜。[1]

這七個句子都屬於羅列句，所有詞語都是可作藥用的植物名稱。從句子的語法結構上來看，這些詞語之間無法形成完整獨立的句義，只是多個同類名詞的組綴堆垛。雖然這些句子在字形上以艸部、木部居多，句句押韻，在訴諸直觀視覺和聽覺的形式上有一定的藝術性，但就句子的表義功能來看，它單調且乏味，既不敘事，更不抒

----

[1]　史游：《急就篇》，商務印書館，1936年，第21頁。

情達志，這就是字書中羅列句的本來面貌。隨着漢代字書編纂者對實用性與文學性的要求日漸提高，羅列句式也呈現出減少的趨勢，甚至由主要句式轉變爲次要句式。

自司馬相如之後，羅列句就成爲漢大賦標誌性的句式，這與漢賦的文體特點有一定關係。漢賦特重鋪陳事物，方法有二：一是通過細緻描繪聲貌來刻畫事物的特點，所用句式即正常的陳述句。如《西都賦》：

> 大路鳴鑾，容與徘徊。集乎豫章之宇，臨乎昆明之池。左牽牛而右織女，似雲漢之無涯。茂樹蔭蔚，芳草被隄。蘭茝發色，暐暐猗猗，若摛錦布繡，爛耀乎其陂。①

這段描寫雖然也出現了很多名物，但名物在句子中是主語，且與形容詞、動詞組成了能夠表達完整明確意義的陳述句式，同時也注重字形與字音等形式之美，如"茂樹蔭蔚，芳草被隄"，句式既整齊對仗，且字形聯邊，"蘭茝發色，暐暐猗猗"則運用疊字，極力渲染蘭茝的美盛。這類句子體物寫貌，自然生動，是漢賦與其他文學作品的相同之處，只是相比之下，漢賦更注重字形、字音等形式之美。

漢賦鋪陳事物的另一種方法是先大量羅列某一類事物的名稱，運用羅列句，再接以陳述句，概述其形貌聲態或空間方位。如《西都賦》：

---

① 蕭統編，李善注：《文選》，上海古籍出版社，1986年，第21頁。

> 鳥則玄鶴白鷺，黃鵠鳷鵝，鶬鴰鴇鶄，鳧鷖鴻鴈，朝發河海，夕宿江漢，沈浮往來，雲集霧散。[①]

這段以鳥這一動物總名領起，四句中羅列了十一種鳥名，且名稱之間並無其他語法成分，都是同類事物名稱的連續羅列。這種鋪陳事物的方式簡單而直接，依靠數量與規模極顯某類事物的豐富繁多，給人帶來壓迫性的感受，同時難免單調、枯燥、生僻。

比較兩種鋪陳事物的方式，陳述句式具有文學性，更生動自然，羅列句式雖然藝術效果上有所欠缺，但卻具有直觀的形式特點，句式結構和文字形式已經成爲漢賦的標誌，因而在兩漢賦作中羅列句式反而呈增多趨勢。

羅列句式雖然是漢賦的標誌性特點，但與漢代辭書相比，在數量及規模上遠遠不及，在整篇賦作中，也只占少部分。文學作品與辭書畢竟不同，辭書追求齊備、清晰、易記，實用是第一要義，文學性只是達成這一目的的輔助手段。漢賦作爲文學作品，其目的在於繪形寫貌、敘事抒情，以形象性、文學性爲追求，僅僅羅列名物，既不能提供生動的形象，也不可能傳達豐富的情志，因而漢賦不可能如字書一般主要運用羅列句。羅列句確有單調堆砌之弊，但如果把羅列句放在漢賦的整個段落中來看，它總是與陳述句相接續，構成相對完整的形象刻畫與意義表達。如《上林賦》在羅列水中動物的名稱後，即以陳述句式加以描寫："捷鰭掉尾，振鱗奮翼，

---

① 蕭統編，李善注：《文選》，上海古籍出版社，1986年，第21頁。

潛處乎深巖，魚鱉讙聲，萬物衆夥。"①對江河生靈形貌聲態的細緻描寫和刻畫，使句義完足，但仍不能完全化解羅列句的呆板單調、僵化板滯。

即使漢賦家有意克制地運用羅列句，它仍然成爲漢賦的文體標誌之一，並且被文學研究者深入討論。錢鍾書《管錐編·史記會注·司馬相如列傳》：

> 《游獵賦》："其石則赤玉、玫瑰、琳瑉、琨吾、瑊玏、玄厲、瑌石、武夫。"按他如禽獸、卉植，亦莫不連類繁舉，《文心雕龍·詮賦》所謂"相如《上林》繁類以成艷"也。自漢以還，遂成窠臼。艾南英《天傭子集》卷二《王子翬〈觀生草〉序》譏漢賦不過"排比類書"，即指此……夫排類數件，有同簿籍類函，亦修詞之一道。然相如所爲，"繁"則有之，"艷"實未也，雖品題出自劉勰，談藝者不必效應聲蟲。能化堆垛爲烟雲，枚乘《七發》其庶幾乎。他人板重悶塞，堪作睡媒，即詞才清拔如周邦彥，撰《汴都賦》（呂祖謙《皇朝文鑒》卷七），"其草"、"其魚"、"其鳥"、"其木"聯篇累牘，大似《文心雕龍·練字》所嘲"其字林乎！"高文雅製中此類鋪張排比，真元好問《論詩絕句》所謂"斌玞"耳。②

錢鍾書先生將漢賦中的羅列名物視爲一種修辭手法，但同時指出這

---

① 蕭統編，李善注：《文選》，上海古籍出版社，1986年，第364頁。
② 錢鍾書：《管錐編》（一），生活·讀書·新知 三聯書店，2007年，第578—579頁。

種連類繁舉是漢賦鋪排的窠臼。羅列句具有先天的侷限性，但因其形式的特殊而成爲大賦的標誌性句式，之後的賦作中亦模擬不斷，故而似"排比類書"，讀之令人昏昏欲睡。錢氏此論切中肯綮，指出了漢賦羅列鋪排的問題所在。

但漢賦羅列句與辭書的羅列句畢竟不同，如劉熙載《藝概》卷三所論："賦與譜錄不同。譜錄惟取誌物，而無情可言，無采可發，則如數他家之寶，無關己事。以賦體視之，孰爲親切且尊異耶？"[①]漢賦羅列句雖形似類書，但它在漢賦的段落乃至篇章中，與陳述句連綴成文，是漢賦敘事抒情、寫物圖貌的組成部分。從整體上來看，有標誌文體特點的意義，也是漢賦風格的重要形成因素。

先秦兩漢之際，類書還沒有出現，博物廣智本就是文學作品的功能之一，如《論語》中孔子"多識於鳥獸草木之名"的觀點，正是儒家對《詩經》博物通識功能的論述。《詩經》本是漢賦的來源之一，漢賦家把博物視爲漢賦的多種功能之一，其實並不突兀，只是以後代的文學觀念來看，顯然有損於藝術性與文學性。辭書羅列名物，本身亦有博物的功能，如郭璞在《爾雅序》中指出："若乃可以博物不惑，多識於鳥獸草木之名者，莫近於《爾雅》"。不僅《爾雅》，《蒼頡篇》《急就篇》等字書皆有此作用。羅列名物以博物廣智，這是漢賦與辭書的又一思維共性。

羅列句在漢賦及漢代辭書中的盛衰消長，體現了漢代文學對小

---

① 劉熙載撰，袁津琥校注：《藝概注稿》，中華書局，2009年，第455頁。

學的滲透以及辭書對漢賦的影響，也是漢人獨特的小學與文學觀念影響下的結果。

<h2 style="text-align:center">第二節　漢賦與辭書的章句結構</h2>

章是詩文中意義俱全的一個段落，句指語意完整的片語，簡而言之，章句是詩文作品的句子和段落。段落相對完整獨立，既是篇章的主要結構單位，也是文章內容的重要組成部分。它由若干個句子組成，句子的組綴往往有一定的規律，其結構方式是作家思維的集中體現。

漢賦鋪陳事物以類相從，段落劃分明顯，段落結構也頗具特點。漢代辭書也依照不同的標準劃分章節，或據詞義分類載錄字詞，或依部首爲序彙集漢字。漢賦與辭書的段落看似並不相干，但對比兩者的結構特點和思維方式，會發現兩者間有內在的關聯。

一　以類相從的結構方式

段落是由多個句子組綴構成的，如上文所論，漢賦最獨特的句式是羅列句式，最普遍、最主要的句式是陳述句式。《文心雕龍·章句》："因字而生句，積句而成章，積章而成篇。篇之彪炳，章無疵也；章之明靡，句無玷也；句之清英，字不妄也。振本而末從，知一而萬畢矣。"段落由句子構成，句子與段落的結構關係密切考察漢賦的段落結構特點，應選擇包含羅列句式的段落和全部是陳述句的段落進行分析。

漢賦以鴻篇巨制著稱，鋪陳的事物品類之豐富繁多，令人眼花繚亂，目不暇接。據楊許波統計："《詩經》305篇中共有鳥43種……而漢賦僅枚乘《梁王菟園賦》一篇，即出現鳥18種：昆雞、鼃蛙、倉庚、密切、附巢、寒鷺、山鵲、野鳩、白鷺、鶻桐、鸇、鷀、鷗、鵰、翡翠、鴰鴰、守狗、戴勝。司馬相如《上林賦》則出現鳥21種：鴻、鷫、鵠、鴇、駕鵝、屬玉、交精、旋目、煩鶩、庸渠、箴疵、鵁盧、玄鶴、昆雞、孔、鸞、駿鸃、鷖鳥、鳳皇、鴛鶵、焦明。"①《詩經》同一篇目中出現的鳥類並不多，大多數只有一二種，而漢賦往往一篇當中出現若干種鳥，這些鳥名又往往在同一段落的幾個句子中連續出現。以上文談到的《上林賦》中的禽鳥爲例，21種鳥名集中分布在"八川分流""天子校獵"兩個段落中：

於是乎蛟龍赤螭，鯉鰽漸離，鰅鰫鰬魠，禺禺魼鰨，捷鰭掉尾，振鱗奮翼，潛處乎深巖，魚鱉讙聲，萬物衆夥。明月珠子，的皪江靡。蜀石黃碝，水玉磊砢，磷磷爛爛，采色澔汗，藂積乎其中。鴻鷫鵠鴇，駕鵝屬玉，交精旋目，煩鶩庸渠，箴疵鵁盧，群浮乎其上。汎淫氾濫，隨風澹淡，與波搖蕩，奄薄水渚，唼喋菁藻，咀嚼菱藕。②

於是乘輿弭節徘佪，翶翔往來，睨部曲之進退，覽將帥之變

---

① 楊許波：《漢賦影響唐詩考論》，南京大學博士學位論文，2010年，第55頁。

② 蕭統編，李善注：《文選》，上海古籍出版社，1986年，第363—364頁。

態。然後侵淫促節，儵夐遠去，流離輕禽，蹴履狡獸。轊白鹿，捷狡兔，軼赤電，遺光耀。追怪物，出宇宙，彎蕃弱，滿白羽，射游梟，櫟蜚遽。擇肉而後發，先中而命處，弦矢分，藝殪仆。然後揚節而上浮，凌驚風，歷駭猋，乘虛無，與神俱。<u>躙玄鶴，亂昆雞，遒孔鸞，促鵔鸃，拂鷖鳥，捎鳳凰，捷鴛鶵，揜焦明</u>。道盡途殫，迴車而還。消遙乎襄羊，降集乎北紘，率乎直指，晻乎反鄉。①

全篇禽鳥集中出現在以上兩個劃綫句子中，同一類事物連續鋪排描寫，形成規模，這是漢賦最典型的手法。兩處禽鳥的描寫，前者與水族、玉石一起，烘托出上林苑物産豐盛的特點；後者與各類野獸一起，渲染了天子校獵的浩大聲勢。正如劉熙載《藝概》所云：“賦從貝，欲其言有物也；從武，欲其言有序也。《書》：‘具乃貝玉。’《曲禮》：‘堂上接武，堂下布武。’意可思矣。”②劉熙載拆分“賦”的字形來解釋賦的文體特點，難免有牽强之感，但其所論漢賦以言物爲主、次序展開的特點卻是正確的。這種次序，即是按照類別來鋪陳事物，體現了漢賦家以類相從的思維特點。

漢代辭書的章節結構也體現着以類相從的觀念。雅類辭書本身即以物類爲章節名稱，如《爾雅》中的《釋鳥》《釋器》《釋宮》等，即是同類事物的聚合。《小爾雅》《釋名》等都與《爾雅》相仿，皆以類相從。再如字書《蒼頡篇》《急就篇》，也是按字義類別組綴成篇。

---

① 蕭統編，李善注：《文選》，上海古籍出版社，1986年，第372—373頁。
② 劉熙載撰，袁津琥校注：《藝概注稿》，中華書局，2009年，第468頁。

《急就篇》正文即以姓名爲首類，再依次以繡紋、紡織、服飾等各類日常生活用品展開。雅類辭書與字書以類相從的特點非常明顯，此不贅言，相比之下《說文解字》以部首分類編纂的結構更值得關注和探討。

　　《說文解字》之前，漢代辭書皆依義分類，而《說文解字》卻按照"建類一首，同意相受"的原則，設立了五百四十個部首。部首看似與字書以類相從的編纂思路不同，但實際上也與意義類別相關。"具有相同構件的字歸爲一類，用具有的構件字做部首，部首的意義授予屬於這個部首的每一個字，所以同部首的字都跟部首的意義相關。換句話說，凡是屬於某一個部首的字，形體上都包含着這個部首，意義上也都屬於跟部首相關的類，所以說'凡某之屬皆从某'。"①《說文解字》按部首將文字分類，顯然是將原有的以義類相從的辭書編纂原則，轉換爲以字形爲主並結合字義的類別劃分。

　　以類相從是中國古代最早的思維特點之一，《周易·繫辭》中就有"方以類聚，物以羣分""雜而不越""引而申之"等語。許慎也有清晰明確的以類相從的意識，《說文敘》："其建首也，立一爲耑。方吕類聚，物吕羣分。同條牽屬，共理相貫。雜而不越，據形系聯，引而申之，吕究萬原。畢終於亥，知化窮冥。"②《說文》正是"據形系聯"，將文字以部首分類相從。《說文解字》形義結合的分類方式，

① 李運富：《漢字學新論》，北京師範大學出版社，2012年，第166頁。
② 許慎撰，段玉裁注：《說文解字注》，上海古籍出版社，1981年，第781—783頁。

得益於對漢字特點的深入掌握，更爲直觀清晰、科學合理。許慎首
創的部首分類法，與漢初字書及漢賦的啓發不無關係。漢初字書中，
往往按類别組綴文字，同類的文字往往運用同一部首，故而會出現
數個字形、字義皆趨同相近的現象，如《蒼頡篇》："黭鏖黵黯，黮
黝黔賜。黬黤赫赧，儵赤白黄。"① 這裏的十個以黑爲部首的表顏色
的名詞，與漢賦鋪陳某類事物時，同類漢字大量聚合在一處的現象
非常相似，如《上林賦》"蛟龍赤螭，鰅鰫漸離，鰅鰫鰬魠，禺禺魼
鰨"，羅列了多個魚部水族類名詞。《蒼頡篇》及漢賦中的類似句群，
都有形義趨同的現象，放大了漢字形義方面的特點，"特别是由於字
義相近的形聲字多有共同的形旁部首，這亦就爲此後《說文解字》
用形旁作部首的編撰方式開了先河"②。又如胡奇光《中國小學史》所
論："漢字的編次，是一個棘手的問題。史游《急就篇》提出'分别
部居不雜厠'的原則，而所說的'分别部居'，實際上是按義類來分
部，如姓名爲一部，衣服爲一部，如此等等。也因爲以義類編次，
有時就不自覺地把同一偏旁的字歸到一句之中。這對許慎發明部首
分類法，是有啓發的：同一偏旁的字歸爲一類，就是同部首的字了。
因此，他在《說文序》裏有意地重複《急就篇》說的話'分别部居，
不相雜厠也'，以表示文字編纂法上的演進。"③ 從《蒼頡篇》到《說
文》，辭書結構方式由以義相從到形義結合的分類標準背後，是一以

① 朱鳳瀚：《北京大學藏西漢竹書》（壹），上海古籍出版社，2015年，第114頁。
② 朱鳳瀚：《北京大學藏西漢竹書》（壹），上海古籍出版社，2015年，第175頁。
③ 胡奇光：《中國小學史》，上海人民出版社，2005年，第78頁。

貫之的以類相從的思維方式。

漢初字書以類相從的特點對《說文》的分類確有影響，但《說文》之前，深受字書影響，大量運用漢字形義特點組綴成文的正是漢賦。漢賦在許慎生活的時代仍處於繁盛時期，黃香、李尤、張衡、崔瑗、馬融等著名的賦家都與許慎同時，《說文解字》中也有數條材料引自漢賦原文，由此可知，許慎對西漢大賦絕不陌生，一些名篇甚至非常熟悉。漢代字書與漢賦共通的結構方式，都是漢人以類相從的思維觀念在小學與文學領域的表現。

二 結構趨同、有序展開的段落層次

漢賦與辭書都由若干段落或篇章組成，這些單獨的段落章節內部，又可分爲若干個層次。各層次的結構有趨同的特點，並依據一定的内在邏輯依次展開。

以上文所引《上林賦》中的兩個段落爲例，第一個段落可分爲三個層次，即對上林苑中的蛟龍魚鱉、珠寶玉石、水鳥飛禽的分類描寫。這三個層次都是按照同一結構展開，即先羅列鋪陳事物的名稱，再敘寫其聲色形貌。三個相似的層次共同構成了一個物象繁多豐富、光彩聲貌並存的自然空間。

第二個段落可分爲四個層次，按照明顯的時間順序展開，前三個層次有明顯的發首詞，以"於是"開端，寫校獵的將帥軍隊。中間部分的兩個層次是段落的主體部分，分別以"然後侵淫促節""然後揚節而上浮"領起，前者描寫狩獵野獸，後者描寫射獵禽鳥，皆

用動詞加名詞的三言句式描寫，突出獵殺的迅猛，鋪陳獵物之豐富。這兩個層次共同敘寫了矯健凌厲的校獵場景，作爲兩個獨立的句群，結構也極爲相似。最後一個層次是結尾部分，與開頭第一個層次在結構上遙相呼應，開頭部分："於是乘輿弭節徘徊，翺翔往來，眺部曲之進退，覽將帥之變態"；結尾部分："消遙乎襄羊，降集乎北紘，率乎直指，晻乎反鄉。"① 兩相比較，前後皆寫車騎隊伍的動態與行進，一張一弛，一來一返，前後照應。另外，開頭與結尾兩個層次都運用了中間含虛字"乎"的句子，是比較明顯的形式與句調上的呼應。

這個段落開頭與結尾的層次結構相似，中間兩個層次結構也趨於相同，不同層次中的句式、節奏或呼應或趨同，造成了回環往復的效果，這對於增強文章氣勢、凸顯段落層次，都有很大的幫助。另外，各層次結構內容上的趨同和呼應，構成了對同一事物不同側面的描寫，對漢賦鋪張揚厲、壯麗宏富風格的形成，起到了積極的推動作用。

漢賦段落的多個層次之間，並非簡單的相似和照應，而是暗含着內在的邏輯關係。仍以上文所引《上林賦》中的兩個段落爲例：第一段落的三個層次中，蛟龍魚鱉、珠寶玉石、水鳥飛禽的排列次序，是按照水中、水上的方位，從下至上描寫上林苑廣袤天地間豐富的物產。第二個段落的中間兩個層次分別寫捕獵野獸和禽鳥，這

---

① 蕭統編，李善注：《文選》，上海古籍出版社，1986年，第373頁。

兩個層次用"然後"來領起描寫，並非依照時間順序描寫真實的校獵場景，因爲校獵過程中遇獸捕獸、遇鳥射鳥，不可能按照類別來捕殺，所以這兩個層次中的描寫是有意依據獵物從地面到空中的順序加以鋪陳。不僅僅在司馬相如的《上林賦》中如此，在漢代很多大賦作品的段落中，也依照一定次序排列層次。漢賦段落層次分明的內在結構，體現了漢賦家清晰有序的時空思維。

　　漢賦段落中的層次往往在形式上有較明顯的標誌，比如相似的句式，相同的句首詞等。與漢賦相比，漢代辭書中同一章節中的層次有時並不明顯，只是從字義上可加以劃分，並且各個層次同樣具有結構趨同、有序鋪敘的特點。《爾雅》按字詞類別共分爲十九篇，每篇中的結構也趨於相同，比如《釋詁》的各條目，先羅列多個同義詞，再加以極簡單的類訓；《釋言》按兩詞共訓和一詞一訓分爲前後兩部分；《釋訓》依照句式的差別，可劃分爲四個層次：兩個疊音詞的類訓、單個疊音詞的訓釋、《詩經》成句的訓釋以及聯綿字、其他零星單音詞的訓釋。每個層次的結構趨於相同，如兩個疊音詞類訓是"AABB，C 也"的形式，單個疊音詞訓釋則是"AA，C 也"，《詩經》成句訓釋則是"ABCD，×××也"。

　　同一章節中不同層次的訓釋條目結構有時也會趨同，這一特點在字書中最爲明顯，比如《急就篇》中的姓氏類都用姓氏加名字的三言句式，鐵器類、銅器類及竹器類用品全用七言羅列句式，首句以總類名稱領起，然後鋪陳相關品類，如鐵器類："鐵鈇鑽錐釜鍑鬵。鍛鑄鉛錫鐙錠鐎。鈐鏅鉤鉦斧鑿鉏。"銅器類："銅鍾鼎鋞銚鉈

銚。釭鐗鍵鉆冶錮鐯。”竹器類：“竹器篗笠籫籩篠。筐篅篋筥篗箅算
籌。筬箅箕帚筐篋籔。”① 這三種物類是同一段落中的三個層次，各
個層次的結構基本相同。

　　辭書中各個層次的順序，也暗含着一定的邏輯關係。比如《爾
雅》中《釋詁》訓釋的順序，依次按照“始也”“君也”“大也”“有
也”“至也”展開，《釋親》中則以“父”“母”開篇。這種排列順序，
透露着編纂者以尊顯美善爲先的理念。這種章節內部的排序思路，
對後來的辭書影響深遠。雅類辭書和字書的內在層次比較清晰，《說
文》則比較隱諱和獨特。《說文》雖建立部首以分類，但也借鑒了之
前字書以義分類的方法，即在同部首字中，以義之尊卑、實虛、近
遠、嘉惡來排序列次。比如女部，先是女字，然後依次是姓氏類、
婚姻類、稱謂類、女字類、體貌類、品行類等，顯然是由大及小的
次序。在稱謂類中，“母嫗姐姑妹”的排列順序，顯然是按尊親順序
排列。對此前人早有總結，如胡奇光所論：

　　　　據清王筠《說文釋例·列文次第》分析，《說文》每部中
　　字的先後，大體上有一定的規則：凡“與部首反對者，必在部
　　末”；“疊部首爲字者必在部末”；一般文字序次是“先實後虛，
　　先近後遠”，如水部，先列水的專名，後列形容水之形態的散
　　名；要是“無虛實遠近之可言，則以訓義美者列於前，惡者列
　　於後”，如示部，禮、禧、禛、祿、神、禎、祥、祉、福、祐、

---

① 史游：《急就篇》，商務印書館，1936年，第13頁。

祺等字皆在先，均有吉祥之義，而禍、祟、祺、禁之類都在後，因爲均有災禍之義；要是一部之中，有"上諱皆在首，以尊君也"，如"秀"爲禾部之首，因漢光武帝名"秀"；"莊"爲艸部之首，因漢明帝名"莊"；"炟"爲火部之首，因漢章帝名"炟"；"肇"爲戈部之首，因漢和帝名"肇"；"祜"爲示部之首，因漢安帝名"祜"。這種從意義出發安排字的次序的做法，自與後世依筆劃多少來安排字的次序不同。①

《說文》中以顯貴美善爲先的排列原則，依據的思維邏輯顯然與《爾雅》同出一轍。

綜上，辭書與漢賦的章節段落在結構上都有以類相從、井然有序的特點，它體現了漢賦家與小學家始終按照清晰的邏輯，追求形式的和諧統一，對每一個段落或章節、部首做出精心安排，對每類事物進行細緻的排序列次。這是類別意識在漢賦的段落層次上、辭書的章節中的體現，是漢賦與辭書雖然內容繁多，但卻結構清晰、層次分明的重要原因。

第三節　漢賦與辭書的深層結構

文學作品的結構可分爲兩個層次，即表層結構和深層結構。表層結構是指文本外在的表現層次和組織形式，是指對作品中可直接

---

① 胡奇光：《中國小學史》，上海人民出版社，2005年，第79頁。

感知的内容的組織和安排。深層結構是指内在的敘述結構層次，即隱藏於作品内容之下的深層思想意識。各部分内容在表面順序之下的内在時空關係、内在的生命節奏及象徵意蘊等，它們構成了作品的深層結構。[1] 漢賦素有"鴻篇巨製"之稱，這不僅僅指篇幅宏大，也指篇章結構之宏偉。表層結構與深層結構相互結合，文本的内容描繪了一個廣袤無垠的空間，其中更有着許多物種品類，既包羅萬象，蔚爲大觀，又豐贍整飭，井然有序。

與漢賦相比，辭書雖然不是文學作品，它對字詞的訓釋看似瑣碎且結構單一，但它所載錄的文字以一定的體例來分類編序，文字本身又代表着自然世界和人類社會的萬千事物。辭書的表層結構與深層結構更爲簡明，但與漢賦卻有着内在的一致性。

一 浩大渾融的空間結構

漢大賦的作法，當以《西京雜記》所記司馬相如之言爲圭臬：

> 合纂組以成文，列錦綉而爲質，一經一緯，一宮一商，此賦之迹也。賦家之心，包括宇宙，總覽人物，斯乃得之於内，不可得而傳。

後世賦論多依此評析漢賦作法，如王世貞《藝苑巵言》卷一："作賦之法，已盡長卿數語，大抵須包蓄千古之材，牢籠宇宙之態。"劉

---

[1] 童慶炳：《文學概論》，武漢大學出版社，1989年，第181—182頁。

熙載《藝概》亦言：“司馬長卿謂‘賦家之心，包括宇宙’。成公綏《天地賦序》云：‘賦者貴能分賦物理，敷演無方，天地之盛，可以致思矣。’”[1] 賦家作賦之法，囊括天地萬物，浩大無垠而體物致思，這既是賦作家的自陳，也是賦論家的共識。

漢賦題材多樣，作品中既有廣闊豐饒的皇家苑囿、宏大富麗的都城，也有精美絕倫的器物、雄健壯偉的畋獵等。但無論是都城賦，還是詠物賦、羽獵賦，就其內容來看，都絕不僅止於描寫的對象本身，而是利用強大的想象力，營造一個浩瀚宏闊的空間，再有序鋪陳空間中豐富繁多的物象。

漢賦所構建的整體空間既有實際的大小與方位，同時又不受現實空間的束縛，通過誇張的描述，極寫其浩大無垠。以畋獵賦為例，大賦的開端往往會對苑囿的地理空間加以描述和界定，比如《上林賦》中對上林苑的描寫：

> 君未覩夫巨麗也，獨不聞天子之上林乎？左蒼梧，右西極。丹水更其南，紫淵徑其北。終始灞滻，出入涇渭。酆鎬潦潏，紆餘委蛇，經營其內。[2]

這段文字介紹了上林苑的四界，顯然是有限的地理空間，但是在描述其廣大時，卻遠非其四至所能涵蓋：

① 劉熙載撰，袁津琥校注：《藝概注稿》，中華書局，2009年，第468頁。
② 蕭統編，李善注：《文選》，上海古籍出版社，1986年，第361—362頁。

於是乎周覽泛觀，繽紛軋芴，芒芒恍忽。視之無端，察之無涯。日出東沼，入乎西陂。

文字所描述的上林苑之宏大廣袤，足以令日月運行其中，其漫無際涯可推而知之。在這樣浩大的空間中，又有高山崇丘、洪川巨流、草木鳥獸、宮室樓閣，概而言之，天地萬物，無一不囊括其中，列於筆端。在賦作中，上林苑是一個比現實空間更廣闊渾融的空間。

再如班固的《西都賦》，賦家筆下的未央宮"體象乎天地，經緯乎陰陽。據坤靈之正位，倣太紫之圓方"①，其構架與天地宇宙的運轉相類似。而"煥若列宿，紫宮是環"的宮館臺閣，也以天象隱喻，寄托了漢人雄闊敻絕的宇宙意識。正如宋人程大昌在《演繁露》中所論："亡是公賦《上林》，蓋該四海而言之。……此言環四海皆天子園囿，使齊、楚所誇，俱在包籠中。彼於日月所照，霜露所墜，凡土毛川珍，孰非園囿中物？敘而實之，何一非實？後世顧以長安上林覆其有無，所謂癡人前不得說夢者也。"②程氏所論，揭示了大賦的空間隱喻特點以及文學象徵意義。賦家這種對現實空間的想象與誇大能力，也就是劉熙載所謂的"別眼"："或問左思《三都賦序》以升高能賦爲'頌其所見'，所見或不足賦，奈何？曰：嚴滄浪謂詩有'別材'、'別趣'，余亦謂賦有別眼。別眼之所見，顧可量耶？"③這裏的"別眼"，即是相如所論"賦家之心"，可思接天地。引而申

① 蕭統編，李善注：《文選》，上海古籍出版社，1986年，第11頁。
② 程大昌撰，許逸民校證：《演繁露校證》卷十一，中華書局，2018年，第789頁。
③ 劉熙載撰，袁津琥校注：《藝概注稿》，中華書局，2009年，第480頁。

之，以苑囿、都城隱喻宇宙四海，是漢賦高度的藝術想象力和概括能力的集中體現。

　　羽獵賦和都城賦中，苑囿與都城的面積相對廣大，故賦家以想象誇張之筆，將之擴展爲無垠的空間，是順勢而爲之舉。更能體現賦家空間想象力的，是體積纖微的詠物賦，比如《洞簫賦》：

　　　　原夫簫幹之所生兮，於江南之丘墟。洞條暢而罕節兮，標敷紛以扶疏。徒觀其旁山側兮，則崛嶔巋崎，倚巇迤巇，誠可悲乎其不安也！彌望儻莽，聯延曠蕩，又足樂乎其敞閒也。託身軀於后土兮，經萬載而不遷。吸至精之滋熙兮，稟蒼色之潤堅。感陰陽之變化兮，附性命乎皇天。[1]

賦作從做洞簫的竹幹寫起，但卻將製作洞簫所需的竹子，放置在一個極其廣大的時空中來描寫，竹林生長在崇山巨川之側，山峯陡峭險峻，原野遼闊曠遠、無邊無際。竹林在這片土地上生長了千年萬載，吸收天地精華，體會四時陰陽變化。洞簫本爲纖微之物，但賦作在描寫它時，卻體象天地，時接千古，構建出一個浩大渾然的時空。這是賦家以小喻大之法，即張華《鷦鷯賦序》所論"夫言有淺而可以託深，類有微而可以喻大"[2]，傅咸《螢火賦》所言"蓋物小而喻大兮，固作者之所旌"。由纖微而至廣大，體現的是賦作家豐富的想象力和強烈的時空意識。

----

① 蕭統編，李善注：《文選》，上海古籍出版社，1986年，第783頁。
② 蕭統編，李善注：《文選》，上海古籍出版社，1986年，第617頁。

　　漢賦執着於對宏大巨麗空間的構建，體現了漢人經緯天地、牢籠宇宙的思維模式與審美心理，而這一思維與審美傾向也體現在漢代辭書的深層結構當中。辭書所載錄的文字包羅萬象，既有人文，也有自然，反映了先民對於世界與社會的認知水平。以《爾雅》爲例，全書共十九篇：《釋詁》《釋言》《釋訓》《釋親》《釋宮》《釋器》《釋樂》《釋天》《釋地》《釋丘》《釋山》《釋水》《釋草》《釋木》《釋蟲》《釋魚》《釋鳥》《釋獸》《釋畜》，可大致分爲語言、文化、自然三個類別。從天地山川，到生長在其中的草木蟲魚、鳥獸牲畜，自然類詞語包涵了構成古人所認識的自然界的全體。而文化類詞語中，對語言、親緣關係、日用器物、宮室房屋的記載，則是社會人文的總和。《爾雅》的全書結構涵蓋了自然界與人類社會的多個方面，但它在字詞收錄上顯然並不全面，甚至有所缺漏，張揖在《上〈廣雅〉表》中即指出《爾雅》的闕失：“若其包羅天地，綱紀人事，權揆制度，發百家之訓詁，未能悉備也。”《廣雅》的書名即是增廣《爾雅》之義，《廣雅》的增補主要是在字詞上，全書篇名以及篇章結構則與《爾雅》一致，甚至有些條目順序也相同，顯然張揖認同《爾雅》的結構，只是認爲字詞的載錄不夠完備。漢代辭書中的字書也有類似的特點，比如《蒼頡篇》中載錄的文字既有天地雲雨、草木鳥獸等自然萬物，也有日常器具、殊俗異服、車馬服飾、體貌疾病等人文事象，仍以包羅天地、綱紀人事的結構來編纂全篇。

　　《說文》全書以部首結纂，許慎在《說文敘》中自陳其編纂原則是：“其建首也，立一爲耑。方目類聚，物目羣分。同條牽屬，共理相貫。襍而不越，據形系聯，引而申之，昱究萬原。畢終於亥，知化窮冥。"① 但《說文》中部首的結構絕不僅僅是"據形系聯"，同時也有意義上的關聯，正如王力先生所論："許慎在五百四十個部首的次序安排上是煞費苦心的，他把形體相似或意義相近的部首排在一起，這樣就等於把五百四十個部首分成若干大類。"② 這些類別如許沖《上〈說文〉表》所論："天地、鬼神、山川、艸木、鳥獸、蚰蟲、襍物、奇怪、王制、禮儀、世間人事，莫不畢載。"③ 其包羅天地自然、社會萬象的背後，是許慎以文字作爲現實世界象徵符號的思想觀念："在哲學思想上，許慎把天地萬物看成一個生息循環的系統，把文字看成表現天地萬物的一個符號系統，這兩個系統具有內在的一致性。"④ 從這個角度來看，《說文》的深層結構正與現實世界相對應，浩大渾融的時空中，日月星辰與纖草微蟲，禮義道德與飲食男女，至大至微與實體抽象，舉凡世界所有，皆包蘊其中。

漢賦與漢代辭書雖然在結構形態上非常不同，但兩者所體現的深層結構卻是相通相近的。它們所構建的浩大的空間背後，是漢人包舉宇宙、經緯天地、融匯古今的時空意識，是漢人壯闊雄奇、發揚蹈厲的時代精神。文學作品與辭書中，都體現了漢人對世界的認知與掌握，也完成了對個體侷限性的超越。

---

① 許慎撰，段玉裁注：《說文解字注》，上海古籍出版社，1981年，第781—783頁。
② 王力：《中國語言學史》，山西人民出版社，1981年，第33頁。
③ 許慎撰，段玉裁注：《說文解字注》，上海古籍出版社，1981年，第786頁。
④ 蔡英傑：《訓詁的方法與程序》，《中國語言學報》第16期，商務印書館，2014年，第106頁。

二　有序排列的三維時空

漢賦所構建的空間浩瀚無垠，物象豐富且種類繁多，卻並不給人以雜亂無章之感，究其根本，在於漢賦清晰有序的時空結構。

漢賦對物象的羅列鋪陳，往往按照空間順序依次展開，並且成爲後世大賦模寫擬作的重要方式。宋人江少虞《宋朝事實類苑》卷三四記載：

> 景休曰："夏竦，字子喬，父故錢氏臣，歸朝爲侍禁。竦幼學於姚鉉，使爲水賦，限以萬字，竦作三千字以示，鉉怒不視，曰：'汝何不於水之前後左右廣言之，則多矣。'竦又益之，凡得六千字，以示鉉，鉉喜曰：'可教矣。'"①

姚鉉提示夏竦的描寫"水之前後左右"之法，源自漢賦。但漢賦對景物的鋪敘並不止於平面的四方，而是三維的立體空間。以《子虛賦》爲例：

> 臣聞楚有七澤，嘗見其一，未覩其餘也。臣之所見，蓋特其小小耳者，名曰雲夢。雲夢者，方九百里，其中有山焉。其山則……。其東則有……。其南則有……。其西則有……。其北則有……。②

這顯然是以雲夢澤中的高山爲原點，視角依次向東、南、西、北四

---

① 江少虞：《宋朝事實類苑》，上海古籍出版社，1981年，第432—433頁。
② 蕭統編，李善注：《文選》，上海古籍出版社，1986年，第361頁。

方展開。在對各個方位的描寫中，又以多種空間維度來鋪陳繁多物象，如寫山："其山則……，其土則……，其石則……。"南方："其高燥……，其埤濕……。"西方："外發……，內隱……，其中則有……。"北方："其上……，其下……。"對各方位的描寫，除了平面的前後左右外，又增加了高低、外內中、上下的空間維度，構成了多個立體三維圖景。錢鍾書先生認爲"詞賦寫四至，意在作風景畫耳"[①]。風景畫的比喻確能體現漢賦描寫不同方位的特點，但它終究是二維平面的，並不能完全概括漢賦的空間結構手法。漢賦文字所展現的空間既有四方廣度，也有上下高度，還有深遠內外之別，是對現實三維立體空間結構的模擬和再現。

按方位鋪敘的方式在《上林賦》中也有體現：

> 君未覩夫巨麗也，獨不聞天子之上林乎？左蒼梧，右西極。丹水更其南，紫淵徑其北。

這與《七發》中"南望荊山，北望汝海，左江右湖，其樂無有"的鋪敘方式顯然如出一轍。而《七發》《上林賦》中對四方的描寫也是立體三維的，如《七發》對南北左右的區域，又作上下四周的空間描寫："浮游覽觀，乃下置酒於虞懷之宮。連廊四注，臺城層構，紛紜玄綠。輦道邪交，黃池紆曲。……苗松豫章，條上造天。梧桐並閭，極望成林。"[②] 與此相似，《上林賦》在對上林苑左右南北的四至

①　錢鍾書：《管錐編》（三），生活·讀書·新知三聯書店，2007年，第1450頁。
②　蕭統編，李善注：《文選》，上海古籍出版社，1986年，第1565—1566頁。

描寫中，有順阿而下的川流奔涌、巃嵸崔巍的崇山矗矗，無數的宮舍園林、草木鳥獸，構成了一個井然有序的浩大空間。

揚雄《蜀都賦》開篇即描寫梁州四至："上稽乾度……下按地紀……東有巴賨……其中則有……南則有犍牂潛夷……於近則有……於遠則有……西有鹽泉鐵冶……其旁則有……北則有岷山……"賦作按上下東南西北的方位鋪敘梁州地域及其物產，也體現出同樣的空間結構意識。其餘如班固《兩都賦》、張衡《二京賦》等，皆祖此法。

漢賦依照各個方位所創建的三維空間包羅萬象，自然物象與各種人物活動其中。漢賦對三維空間內部的描寫，則往往結合時間的次序，以並列或遞進的結構展開。以《上林賦》爲例，依次對上林苑中林林總總的物象作詳細的鋪陳，全篇運用了十二個"於是"作爲章節的首字。"於是"在篇章中是承上啓下的連詞，標誌着對一類事物鋪陳描寫的開始。以此爲每節首句，則章節分明，遞相接連，結構上渾然一體。前六章以"於是"領起，由遠而近，由大至小，鋪陳川流、崇山、原野、宮室、林木、園林中的種種物產，山水草木、珠寶玉石、飛禽走獸、宮館園林，繽紛繁富，令人目眩神奪。後五章以"於是"領起，依照時間次序，次第描寫天子出獵、捕獵、宴樂、警悟罷獵、修禮明德的過程，最後仍以"於是"領起，寫二子見教受命，結束全篇。這種時空結合的結構方式在漢賦中並非僅此一例，郊祀賦、畋獵賦、紀行賦中非常多見，比如揚雄的《甘泉賦》《羽獵賦》、班彪的《北征賦》、班昭的《東征賦》，都是依照時間次序展開不同空間的景物描寫，以時空交融的方式結構全篇。這也正是劉熙載《藝概》中所論："賦兼敘列二法：列者，一左一右，橫義也；敘者，一先一後，豎義也。"[①] 這是指以時間的推移爲序，鋪陳展示不同的空間。時空交融的列敘之法使漢賦篇章敘事繁而不亂，多而不雜，呈現出結構上的"巨麗"之美。

漢賦家的三維時空觀念貫徹在文學創作中，即是漢賦有序排列的時空結構。辭書以訓釋字詞爲主，並不提供敘事及形象，因而在表層結構上，看似與漢賦並不相關，但其編纂思想中，同樣體現出有序的時空結構。

《爾雅》是訓詁類著作，郭璞《爾雅序》認爲此書"揔絕代之離詞，辯同實而殊號者也"[②]。古今字詞固然是《爾雅》訓釋的主要內容，其中也包含了不同地域的方言："《爾雅》裏不少的同義詞，實際上就是古代的不同方言詞。"[③] 郭璞《爾雅序》中也指出了《爾雅》這一特點："綴集異聞，會稡舊說，考方國之語，采謠俗之志，錯綜樊、孫，博關群言。"[④]《爾雅》彙集載錄了不同時空的字詞，這一特點遠不如揚雄的《方言》那樣鮮明，但對於《方言》的編纂卻有直接的影響。

《方言》是我國第一部對方言詞加以比較研究的辭書，也是漢代重要的訓詁著作。《方言》全稱爲《輶軒使者絕代語釋別國方言》，

① 劉熙載撰，袁津琥校注：《藝概注稿》，中華書局，2009年，第459頁。
② 郭璞注，邢昺疏：《十三經注疏·爾雅注疏》，上海古籍出版社，2019年，第4頁。
③ 胡奇光：《中國小學史》，上海人民出版社，2005年，第69頁。
④ 郭璞注，邢昺疏：《十三經注疏·爾雅注疏》，上海古籍出版社，2019年，第7—8頁。

輶軒使者，指天子使臣；絕代語，指古代的語言；別國方言，指不同地域的與標準語相異的方言或語言。郭璞《方言序》言其"考九服之逸言，標六代之絕語"①，即指出了《方言》旨在考釋不同空間、時間的字詞差異與演變。《方言》收集古今異域之言，並以當時的通語釋之，其編纂思路正是裒輯不同時空的語言，而這與《爾雅》的影響密不可分。華學誠認爲：

> 《爾雅》既通方俗殊語，又釋古今異言，這一古今並重的原則直接啓發《方言》在重點收釋"別國方言"的同時也收釋"絕代語"；《爾雅》中通語和方言互釋、方言與方言互釋和具有音轉關係的方言詞或方言詞與通語互釋，特別是在這些訓釋中所蘊含的比較互釋的精神，則成爲揚雄《方言》全書遵循的基本方法。②

由此可知，《方言》承傳了始自《爾雅》的時空結構，融匯古今，合同異域，具有交融時空的深層結構特點。

《說文》的體例與《爾雅》《方言》皆不相同，雖非專錄方言，但在絕代異域之語的載錄上，亦極見功力。許慎《說文敘》："其稱《易》孟氏、《書》孔氏、《詩》毛氏、《禮》、《周官》、《春秋左氏》、《論語》、《孝經》，皆古文也。"③《說文》不僅多引古文經傳，對諸子百家之說也多有引用，體現了《說文》所涵蓋的時間跨度與廣

---

① 華學誠：《揚雄方言校釋匯證》，中華書局，2006年，第1頁。
② 華學誠：《揚雄方言校釋匯證·前言》，中華書局，2006年，第3頁。
③ 許慎撰，段玉裁注：《說文解字注》，上海古籍出版社，1981年，第765頁。

度。《說文》對於方言的收錄，正如馬宗霍在《說文解字引〈方言〉考·序》中所指出的，《說文》引方言俗語一百七十多條，其中見於揚雄《方言》的僅有六十多條，而且"互有詳略，未能盡同"。因"許君之書，旁咨博訪，又嘗校書東觀，得窺祕籍，是其所引，自不必專本揚書"①。由此可知，許慎借鑒了《方言》的訓釋並有明顯的拓展，自覺地記錄了文字的地域差異與演變。《說文》編纂思想中強烈的時空意識，正是與其他漢代辭書共有的深層結構，與漢賦文本結構中所體現的時空觀念相近相通，其深層心理則是漢人一統四海、思通絕代的時代精神。

　　時空觀念雖然一致，但因文本性質的不同，漢賦與辭書仍有較大差異。漢賦是文學作品，具有敘事抒情、刻畫形貌的藝術功能，因而能夠依時間順序次第描述生動豐富的空間景象；而辭書終究以應用性的文字訓釋爲主，文字的時間或空間屬性或隱或顯，依據的排列次序雖有一定之規，但並不能形成具體生動的時空場景。

　　漢賦與辭書雖然性質不同，卻都在宏大的時空觀念下構建篇章。誠如劉熙載《藝概》所論："賦家之心，其小無內，其大無垠，故能隨其所值，賦像班形，所謂'惟其有之，是以似之'也。"②漢人富於想象而又指向現實的時空觀念，是蘊含在漢賦與辭書深層結構中共同的思想資源。

---

① 馬宗霍：《說文解字引群書考·說文解字引〈方言〉考·說文解字引通人說考》，中華書局，2014年，第169—170頁。
② 劉熙載撰，袁津琥校注：《藝概注稿》，中華書局，2009年，第461—462頁。

三　美頌諷祝的精神旨歸

漢賦的字詞、章句、篇章，無一不精心安排、巧妙構思，務求形式的盡善盡美、內容的豐贍博奧、結構的宏大有序。在劉勰看來，文學作品聯章積句、繁辭縟說的目的，應在於"博文以該情"(《文心雕龍·徵聖》)，所有形式上的美善，都應指向作品最終的精神旨歸。

古人對漢賦主旨的認識，可以從對漢賦的分類中窺知一二。《文選》收錄了三十八類文體，其中賦爲衆文體之首，詩騷皆列於其後。賦又按題材分類，以京都、郊祀、耕藉、畋獵、紀行、游覽、宮殿、江海、物色、鳥獸、志、哀傷、論文、音樂、情依次排列。將賦列爲《文選》文體之首，且以此種方式排列，是對東漢以來將賦與雅、頌相媲美的觀點的承襲與發展。班固《兩都賦序》中記述了兩漢賦作之興盛："故言語侍從之臣，若司馬相如、虞丘壽王、東方朔、枚皋、王褒、劉向之屬，朝夕論思，日月獻納；而公卿大臣：御史大夫倪寬、太常孔臧、太中大夫董仲舒、宗正劉德、太子太傅蕭望之等，時時間作。或以抒下情而通諷諭，或以宣上德而盡忠孝。雍容揄揚，著於後嗣，抑亦《雅》、《頌》之亞也。"[1]將賦作爲"《雅》、《頌》之亞"與《詩經》相提並論，其根本原因在於"通諷諭""宣上德"的功能。這種認識是兩漢魏晉南北朝時期文士的共識通論，如《文心雕龍·詮賦》中所言："夫京殿苑獵，述行序志，並體國經野，義尚光大，既履端於倡序，亦歸餘於總亂。序以建言，首引情本；

---

① 費振剛、仇仲謙、劉南平：《全漢賦校注》，廣東教育出版社，2005年，第464頁。

亂以理篇，迭致文契。"[1] 劉勰也以京都、宮殿、苑囿、畋獵的次序排列賦作，與《文選》有共通之處，這是因爲京都是國家政治中心，是君主皇權的象徵，其內容絕非僅寫都城中的宮殿苑囿、街市人物，更兼寫禮儀法度、仁義德政，體現了漢賦諷諭美頌的政治功能。

　　後世學者如錢穆以爲班固將賦稱作"《雅》《頌》之亞"並不合適，原因是"班氏所言，意求提高漢賦地位，欲使上媲雅頌，洵所謂攄懷舊之蓄念，發思古之幽情矣。而究其所爲，亦不過曰揚緝熙，宣皇風，下舞上歌，蹈德詠仁，僅以爲時王昭代張大光美耳。……如班張二人之所爲，姑無論其當否，要之時過境遷，太平不復睹，則頌聲難爲繼。班張所唱，事必中竭，無可常續，斷不能與雅頌之輔治道者相媲矣"[2]。錢氏認爲班固爲提高漢賦地位，表達懷舊思古之情，故而將之與《雅》《頌》並稱，但因班固所美頌的君王與時代，已經與《雅》《頌》所稱揚的完全不同，故漢賦於輔助政教上，無法媲美《詩經》。錢穆是從東漢流離動亂的社會現實出發，認爲漢賦之輔治功能難以與《詩經》相提並論，這是對兩者現實功效的比較，並不是就漢賦自身的精神旨歸而論。錢氏所論班、張二人賦作"蹈德詠仁""張大光美"的特點，則很好地概括了東漢賦作的美頌諷諭功能。

　　《文選》中賦的排序也體現着南北朝時期對賦作內在精神旨歸的理解。都城賦代表着至高無上的天子皇權，而依次排列於其後的郊祀賦、耕藉賦、畋獵賦，也都是以天子諸侯作爲描寫鋪陳的主要人

---

① 范文瀾：《文心雕龍注》，人民文學出版社，1958年，第135頁。
② 錢穆：《中國學術思想史論叢》（三），生活·讀書·新知三聯書店，2009年，第106頁。

物。如揚雄的《甘泉賦》是郊祀賦，寫成帝郊祀於甘泉泰畤、汾陰后土，以求繼嗣。這是天子之事，更是關係到漢室存續、國運興衰的重大政治活動。耕藉賦如《藉田賦》，寫晉武帝司馬炎於千畝之甸行藉田之禮，率臣民躬耕藉田，以勸農祭神而"固本""致孝"，發展農業生產，教化臣民，祈求國泰民安。畋獵賦共五篇，《子虛賦》寫諸侯校獵之事，引發出寫天子校獵之事的《上林賦》。《羽獵賦》《長楊賦》也寫漢天子羽獵之事的盛大恢弘。唯有《射雉賦》一篇，與天子無涉，僅寫射獵的技巧與情感體驗。這三類賦作依次排列於都城賦之後，原因是賦作的主要人物貴爲天子，事件皆具有重大的政治諷頌意義。三類題材中，郊祀、藉田作爲祭祀活動，是隆重莊敬的國家大事，《左傳·成公十三年》即有"國之大事，在祀與戎"[①]之說，故排列在先。畋獵看似屬於游樂，實質帶有訓練軍事的目的，如《左傳·隱公五年》所言："春蒐，夏苗，秋獮，冬狩，皆於農隙以講事也。三年而治兵，入而振旅；歸而飲至，以數軍實。"[②]《穀梁傳·昭公八年》："因蒐狩以習用武事，禮之大也。"[③]這說明，在先秦兩漢時期，講武振旅、宣揚國威是畋獵的主要目的。這在漢賦作品中也時有陳述，如班固《東都賦》中即有"順時節而蒐狩，簡車徒以講武"[④]之言，傅毅的《七激》也有"王在靈囿，講戎簡旅"[⑤]之論。

① 阮元校刻：《十三經注疏·春秋左傳正義》卷二十七，中華書局，1980年，第1911頁中。
② 阮元校刻：《十三經注疏·春秋左傳正義》卷三，中華書局，1980年，第1726頁下。
③ 阮元校刻：《十三經注疏·春秋穀梁傳注疏》卷十七，中華書局，1980年，第2435頁上。
④ 蕭統編，李善注：《文選》，上海古籍出版社，1986年，第329頁。
⑤ 費振剛、胡雙寶、宗明華輯校：《全漢賦》，北京大學出版社，1993年，第293頁。

因而畋獵賦極力鋪陳天子校獵的車馬、描寫射獵的場面，實有頌美漢朝軍事實力強大之意。

自《射雉賦》始，紀行賦、游覽賦、宮殿賦①、江海賦、物色賦、鳥獸賦等，多從賦作家的個人視角記事鋪敍，與美頌祝諷的政治目的有所疏離，尤其是其中描寫自然景物的賦作，如《文心雕龍·詮賦》所言："至於草區禽族，庶品雜類，則觸興致情，因變取會。"②《文選》賦類的排序表明，魏晉南北朝時期，士人多認爲漢賦的文體功能首先在於美頌諷祝的政治功能，"體國經野""義尚光大"的賦作最受重視。漢賦鴻篇巨制的文本背後，是美頌漢朝天威、諷祝政教的精神旨歸。

漢人對賦作的評價更以諷諭爲重，如《史記·司馬相如傳》："相如雖多虛辭濫說，然其要歸引之節儉，此與《詩》之風諫何異。"③這種以諷諭爲評價標準的賦論爲揚雄所發展，《漢書·揚雄傳》記載："雄以爲賦者，將以風也，必推類而言，極麗靡之辭，閎侈鉅衍，競於使人不能加也，既乃歸之於正，然覽者已過矣。往時武帝好神仙，相如上《大人賦》，欲以風，帝反縹縹有陵雲之志。繇是言

---

① 其中比較特殊的是宮殿賦，它是皇權的象徵，卻未列於畋獵賦之後。有學者認爲這是因爲宮殿賦的"創作意旨與京都類以反對宮殿靡麗來寓政教迥然有別，實際是對宮殿建築巨麗之美的描寫和詠歎……然而宮殿賦畢竟是對帝室的詠歎，具有尊崇的地位，鑒於此，蕭統將'宮殿'位列其他詠物類（江海、物色、鳥獸）之首，反映出他在皇權思想驅使下的良苦用心"。參見馮莉：《統論〈文選〉賦設目與編次——兼論蕭統的賦學觀》，《天津大學學報》（社會科學版），2010年第3期，第260頁。

② 范文瀾：《文心雕龍注》，人民文學出版社，1958年，第135頁。

③ 司馬遷撰，裴駰集解，司馬貞索隱，張守節正義：《史記》，中華書局，2013年，第3698頁。

之，賦勸而不止，明矣。又頗似俳優淳于髡、優孟之徒，非法度所存，賢人君子詩賦之正也，於是輟不復爲。"① 據此，揚雄輟筆於賦的原因有二：一是賦無法真正實現諷諫功能；二是賦的娛樂功能頗似俳優，不合法度。賦家對諷諭的重視在於它勸誡警示的作用有益於國家的興亡治亂，思想來源則是儒家有補於政教的文學觀念。

由枚乘的《七發》到司馬相如的《子虛賦》《上林賦》，再到揚雄的四大賦，西漢賦作美頌諷諭的功效日益明顯。《七發》中，對音樂、飲食、車馬、宴游、狩獵、觀濤及"要言妙道"的描寫鋪敘中，只以能否有益於治愈太子的疾病爲檢驗標準，暗含對貴族生活方式的諷頌美刺。司馬相如的《子虛賦》《上林賦》中，美頌祝諷的意圖更爲顯明，對山川草木、宮室苑囿、草木鳥獸以及校獵宴樂的誇飾鋪敘中，洋溢着對雄奇壯美、富饒豐贍的大一統帝國的贊美之情，流露出對漢家天威的衷心贊頌；而天子的警悟自省與去奢重儉、興道遷義之舉，則有較明顯的諷祝之意。揚雄的四大賦，以繁麗之辭鋪敘恢弘壯觀的天子氣象，美頌之意自不待言，但其中已經出現了更爲明顯的諷諭之言，如《長楊賦》中"頗擾於農人"的批評，《羽獵賦》中"不奪百姓膏腴穀土桑柘之地"的諷諫。比之於相如賦作，諷諭精神漸強，但仍弱於《詩經》的風雅精神。

東漢時期，大賦中的美頌與諷諭漸呈並駕齊驅之勢，班固的《兩都賦》分上下兩篇，以對稱的結構分別表達這兩種精神：《西都賦》描寫長安城的雄偉壯麗、繁華富饒，目的在於諷諭奢侈華靡；

---

① 班固：《漢書》，中華書局，1962年，第3575頁。

《東都賦》鋪敘洛陽的文治武功和制度禮儀，目的在於美頌東漢帝王的德行禮法和豐功偉績。它轉變了以往賦作中美頌與諷諭在內容比例上的嚴重不對等，使漢賦的深層結構達到了一種平衡。其後，張衡的《二京賦》也與班固賦作類似，兩篇大賦對立一體，在前後對比中傳達了美頌與諷諭的雙重精神旨歸。

祝堯在《古賦辯體》中指出，大賦的諷諭和美頌與作品的題材緊密聯繫："馬、揚之賦終以風，班、潘之賦終以頌，非異也。畋獵、禱祠，涉於淫樂，故不可以不風；奠都、藉田，國家大事，則不可以不頌。所施各有攸當。"①《甘泉賦》寫漢成帝泰時祭天，屬於禱祀題材，莊敬穆然，並無宴樂之事。賦中描寫甘泉宮的壯麗奢華，"推而隆之"，與天帝所居的紫宮相比擬，深寓諷諭，但結尾卻以美頌禱祝終篇。由此來看，祝氏所說揚雄"終以風"或指賦作之精神旨歸，這並非全部由題材決定，賦家在創作時對美頌或諷諭功能的重視也起一定作用。但這種平衡在東漢後期已經無法維持，動蕩衰敗的社會現實使的美頌無所依附，蔡邕《述行賦》、趙壹《刺世疾邪賦》等，不再以麗辭美頌，而是代之以深刻的諷諭，甚至是激烈的批判，至此則漢賦的精神旨歸傾向於諷諭。

漢人對時代的美頌精神也體現在辭書中，其中最明顯的是字書。《蒼頡篇》以羅列爲主，其中有數句組成的陳述段落，即是美頌之辭：

---

① 祝堯：《古賦辯體》卷五，轉引自劉志偉主編：《文選資料彙編·賦類卷》，中華書局，2013年，第249頁。

漢兼天下，海內並廁。

胡無噍類，萑藟離異。

戎翟給賨，百越貢織。

飭端脩灋，變大制裁。

男女蕃殖，六畜逐字。

這段文字敘寫漢朝一統天下後，四方來朝，描繪了一派繁榮安定的
景象：漢室修正法度，變通裁斷，使得物阜而民豐。字書以載錄字
詞爲主，但這段精心組綴的句子顯然是對漢室功績的美頌贊譽。這
段美頌之辭在水泉子簡《蒼頡篇》中也有留存，雖然形態有異，但
其贊頌美譽之情並無二致。水泉子簡《蒼頡篇》成書於漢武帝之後
至西漢末年之間①，上引北大簡《蒼頡篇》中的十句，水泉子簡本中
殘存八句，句式由四言改爲七言：

漢兼天下盡安寧

海內竝瘠

□藟離異毋入刑

戎翟給賨賦斂

變大制裁好衣服

男女藩□

上文我們已經討論了《蒼頡篇》七言句是由四言句發展而來的，有

---

① 胡平生:《讀水泉子漢簡七言本〈蒼頡篇〉》，載《胡平生簡牘文物論稿》，中西書局，
2012年，第42—51頁。

學者曾明確指出："新出七言本《蒼頡篇》，是在原有四字句的基礎上擴編而成的，增加的三字與前四字在文義上有一定的邏輯聯繫，或引而申之，或總而括之，或辯而明之，或駁而否定之，等等。"[1] 根據所引上文增加的三字語詞來看，"盡安寧""好衣服"既是順延原有四字句的文意，也有簡單訓釋的功能，進一步表達了《蒼頡篇》對漢王朝的美頌之義，使前四字的意義更加完整或確有所指。

另一部西漢時期字書《急就篇》的結尾，國泰民安的美頌祝禱更爲顯明：

> 漢地廣大，無不容盛。
> 萬方來朝，臣妾使令。
> 邊境無事，中國安寧。
> 百姓承德，陰陽和平。
> 風雨時節，莫不滋榮。
> 災蝗不起，五穀孰成。
> 賢聖並進，博士先生。
> 長樂無極老復丁。[2]

《急就篇》這段結語部分的讚頌中，既有對國家安定繁榮、百姓安居樂業、賢才得以進用的頌揚祝禱，也有長樂無極、返老還童的個人

---

[1] 張存良：《水泉子漢簡〈蒼頡篇〉整理與研究》，蘭州大學博士學位論文，2015年，第35頁。

[2] 史游：《急就篇》，商務印書館，1936年，第27頁。

祈願。"老復丁"的祝願，是漢人長生久視渴望的自然流露，在面向社會大衆的通俗字書中有直白的表達，在"體國經野"的煌煌大賦中則較少出現。

《急就篇》中也不乏諷諭的內容與精神，如與刑獄相關的段落中有"盜賊繫囚榜笞臀。朋黨謀敗相引牽。……不肯謹慎自令然。輸屬詔作豽谷山。……犯禍事危置對曹。讒詆首匿愁勿聊。……依溷汙染貪者辱"[1]，既寫作奸犯科者所受到的刑訓與懲罰，也寫其原因在於修身不謹，終致戮辱，有明顯的警示誡勉之意。

《蒼頡篇》與《急就篇》中，對炎漢聲威的贊美，對國泰民安、風調雨順的祝禱，都較爲直白淺俗，諷諭也只停留在個人運命福禍的層面上，與家國君王無關。與漢賦相比較，有雅俗、高下、難易的明顯差異。造成這種差異的重要原因之一，是漢賦與字書的受衆不同。賦作的欣賞者多爲上層貴族、博雅文士，既有深厚的文化修養，也有治國理邦的客觀需求，因而美頌諷諭精神的傳達更爲典雅高華；而字書的閱讀者或爲發蒙小童，或爲初學識字者，重在熏陶曉諭，故其中的諷諭美頌力求淺俗易懂、切實樸素。這一差異反映的是字書應用性與漢賦文學性的本質不同。

四　人文精神的興舉

春秋戰國時期，中國古代社會處於巨大的變革之中，社會思想

---

[1] 史游：《急就篇》，商務印書館，1936年，第24—27頁。

也隨之日新月異，先民們對自身以及自身與世界關係的認識也有巨大轉變。西周及春秋時期，"吾先民以爲宇宙間有自然之大理法，爲凡人類所當率循者。而此理法實天之所命"①，因此務必敬畏天命，將人事與天象、天命緊密聯繫。如《周易·賁卦》所言："剛柔交錯，天文也。文明以止，人文也。觀乎天文，以察時変。觀乎人文，以化成天下。"其意在於警示治國者"須觀乎天文，以察時序之變化；觀乎人文，以化成天下之人"②。

戰國時期，臣服於天命的思想開始有所轉變："荀子遂大聲疾呼謂：'大天而思之，孰與物畜而制裁之，從天而頌之，孰與制天命而用之。'（《天論》）此實可謂人類對於天之獨立宣言，非惟荀子，當時一般思想家之觀念，殆皆如是矣。"③這是人文精神的興起，也是漢代天人思想的來源。董仲舒在《天人三策》中提出"視前世已行之事，以觀天人相與之際"④，其"天人感應"說雖仍屬於天命論範疇，但"治亂廢興在於己，非天降命不可得反"⑤的思想，則體現了漢人日漸獨立的人文精神。這是漢人比較普遍的思想，它出現在政論文、經學論著中，也體現在辭書、漢賦中。

漢代辭書包舉天地、羅列萬物，其中的詞語涉及自然與社會的方方面面。《爾雅》中的詞語有語言、人文、自然等類別，由抽象到

---

① 梁啓超：《先秦政治思想史》，上海古籍出版社，2013年，第25頁。

② 高亨：《周易大傳今注》，齊魯書社，2009年，第189頁。

③ 梁啓超：《先秦政治思想史》，上海古籍出版社，2013年，第32頁。

④ 班固：《漢書》，中華書局，1962年，第2498頁。

⑤ 班固：《漢書》，中華書局，1962年，第2500頁。

具象，由大到小，由近至遠，有着清晰的邏輯關係。胡奇光先生從文化史的角度，將所有的詞語分爲兩種，即普通語詞和百科名詞："百科名詞可分爲社會生活專名與自然萬物專名。自然萬物專名又可細分爲天文、地理、植物、動物；社會生活專名則可分爲人的社會關係及人的日常生活。這樣的百科分類，大體上反映秦漢時代的文化知識結構。……《爾雅》這個文化知識結構，一直爲後世'雅學'著作所沿用，直至明末方以智作《通雅》，才有了根本性的變革。"①胡奇光先生對《爾雅》百科名詞的分類以自然與人文作爲分野，符合《爾雅》的內在邏輯。《爾雅》反映的是戰國直至西漢初年的詞語狀況，其中社會生活專名共四類，即《釋親》《釋宮》《釋器》《釋樂》，而自然萬物專名則多達十二類。如果將全書詞語都從自然與人文的角度來劃分類別，普通語詞作爲對人類語言的訓釋，也應歸屬到人文詞語中，則共有七類，數量上仍明顯少於自然萬物專名。但是從排列順序上來看，《爾雅》將普通語詞排在首位，其次是社會生活專名，最後才是自然萬物專名。《爾雅》將語言及社會生活專名排在前列，體現的是以人爲主體的意識。《爾雅·釋畜》排列在全書最後，其中載錄了六畜的名稱，而馬、牛、羊、彘、犬、雞都是人所馴養的家畜，故獨爲一類，不與野生鳥獸混淆。這種篇章結構充分體現了辭書編纂者對人類社會與自然萬物的認識分界。

　　漢代的字書比雅類辭書體現出更明顯的人文精神。《蒼頡篇》雖

---

① 胡奇光：《中國小學史》，上海人民出版社，2005年，第55頁。

有多個出土版本，但仍難見全貌，故本文僅在涉及相關內容時做簡單的附帶討論。《急就篇》是漢代字書的代表，且基本保存了原貌，故可作爲主要研究對象。《急就篇》中雖無明確的按類分章，但依據全篇義類相從的體例，仍可清晰地分爲不同的類別。開篇即是姓氏名字，且篇幅較長，如"宋延年，鄭子方，衛益壽，史步昌"之類。由玉門花海漢簡中的殘句可知，《蒼頡篇》中也收錄了姓名類。其次是器物類，主要是日常用品，包括衣物度量、穀飯蔬果、食器寢具等等，不一而足。另有"文學法理"類，與職官政治、律法刑獄相關。整篇字書中自然物象相對少見，其中有一處寫鳥獸："豹首落莫兔雙鶴。春草雞翹鳧翁濯。"[1] 顏注："言織刺此象，以成錦繡繒帛之文也。"由此可知，此處禽獸草木是對織物上刺繡紋樣的描寫，本質上仍屬於社會生活專名。

東漢末年劉熙編纂了《釋名》，它與《爾雅》不同，訓釋的目的並非爲解讀古代典籍，而是因爲"名之於實，各有義類，百姓日稱，而不知其所以之意"[2]，故而解釋專名。這些專名記載了漢代社會生活中出現的新生事物，反映了東漢社會風尚的新動向。《釋名》主要收錄名詞，但更偏重於文化語詞，比如它捨棄了原本在《爾雅》中占比重較大的自然名詞，如草木鳥獸蟲魚等，同時大量收錄各類人文名詞，比如釋飲食、釋綵帛、釋首飾、釋衣服、釋牀帳、釋書契、釋典藝、釋姿容、釋形體、釋疾病等等，特別是對文物典章、風俗

---

① 史游：《急就篇》，商務印書館，1936年，第9頁。
② 任繼昉：《釋名匯校》，齊魯書社，2006年，第1頁。

習慣等專名的解釋，更體現出對人文的重視。

除語詞收錄上表現出偏重人文的趨勢外，《釋名》的訓釋內容也體現了漢代人文精神的發展。以 "名" "號" 爲例，董仲舒在《春秋繁露》中主張 "深察名號"，並對名號釋義如下："名號之正，取之天地，天地爲名號之大義也。……名號異聲而同本，皆鳴號而達天意者也。天不言，使人發其意；弗爲，使人行其中。名則聖人所發天意，不可不深觀也。"[1] 這顯然是將名號附會於天意、聖人，普通人只能聽之、察之，而《釋名》則認爲："名，明也。名實事使分明也。號，呼也。以其善惡呼名之也。" 劉熙認爲名號是人類社會對事物的命名，人們通過名字來描述事物，表達對事物的判斷。這是非常客觀的訓釋，袪除了天道神權、聖人天意的魅影，回歸到語言的人本立場，是漢末辭書編纂中人文精神的重要體現。

由《爾雅》到《急就篇》再到《釋名》，辭書中自然萬物專名呈消減趨勢，社會生活專名成爲主要內容，這是漢代人文精神勃興在辭書中的表徵。漢人關注社會生活，對人類自身及人類社會的重視日漸增強，這一變化表現在漢賦中，則是大賦中自然與人文內容的此消彼長。

西漢初期的賦作內容中對自然的描寫篇幅較多，《七發》中鋪陳了音樂、飲食、乘車、游宴、畋獵、觀濤等六種事項，但其中的描寫大多圍繞自然事物而非人文展開。以音樂描寫爲例：

---

① 蘇輿撰，鍾哲點校：《春秋繁露義證》，中華書局，1992年，第285頁。

　　客曰："龍門之桐，高百尺而無枝。中鬱結之輪菌，根扶疏以分離。上有千仞之峯，下臨百丈之谿。湍流溯波，又澹淡之。其根半死半生，冬則烈風漂霰飛雪之所激也，夏則雷霆霹靂之所感也。朝則鸝黃鳱鳲鳴鳴焉，暮則羈雌迷鳥宿焉。獨鵠晨號乎其上，鵾鷄哀鳴翔乎其下。於是背秋涉冬，使琴摯斫斬以爲琴，野繭之絲以爲絃，孤子之鉤以爲隱，九寡之珥以爲約。使師堂操暢，伯子牙爲之歌。歌曰：'麥秀蔪兮雊朝飛，向虛壑兮背槁槐，依絕區兮臨迴溪。'飛鳥聞之，翕翼而不能去；野獸聞之，垂耳而不能行；蚑蟜螻蟻聞之，拄喙而不能前。此亦天下之至悲也，太子能強起聽之乎？"太子曰："僕病，未能也。"[①]

這段描寫顯然以動物、植物爲主，與人事密切相關的內容只占一小部分，即以下數句："使琴摯斫斬以爲琴，野繭之絲以爲絃，孤子之鉤以爲隱，九寡之珥以爲約。使師堂操暢，伯子牙爲之歌。"不僅如此，《七發》中宴飲部分的鋪排重在寫食材之豐美，游宴部分重在鋪敘自然景物，觀濤部分重在描繪水流的聲色形貌。這些豐富生動的形象，從屬於自然，帶有自然本來的意趣與偉力。《七發》結尾以"要言妙道"使太子霍然病愈，將思想文化視爲超越一切自然景物的至美至善，表達了對文化與智慧的推崇。雖然篇幅簡短，卻開啓了漢賦贊頌弘揚人文之美的先聲。

---

① 蕭統編，李善注：《文選》，上海古籍出版社，1986年，第1562—1563頁。

　　司馬相如的《子虛賦》《上林賦》中，對人文事物的誇飾鋪排已有所增加，如上文所述，十二個"於是"領起的章節中，六個以人物爲主綫，雖然其中仍有大量的景物描寫，但也增加了對壯觀的人文場景的刻畫。比如對音樂舞蹈的描寫：

　　　　於是乎游戲懈怠，置酒乎顥天之臺，張樂乎膠葛之寓，撞千石之鐘，立萬石之虡，建翠華之旗，樹靈鼉之鼓。奏陶唐氏之舞，聽葛天氏之歌；千人唱，萬人和；山陵爲之震動，川谷爲之蕩波。《巴渝》宋蔡，淮南《干遮》，文成顛歌，族居遞奏，金鼓迭起，鏗鎗閴鞈，洞心駭耳。荆吳鄭衛之聲，《韶》《濩》《武》《象》之樂，陰淫案衍之音，鄢郢繽紛，《激楚》結風。俳優侏儒，《狄鞮》之倡，所以娱耳目樂心意者，麗靡爛漫於前，靡曼美色於後。①

全章以鋪敘樂器歌舞爲主，出現的山陵、川谷也只爲突出樂舞的壯觀場面。與《七發》描寫音樂的場景相比較，其人文色彩的濃度要遠遠勝出。之後的賦作中，對社會人文生活的描寫也呈逐漸增多之勢。揚雄早期賦作《蜀都賦》中有大量山川風物的描寫，但人文內容有所增加，如"爾乃其人""若夫慈孫孝子""爾乃其俗""若其吉日嘉會"等段落，寫都市手工織造業的發達、祭祀宴飲的隆重、吉日嘉會觀賞游樂的趣味，充滿了對社會風俗、都市生活的贊美之情。

---

① 蕭統編，李善注：《文選》，上海古籍出版社，1986年，第374—375頁。

在揚雄的四大賦中，這種人文傾向更加明顯，在內容上，社會生活的篇幅遠遠多於自然萬物，在價值評判上，將禮儀法度、仁德道義作爲至高準則。這是揚雄賦作的重要特點，它開啓了漢大賦中人文內容爲主體、人文精神爲主旨的階段。

東漢時期，班固的《兩都賦》、張衡的《二京賦》是都城賦的代表作，這也是漢賦人文精神最爲興盛的時期。以班固的《兩都賦》爲例，能夠清晰地看到漢賦中自然與人文內容比例的消長。《西都賦》中，班固濃墨重彩地描寫了西都的地理形勝、物阜人豐、宮室苑囿、出游畋獵等，自然景物的鋪敘或點綴於都城宮殿，或穿插在社會生活當中。《東都賦》中，側重鋪敘洛陽的文治武功、禮樂法度之美，洋溢着鮮明濃烈的人文精神。至此，自然已退居次要，人文之美已成漢賦的昭彰主體。

黑格爾在《美學》中指出，自然之美沒有"自意識"，是一種自在的低級的美，不屬於藝術美的範疇，只有出自於心靈的美纔是真正的美。"只有心靈纔是真實的，只有心靈纔涵蓋一切，所以一切美只有在涉及這較高境界而且由這較高境界產生出來時，才真正是美的。就這個意義來說，自然美只是屬於心靈的那種美的反映，它所反映的只是一種不完全不完善的形態，而按照它的實體，這種形態原已包涵在心靈裏。"① 漢賦及漢代辭書中，自然的消減與人文的彰顯，是漢人在昂揚的時代精神、進取的思想文化下做出的選擇。漢

---

① ［德］黑格爾著，朱光潛譯：《美學》第一卷，商務印書館，1986年，第5頁。

賦與辭書在內容及深層結構上所體現的對人文精神的重視，代表着漢人在審美意識上的巨大轉變。

　　漢人浩大的時空觀念、清醒的政教意識以及日益勃興的人文精神，是漢賦與漢代辭書深層結構的共同之處。相同的思想觀念與時代風氣，以不同的形式存在於漢人的著述中：沉澱在鋪張揚厲、洋洋灑灑的賦作中，也潛隱在實用明晰、廣收博採的辭書中。

第五章

漢賦、辭書與漢代制度之關係

　　典章制度是人類文明在社會生活中的集中體現，因而歷來是人文研究的重要內容。杜佑在《通典》中將古代典章制度分爲九類：食貨、選舉、職官、禮、樂、兵、刑法、州郡、邊防。這當中包括了政治、經濟、文化、教育、軍事、法律等社會生活的各個方面。這些典章制度對社會發生着全面影響，文學也概莫能外，尤其是反映時代風貌的文學作品，更是與制度關係緊密。

　　漢賦與漢代制度研究是二十一世紀初期賦學研究的新領域，代表性研究成果是《漢賦與漢代制度》[①]。這部專論視角獨特，將以往被史學界所忽視的漢賦材料，用來做漢代都城、校獵與禮儀制度研究，賦史互證，探討漢代制度與漢賦演變之間的關係。另有許結的《賦學：制度與批評》[②]一書，輯錄了十八篇論文，就研究內容而言，可分爲三類：漢賦與制度研究、辭賦與禮樂科舉制度研究、辭賦的批評研究。在漢賦與制度研究中，既有漢賦與制度關係的宏觀研究，也有漢賦作品與具體制度細緻深入的剖析。除了這兩部具有

---

①　曹勝高：《漢賦與漢代制度》，北京大學出版社，2006年。

②　許結：《賦學：制度與批評》，中華書局，2013年。

代表性的研究成果外，一些學術期刊論文從多個角度探討了漢賦與漢代制度的關係，比如《漢代藏書制度對漢代文學傳播的影響：以漢賦爲例的考察》①《西漢賦家的郎官身份對其賦作的影響》②《論兩漢賦家的入仕》③《論漢代職官選拔制度對漢賦的影響》④ 等等。這些成果表明，目前的漢賦與制度研究受到越來越多學者的重視，日趨全面深入。

前幾章中，我們對漢賦的字、詞、修辭及結構做了細緻的剖析，從文本內部論述辭書與漢賦的異同及關聯，這一章將側重梳理影響漢賦與辭書的外部因素，探討漢代的職官、文化教育以及經濟等社會制度對漢賦與漢代辭書的影響。

第一節　職官制度對漢賦、辭書的影響

職官制度作爲社會制度的重要部分，對社會文化乃至文學發展都有重要的影響。漢承秦制，漢初職官制度大多與秦代相同，但自景、武之際，因社會發展的需要，漢朝在職官制度上多有創建。正如王國維所言："自其表言之，不過一姓一家之興亡與都邑之移轉；

---

① 孔德明：《漢代藏書制度對漢代文學傳播的影響：以漢賦爲例的考察》，《齊魯學刊》，2010年第2期。
② 蔡丹君：《西漢賦家的郎官身份對其賦作的影響》，《文學遺產》，2013年第5期。
③ 龍堅毅：《論兩漢賦家的入仕》，《廈門大學學報》（哲學社會科學版），2008年第2期。
④ 于淑娟：《論漢代職官選拔制度對漢賦的影響》，《河南師範大學學報》（哲學社會科學版），2015年第4期。

自其裏言之，則舊制度廢而新制度興，舊文化廢而新文化興。"① 職官制度深刻影響了漢代社會文化和漢代文人，同時也體現在漢代文學創作和辭書編纂中。以漢代制度爲切入點來審視漢代賦作與辭書的發展，將有助於我們更全面深入地理解漢代文學與小學。

一　徵辟、察舉、納貲制度影響下的漢賦創作

徵辟和察舉是漢代職官選拔制度中最重要的兩種途徑，大多數官員都由此進身，其餘如任子、貲選、試吏、太學擢選等，皆爲補充，並非仕進主流。

徵辟制度中有朝廷徵聘、徵召的區別。朝廷徵聘是由皇帝直接下旨詔進，是漢代最尊榮的仕進途徑。對士人來說，這是一夕之間平步青雲的捷徑，也是對自身才能的肯定和莫大的榮耀。西漢時期朝廷徵聘最爲尊顯的方式是以安車蒲輪相徵，已知武帝時期共有兩例：

> 於是上使使束帛加璧，安車以蒲裹輪，駕駟迎申公，弟子二人乘軺傳從。②

> 武帝自爲太子聞乘名，及即位，乘年老，乃以安車蒲輪徵乘，道死。詔問乘子，無能爲文者，後乃得其孽子皋。③

---

① 王國維：《王國維全集》第八卷，浙江教育出版社、廣東教育出版社，2010年，第302頁。
② 班固：《漢書》，中華書局，1962年，第3608頁。
③ 班固：《漢書》，中華書局，1962年，第2365頁。

這兩例徵聘皆法先秦之例，安車蒲輪以示尊榮。申公因明經得見徵召，但枚乘因道死途中，未能召見。由武帝"問乘子，無能爲文者"來看，枚乘顯然是因長於文章而爲劉徹所知，故武帝即位後得徵聘之榮。枚乘平生著述以散文、大賦見稱，《漢書・藝文志》共有六略，其三即爲詩賦略，賦分爲兩類：賦與雜賦。其中賦又分爲屈原賦、陸賈賦、荀卿賦三類。賦家共計七十八家，賦作一千零四篇。其中枚乘賦共有九篇，至今仍保存完整的《七發》一向被認爲是漢賦的奠基之作。另據《漢書》，其子枚臯"上書北闕，自陳枚乘之子。上得之大喜，召入見待詔，臯因賦殿中。詔使賦平樂館，善之。拜爲郎，使匈奴"①。枚臯得武帝召見，並因賦爲郎，可證枚乘得武帝徵聘，原因正在於其賦才。武帝徵聘枚乘、召任枚臯之舉，始開漢代因賦仕進之途。

　　枚乘之後，司馬相如是因賦徵召的又一顯例。《史記・司馬相如傳》：

　　　　上讀《子虛賦》而善之，曰："朕獨不得與此人同時哉！"得意曰："臣邑人司馬相如自言爲此賦。"上驚，乃召問相如。……賦奏，天子以爲郎。②

司馬相如在因賦作被徵召爲郎之前，曾"以訾爲郎，事孝景帝，爲

---

① 班固：《漢書》，中華書局，1962年，第2366頁。
② 司馬遷撰，裴駰集解，司馬貞索隱，張守節正義：《史記》，中華書局，2013年，第3616—3665頁。

武騎長侍"。司馬相如納貲爲郎與後來被武帝徵召爲郎，看似官階並無差異，實際上兩者間非常不同。

在中國古代官制中，入仕之途向來爲人所重，漢代諸種入仕途徑中，納貲爲郎最爲人輕視。

首先，納貲爲郎名義上爲廉士入仕之途，但其所需資財頗巨，故名實難副。景帝二年（前155）五月頒《重廉士詔》："今訾算十以上乃得宦。廉士算不必衆。有市籍不得宦，無貲又不得宦，朕甚愍之。貲算四得宦，亡令廉士久失職，貪夫長利。"顏師古引應劭注："十算，十萬也。"[①]景帝將入貲資財由十萬減爲四萬，似乎廣開普通士人入仕之途，但對大多數平民來說，這仍是一筆難以負擔的巨大資財。據李劍農《先秦兩漢經濟史稿》中所考，漢文帝時"天下殷富，粟至石十餘錢"（《史記·律書》），漢宣帝時"歲數豐稔，穀石百餘錢"（《漢書·食貨志》），文宣之間"一家五口，終歲之所資，僅此萬二千之錢"，則四萬錢爲五口之家三年之用度而有餘，雖與十萬相比，確有大幅下降，但稱此舉措爲廣開賢才之路，難免有誇大之嫌。[②]

入貲爲官的聲名在武帝時更爲不堪，因此時"除故鹽鐵家富者爲吏。吏道益雜不選，而多賈人矣"[③]。武帝改變了漢初抑商的政策，允許原本地位低下的商賈也可納貲爲官。此時選官正如董仲舒所論：

①　班固：《漢書》，中華書局，1962年，第152頁。
②　李劍農：《先秦兩漢經濟史稿》，生活·讀書·新知三聯書店，1957年，第194、197頁。
③　班固：《漢書》，中華書局，1962年，第1429頁。

"吏二千石子弟選郎吏，又以富訾，未必賢也。"① 由此可知，漢代
"以訾爲郎"者，多爲家產殷實者，並非人所敬重的賢能之士，也不
以孝廉德望見稱，加上傳統賤商思想的影響，這是以訾入仕者最被
世人輕視的原因。

其次，納訾爲郎在武帝時即因過濫而屢被垢病。如《西漢會
要‧鬻官》條所記：

> 武帝即位，干戈日滋，財賂衰耗而不贍。入物者補官，選舉
> 陵遲，廉恥相冒。興利之臣，自此始也。其後，府庫益虛，乃募
> 民能入奴婢得以終身復，爲郎增秩，及入羊爲郎，始於此。其後
> 四年，置賞官，命曰武功爵。大者封侯、卿大夫，小者郎吏。吏
> 道雜而多端，則官職耗廢。除故鹽鐵官家富者爲吏，吏道益雜，
> 不選，而多賈人矣。始令吏得入穀補官，郎至六百石。所忠言：
> "世家子弟、富人或鬬雞走狗馬，弋獵博戲，亂齊民。"乃召諸犯
> 令，相引數千人，命曰"株送徒"。入財者得補郎，郎選衰矣。②

據此，納訾爲郎在武帝時每況愈下，愈多愈濫，乃至於鬬雞走狗、
賭博好獵之徒皆能以訾財免罪、遞補郎官。郎官不過是低級官職，
只能作爲晉身之階，也因入選之人過於雜濫，最終導致郎選衰落。

東漢末期吏制敗亂，宦官專權，納訾爲官成爲宦官斂財之途，
且已不再限於郎官一職："刺史、二千石及茂才孝廉遷除，皆責助軍

---

① 班固：《漢書》，中華書局，1962年，第2512頁。
② 徐天麟：《西漢會要》，上海古籍出版社，2006年，第527頁。

修宮錢。大郡至二三千萬，餘各有差。當之官者，皆先至西園諧價，然後得去。有錢不畢者，或至自殺。"① 宦官把持下的官職買賣雖然成爲普遍現象，但清流始終以貲財入仕爲恥。《後漢書·崔寔傳》記載，崔烈入錢五百萬得任司徒之事：

> 烈時因傅母入錢五百萬，得爲司徒。……烈於是聲譽衰減。久之不自安，從容問其子鈞曰："吾居三公，於議者何如？"鈞曰："大人少有英稱，歷位卿守，論者不謂不當爲三公；而今登其位，天下失望。"烈曰："何爲然也？"鈞曰："論者嫌其銅臭。"②

崔烈本爲名士，且有才華，勝任三公之職，但仍因其買官入職之事而聲譽大損，爲人詬病，可見在漢代，納貲一直是被士人輕視的入仕之途。

再次，納貲爲郎往往難以得到升遷機會。《漢書》所記因入貲得郎官者如張釋之、司馬相如，因入貲升職者如黃霸，實際人數當遠多於此，但未見載於史籍。這一方面是因爲納貲者多是平庸之輩，另一方面也因其入仕之途爲時人鄙視，故升遷機會渺茫。張釋之本有才能，但"以貲爲騎郎，事文帝，十歲不得調，亡所知名。釋之曰：'久宦減仲之產，不遂。'欲免歸"③。後因中郎將袁盎爲張釋之陳

---

① 范曄：《後漢書》，中華書局，1965年，第2535—2536頁。
② 范曄：《後漢書》，中華書局，1965年，第1731頁。
③ 班固：《漢書》，中華書局，1962年，第2307頁。

情於文帝，始得進身。

漢代騎郎無定員，屬閑職，與郎官級別相似，秩比一百石至三百石。黃霸以貲財求職，"武帝末以待詔入錢賞官，補侍郎謁者，坐同產有罪劾免。後復入穀沈黎郡，補左馮翊二百石卒史"①。侍郎謁者屬光祿勳，最高級別的常侍謁者也不過秩比六百石；卒史更是一百至二百石的小官。司馬相如以貲爲郎，任武騎長侍，據《漢官六種·漢舊儀》："期門騎者，隴西工射獵人及能用五兵材力三百人，行出會期門下，從射獵，無員，秩比郎從官，名曰期門騎。置僕射一人，秩六百石。"②騎者僕射不過秩比六百石，騎者長侍並無定員，且官秩俸祿更低。

由上述三人之例可知，以納貲仕進者受人輕視，更難得升遷。故馬端臨認爲，張釋之、司馬相如"蓋其初非以德選，遂爲世所輕，而宦亦不達，故資產之富厚者反因游宦而貧。雖以釋之之才，相如之文，苟非一日他有以見知人主，自致顯榮，則必爲貲郎所累，終身坎壈矣。士之所以進身者，其發軔可不審哉！"③納貲入仕者前途黯淡，這也正是司馬相如輕辭郎官、稱病去梁的主要原因。

司馬相如因賦徵召，復爲郎官，任武帝侍從。雖然職位同是郎官，但與之前的騎郎不同。郎中、中郎即指帝王的侍從官，職責在於隨時以備顧問及差遣，官階雖小，卻是重要的仕進之階，董仲舒

---

① 班固：《漢書》，中華書局，1962年，第3627頁。
② 孫星衍校：《漢官六種》，上海古籍出版社，1995年，第527頁。
③ 馬端臨：《文獻通考》，中華書局，1986年，第335頁。

曾指出當時"長吏多出於郎中、中郎"①。至東漢，從事文字工作的郎官如郎中、侍郎，職卑薪薄，僅秩比四百石，卻是世人向往的仕進捷徑，故當時有"臺郎顯職，仕之通階"②之說。其實即使在西漢，皇帝身邊的郎官也有更多的機會得到任用，如《史記·司馬相如列傳》中記載相如常從侍武帝左右，謀議政事，著書進諫，後因平定巴蜀而拜爲中郎將。《漢舊儀》："五官中郎將，秩比二千石，主五官郎中。左右中郎將，秩比二千石。"③後來司馬相如因賄免官，又重任郎官之職，最終未能仕途顯進，個人的志向和選擇也是重要原因。《史記》本傳記載其"與卓氏婚，饒於財。其進仕宦，未嘗肯與公卿國家之事，稱病閑居，不慕官爵"。司馬遷與司馬相如皆曾任職於武帝時期，兩人處於同一時代，史遷所聞所記當可據信。

　　誠如郭預衡先生所言："以一篇賦而爲天子所知，受到召見，並由此得官，這在中國歷史上是第一次。後代文人對於這個際遇一直是羨慕的。"④司馬相如之後，獻賦之風日盛，漸成文人入仕捷徑。《漢書·地理志》："及司馬相如游宦京師諸侯，以文辭顯於世，鄉黨慕循其跡。後有王褒、嚴遵、揚雄之徒，文章冠天下。"⑤不僅蜀地文人躡武景從，天下文人皆有蹈襲軌轍之意。武帝朝中的侍從多通辭賦，如錢穆所論："故武帝外廷所立博士，雖獨尊經術，而內朝所用侍

①　班固：《漢書》，中華書局，1962年，第2512頁。
②　范曄：《後漢書》，中華書局，1965年，第1872頁。
③　孫星衍校：《漢官六種》，上海古籍出版社，1995年，第527頁。
④　萬光治：《漢賦通論·序》，巴蜀書社，1989年，第3頁。
⑤　班固：《漢書》，中華書局，1962年，第1645頁。

從，則盡貴辭賦。"①

成帝時因賦才得徵召者有揚雄。《漢書·揚雄列傳》：

> 雄嘗好辭賦。先是時，蜀有司馬相如，作賦甚弘麗溫雅，
> 雄心壯之，每作賦，常擬之以爲式。……孝成帝時，客有薦雄
> 文似相如者，上方郊祠甘泉泰畤、汾陰后土，以求繼嗣，召雄
> 待詔承明之庭。②

待詔是漢朝給未曾出仕但有才德之人的候補職。待詔地點不定，以
公車最爲普遍，其他當爲特例。承明庭是漢代著書、校書之所，揚
雄待詔承明庭當有彰顯其文才之義。待詔多爲有專才之人，雖然品
階不高，但前途無量，"所有待詔者都是皇帝的近臣，西漢甚至是
'內朝官'的補充"③。"待詔雖爲預備官員，但宦途無限，一旦得到皇
帝寵信，便可大用。"④ 劉向以任子入仕爲輦郎，其後"以通達能屬
文辭，與王褒、張子僑等並進對，獻賦頌凡數十篇"，待詔金馬門。
劉歆"少以通《詩》《書》能屬文召，見成帝，待詔宦者署，爲黃門
郎"⑤。劉向、劉歆父子爲劉氏宗親、王侯之後，皆曾爲待詔，可見此
職確爲仕宦通階。揚雄除爲黃門侍郎，也屬於皇帝身邊的近臣，曾
"與王莽、劉歆並"，但卻與王、劉二人浮沉異勢，累年不遷，"三世

---

① 錢穆：《秦漢史》，生活·讀書·新知三聯書店，2004年，第98頁。
② 班固：《漢書》，中華書局，1962年，第3514—3522頁。
③ 陶新華：《漢代的"待詔"補論》，《社會科學戰線》，2005年第6期，第112—116頁。
④ 安作璋、熊鐵基：《秦漢官制史稿》（下），齊魯書社，1985年，第351頁。
⑤ 班固：《漢書》，中華書局，1962年，第1967頁。

不徙官”，部分原因在於其爲人“恬於勢力”，“用心於内，不求於外”。① 個人的選擇是他仕途滯塞的原因之一，絕非缺少機遇或仕途出身不佳所致。

司馬相如、揚雄之後，魏晉六朝因獻賦而仕進者代不乏人，至唐代，獻賦已成爲常舉、制舉之外文人晉身的重要途徑。李白、杜甫都有獻賦的經歷，杜甫於長安十年科舉未第，最後於天寶十年（751）因獻三大禮賦而獲進身。錢起“獻賦十年猶未遇，羞將白髮對華簪”② 的感慨，也透露出唐代文人對獻賦仕進之途的熱望與執着。

由以上史實可知，徵聘、徵召是西漢職官選拔中較尊榮的仕進之路，對枚乘、司馬相如的優待，客觀上促進了漢賦創作的空前盛況，如班固《兩都賦序》所言：

> 故言語侍從之臣，若司馬相如、虞丘壽王、東方朔、枚皋、王褒、劉向之屬，朝夕論思，日月獻納……或以抒下情而通諷諭，或以宣上德而盡忠孝，雍容揄揚，著於後嗣，抑亦《雅》、《頌》之亞也。故孝成之世，論而錄之，蓋奏御者千有餘篇，而後大漢之文章，炳焉與三代同風。③

西漢文人因獻賦風氣創作出數量驚人的賦作，但至東漢時，徵召已

---

① 班固：《漢書》，中華書局，1962年，第3583頁。
② 《全唐詩》，中華書局，1960年，第2675頁。
③ 蕭統編，李善注：《文選》，上海古籍出版社，1986年，第2—3頁。

非文人作賦的主要動力。光武以來，帝王重讖緯經學，徵召者多以
經學、德行見稱，即便帝王喜好辭賦亦少徵召之舉。另，東漢時期
徵召、察舉已趨浮濫，有真材實學的清流名士往往徵而不就，如周
䁤、張衡、董扶、楊厚、黃瓊、徐稺、姜岐等，皆有拒徵之舉，甚
至多次拒徵。因賦入仕已成狹途，徵召亦非復舊日尊榮，東漢時期
徵聘、徵召制度對漢賦創作的影響漸趨衰微。

二　選試制度與漢代辭書編纂

　　職官制度對人才的選拔、任用及培養，對漢代小學的發展有更
爲直接的影響。兩漢職官選拔制度中，對官吏應具備的小學知識的
規定有所不同，這些制度律令也直接影響了辭書編纂。

　　漢代吏制中，選拔底層官吏的前提條件之一便是識字數量。對
此，傳世文獻與出土文獻都有詳實的記載，《漢書·藝文志》：“漢
興，蕭何草律，亦著其法，曰：‘太史試學童，能諷書九千字以上，
乃得爲史。又以六體試之，課最者以爲尚書御史、史書令史。’”① 另
有許慎《說文敘》也引《尉律》：“學僮十七已上，始試諷籀書九千
字，乃得爲史。” ② 兩條材料看似統一且可互證，但西漢晚期揚雄所
作《訓纂篇》已較爲齊備，不過五千三百四十字，許慎《說文》共
收錄九千三百五十三字，自陳“萬物咸覩，靡不兼載。厥誼不昭，

① 班固：《漢書》，中華書局，1962年，第1720頁。
② 許慎撰，段玉裁注：《說文解字注》，上海古籍出版社，1981年，第758頁。

爰明以諭"①。據此來看，九千字之說令人生疑。李學勤先生認爲
"這可能是《史籀篇》後來多有所增益，或把注釋也計算在內"②，這
種說法比較合理可信。

出土文獻中對文官的小學課試也有記載，1983 年出土的湖北江
陵張家山竹簡《二年律令》，是呂后二年（前 186）時實施的法律③，
其中《史律》對下層文官的任職有以下規定：

> 史、卜子年十七歲學。史、卜、祝學童學三歲，學佴將詣大
> 史、大卜、大祝……
>
> 試史學童以十五篇，能風（諷）書五千字以上，乃得爲史。

"十五篇"即指《史籀篇》。④據此可知，西漢初年，史與卜、祝等官
吏皆需經過課試，能夠誦書五千字以上，方可任職。據《漢書·百
官公卿表》可知，大樂、大祝、大宰、大史、大卜、大醫等令丞皆
隸屬於奉常，是掌管宗廟禮儀類的禮官。漢初對史、祝、卜等下層
文官的要求相對較低，班固《漢書·藝文志》及許慎《說文敘》所
記載的諷書"九千字"的課試要求，當是西漢中期以後的律令。

漢代職官考選課試制的施行，使字書成爲當時最重要的學習資
料。"試史學童以十五篇"，則考試的主要內容是先秦時期的字書《史

---

① 許慎撰，段玉裁注：《說文解字注》，上海古籍出版社，1981年，第764頁。
② 李學勤：《試說張家山簡〈史律〉》，《文物》，2002年第4期，第71頁。
③ 李學勤：《試說張家山簡〈史律〉》，《文物》，2002年第4期，第69頁。
④ 張家山二四七號漢墓竹簡整理小組編：《張家山漢墓竹簡》，文物出版社，2001年。

籀篇》，漢初的字書教材還有以《爰歷》《博學》《蒼頡》三書合編而成的"三蒼"。居延新簡本《蒼頡篇》在正文前有一段前言：

> 蒼頡作書，以教後嗣。
>
> 幼子承詔，謹慎敬戒。
>
> 勉力諷誦，晝夜勿置。
>
> 苟務成史，計會辯治。
>
> 超等軼群，出尤別異。
>
> 初雖勞苦，卒必有意。①

篇首直白地道出了字書的學習者是兒童，其目的在於"成史"，即通過課試，成爲史官。這段前言在英圖藏削柿本、居延漢簡（舊簡）本中都有殘句，可見並非個別現象。字書開篇以出人頭地、有所回報勸勉讀者苦學背誦，可見當時字書學習者普遍有非常明確的功利目的，其中選試制度是這一現象的直接成因。

據《漢書·藝文志》可知，《蒼頡篇》"文字多取《史籀篇》"，兩部字書間有密切的關聯，且皆古奧難讀，至西漢晚期，已因"多古字，俗師失其讀"。而且隨着社會的發展，新的字詞不斷出現，字書必然面臨着更新的需求。漢代中期開始，出現了辭書編纂的盛況，司馬相如作《凡將篇》，史游作《急就篇》，李長作《元尚篇》，揚雄作《訓纂》《方言》，另有《別字》《蒼頡傳》等。這些字書的編撰目

---

① 朱鳳瀚：《北京大學藏西漢竹書》（壹），上海古籍出版社，2015年，第167頁。

的之一就是便於學習者快速掌握文字，如《急就篇》開篇明言："急就奇觚與眾異，羅列諸物名姓字。分別部居不雜厠，用日約少誠快意。勉力務之必有喜。"既強調字書的實用便利，又以可期許的回报作爲勸勉。《急就篇》面世之後，"蓬門野賤，窮鄉幼學，遞相承稟，猶競習之"①。漢人學習文字知識的熱情，與漢朝以利禄勸導有關，其影響如金秬香先生所論：

> 自來誦讀之業，恆與經濟相資，並欲使全國之人才，奔赴於文字一途，以隱增其意智，則考試尚焉。……故漢廷之作，上焉者可與賈疏董策相頡頏，次則雖多浮誇矜詡之詞，而揆厥所由，亦猶承縱橫家棄信尚諓之流弊，蓋其時除公室考校外，尠所專習者，餘如官方職司，私家著述，亦無非由舉業研究而來，風動於上，而波震於下，其發達之速率，誠有如平子所云鼎沸者。論者謂上古之文，出於民間，中古之文，出於史官，漢以來之文，出於考試，此又發達之關於風尚也。②

漢代選試制度成爲對誦讀識字最有力的引導，形成了文字學習興盛的局面。漢人競於文字，最直接的體現就是辭書編纂的繁興以及大批有着良好小學素養的官吏群體，這也奠定了漢賦創作、傳播、欣賞的基礎。

東漢中期時，對下層文官的課試業已廢止，據《說文敍》："今

---

① 顔師古：《急就篇注敍》，叢書集成初編．中華書局，1985年。
② 金秬香：《漢代詞賦之發達》，山西人民出版社，2014年，第14—15頁。

雖有尉律，不課，小學不修，莫達其說久矣。"課試選拔的職官制度一旦停止，它對小學的積極影響乃告消亡。但東漢辭書的編纂並不寂寥，許慎編纂《說文》前後，是東漢辭書的興盛期，如班固《太甲篇》、賈魴《滂喜篇》、崔瑗《飛龍篇》等，皆作於此時。這一時期也是東漢賦作的興盛期，究其根本，在於下層文官的課試制度雖然廢止，但東漢處於經學極盛時期①，除漢安帝時因"（安帝）薄於藝文，博士倚席不講"②而有所衰落，但前後也僅僅十餘年時間。之後順帝修黌舍，增科補員，梁太后詔中上層官員遣子入學，太學再次繁盛，儒學經生數量空前。文職官吏多通過射策課試在太學生中選拔，故至本初元年（146），太學生多至三萬餘人。而以上諸位小學家皆有經學背景，如班固十六歲入太學，許慎、崔瑗皆師從經學大師賈逵。至東漢末年，蔡邕以博學通經著稱，編纂《勸學篇》《聖皇篇》《女史篇》等辭書。東漢的職官選試制度範圍有所縮小，但文士仍然面臨着經學學習與課試要求，這是漢代辭書編纂始終不曾消衰的原因之一。但辭書編纂與小學的興盛並沒有必然的聯繫，《後漢書·儒林傳》即認爲東漢"章句漸疏，而多以浮華相尚，儒者之風蓋衰矣"③。這與《文心雕龍·練字》所論正相印證："暨乎後漢，小學轉疎，複文隱訓，臧否大半。"④儒學的空疏浮華，意味着小學的衰落，雖有太學的盛況及辭書的修撰，但"經術不重，而人才徒侈其

---

① 皮錫瑞著，周予同注：《經學歷史》，中華書局，2004年，第101頁。
② 范曄：《後漢書》，中華書局，1965年，第2547頁。
③ 范曄：《後漢書》，中華書局，1965年，第2547頁。
④ 范文瀾：《文心雕龍注》，人民文學出版社，1958年，第624頁。

衆多；實學已衰，而外貌反似乎極盛"[1]，這是後漢經學與小學的真實
狀況。

下層文史選試制度的廢止，也使東漢辭書的編纂出現了新的動
向。漢末劉熙編纂的《釋名》是一部不以利祿爲勸誘的辭書，劉熙
自陳其編纂《釋名》的目的是"博物君子，其於答難解惑，王父幼
孫，朝夕侍問以塞"，以博物廣智代替了仕進利祿。但這一功用顯然
不如利祿之鼓動人心，東漢末年小學之寥落與大賦之消衰，已成無
可挽回的定勢。

三　選試制度與漢賦的繁盛

徵聘、徵召制對漢賦産生影響，主要依託於帝王的文學好尚，
而漢代王室子弟大多具有良好的文化素養。太子及皇室子弟都接受
過文學及儒學教育，如《後漢書》所記："漢興，太宗使鼂錯導太子
以法術，賈誼教梁王以《詩》《書》。及至中宗，亦令劉向、王褒、蕭
望之、周堪之徒，以文章儒學保訓東宮以下，莫不崇簡其人，就成
德器。"[2] 因此有漢一代宗室多通曉文學者，武帝、宣帝、元帝、成
帝皆好辭賦，才有司馬相如、揚雄因賦得以徵召的故實。上有所好，
下必甚焉，帝王喜好固然能引領一世風尚，但並非常制，相比之下，
漢代職官選試制度對漢賦的影響更爲穩定長遠。

漢朝重視官吏的文化素養，漢初蕭何采摭秦律，選拔官吏時對

---

① 皮錫瑞著，周予同注:《經學歷史》，中華書局，2004年，第74頁。
② 范曄:《後漢書》，中華書局，1965年，第1328頁。

知識水平有明確的要求，如上文所論，傳世文獻中，《漢書·藝文志》和許慎《說文敍》都記載了相關的律法規定，識字達到一定數量並通過課試後，方可獲得相應官職。另據《史記·儒林列傳》："請選擇其秩比二百石以上，及吏百石通一藝以上，補左右內史、大行卒史；比百石以下，補郡太守卒史。"①這裏的"史"當指卒史，秦代即有設置，漢代在中央及地方郡屬皆設卒史，是職官系統內的低級文吏，與《漢書·藝文志》和許慎《說文敍》中的"史"意義相同。一至二百石的文官品秩很低，然亦需"通一藝""諷書九千字"，由此可知西漢時期入選官吏的首要條件是知識而非品行，正如賈誼所言："胡以孝弟循順爲？善書而爲吏耳。"②

　　漢代不僅史官要經過選試，孝廉、茂材、賢良方正與文學等，雖屬察舉徵召之途，也往往要經過考試方得任用。考試分爲天子策試和公府復試，天子親加策試者，多爲詔令特舉之士。文帝、武帝、成帝、光武時，皆有此例，如文帝"詔諸侯王公卿郡守舉賢良能直言極諫者，上親策之，傅納以言"③。董仲舒、公孫弘、嚴助、蓋寬饒、何武等人，皆經對策後方擢選爲官。從董仲舒的《天人三策》來看，對策探討了天人關係，縱論古今，暢談時事，雍容儒雅，體現出深厚廣博的學養。這些上層文官通文字、知名物、明訓詁、諳掌故、曉政道，代表了西漢時期官吏的最高文化水平。

---

① 司馬遷撰，裴駰集解，司馬貞索隱，張守節正義：《史記》，中華書局，2013年，第3764頁。
② 賈誼：《賈誼集》，上海人民出版社，1976年，第48頁。
③ 班固：《漢書》，中華書局，1962年，第127頁。

　　下級文官的選試制度、中上層官員的策試及復試制度，使漢代社會的官吏群體普遍具有較高的文化知識水準，也培養了一批兼具經學、小學知識的文學群體，成爲漢賦創作的潛在力量。漢賦家也正來自於這一群體，班固《兩都賦序》所列重要賦家即可爲證："故言語侍從之臣，若司馬相如、虞丘壽王、東方朔、枚皋、王褒、劉向之屬，朝夕論思，日月獻納；而公卿大臣，御史大夫倪寬、太常孔臧、太中大夫董仲舒、宗正劉德、太子太傅蕭望之等，時時間作。"言語侍從之臣與公卿大臣，正是漢朝不同等級的官員群體，這是對當時官吏群體大量創作漢賦的真實記述。

　　漢賦的頌讀欣賞也主要在這一群體中進行，正如劉勰所論："揚雄以奇字纂訓，並貫練雅頌，總閱音義，鴻筆之徒，莫不洞曉。且多賦京苑，假借形聲；是以前漢小學，率多瑋字，非獨制異，乃共曉難也。"[1] 這不獨是對漢賦文字特點的總結，更道出了漢賦的文字之瑋怪瑰奇，正在於當時文士普遍具有較高的小學水平，能夠閱讀並欣賞賦作之美。漢賦一旦失去了讀者，也就喪失了存活的土壤。

　　官僚文士群體對漢賦的創作和閱讀、欣賞，並不僅僅出於美頌諷諭的政治目的，也與漢賦對才學的增廣作用相關。

　　博學洽聞是始自先秦的傳統，儒家即將博學作爲修身致德的方法之一。《論語·雍也》："子曰：君子博學於文，約之以禮，亦可以弗畔矣夫。"這種觀念在漢代有過之而無不及。漢人推崇博學洽聞，

---

① 　范文瀾：《文心雕龍注》，人民文學出版社，1958年，第623頁。

如揚雄《法言·君子》所言:"聖人之於天下，恥一物之不知。"這是以聖人爲楷模，對儒家君子提出的博學要求。王充《論衡·別通篇》認爲:"人不博覽者，不聞古今，不見事類，不知然否，猶目盲、耳聾、鼻癰者也。"[1] 強調的正是開啓心智、增廣見聞的重要性。司馬遷、班固、范曄的史書中也都曾特意記載以博物著稱的人物。[2]

漢賦不僅是可娛耳目適心意的文學作品，也有博聞多識的實用性。袁枚的《歷代賦話序》即認爲:

> 嘗謂古無志書，又無類書，是以《三都》《兩京》，欲敘風土物產之美，山則某某，水則某某，草木、鳥獸、蟲魚則某某，必加窮搜博訪，精心致思之功。是以三年乃成，十年乃成。而一成之後，傳播遠遍，至於紙貴洛陽。蓋不徒震其才藻之華，且藏之巾笥，作志書、類書讀故也。[3]

袁枚認爲漢賦廣爲流傳的主要原因之一，是在當時沒有志書、類書的情況下，漢賦可作博物洽聞之資。但比之類書，漢賦顯然又有其優勢，如錢鍾書所論，"古代圖籍，得不易而傳不廣，'外史'所掌，中秘攸藏，且不堪諷詠，安能及詞賦之口吻調利、流布人間

---

① 王充著，張宗祥校注，鄭紹昌標點:《論衡校注》，上海古籍出版社，2010年，第270—271頁。

② 徐公持《漢代文學的知識化特徵——以漢賦"博物"取向爲中心的考察》(《文學遺產》2014年第1期，第17—30頁)一文對漢代博物觀念的發展有專論，論述詳盡深入，此不贅述。

③ 浦銑:《歷代賦話校證》，上海古籍出版社，2007年，第3頁。

哉？……是以謂《三都賦》即類書不可，顧謂其兼具類書之用，亦無傷耳。摯虞《文章流別論》：'賦以情義爲主，事類爲佐'，可資參悟"[1]。漢賦舉物連類、文字瑋奇、韻律和諧的特點，也便於誦習文字，增智廣識，因而深受漢代文士青睞。

西漢官吏選試制度大大提高了官吏群體的小學水平，培養了漢賦創作、欣賞的文人群體，對漢賦產生了直接的影響。漢賦增智廣識、記誦文字的功用，在漢代文人群體中得到了廣泛的閱讀、傳播與欣賞。

第二節　文化教育制度對漢賦、辭書的影響

文化教育是社會發展的基礎，中國古代社會的制度沿革中，文化教育制度始終是被關注的重點。在影響文學與小學的外部因素中，制度是最強有力的措施，它體現着大一統政權的意志，既決定着文化教育的發展態勢，也給予引導和保障。文化教育制度的影響，體現在社會文化的方方面面，也體現在小學與文學的發展中。

一　整理文字與論定五經

文字是社會文化發展的重要標誌，文字的統一是社會成員之間書面交流暢通的前提，對促進社會文化的發展有重要作用，同時文

---

① 錢鍾書：《管錐編》（三），生活·讀書·新知三聯書店，2007年，第1821—1822頁。

字的使用也具有很強的政治意味。戰國時，六國文字各不相同，秦統一天下後，廢止六國文字，統一使用小篆，形成了書同文的局面，這不僅僅是出於文字交流的考慮，也有彰顯帝國文化威權的意味。

漢代是文字變革的重要時期，漢文字受秦代影響很深。秦代雖然以小篆爲法定的統一文字，但據出土文獻如里耶秦簡、睡虎地秦簡來看，秦代政府的日常文書中，仍大量使用書寫便捷的秦隸，這就造成了社會現實生活中官方頒布的規範文字與實際應用文字並行的情況。漢代前期、中期，小篆仍然是官方指定的通用文字，碑刻文中的篆書題額以及《說文解字》仍以小篆爲標準字形，可證這一客觀事實；隸書在現實應用中則占據了重要地位，這由出土的漢簡可見其概貌。

西漢時期，除小篆與隸書之外，其他六國文字也並未完全廢止，如《漢書·藝文志》小學類中，即有《八體六技》一書。學界一般認爲，此“八體”即許慎《說文敘》所言秦書八體：“自爾秦書有八體：一曰大篆，二曰小篆，三曰刻符，四曰蟲書，五曰摹印，六曰署書，七曰殳書，八曰隸書。”六技即六書：“時有六書：一曰古文，孔子壁中書也；二曰奇字，即古文而異者也；三曰篆書，即小篆，秦始皇帝使下杜人程邈所作也；四曰左書，即秦隸書；五曰繆篆，所以摹印也；六曰鳥蟲書，所以書幡信也。”爲辨識古文字，漢人以《八體六技》記載不同字形及字體，李零認爲：“大篆、小篆、隸書是秦系文字，古文、奇字是六國文字。其他，刻符、蟲書、摹印、署書、殳書，以及繆書，都是漢代的美術字。"①閱讀戰國文獻仍需要掌握這類知識，故而有記錄戰國文字的《八體六技》一書。《八體六技》有保存字形、字體之功，從《藝文志》將之歸入小學類可知。漢代相對寬鬆的文字制度是這類字書得以留存的根本原因。

漢代有些辭書編纂是自上而下的官方行爲，由政府組織小學家編纂審定，並向全國頒布。據許慎《說文敘》記載：

> 孝宣皇帝時，召通《倉頡》讀者，張敞從受之。涼州刺史杜業、沛人爰禮、講學大夫秦近，亦能言之。孝平皇帝時，徵禮等百餘人，令說文字未央廷中，以禮爲小學元士。黃門侍郎揚雄，采以作《訓纂篇》。凡《倉頡》以下十四篇，凡五千三百四十字，群書所載，略存之矣。及亡新居攝，使大司空甄豐等校文書之部，自以爲應制作，頗改定古文。

這段文字記載的是自西漢宣帝至新莽時的數項官方舉措：宣帝時《蒼頡篇》已經不可識讀，故指派張敞專門學習；之後有杜業、爰禮、秦近三人通曉此書；平帝時徵令爰禮等百餘人在未央宮中講說文字，並任命爰禮爲小學元士；揚雄採擷衆說，作字書《訓纂篇》；王莽時曾令甄豐等高等官員檢校書籍。這些都是由官方發起的文字整理活動，其中一些史料與《漢書·藝文志》所記相吻合，如："《蒼頡篇》多古字，俗師失其讀，宣帝時徵齊人能正讀者，張敞從受之，傳至外孫之

---

① 李零：《蘭臺萬卷——讀〈漢書·藝文志〉》，生活·讀書·新知三聯書店，2011年，第60頁。

子杜林，爲作訓故，並列焉。"《蒼頡篇》古奧難懂，漢初民間蒙師的識讀多有謬誤，纔會由政府指派官員張敝專門學習並傳授，後又組織論講整理。由此可知，西漢時期學習、整理、傳播文字是辭書發展的推動力，是當時官方重視的文化問題之一。

漢代也有屬於個體行爲的辭書編纂，但其中也能看到官方意志的影響。如《急就篇》就是西漢元帝時黃門令史游編寫的字書，由史料記載來看，其編纂字書並未受命於朝廷。但史游本身即爲黃門令，屬於少府官員，另由《急就篇》結尾處"漢地廣大，無不容盛。萬方來朝，臣妾使令。邊境無事，中國安寧"等美頌祝禱之句來看，史游編纂字書的行爲帶有潤色弘業、有益文教的自覺意識。另如揚雄編纂《方言》，據《答劉歆書》可知當屬個人自發行爲，但由揚雄所言"其不勞戎馬高車，令人君坐幃幕之中，知絕遐異俗之語，典流於昆嗣，言列於漢籍"等語，則其編纂目的仍是順應朝廷的現實需要，爲國家的政治、外交和文化服務。

西漢時期的文字舉措直接影響了辭書的編纂，同時對漢賦的創作也有一定影響。西漢時小篆、隸書及六國文字並存不廢，使古文字得以在漢賦創作中部分運用，比如《子虛賦》"蜚襳垂髾"，顏師古注："蜚，古飛字。""揜中蔽地"，顏師古注："中，古草字也。"另如"鴐鵝鵠鴇"，"鴐"爲古"鴻"字；"而適足以导君自損也"，"导"即古"貶"字。再如揚雄《甘泉賦》"遤遤離宮般從相燭兮"，其中"遤"字即古"往"字；"遙噱虖紘中"，"紘"即古"絃"字；"雲霶霶而來迎"，"霶"即古"霏"字。諸如此類，時有所見。作爲小學家的漢賦家懂古字、好古字，漢賦中遂常用古字，形成了俶儻瑋奇的語言風格，這與漢代寬鬆的文字制度有直接的關係。

漢代實行的文字舉措中，有一部分屬於經學領域。漢代是經學昌明繁盛時期，對經學的重視表現在很多方面，其中之一就是對經學文字的校定。漢代經學有今古文之分，兩者的差異首先在於文字的不同：

> 今文者，今所謂隸書，世所傳熹平《石經》及孔廟等處漢碑是也。古文者，今所謂籀書，世所傳岐陽石鼓及《說文》所載古文是也。隸書，漢世通行，故當時謂之今文；猶今人之於楷書，人人盡識者也。籀書，漢世已不通行，故當時謂之古文；猶今人之於篆、隸，不能人人盡識者也。凡文字必人人盡識，方可以教初學。許慎謂孔子寫定六經，皆用古文；然則，孔氏與伏生所藏書，亦必是古文。漢初發藏以授生徒，必改爲通行之今文，乃便學者誦習。故漢立博士十四，皆今文家。而當古文未興之前，未嘗別立今文之名。①

經文使用的文字是區分經學學派的首要表徵，五經文字的字形及訓釋考定關涉經義，故極爲重要。另外，今文經學又極重師法，"師之所傳，弟之所受，一字毋敢出入；背師說即不用"②。雖說承傳之制十分嚴格，但因流傳久遠，往往經文訛謬，解說經義時也各持一說，

---

① 皮錫瑞著，周予同注：《經學歷史》，中華書局，2004年，第54—55頁。
② 皮錫瑞著，周予同注：《經學歷史》，中華書局，2004年，第46頁。

故漢代詔令論定五經，其中五經文字是討論的主要內容。

正定五經及其他典籍的文字，首次發生在東漢安帝時期。據《後漢書·安帝紀》："詔謁者劉珍及五經博士校定東觀《五經》、諸子、傳記、百家藝術，整齊脫誤，是正文字。"這次整理是由天子詔令的官方行爲，整理的典籍以五經爲首，兼及其他多種典籍的文字正定。

東漢靈帝時期，又進行了一次大規模的經籍文字正定，據《後漢書·蔡邕傳》記載：

> 邕以經籍去聖久遠，文字多謬，俗儒穿鑿，疑誤後學。熹平四年，乃與五官中郎將堂谿典、光祿大夫楊賜、諫議大夫馬日磾、議郎張馴、韓說、太史令單颺等，奏求正定《六經》文字。靈帝許之。邕乃自書丹於碑，使工鐫刻立於太學門外。於是後儒晚學，咸取正焉。及碑始立，其觀視及摹寫者，車乘日千餘兩，填塞街陌。

這次經學文字正定的重要成果鐫刻於石碑，後稱熹平石經。這是歷史上第一次將《六經》文字寫定頒布，它在規範文字的權威性上，與辭書有相似的功能。作爲這次文字正定的發起人和組織者蔡邕，也曾編纂辭書《聖皇篇》《黃初篇》《吳章篇》《女史篇》等。因熹平石經與以上辭書皆已亡佚，無法考定兩者之間的確切關聯，但依理推論，兩者間的文字應當會有關聯之處。

論定經義在漢代也有前後兩次。《漢書·宣帝紀》："孝宣甘露三年三月，詔諸儒講論五經同異，太子太傅蕭望之等平奏其議，上親稱制臨決焉。"又《漢書·韋玄成傳》："韋玄成拜淮揚中尉，受詔與蕭望之及五經諸儒雜論同異於石渠閣，條奏其對。"據史料，參加這次會議的還有施讎、梁丘臨、歐陽地餘、林尊、周堪、張山拊、張生、薛廣德、戴德、聞人通漢、劉向等人。講經因設在石渠閣，故被稱爲石渠閣會議。會議主要內容是經義的辯論，因會議記錄已經亡佚，確切內容不得而知。由後來章帝時仿效石渠會議的白虎觀會議來看，應該既包括經義討論，也有文字訓釋。《後漢書·章帝紀》："建初四年，詔太常、將、大夫、博士、議郎、郎官及諸生、諸儒會白虎觀，講議五經同異，使五官中郎將魏應承制問，侍中淳于恭奏，帝親稱制臨決，如孝宣甘露石渠故事，作《白虎議奏》。"兩次會議的目的及內容相似，即彌合經學中經文、經義的分歧。從會議記錄《白虎通義》一書可知，白虎觀會議對社會生活的各個方面做了系統的儒家經學闡釋，確立了儒家封建理論體系。

五經經義的討論對漢賦的創作有一定影響，尤其是東漢賦作中，多有推崇仁德之語，其中一些看似平常的名物中，卻包含着儒家經學的深意。如馮衍的《顯志賦》："惟天路之同軌分，或帝王之異政。"李賢注："《白虎通》曰：'德合天者稱帝，仁義合者稱王。'故言異政也。"再如張衡《思玄賦》："獻環珉與璵璠分，申厥好以玄黃。"李賢注："《白虎通》曰：'修道無窮即佩環，能本道德即佩珉'也。"《顯志賦》鋪陳周遊的見聞感想，而最終文旨歸結於修身養德；《思玄賦》寫遍遊六區、與神靈交往，最後仍回歸到文章道德中修煉自身。這兩篇賦作皆以儒家精神爲旨歸，故遣詞造句亦暗用儒家經義，受漢代經學的影響非常明顯。

整理文字與論定五經是漢代的重要文化事件，這些文化舉措對漢代的小學與文學發展有深遠的影響。

二　圖書制度

上古至秦漢時期，因書寫材料的限制，書籍的制作、書寫和傳播都比較困難，書籍極爲珍貴難得。漢代的文治武功令世人矚目，其中圖書收藏、流通、閲讀乃至整理、傳授等規定和舉措，形成了相對完備的圖書制度。這既是漢代文化發展的重要保障，也促進了漢代辭書與賦作的創作、流傳。

漢代藏書機構的設立始於漢初。漢承秦祚，官府所藏圖書隨着秦政權一同被漢人接收，據《漢書·高帝紀》記載，漢元年高祖入關時，"蕭何盡收秦丞相府圖籍文書"，隨後建造石渠閣以收藏。《三輔黃圖》記載："石渠閣，蕭何造。其下礲石爲渠以導水，若今御溝，因爲閣名。所藏入關所得秦之圖籍。至成帝又於此藏書焉。"除石渠閣外，還有天禄閣、麒麟閣，也是漢初蕭何所建藏書機構。《三輔黃圖》引《漢宫殿》疏云："天禄、麒麟閣，蕭何造，以藏秘書，處賢才也。"由此可知，漢初藏書閣不止一處，用於收藏官府圖籍，並有文官管理。

石渠、天禄、麒麟皆屬於外府藏書，另據顔師古注中所引劉歆《七略》："外則有太常、太史、博士之藏，内則有延閣、廣内、秘室之府。"傅璇琮先生認爲"内"是指内府，亦即"殿中"的藏書室，

"漢朝內府中有蘭臺、延閣、廣內三個藏書處所，其藏書就是御史中丞掌管的"[1]。

漢朝另有石室作爲藏書之所，《漢書·高帝紀》："又與功臣剖符作誓，丹書鐵契，金匱石室，藏之宗廟，雖日不暇給，規模遠矣。"顏師古注："以金爲匱，以石爲室，重緘封之，保慎之義。"《文選·魏都賦》六臣注："金匱石室，藏祕書之所，帝王圖籍於此藏也。"由此來看，石室應是漢王室的藏書室。

東漢時期共設置過七處藏書室：辟雍、宣明殿、蘭臺、石室、鴻都、東觀、任壽閣。這些藏書室中，最重要且規模最大的是蘭臺和東觀，《四庫全書總目提要》中的《東觀漢記》條有所考論："蓋東漢初，著述在蘭臺。至章、和以後，圖籍盛於東觀，修史者皆在是焉。"[2]兩漢國家藏書機構中的圖書應非常可觀，由《漢書·藝文志》記載可知，劉向、劉歆父子及步兵校尉任宏、太史令尹咸、侍醫李柱國等，曾對藏書做過一次大規模整理，共計"六略三十八種，五百九十六家，萬三千二百六十九卷"。

圖書機構除了藏書及整理的功能外，還有"處賢才"的功能，即選賢任能，指命官員來管理藏書並著述整理。如漢置蘭台令，《漢官儀》："蘭臺令史六人，秩百石，掌書劾奏。"蘭臺令等藏書機構的令史隸屬於御史屬下的中丞，《漢書·百官公卿表》："御史大夫，有兩丞，一曰中丞，在殿中蘭臺，掌圖籍祕書。"這些官員皆爲博學

---

① 傅璇琮、謝灼華主編：《中國藏書通史》，寧波出版社，2001年，第67頁。

② 四庫全書研究所整理：《欽定四庫全書總目》（整理本），中華書局，1997年，第688頁。

能文之士，管理藏書之餘，也撰述或整理校定圖書。漢代的重要文人大多有過與藏書機構相關的任職或校書經歷，比如西漢時期，司馬遷"爲太史令，紬史記石室金匱之書"(《漢書·司馬遷傳》)；宣帝時，后倉在蘭台校書著記；"成帝河平三年，詔光祿大夫劉向校經傳諸子詩賦，步兵校尉任宏校兵書，太史令尹咸校數術"(《漢志》)；揚雄"校書天祿閣"(《漢書·揚雄傳》)。東漢時期文人有相似經歷者更多，比如班固、劉復、楊終、賈逵、傅毅、孔僖等，皆曾擔任蘭臺令；曾在東觀修史、校書及閱讀典籍者，如班固、賈逵、傅毅、班昭、黃香、張衡、劉珍、劉騊駼、孔僖、馬融、蔡邕、盧植、韓說等等，這些人幾乎都是漢賦家。

　　漢賦家多有與藏書機構相關的經歷，這並非巧合，漢賦的創作、收藏和傳播都與此密切相關。漢賦大多爲朝廷文官的獻納之作，故往往收藏於國家藏書機構。劉歆《七略》"序詩賦爲五種"，分別是屈原賦、陸賈賦、荀卿賦、雜賦、歌詩，"凡詩賦百六家，千三百一十八篇"，其中四種賦作相加，已超過了一千篇，占據了絕大部分。漢賦結構宏大，描寫繁複，極重模擬，所謂"能讀千賦，則善賦"①，故閱讀賦作是寫作的基礎。在藏書閣中浸淫日久，所見益廣，方能作賦。誠如後人所論："漢人作賦，必讀萬卷書，以養胸次。《離騷》爲主，《山海經》、《地輿志》、《爾雅》諸書爲輔。又必精於六書，識所從來，自能作用。"② 揚雄、班固、張衡、蔡邕等漢賦

---

① 桓譚：《新論·道賦》，上海人民出版社，1977年，第51頁。
② 謝榛：《四溟詩話》卷二，叢書集成初編，中華書局，1985年，第35頁。

大家，皆得益於此。故藏書機構於賦家，確爲賦材之源，金秬香以爲"夫以子雲之才，而尚自奏不學，及觀石室，乃成鴻采，即如崔、班、張、蔡，亦莫非因書立功"①，誠爲確論。

漢代官府所建藏書閣較多，豐富的藏書令文人心生向往，也催生了漢代宮殿賦中的一類特殊題材，即對於學校和藏書樓觀的描寫。目前存世的漢賦作品中，有李尤的《辟雍賦》②《東觀賦》兩篇。其中除了慣常的對宮殿高大壯麗的描寫，更有特殊的文化氣象。比如《辟雍賦》中"戴甫垂畢，其儀蹌蹌"，即描寫了辟雍中舉行典禮時，臣子們頭戴禮帽，儀容端莊整齊的盛大場面。再如《東觀賦》："道無隱而不顯，書無闕而不陳。覽三代而采宜，包郁郁之周文。"對其中陳列書籍之豐富、典籍內容文采之美盛的描寫，流露出熱愛贊頌之情。漢賦亡佚極多，百不餘一，雖然僅留下兩篇與藏書樓相關的賦作，依理推測，上千篇的漢賦中，這類作品應不止此數。

藏書機構的興盛也對小學家編纂辭書有一定的促進作用。揚雄、許慎、蔡邕皆爲漢代重要的辭書編纂者，他們無一例外，都有校書的經歷，如《漢書·揚雄傳》："雄校書天祿閣。"許沖《上〈說文〉表》："慎前以詔書，校書東觀，教小黃門孟生、李喜等。"《後漢書·蔡邕傳》："召拜郎中，校書東觀。"豐富的藏書和校閱經歷爲辭書編纂提供了幫助。另外，漢代珍視藏書的時代風氣，也使漢代文

① 金秬香：《漢代詞賦之發達》，山西人民出版社，2014年，第15頁。
② 辟雍作爲漢代的教育機構，其中也有大量藏書，與其他藏書機構不同之處在於所藏書籍多爲培養官員而備。

人致力於著書立言，流傳後世。揚雄以二十七年之久編纂《方言》，其目的是“典流於昆嗣，言列於漢籍。誠雄心所絕極，至精之所想遘也”（《報劉歆書》）。立言列於漢籍，著書以傳後世，是他編纂辭書的主要動力。許慎在《說文解字敘》中所言“將以理群類，解謬誤，曉學者，達神恉”，其中也包含着傳之後世，曉諭學者之意。這當中固然有先秦立言思想的影響，但漢朝時代風氣的影響也起到了重要作用。

　　漢代藏書制度對圖書借閱的規定非常嚴苛，尤其是禁中秘書，更不輕易示人，一旦私自傳抄，即是重罪。《漢書·百官公卿表》：“蘇昌爲太常，坐籍霍山書泄祕書，免。”顏師古注：“以祕書借霍山。”《漢書·霍光傳》：“山又坐寫祕書，顯爲上書獻城西第，入馬千匹，以贖山罪。書報聞。會事發覺，雲、山、明友自殺。”蘇昌身爲太常，以祕書借霍山，故因罪免官，霍氏欲納貨贖罪而不許，又因謀反事發，故自殺身亡。另據《漢書·宣元六王傳》記載：“（東平王）後年來朝，上疏求諸子及《太史公書》，上以問大將軍王鳳，對曰：‘臣聞諸侯朝聘，考文章，正法度，非禮不言。今東平王幸得來朝，不思制節謹度，以防危失，而求諸書，非朝聘之義也。諸子書或反經術，非聖人，或明鬼神，信物怪；《太史公書》有戰國從橫權譎之謀，漢興之初謀臣奇策，天官災異，地形阨塞：皆不宜在諸侯王。不可予。’”① 即使貴爲諸侯，諸子及史書亦不可輕易求得。也有極少數

① 班固：《漢書》，中華書局，1962年，第3324—3325頁。

人，在天子特許下可獲得讀書的機會，如《漢書·敘傳》："斿（班斿）以選受詔進讀群書，上器其能，賜以祕書之副。"在這種嚴格的圖書制度下，只有太常、博士等文官能夠合法便利地閱讀藏書，這對文化傳播與發展的限制不言而喻。漢賦家、小學家的身份交疊以及他們一致的校書經歷或經學素養，都與漢代圖書制度有一定關係。

　　圖書制度也是漢賦大多亡佚的主要原因，西漢末年王莽之亂中，《七略》中所載的官方藏書被焚燒殆盡。再如後漢末年董卓之亂中，"吏民擾亂，自辟雍、東觀、蘭台、石室、宣明、鴻都諸藏典策文章，競共剖散，其縑帛圖書，大則連爲帷蓋，小乃制爲滕囊，及王允所收而西者，裁七十餘乘。道路艱遠，復弃其半矣。後長安之亂，一時焚蕩，莫不泯盡焉"[1]。據統計，漢賦存世篇數遠遠少於目錄記載，即與西漢藏書高度集中於幾個官方機構有關，亂世兵燹中往往被焚毀抛棄，以至百不餘一。

　　國家藏書之外，還有蕃國諸侯及私人藏書，如河間獻王劉德、淮南王劉安、劉向劉歆父子、孔安國、張敞、杜林、樓戶等等。他們或在民間徵買，如河間獻王"從民得善書，必爲好寫與之，留其真，加金帛賜以招之。繇是四方道術之人不遠千里，或有先祖舊書，多奉以奏獻王者，故得書多，與漢朝等。是時，淮南王安亦好書，所招致率多浮辯"[2]。或因家傳得書者，如孔安國："魯共王壞孔子宅，欲以廣其宮，而得《古文尚書》及《禮記》《論語》《孝經》凡數十

---

① 范曄：《後漢書》，中華書局，1965年，第2548頁。
② 班固：《漢書·景十三王傳》，中華書局，1962年，第2410頁。

篇。……孔安國者，孔子後也，悉得其書。"① 因師傳得書者，如杜鄴
"從敞子吉學問，得其家書"②。這些私人藏書中，對漢賦影響最大的
應是蕃國諸侯藏書。漢代諸侯多有文學侍從之士，如枚乘、司馬相
如、路喬如、公孫詭、鄒陽等人皆有過蕃國文人群體的經歷，其藏
書爲朝廷之外的一些文士提供了閱覽學習的機會，促進了文化的傳
播和漢賦的創作。早期漢賦作品的收藏與流傳，對西漢賦作的創作
也起到了重要的示範和推動作用。

三　小學教育與郡國學校制度

中國古代教育中的啓蒙教育從小學開始。漢代的小學教育是相
對大學而言，即指蒙學。"小學的任務是教小孩認字識數。認字，是
讀蒙學課本；識數，是背九數（九九表）。後人以文字、音韻、訓詁
爲小學，是因爲小學學文字。文字，本來是教小孩。成童以後，才
專攻經藝。《論語》《孝經》是漢代的道德課本。"③ 小學教育的發達與
否直接決定了社會的普遍文字水平。

漢代小學教育的起始年齡說法不一，漢人往往循古爲例，故多
考證周代小學入學年紀，如《禮記·內則》中所記周代的發蒙年齡
較爲可靠，"子能食食，教以右手。能言，男唯女俞，男鞶革，女鞶
絲。六年，教之數與方名。七年，男女不同席，不共食。八年，出

① 班固：《漢書·藝文志》，中華書局，1962年，第1706頁。
② 班固：《漢書·杜鄴傳》，中華書局，1962年，第3473頁。
③ 李零：《蘭臺萬卷——讀〈漢書·藝文志〉》，生活·讀書·新知三聯書店，2011年，第13頁。

入門戶，及即席飲食，必後長者，始教之讓。九年，教之數日。十年，出外就傅，居宿於外，學書計”。《大戴禮記·保傅》的記載與此不同：“古者年八歲而出就外舍，學小藝焉，履小節焉。”《說文解字叙》：“《周禮》八歲入小學，保氏教國子先以六書。”漢代與此類似，如《漢書·食貨志》：“八歲入小學，學六甲五方書計之事。”《白虎通·辟雍》：“以爲八歲毀齒，始有識知，入學學書計。”[①] 書計即指書寫、計數，是漢代兒童由八歲起開始學習識字書寫、簡單計算的課程。數條相印證，可知八歲或爲發蒙年紀。

漢室初立之際，未能顧及教育，《漢書·儒林列傳·序》有言：“高帝尚有干戈，平定四海，未遑庠序之事，至武帝始興太學。”但這裏指的是國家各級學校的建立，並非指宗室子弟的教育。由史料所見，自漢高祖劉邦始，王室子弟從小即接受文化教育，《史記·叔孫通列傳》：“漢九年，高帝徙叔孫通爲太子太傅。”另如呂后時，曾任命王陵爲太子太傅，又“以左丞相審食其爲帝太傅”。賈誼曾任長沙王太傅，後又爲梁王太傅。“漢興，太宗使鼂錯導太子以法術，賈誼教梁王以《詩》《書》。及至中宗，亦令劉向、王褒、蕭望之、周堪之徒，以文章儒學保訓東宮以下，莫不崇簡其人，就成德器。”[②] 可見漢初宗室子弟得到了良好的教育，學習政治、儒學以及文學等知識，因此漢代皇室成員普遍具有較高的文化素養，不少能夠創作及欣賞漢賦。漢代史料所記皇室成員欣賞漢賦之事較爲多見，如《漢

---

① 陳立撰，吳則虞點校：《白虎通疏證》，中華書局，1994年，第253頁。

② 范曄：《後漢書》，中華書局，1965年，第1328頁。

書·王襃傳》記載："太子喜襃所爲《甘泉》及《洞簫頌》，令後宮貴人左右皆誦讀之。"①《史記·司馬相如傳》："相如既奏《大人》之頌，天子大說，飄飄有凌雲之氣，似游天地之閒意。"再如《漢書·王襃傳》中記宣帝賦論如下："辭賦大者與古詩同義，小者辯麗可喜。辟如女工有綺縠，音樂有鄭衛，今世俗猶皆以此虞說耳目，辭賦比之，尚有仁義風諭……賢於倡優博弈遠矣。"宣帝對辭賦形式美與內容美的雙重肯定，正是基於對賦作的深入理解與欣賞能力。漢室宗親中出現了不少賦家，多有賦作或篇名存世，如劉安《屏風賦》《薰籠賦》、劉勝《文木賦》、劉徹《悼李夫人賦》、劉向《請雨華山賦》《雅琴賦》《圍棊賦》《芳松枕賦》《麒麟角杖賦》《合賦》《行過江上弋鴈賦》《行弋賦》《弋鴟得雄賦》、劉歆《遂初賦》《甘泉宮賦》《燈賦》、劉玄《簧賦》、劉騊駼《玄根賦》，等等。歸根結底，漢室宗親所接受的小學及文化教育，是他們欣賞並創作賦作的基礎。

漢代的蒙學教育仍以私學爲主，首要的學習內容是識字書寫，再到相對淺易的《論語》《孝經》，以此鞏固小學知識，掌握基本道德規範。王充在《自紀篇》中記述了他自己的小學教育過程："六歲教書……八歲出於書館。書館小僮百人以上，皆以過失袒謫，或以書醜得鞭。充書日進，又無過失。手書既成，辭師受《論語》《尚書》，日諷千字。經明德就，謝師而專門，援筆而衆奇。"②由此可知，東漢兒童六歲即可開始學習，八歲入館學習，以識字書寫爲主。學館規

① 班固：《漢書》，中華書局，1962年，第2829頁。
② 黃暉：《論衡校釋》，中華書局，1990年，第1188頁。

模頗大，多至百童以上，學習及德行皆受先生管束，視過責罰。若順利，則兩年後即離館，開始從師學習《論語》《尚書》等經典。這些客觀情況都體現了漢代蒙學的發達。

漢代蒙學既以識字書寫爲主，則主要教材是字書，如《蒼頡篇》《凡將篇》《急就篇》《元尚篇》《訓纂編》等。漢代字書編纂的興盛與漢代蒙學的需求有直接關係，它順應文字的變化與需要，是蒙學發展的見證。另外，《蒼頡篇》漢簡出土的版本較多，這說明它是當時的常見書籍，其中出土地點甚至遠至西北邊塞，也可說明當時流傳範圍之廣，即使是邊遠之地也有學習傳授。

漢代最早的地方官學出現在景帝末年的蜀郡，《漢書·循吏列傳》記載：

> （文翁）爲蜀郡守，仁愛好教化。見蜀地辟陋有蠻夷風，文翁欲誘進之，乃選郡縣小吏開敏有材者張叔等十餘人親自飭屬，遣詣京師，受業博士，或學律令。減省少府用度，買刀布蜀物，齎計吏以遺博士。數歲，蜀生皆成就還歸，文翁以爲右職，用次察舉，官有至郡守刺史者。又修起學官於成都市中，招下縣子弟以爲學官弟子……縣是大化，蜀地學於京師者比齊魯焉。至武帝時，乃令天下郡國皆立學校官，自文翁爲之始云。

蜀郡文翁選拔人才遣詣京師，學習經學及律令，後於成都本地建立學官，教授內容當包括小學。地方官學的興起對蜀地文化的影響極大，其中最典型的就是賦學。漢人在評價蜀地賦家司馬相如、揚雄等人時，往往與文翁的教化相聯繫，如《漢書·地理志》："景武間，文翁爲蜀守，教民讀書法令，未能篤信道德，反以好文刺譏，貴慕權勢。及司馬相如游宦京師諸侯，以文辭顯於世，鄉黨慕循其迹。後有王褒、嚴遵、揚雄之徒，文章冠天下。繇文翁倡其教，相如爲之師。"在漢人的認識中，蜀地學校的興起與地方文化發展、漢賦家的成長之間有明確的關聯。

漢代完備的學校制度始於漢武帝元朔五年（前124），《漢書·儒林傳》：

> 元朔五年……爲博士官置弟子五十人，復其身。太常擇民年十八以上儀狀端正者，補博士弟子。郡國縣官有好文學，敬長上，肅政教，順鄉里，出入不悖，所聞，令相長丞上屬所二千石。二千石謹察可者，常與計偕，詣太常，得受業如弟子。一歲皆輒課，能通一藝以上，補文學掌故闕；其高第可以爲郎中，太常籍奏。即有秀才異等，輒以名聞。其不事學若下材，及不能通一藝，輒罷之，而請諸能稱者。臣謹按詔書律令下者，明天人分際，通古今之誼，文章爾雅，訓辭深厚，恩施甚美。小吏淺聞，弗能究宣，亡以明布諭下。以治禮掌故以文學禮義爲官，遷留滯。請選擇其秩比二百石以上及吏百石通一藝以上補左右內史、大行卒史，比百石以下補郡太守卒史，皆各二人，邊郡一人。先用誦多者，不足，擇掌故以補中二千石屬，文學掌故補郡屬，備員。請著功令。它如律令。

從民間察選有才能的青年，或就學於博士，或追隨太常，考察的主要內容是文學禮義和道德品行，一旦獲得了學習的機會，表現優異者就有可能獲得仕途晉升的機會。在選拔人才任命時，能背誦更多文字、典籍者被優先考慮。官府提供的學習機會造就了更多通曉經學、文學的文人，這也是漢代小學與漢賦興盛的又一原因。

東漢時期郡國學校制度愈見完備，班固在《東都賦》中描繪了漢代學校教育的成就："四海之內，學校如林，庠序盈門，獻酬交錯，俎豆莘莘，下舞上歌，蹈德詠仁。"由史料記載來看，這並不全是想象誇飾，而是有社會現實作爲依據，《後漢書》即記有明帝巡幸南陽、召校官弟子作雅樂之事。地方官員亦熱衷於修庠序、建學官，《後漢書》記載，宋均於辰陽立學校，寇恂於汝南修鄉校，衛颯於桂陽、秦彭於山陽修庠序，任延於武威立教官，鮑德於南陽復立郡學，等等。這些地方官學的修立，爲漢代小學的興盛、漢賦的發展培養了人才。

四　太學與鴻都門學

東漢職官制度雖承續西漢，但實際情況並不相同。至東漢，徵召、察舉制已經名不副實：

> 漢初詔舉賢良、方正，州郡察孝廉、秀才，斯亦貢士之方也。中興以後，復增敦樸、有道、賢能、直言、獨行、高節、質直、清白、敦厚之屬，榮路既廣，觖望難裁。自是竊名僞服，浸以流競。權門貴仕，請謁繁興。自左雄任事，限年試才，雖

頗有不密，固亦因識時宜。……故雄在尚書，天下不敢妄選，
十餘年間，稱爲得人，斯亦効實之微乎？^①

由范曄所述光武中興之後的吏選制度及實際情況，可知東漢時察舉
制已淪爲權貴的利祿之門。左雄雖以選試整頓吏制，力圖廓清吏選，
但前後也不過只有十餘年時間。故王符有論：

> 群僚舉士者，或以頑魯應茂才，以桀逆應至孝，以貪饕應
> 廉吏，以狡猾應方正，以諛諂應直言，以輕薄應敦厚，以空虛
> 應有道，以罵闇應明經，以殘酷應寬博，以怯弱應武猛，以愚
> 頑應治劇，名實不相副，求貢不相稱。富者乘其材力，貴者阻
> 其勢要，以錢多爲賢，以剛強爲上。凡在位所以多非其人，而
> 官聽所以數亂荒也。^②

言辭雖激切，但所言大體真實。東漢官吏選拔制度的混亂確乎使官
吏群體良莠不齊，但由《後漢書》各人物列傳及《文苑傳》可知，
漢賦的創作依舊繁盛，賦家及賦作在數量上都超過了西漢。究其原
因，漢代太學制度作爲教育制度、選試制度，培養了大批的賢能才
士，成爲漢賦創作的主力。

漢代太學創始於武帝時期，董仲舒於《天人三策》中提出興建
太學：

---

① 范曄：《後漢書》，中華書局，1965年，第2042頁。
② 王符撰，汪繼培箋：《潛夫論》，上海古籍出版社，1978年，第75頁。

　　夫不素養士而欲求賢，譬猶不琢玉而求文采也。故養士之大者，莫大乎太學；太學者，賢士之所關也，教化之本原也。今以一郡一國之眾，對亡應書者，是王道往往而絕也。臣願陛下興太學，置明師，以養天下之士，數考問以盡其材，則英俊宜可得矣。[1]

漢代開設太學的目的是爲漢室求賢良才士以利政教。元朔五年（前124），公孫弘奏請“置博士弟子員”，可參看前引《漢書·儒林列傳》“爲博士官置弟子五十人”條。馬端臨《文獻通考·學校一》：“元朔五年，置博士弟子員，前此博士雖各以經授徒而無考察試用之法，至是官始爲置弟子員，即武帝所謂興太學也。”自此，博士弟子經考試後可選補官吏。

　　從西漢到東漢，太學的規模不斷擴大。據《漢書·儒林傳序》，太學建立之初，僅設博士弟子五十員，昭帝時增爲百人，宣帝末增爲兩百人，元帝時“能通一經者皆復”，增至千人。成帝末，至三千人，後仍恢復爲千人。王莽時博士弟子多達一萬餘人。東漢光武帝復興太學，《後漢書·儒林傳》：“建武五年，乃修起太學，稽式古典。”[2]明帝、順帝時期太學不斷增科擴建，到質帝“本初元年，梁太后詔曰：大將軍下至六百石，悉遣子就學。每歲輒於饗射月一饗會之，以此爲常”。由此，太學博士弟子激增，竟多達三萬人。

① 班固：《漢書》，中華書局，1962年，第2512頁。
② 范曄：《後漢書》，中華書局，1965年，第2545頁。

　　漢代太學制度較爲完備，首先，太學師生都要經過較嚴格的選拔。太學中的老師即兩漢時期的博士，多選擇德才兼備的經師名儒擔任。太學生也需經過選拔和考試，《漢書·儒林傳》："太常擇民年十八以上儀狀端正者，補博士弟子。郡國縣官有好文學，敬長上，肅政教，順鄉里，出入不悖，所聞，令相長丞上屬所二千石。二千石謹察可者，常與計偕，詣太常，得受業如弟子。一歲皆輒課。"① 太常掌管博士和太學，博士弟子及其他各類就學者每年都要經過學業考試，故選拔的人才更爲可靠。

　　其次，太學博士及太學生欲入仕，皆需再經課試。博士在成帝時即有明確的三科之制，《漢書·孔光傳》："是時，博士選三科，高第爲尚書，次爲刺史，其不通政事，以久次補諸侯太傅，光以高第爲尚書。"② 太學生通過課試方可選補官吏，且由射策課試來決定所得官職。太學生員日漸增多，因入仕比例極低，競爭激烈，故大多數太學生學習勤奮，如倪寬、翟方進、沙穆等貧寒子弟勤苦過人；仇覽、魏應、魯恭等以不事交游、閉門苦讀而爲人稱道。

　　東漢太學亦盛，太學生經過數年的努力學習，普遍具備較高的文字及學術水準。東漢明帝時期辭賦興盛，以班固爲首的賦家多出於太學。班固於建武二十三年（47）至建武三十年（54）之間爲太學生，求學八年，"遂博貫載籍，九流百家之言，無不窮究"③，爲他

---

① 班固：《漢書》，中華書局，1962年，第3594頁。
② 班固：《漢書》，中華書局，1962年，第3353頁。
③ 范曄：《後漢書》，中華書局，1965年，第1330頁。

創作大賦提供了堅實的學養基礎。這從他對經學與辭賦關係的認識中也可以得到側證，《兩都賦序》："賦者，古詩之流也。""雍容揄揚，著於後嗣，抑亦《雅》《頌》之亞也。"[1] 班固認爲賦導源於《詩經》，對其文體風格及政教功能的評價也是從經學的視角出發。這種對賦的體認，與他在太學期間對經學的深入學習不無關係。

　　與班固同時的太學生還有傅毅、崔駰、賈逵等人。傅毅同樣擅長辭賦，有《舞賦》《洛都賦》《琴賦》《扇賦》《反都賦》《神雀賦》《七激》等賦作；崔駰"年十三能通《詩》《易》《春秋》，博學有偉才，盡通古今訓詁百家之言，善屬文。少游太學，與班固、傅毅同時齊名。……所著詩、賦、銘、頌、書、記、表、《七依》《婚禮結言》《達旨》《酒警》合二十一篇"[2]，《全漢賦》中收錄了《反都賦》《達旨》《大將軍臨洛觀賦》《大將軍西征賦》《武都賦》《武賦》《七依》等賦作及篇名；賈逵"自爲兒童，常在太學，不通人間事"[3]，其永平十七年（74）所作《神雀頌》，收於《事類賦》，學界一般也將之歸屬於賦類。

　　東漢辭賦大家張衡也曾就讀於太學，《後漢書·張衡傳》："衡少善屬文，游於三輔，因入京師，觀太學，遂通《五經》，貫六藝。"[4] 張衡在太學期間學通五經六藝，這一點與本書上文所論其辭賦作品

---

① 蕭統編，李善注：《文選》，中華書局，1977年，第21—22頁。

② 范曄：《後漢書》，中華書局，1965年，第1708—1722頁。

③ 范曄：《後漢書》，中華書局，1965年，第1235頁。

④ 范曄：《後漢書》，中華書局，1965年，第1897頁。

中多用經學語可相互印證。馬融爲東漢辭賦名家，亦講學於太學。另有太學生劉陶"及上書言當世便事、條教、賦、奏、書、記、辯疑，凡百餘篇"[1]；高彪"游太學……數奏賦、頌、奇文，因事諷諫，靈帝異之"[2]；服虔"少以清苦建志，入太學受業。有雅才，善著文論，作《春秋左氏傳解》，行之至今。……所著賦、碑、誄、書記、《連珠》、《九憤》，凡十餘篇"[3]。東漢賦家大多有太學經歷，這並不是巧合，它揭示了漢賦與漢代經學的內在聯繫，也是東漢時期太學制度影響漢賦發展的表徵。太學的教學內容是經學，而經學中的小學、義理都對辭賦創作有一定的影響。漢賦的博物洽聞與經學的名物典故聯繫緊密，而附屬於經學的小學也正是辭賦創作的基礎，因而太學生成爲東漢賦作的主要創作群體。從這個意義上來說，太學制度客觀上推動了漢賦的發展。

東漢時期，另一個與漢賦發展密切相關的教育制度是"鴻都門學"。據《後漢書·靈帝紀》，光和元年（178）二月"始置鴻都門學生"。李賢注："鴻都，門名也，於內置學。時其中諸生，皆勅州、郡、三公舉召能爲尺牘辭賦及工書鳥篆者相課試，至千人焉。"[4]鴻都門學招收了大量工於辭賦者入學，確有益於漢賦的發展，"此制一興，則凡咕嗶之徒，相率應制以博祿位，自不得不專務記覽，據事類義，

---

① 范曄：《後漢書》，中華書局，1965年，第1851頁。
② 范曄：《後漢書》，中華書局，1965年，第2650頁。
③ 范曄：《後漢書》，中華書局，1965年，第2583頁。
④ 范曄：《後漢書》，中華書局，1965年，第340—341頁。

援古證今，籍以供作詞賦之用"[1]。但從長遠來看，在東漢社會政治環境下，鴻都門學制最終給辭賦帶來了不可忽略的消極影響。《東漢會要》："侍中祭酒樂松、賈護，多引無行趣勢之徒，並待制鴻都門下，憙陳方俗閭里小事，帝甚悅之，待以不次之位。"[2]鑽營名利、無行趣勢者因鴻都門學制而得以破格提升，甚至"或出爲刺史、太守，入爲尚書、侍中，乃有封侯賜爵者"[3]，這與大多數太學生雖飽讀詩書卻不得任用的情況形成了鮮明對比。《漢書·儒林傳》："平帝時王莽秉政，增元士之子得受業如弟子，勿以爲員，歲課甲科四十人爲郎中，乙科二十人爲太子舍人，丙科四十人補文學掌故云。"[4]王莽有意增加太學生任官名額，但也不過百人而已。東漢時靈帝熹平五年（176）開特例，"試太學生年六十以上百餘人，除郎中、太子舍人至王家郎、郡國文學吏"[5]。選拔一百多名六十歲以上的太學生，已經是特例，但相對於數量龐大的太學生而言，入仕機會仍非常珍稀。

鴻都門學引發了當時太學生及官員的憤慨，以致"士君子皆恥與爲列焉"[6]，這從《後漢書·酷吏傳》中可得到印證：

（陽球）奏罷鴻都文學，曰："……松、覽等皆出於微蔑，斗筲小人，依憑世戚，附託權豪，俛眉承睫，徼進明時。或獻

---

① 金秬香：《漢代詞賦之發達》，山西人民出版社，2014年，第14頁。
② 徐天麟.《東漢會要》，上海古籍出版社，2006年，第163頁。
③ 范曄：《後漢書》，中華書局，1965年，第1998頁。
④ 班固：《漢書》，中華書局，1962年，第3596頁。
⑤ 范曄：《後漢書》，中華書局，1965年，第338頁。
⑥ 范曄：《後漢書》，中華書局，1965年，第1998頁。

賦一篇，或鳥篆盈簡，而位升郎中，形圖丹青。亦有筆不點牘，辭不辯心，假手請字，妖偽百品，莫不被蒙殊恩，蟬蛻濁濁。是以有識掩口，天下嗟歎。……今太學、東觀足以宣明聖化。願罷鴻都之選，以消天下之謗。"①

陽球認爲獻賦是邀寵詔媚的行徑，故斥之爲妖偽，奏請取消鴻都選士之制。蔡邕對以辭賦選士之事亦有奏疏，《後漢書·蔡邕傳》：

> 夫書畫辭賦，才之小者，匡國理政，未有其能。陛下即位之初，先涉經術，聽政餘日，觀省篇章，聊以游意，當代博弈，非以教化取士之本。而諸生競利，作者鼎沸。其高者頗引經訓風喻之言；下則連偶俗語，有類俳優；或竊成文，虛冒名氏。臣每受詔於盛化門，差次錄第，其未及者，亦復隨輩皆見拜擢。

據此可知，鴻都門學制度實已開賦選之途，辭賦之士因此多見擢拔，引起了朝臣的不滿。

東漢社會對人才的品行原本非常重視，"後漢取士，必經明行修；蓋非專重其文，而必深考其行"②。故蔡邕雖爲漢季賦家之代表，亦極力反對辭賦取士，並因此而強調了源自揚雄的"辭賦小道"觀念。這對漢末賦作的發展而言，顯然是又一重打擊。

---

① 范曄：《後漢書》，中華書局，1965年，第2499頁。
② 皮錫瑞著，周予同注：《經學歷史》，中華書局，2004年，第82頁。

漢賦發展受文體特點、承傳與衍化規律、語言文字等多種因素影響，同時也受社會政治文化制度的影響。漢代文化、教育制度與文人仕宦命運、文人群體的培養及社會文化息息相關，並由此對漢賦產生了重要影響。

第三節　經濟制度對漢賦、辭書的影響

文學與經濟看似殊途，實則密切相關。即便在典型的農業社會，經濟仍是一切社會上層建築的基礎，對文學也有深遠的影響。正如金秬香先生所論："自來誦讀之業，恆與經濟相資。"① 漢代經濟制度中，對小學與漢賦影響最大的是賦稅制度與市制，前者關乎文化的興盛，後者係乎文化的傳播。

一　賦稅制度與小學、賦作的興盛

西漢以識字多寡爲標準擢選下級官吏，從風響應者甚衆，能進而精通經術者前途無量，正所謂"經術苟明，其取青紫如俛拾地芥耳"（《漢書·夏侯勝傳》），這在上文職官制度與學校制度中已有論及。歸根到底，官吏職位對世人的強大吸引力仍在於利祿，正如法家之論："輕辭古之天子，難去今之縣令者，薄厚之實異也。"（《韓非子·五蠹》）漢賦與辭書的興盛，與漢代的賦稅制度關係密切。

---

① 金秬香：《漢代詞賦之發達》，山西人民出版社，2014年，第14頁。

　　漢人的賦稅負擔主要有三種：田租、算賦及口賦、更賦。田租是國家財政收入的主要來源，據《漢書·食貨志》所記，漢高祖時的田租比秦朝有所減輕："上於是約法省禁，輕田租，什五而稅一。"繼而又因軍費負擔，復有增加。惠帝至景帝時，"賜民田租之半"，減什五稅一爲三十稅一，遂爲西漢之世田租之定率。至東漢時，光武帝於建武六年（30）十二月下詔"令郡國收見田租三十稅一如舊制"，可知西漢田租亦曾變更，但至此時又得以恢復到三十稅一。算賦與口賦相當於人口稅，口賦徵收三歲至十四歲人口，每人出二十三錢；算賦由十五歲起，人出百二十錢。更賦也就是勞役兵役，即孟子所言"力役之徵"（《孟子·盡心下》）。更賦又分爲三種，即郡縣一月一更、中都正卒一歲一更、戍邊三日之役。更賦不同時期負擔有重有輕，且富者可以錢代賦。

　　三類主要賦稅之外，又因國家支出日漸龐大，時出種種雜稅，如鹽鐵稅、車船稅、馬口錢、酒稅等。

　　漢代百姓的賦稅負擔仍較爲沉重，尤其是口賦、算賦和更賦：

　　　　蓋以當時貨幣購買力之大，七歲至十四歲之小口一人即須出二十三錢，十四歲以上之成年一人，須出百二十錢。假定一家，僅有夫婦二人，小口一人，即共須出二百六十三錢，以當時穀價石三十錢計之，賣穀八石尚不能了此一種之賦，以穀價石八十錢計之，亦須賣穀三石有奇，方能了此一種之賦。更賦之本體爲力役，無錢者可以力應，貧者似易負擔；然一身不能兩用，應役不能治生，治生不能應役，則在貧者，亦非易於了卻之問題，故在小農及賣傭之勞工階級，對於此種表面甚公平之賦稅，恆有喘息難於自舒之勢。[①]

稅賦負擔之難之重，由漢代史料所記因口賦殺子現象可見一斑。元帝初年，貢禹爲諫議大夫，曾上疏奏請推遲口錢起徵歲數，"禹以爲古民亡賦算口錢，起武帝征伐四夷，重賦於民，民產子三歲則出口錢，故民重困，至於生子輒殺，甚可悲痛。宜令兒七歲去齒乃出口錢，年二十乃算"（《漢書·貢禹傳》）。

　稅賦之重既使百姓痛苦不堪，一旦有復免之可能，則民之趨利如水之就下。漢代復免之例頗多，《東漢會要》："漢之有復除，猶《周官》之有施舍，皆除其賦役之謂也。然西京時，或以從軍，或以三老，或以孝悌、力田，或以明經，或以博士弟子，或以功臣，後以至民產子者，大父母、父母之年高者，給崇高之祠者，莫不得復，其間美意至多。"[②] 在衆多條目中，明經及博士弟子皆有勸學誘進之意。漢代最早的因教育而復免之事見於地方官學，《漢書·循吏列傳》："（文翁）爲蜀郡守，仁愛好教化。見蜀地辟陋有蠻夷風，文翁欲誘進之……又修起學官於成都市中，招下縣子弟以爲學官弟子，爲除更繇，高者以補郡縣吏，次爲孝弟力田。常選學官僮子，使在便坐受事。每出行縣，益從學官諸生明經飭行者與俱，使傳教令，

___

① 李劍農：《先秦兩漢經濟史稿》，生活·讀書·新知三聯書店，1957年，第259頁。
② 徐天麟：《東漢會要》，上海古籍出版社，2006年，第430頁。

出入閨閣。縣邑吏民見而榮之，數年，爭欲爲學官弟子，富人至出錢求之。繇是大化，蜀地學於京師者比齊魯焉。”其中“爲除更繇”即指免除力役。另外，“孝弟力田”始設於孝惠帝，“舉民孝弟力田者復其身”（《漢書·惠帝紀》），亦可免除徭役。文翁設地方學官，正是利用減免更賦之法，並以官職、尊顯之榮勸學誘進，由此使蜀中文教大興。

爲勸導儒家經學而行復免之事亦見於武帝時，《漢書·儒林傳》：“武帝元朔五年，公孫弘請爲博士官置弟子五十人，復其身。”“復其身”即指免除更賦，口賦與算賦是否在內尚不能證實。有漢一代，太學生皆可復免，通經者復免之例亦多見，如“元帝好儒，能通一經者復。數年以用度不足，更爲設員千人”[1]。復免帶來的經濟上的實際助益，使漢人樂於學習，所謂“欲以推廣學者，其結果乃爲貧寒之士開一避免更繇之路。學官弟子益衆，復免者亦隨之增加”[2]。這是賦稅制度對漢代教育文化的重要推動作用。

漢代賦稅制度中對儒士經生的優待，大大提高了漢人的文化素養及知識水平。漢代經學昌盛，正如劉攽《送焦千之序》記載：“夫東西漢之時，賢士長者，未嘗不仕郡縣也。自曹掾書史、馭吏亭長、門幹街卒、游徼嗇夫，盡儒生學士爲之。”[3]漢代社會的各個管理階層，即便是官僚中最下層的小吏，也由儒生學士來擔當，這

---

[1] 徐天麟：《西漢會要》，上海古籍出版社，2006年，第553頁。
[2] 李劍農：《先秦兩漢經濟史稿》，生活·讀書·新知三聯書店，1957年，第263頁。
[3] 劉攽：《彭城集》，叢書集成初編，中華書局，1985年，第458頁。

使社會文化水平有了很大的提高。漢代辭書與漢賦的發展，正源於這樣的社會文化基礎，而賦稅制度在其中起到了重要的誘導、促進作用。

二　市制與辭書、賦作的傳播

大一統的漢代社會爲商業發展提供了便利條件，《史記·貨殖列傳》："漢興，海內爲一，開關梁，弛山澤之禁，是以富商大賈，周流天下，交易之物莫不通，得其所欲。"社會的安定和統一促進了商業的發展和商品的流通，"漢初實爲中國商人第一次獲得自由發展之安定時期也"[①]。圖書具有知識屬性，但也是具有經濟價值的特殊商品，文化發展離不開圖書的傳播。漢代圖書以簡帛爲主，仍較爲珍貴難得。在漢代長安、洛陽等都城中，商業已經較爲發達，市場已具備一定的規模，且形成了管理制度，這爲漢代圖書的傳播提供了便利條件。

誠如王國維所論："都邑者，政治與文化之標徵也。"[②]漢代最發達的商業中心長安、洛陽，同時也是政治文化中心。長安城內的市由漢初至東漢數量不斷增加，如《漢書·惠帝本紀》記載，惠帝六年"起長安西市"。東漢時長安城中九市已經建成，唐人輯錄的《三輔黃圖》中記載：

---

① 李劍農：《先秦兩漢經濟史稿》，生活·讀書·新知三聯書店，1957年，第199頁。
② 王國維：《王國維全集》第八卷《殷周制度論》，浙江教育出版社、廣東教育出版社，2010年，第302頁。

　　長安城中，經緯各長三十二里十八步，地九百七十二頃，八街，九陌，三宮，九府，三廟，十二門，九市，十六橋。

九市的規制在“長安九市條”有更詳細的記載：

　　《廟記》云：長安市有九，各方二百六十六步，六市在道西，三市在道東，凡四里為一市。致九州之人，在突門。

《三輔黄圖》雖非漢人所撰，但去漢不遠，多有依憑，漢代都城賦可證其說不虛，班固的《兩都賦》中就有形象的描述：“內則街衢洞達，閭閻且千，九市開場，貨別隧分，人不得顧，車不得旋。”張衡的《二京賦》也有類似的記載：“爾乃廓開九市，通闤帶閭。旗亭五重，俯察百隧。周制大胥，今也惟尉。”王念孫《廣雅疏證》卷七中，訓釋了“闤”“闠”二字：“案闤為市垣，闠為市門，而市道即在垣與門之內，故亦得闤闠之名。”① 由此可知，當時的市場已經有了牆垣和市門。“貨別隧分”當指市場中同類商品聚集一處，分列於道旁。“旗亭”，《三輔黄圖》“長安九市條”：“旗亭樓，在杜門大道南。又有柳市、東市、西市，當市樓有令署，以察商賈貨財買賣貿易之事，三輔都尉掌之。”② 旗亭是市樓，屬於市場管理機構，理應設在市旁，故張衡《二京賦》中將兩者並提，寫其高聳，管理市場的都尉高居其上，俯察市中情形。漢代設有市官，置市令或市長一人，“漢

---

① 　王念孫：《廣雅疏證》，江蘇古籍出版社，2000年，第213—214頁。
② 　何清谷：《三輔黄圖校注》卷二，三秦出版社，2006年，第110—113頁。

之令長，沿襲秦制，大县置'令'，小县置'長'，故於市亦然，長安東西市規模特大，故以'市令'主之，其他都會之市則以'市長'主之，都尉爲武官屬，主捕治盜賊。長安爲首都，故以三輔都尉兼領長安市"[1]。由此觀之，漢代長安市制已較爲完備，它反映了當時長安城中商品流通的發達程度。

在市中衆多種類的商鋪市肆中，書肆占有一席之地。東漢時期，洛陽城内已有專門的書肆，《後漢書·王充傳》："（充）家貧無書，常游洛陽市肆，閲所賣書，一見輒能誦憶，遂博通衆流百家之言。"另如《後漢書·荀悦傳》："家貧無書，每之人間，所見篇牘，一覽多能誦記。"東漢時書籍價格不菲，故貧家學子無力購買。但由王充、荀悦讀書於市肆的經歷來看，當時的書肆允許書生自由翻閲，實爲貧寒學子保留了讀書求知的途徑。書肆所售賣的書籍種類繁多，經學及諸子百家之書，無所不有，故王充能"博通衆流百家之言"。

據此推論，書肆中既有諸子百家之書，辭書也應在其中。商人逐利，必然迎合市場需求，字書既是兒童發蒙讀物，亦是吏選之人的必備書籍，銷量應該更大，流通也應更廣。

長安城中最有特色的市當爲"槐市"。《三輔黃圖·補遺》引《藝文類聚》中的"槐市"條云：

> 禮，小學在公宫之南，太學在東，就陽位也。去城七里東爲常滿倉，倉之北爲槐市。列槐樹數百行爲隧，無牆屋，諸生

---

[1]　李劍農：《先秦兩漢經濟史稿》，生活·讀書·新知三聯書店，1957年，第212頁。

> 朔望會此市，各持其郡所出貨物，及經傳書記，笙磬樂器，相
> 與買賣，雍容揖讓，論議槐下。

漢代官方營建的市有牆有門，故《史記·貨殖列傳》有"刺繡文不
如倚市門"之說。槐市在太學附近，並無貨別隧分的規整建制，又
無牆屋，只是一個槐樹成行的露天市場，故而稱爲槐市。它是因太
學生書籍、樂器及各地土特産交易需要而形成的簡陋集市。買賣貨
物中，經傳書記及禮樂器物占了很大比例。與其他市的交易情形不
同，這些太學生"雍容揖讓，論議槐下"，有鮮明的讀書人特點，是
漢代最獨特的市場。槐市滿足了文化商品流通的需求，有助於文化
的繁榮與傳播，尤其是書籍的傳播，間接上也起到了促進小學與文
學發展的作用。

結　語

　　文學是語言文字的藝術，在中國三千年的文學長河中，無數作品以動人的語句、精妙的修辭、合理的結構，確證了文學作品與語言文字一體兩面、同生共長的關係。漢賦與漢代辭書間複雜而深入的聯繫，正是文學與小學關係的具體表現。

　　作爲小學家的漢賦家，在深入理解語言文字的基礎上，運用了雅言、方言、古字、口語等豐富的資源，並精心檢擇詞語、組織文字，形成了形、音、義兼重的文學語言特點。漢賦的這一特點深入影響了漢代辭書的編纂，如漢賦中大量的字形義符化，在稍後的辭書中多有收錄整理，體現出語言學家對漢賦的重視。漢賦既承傳先秦文學傳統，也重視創新，出現了不少首創詞語，運用了很多疊字和方言，這既是受漢代早期辭書影響的結果，也影響了之後的辭書編纂。而漢代辭書對漢賦詞語的整理和規範，又反作用於包括賦體在內的文學創作。漢賦與辭書間的良性互動，是漢代文學語言日益豐富的原因之一。

　　漢賦重視修辭，大量運用了聯邊、複語、對偶等技巧，並因此形成了語言形音義兼顧、不忌重複、句式對稱等形式特點，同時也帶來了詞繁義寡、文氣冗緩等弊病。辭書同義類訓的編纂體例，既爲漢賦創作提供了修辭的靈感和借鑒，也提供了語言文字材料；辭書受到漢賦的影響，用各種修辭技巧達到形式與內容上的優美，雖然與文學作品的效果相去較遠，但也體現出重視形式的自覺意識。

漢賦與辭書在句式、章句結構和深層結構上互有異同，但兩者都表現出以類相從、有序鋪陳的特點，反映了漢人牢籠宇宙、思接千古的浩大渾融的時空觀念，體現了美頌諷祝的精神旨歸以及日益勃興的人文精神。這是時代觀念與精神在文學與小學領域的自然呈現，也是漢賦與小學的內在深層結構。

社會制度對社會文化的發展有直接的影響，漢代職官制度、文化教育制度、經濟制度決定了漢代文人求學、仕進的途徑、內容、動機等，這是影響漢賦與小學發展的外在因素，也是漢賦創作與辭書編纂興衰背後最直接的社會原因。

漢賦與漢代辭書的關係研究是一個充滿趣味、富於張力的學術問題，從字形、詞語、修辭、結構及社會制度入手，對兩者做深入的對比分析，實際上是從具體的文本細節到宏觀的文本結構、從文本內部到外在社會因素的一次全面考察。不但對比總結了以往較少關注的漢賦語言、句式與辭書的異同，更揭示出漢代小學與文學共生互動的深層關聯。

漢賦與漢代辭書研究這一課題已告結束，但小學與文學的關係研究仍有很多問題值得探討，比如漢賦與漢代辭書在字音上的異同，辭書與漢賦詞義的異同及原因，魏晉南北朝辭書與文學作品的關係，等等。漢賦與辭書關係研究的意義並不侷限於這一問題本身，更在於能否爲古代文學研究帶來新的視角與啓示，從而推動學科的發展。

附録一

漢賦聯綿字簡明通檢表

注：表格以《全漢賦校注》爲文本依據，爲便於區分，異形同詞的情況不加合併，分而列之；疊字單獨列出，見《漢賦疊字簡明通檢表》。

詞目	作者	篇目	例句
暗藹	揚雄	《甘泉賦》	儐暗藹兮降清壇，瑞穰穰兮委如山。
	張衡	《思玄賦》	據開陽而頫眂兮，臨舊鄉之暗藹。
晻藹	班固	《終南山賦》	曖嘒晻藹，若鬼若神。
	徐幹	《哀別賦》	仰深沉之晻藹兮，重增悲以傷情。
	楊修	《許昌宮賦》	晻藹低佪，天行地止。
掩曖	王粲	《寡婦賦》	日掩曖兮不昏，朗月皎兮揚暉。
晻薆	司馬相如	《上林賦》	胅蠁布寫，晻薆咇茀。
暗曖	張衡	《思玄賦》	繽聯翩兮紛暗曖，倏眩眃兮反常閭。
晻曖	張衡	《南都賦》	晻曖蓊蔚，含芬吐芳。
	王延壽	《魯靈光殿賦》	遂排金扉而北入，霄靄靄而晻曖。
曖嘒	班固	《終南山賦》	曖嘒晻藹，若鬼若神。
薆蔚	張衡	《西京賦》	鬱蓊薆蔚，橚爽櫹椮。
奄閭	司馬相如	《子虛賦》	其埤溼則生藏茛蒹葭，東薔彫胡，蓮藕觚盧，奄閭軒於。

續表一

詞目	作者	篇目	例句
案衍	司馬相如	《子虛賦》	其南則有平原廣澤，登降阤靡，案衍壇曼。
		《上林賦》	荊吳鄭衛之聲，《韶》《濩》《武》《象》之樂，陰淫案衍之音。
翱翔	賈誼	《鵩鳥賦》	寥廓忽荒兮，與道翱翔。
	枚乘	《梁王菟園賦》	啄尾離屬，翱翔群熙。
	王褒	《洞簫賦》	春禽群嬉，翱翔乎其顛。
			時奏狡弄，則彷徨翱翔。
	司馬相如	《子虛賦》	於是楚王乃弭節徘徊，翱翔容與。
		《上林賦》	於是乎乘輿弭節徘徊，翱翔往來。
	劉歆	《甘泉宮賦》	翡翠孔雀，飛而翱翔。
	馮衍	《顯志賦》	一龍一蛇，與道翱翔。
	馬融	《圍棋賦》	違閣奮翼兮，左右翱翔。
	王粲	《遊海賦》	繽紛往來，沉浮翱翔。
		《思友賦》	登城隅之高觀，忽臨下以翱翔。
巴且	司馬相如	《子虛賦》	江離麋蕪，諸柘巴且。
芨苦	揚雄	《甘泉》	攢並閭與芨苦兮，紛被麗其亡鄂。
拔扈	張衡	《西京賦》	緹衣韎韐，睢盱拔扈。
撥刺	張衡	《思玄賦》	彎威弧之撥刺兮，射嶓冢之封狼。
猈豸	司馬相如	《上林賦》	陂池猈豸，允溶淫鬻。
吣茀	司馬相如	《上林賦》	胅蠁布寫，晻薆吣茀。
渾弗	司馬相如	《上林賦》	洶涌彭湃，渾弗宓汨，偪側泌㵼。
泌㵼	司馬相如	《上林賦》	洶涌彭湃，渾弗宓汨，偪側泌㵼。
	揚雄	《蜀都賦》	泌㵼乎爭降，湖㵼排碣。
	劉楨	《魯都賦》	凌迅波以遠騰，正泌㵼乎湄㵿。

詞目	作者	篇目	例句
呹嘞	王褒	《洞簫賦》	啾呹嘞而將吟兮，行鍖鋜以龢囉。
膒臆	王延壽	《夢賦》	於是夢中驚怒，膒臆紛紜。
愊憶	馮衍	《顯志賦》	講聖哲之通論兮，心愊憶而紛紜。
薜荔	揚雄	《甘泉賦》	麾薜荔而爲席兮，折瓊枝以爲芳。
	張衡	《南都賦》	其香草則有薜荔蕙若，薇蕪蓀萇。
鷫鷞	傅毅	《舞賦》	鷫鷞燕居，拉搨鵠驚。
嫛屑	司馬相如	《上林賦》	便姍嫛屑，與世殊服。
蹴蹹	張衡	《南都賦》	翹遙遷延，蹴蹹蹁躚。
邠盼	揚雄	《蜀都賦》	朱緣之畫，邠盼麗光。
玢豳	司馬相如	《上林賦》	珉玉旁唐，玢豳文鱗。
玢璘	黃香	《九宮賦》	蚩尤之倫，玢璘而要班斕。
屏營	張衡	《定情賦》	秋爲期兮時已征，思美人兮愁屏營。
	王粲	《大暑賦》	起屏營而東西，欲避之而無方。
并閭	司馬相如	《上林賦》	留落胥邪，仁頻并閭。
並閭	揚雄	《甘泉賦》	攢並閭與芰苦兮，紛被麗其亡鄂。
勃窣	司馬相如	《子虛賦》	於是乃群相與獠於蕙圃，嫚姍勃窣。
粲爛	司馬相如	《上林賦》	皓齒粲爛，宜笑的皪。
倉庚	枚乘	《梁王菟園賦》	闇闇謹攓，昆雞蜓蛙，倉庚密切。
	王粲	《鶯賦》	歷長夜以向晨，聞倉庚之群鳴。
鶬鶊	張衡	《歸田賦》	王雎鼓翼，鶬鶊哀鳴。
鶬鴰	班固	《西都賦》	玄鶴白鷺，黃鵠鴐鵝，鶬鴰鴇鶂。
惝恍	王褒	《洞簫賦》	惝恍爛漫，亡耦失疇。
參差	司馬相如	《子虛賦》	岑崟參差，日月蔽虧。

續表三

詞目	作者	篇目	例句
參差	司馬相如	《上林賦》	深林巨木，嶄巖參差。
		《長門賦》	施瑰木之欂櫨兮，委參差以槺梁。
	王褒	《洞簫賦》	吹參差而入道德兮，故永御而可貴。
	揚雄	《甘泉賦》	柴虒參差，魚頡而鳥胻。
		《蜀都賦》	諸徼嵲峴，五矼參差。
	班倢伃	《擣素賦》	任落手之參差，從風飈之遠近。
	崔駰	《達旨》	參差同量，坏冶一陶。
	班固	《幽通賦》	洞參差其紛錯兮，斯衆兆之所惑。
	張衡	《西京賦》	華嶽峩峩，岡巒參差。
		《舞賦》	音樂陳兮旨酒施，擊靈鼓兮吹參差。
	劉梁	《七舉》	鴻臺百層，千雲參差。
			繁飾參差，微鮮若霜。
	蔡邕	《彈琴賦》	丹華煒煒，綠葉參差。
	楊修	《許昌宮賦》	紛蓊蔚以參差。
	王粲	《七釋》	戴甗反宇，參差相加。
	丁儀	《厲志賦》	嗟世俗之參差，將未審乎好惡。
嵾嵳	揚雄	《甘泉賦》	增宮嵾嵳，駢嵳峩兮。
岑崟	司馬相如	《子虛賦》	岑崟參差，日月蔽虧。
	王延壽	《魯靈光殿賦》	崱屴嵫釐，岑崟崰嶷，駢嶐艐兮。
岑嵓	揚雄	《蜀都賦》	渝山巖巖，觀上岑嵓。
差池	李尤	《辟雍賦》	攢羅鱗次，差池雜遝。
嶄巖	司馬相如	《上林賦》	深林巨木，嶄巖參差。
嶄巖	張衡	《西京賦》	上林岑以壘巋，下嶄巖以嵒齬。

續表四

詞目	作者	篇目	例句
嶄岩	王延壽	《王孫賦》	生深山之茂林，處嶄岩之嶔崎。
嬋蜎	張衡	《西京賦》	嚼清商而却轉，增嬋蜎以此豸。
孱顏	司馬相如	《大人賦》	沛艾赳螑仡以佁儗兮，放散畔岸驤以孱顏。
嘽咺	王褒	《洞簫賦》	剛毅彊虣反仁恩兮，嘽咺逸豫戒其失。
嬋媛	張衡	《南都賦》	結根竦本，垂條嬋媛。
	邊讓	《章華台賦》	形便娟以嬋媛兮，若流風之靡草。
潺湲	枚乘	《七發》	澌汨潺湲，披揚流灑。
	王褒	《洞簫賦》	或渾沌而潺湲兮，獵若枚折。
	張衡	《思玄賦》	亂弱水之潺湲兮，逗華陰之湍渚。
澶湲	蔡邕	《漢津賦》	嘉清源之體勢兮，澹澶湲以安流。
蟾蜍	李尤	《平樂觀賦》	黿鼉蟾蜍，挈琴鼓缶。
	張衡	《西京賦》	蟾蜍與龜，水人弄蛇。
瀺灂	司馬相如	《上林賦》	臨坻注壑，瀺灂霣隊，沈沈隱隱，砰磅訇礚。
	張衡	《南都賦》	汰瀺灂兮舡容裔，陽侯澆兮掩鳧鷖。
	王逸	《機婦賦》	游魚銜餌，瀺灂其陂。
昌蒲	司馬相如	《子虛賦》	穷窮昌蒲，江離蘪蕪，諸柘巴且。
閶闔	司馬相如	《大人賦》	排閶闔而帝宮兮，載玉女而與之歸。
	揚雄	《甘泉賦》	登椽欒而羾天門兮，馳閶闔而入凌兢。
	王延壽	《魯靈光殿賦》	高門擬於閶闔，方二軌而並入。
	張衡	《西京賦》	正紫宮於未央，表嶢闕於閶闔。
			閶闔之內，別風嶕嶢。
		《思玄賦》	出閶闔兮降天途，乘飆忽兮馳虛無。
		《羽獵賦》	開閶闔兮坐紫宮。

續表五

詞目	作者	篇目	例句
閶闔	蔡邕	《釋誨》	闓閶闔，乘天衢。
尚陽	黃香	《九宮賦》	蕩翊翊而敞降，聊優遊而尚陽。
敞克	劉徹	《悼李夫人賦》	寖淫敞克，寂兮無音。
敞怳	司馬相如	《大人賦》	視眩泯而亡見兮，聽敞怳而亡聞。
惝惘	張衡	《思玄賦》	仰矯首以遙望兮，魂惝惘而無疇。
敞罔	司馬相如	《難蜀父老》	敞罔靡徙，遷延而辭避。
	馬融	《長笛賦》	徬徨縱肆，曠瀁敞罔，老莊之槩也。
踸踔	馬融	《樗蒲賦》	磊落踸踔，并來猥至。
鍖銋	王褒	《洞簫賦》	啾咇㘉而將吟兮，行鍖銋以龢囉。
獑猭	王褒	《洞簫賦》	處幽隱而奧屛兮，密漠泊以獑猭。
櫋椽	王延壽	《王孫賦》	扶嶔崟以櫋椽，躡危臬而騰舞。
噌吰	司馬相如	《長門賦》	擠玉戶以撼金鋪兮，聲噌吰而似鍾音。
絺索	揚雄	《蜀都賦》	偃衍撇曳，絺索恍惚。
螭魅	張衡	《西京賦》	螭魅魍魎，莫能逢旃。
魑魅	張衡	《東京賦》	捎魑魅，斮獝狂。
踟躕	揚雄	《太玄賦》	排閶闔以窺天庭兮，騎騂騩以踟躕。
	王延壽	《魯靈光殿賦》	西廂踟躕以閑宴，東序重深而奧祕。
	禰衡	《鸚鵡賦》	順籠檻以俯仰，闚戶牖以踟躕。
	應瑒	《慜驥賦》	瞻前軌而促節兮，顧後乘而踟躕。
蜘躕	劉勝	《文木賦》	制爲盤盂，采玩蜘躕。
佁儗	司馬相如	《大人賦》	沛艾赳螑仡以佁儗兮，放散畔岸驤以孱顏。
	馬融	《長笛賦》	或乃植持縼纆，佁儗寬容。

續表六

詞目	作者	篇目	例句
溶濞	司馬相如	《上林賦》	滃滃溟溟，溶濞鼎沸。
滭沸	司馬相如	《上林賦》	批巖衝擁，奔揚滭沸。
綢繆	張衡	《思玄賦》	倚招搖、攝提以低回劉流兮，察二紀、五緯之綢繆遹皇。
		《舞賦》	服羅縠之雜錯，申綢繆以自飾。
		《羽獵賦》	於是皇輿綢繆，遷延容與。
	張超	《誚青衣賦》	三族無紀，綢繆不序。
	王粲	《七釋》	紛綢繆而雜錯，忽猗靡以依徽。
躊躇	劉徹	《悼李夫人賦》	何靈魂之紛紛兮，哀裵回以躊躇。
	王褒	《洞簫賦》	優游流離，躊躇稽詣，亦足耽兮。
	張衡	《思玄賦》	躔建木於廣都兮，拓若華而躊躇。
	陳琳	《大荒賦》	惟民生之每在兮，佇盤桓以躊躇。
惆悵	揚雄	《逐貧賦》	相與群聚，惆悵失志。
	馮衍	《顯志賦》	風波飄其並興兮，情惆悵而增傷。
	傅毅	《舞賦》	雍容惆悵，不可爲象。
	馬融	《長笛賦》	惆悵怨懟，竊閭寔敄。
		《圍碁賦》	迫促跢踖兮，惆悵自失。
	蔡邕	《彈琴賦》	哀人塞耳以惆悵，輆馬蹀足以悲鳴。
	王粲	《傷夭賦》	物雖存而人亡，心惆悵而長慕。
		《柳賦》	人情感於舊物，心惆悵以增慮。
儲與	揚雄	《羽獵賦》	儲與虖大溥，聊浪虖宇內。
愴悅	王褒	《洞簫賦》	悲愴悅以惻惄兮，時恬淡以綏肆。
逴犖	班固	《西都賦》	逴犖諸夏，兼其所有。

續表七

詞目	作者	篇目	例句
柴池	司馬相如	《上林賦》	柴池茈虒，旋還乎後宮。
柴虒	揚雄	《甘泉賦》	駢羅列布，鱗以雜沓兮，柴虒參差，魚頡而鳥䀪。
柴豸	張衡	《西京賦》	嚼清商而却轉，增嬋蜎以柴豸。
從容	枚乘	《七發》	從容猗靡，消息陽陰。
	司馬相如	《長門賦》	撫柱楣以從容兮，覽曲臺之央央。
	王褒	《洞簫賦》	趣從容其勿述兮，騖合遝以詭譎。
			賴蒙聖化，從容中道。
	杜篤	《首陽山賦》	忽吾睨兮二老，時採薇以從容。
	馬融	《長笛賦》	安翔駘蕩，從容闛緩。
	崔琦	《七蠲》	從容微昈，流曜吐芳。
璀璨	劉勝	《文木賦》	制爲枕案，文章璀璨。
	王延壽	《魯靈光殿賦》	汨磑磑以璀璨，赫燡燡而爥坤。
崔錯	司馬相如	《上林賦》	崔錯癹骫，阬衡閜砢。
璀錯	王延壽	《魯靈光殿賦》	下弟蔚以璀錯，上崎嶬而重注。
崔巍	賈誼	《旱雲賦》	嵬隆崇以崔巍兮，時彷彿而有似。
	司馬相如	《上林賦》	於是乎崇山矗矗，巃嵸崔巍。
	揚雄	《甘泉賦》	前殿崔巍兮，和氏瓏玲。
	班固	《西都賦》	爾乃正殿崔巍，層構厥高。
	張衡	《西京賦》	神山崔巍，欻從背見。
崔嵬	李尤	《平樂觀賦》	徒觀平樂之制，鬱崔嵬以離婁。
	張衡	《南都賦》	於其宮室則有園廬舊宅，隆崇崔嵬。
	楊修	《許昌宮賦》	結雲閣之崔嵬，植神木與靈草。
崔崒	班固	《西都賦》	巖峻崔崒，金石崢嶸。

續表八

詞目	作者	篇目	例句
崔崒	張衡	《西京賦》	隆崛崔崒，隱轔鬱律。
萃蔡	司馬相如	《子虛賦》	扶輿猗靡，翕呷萃蔡。
蹉跎	張衡	《西京賦》	海若游於玄渚，鯨魚失流而蹉跎。
蹉跎	蔡邕	《協和婚賦》	阿傅御堅，雁行蹉跎。
嵯峨	司馬相如	《上林賦》	嵯峨磼礏，刻削崢嶸。
	揚雄	《甘泉賦》	增宮嵾差，駢嵯峨兮。
	班彪	《北征賦》	隮高平而周覽，望山谷之嵯峨。
	王延壽	《魯靈光殿賦》	瞻彼靈光之爲狀也，則嵯峨崨嵬，宛巍巋崱。
	李尤	《德陽殿賦》	朱闕巖巖，嵯峨槩雲。
		《七款》	夏屋渠渠，嵯峨合連。
	蔡邕	《述行賦》	迫嵯峨以乖邪兮，廓巖壑以峥嵘。
	應瑒	《撰征賦》	崇殿鬱其嵯峨，華宇爛而舒光。
嵯嶬	司馬相如	《哀秦二世賦》	登陂陁之長阪兮，坌入曾宮之嵯嶬。
	崔琰	《述初賦》	列金臺之塞産，方玉闕之嵯嶬。
嵳嶬	張衡	《西京賦》	嵳嶬嵥嵲，罔識所則。
	王粲	《七釋》	爾乃層臺特起，隆崇嵳嶬。
忉怛	王粲	《登樓賦》	心悽愴以感發兮，意忉怛而憯惻。
		《閑邪賦》	目炯炯而不寐，心忉怛而惕驚。
澹淡	枚乘	《七發》	紛屯澹淡，嘘唏煩酲。
			湍流溯波，又澹淡之。
	司馬相如	《上林賦》	汎淫氾濫，隨風澹淡。
	張衡	《南都賦》	嚶嚶和鳴，澹淡隨波。

續表九

詞目	作者	篇目	例句
澹淰	枚乘	《七發》	澹淰手足，頗濯髮齒。
毒冒	司馬相如	《子虛賦》	其中則有神龜蛟鼉，毒冒鱉黿。
			罔毒冒，釣紫貝。
瑇瑁	司馬相如	《長門賦》	緻錯石之瓴甓兮，象瑇瑁之文章。
	張衡	《東京賦》	翡翠不裂，瑇瑁不蔟。
	杜篤	《論都賦》	甲瑇瑁，戕觜觿。
	王粲	《遊海賦》	明月夜光，鼍黿瑇瑁。
	劉楨	《清慮賦》	布瑇瑁之席，設觜觿之牀。
		《瓜賦》	布象牙之席，薰瑇瑁之筵。
亶翔	揚雄	《蜀都賦》	絕限岷嶓，堪巖亶翔。
憚漫	王褒	《洞簫賦》	其奏歡娛，則莫不憚漫衍凱。
澹漫	揚雄	《蜀都賦》	邛連盧池，澹漫波淪。
澶漫	張衡	《西京賦》	於後則高陵平原，據渭踞涇，澶漫靡迤，作鎮於近。
		《南都賦》	緣延坻阪，澶漫陸離。
霍霏	王延壽	《魯靈光殿賦》	欱歘幽藹，雲覆霍霏，洞杳冥兮。
嶙峋	張衡	《南都賦》	其山則峣嶔嶱嵑，嶙峋嶜刺。
煮羿	張衡	《西京賦》	馺娑、駘盪，煮羿桔桀。
低回	揚雄	《河東賦》	泪低回而不能去兮，行睨陔下與彭城。
		《解難》	大語叫叫，大道低回。
	張衡	《思玄賦》	倚招搖、攝提以低回劉流兮，察二紀、五緯之綱繆遹皇。
低佪	司馬相如	《大人賦》	低佪陰山翔以紆曲兮，吾乃今日覩西王母。
	揚雄	《蜀都賦》	行《夏》低佪，胥徒入冥。

詞目	作者	篇目	例句
低徊	王粲	《傷夭賦》	淹低徊以想像，心彌結而紆縈。
低佪	楊修	《許昌宮賦》	俺藹低佪，天行地止。
的皪	司馬相如	《上林賦》	明月珠子，的皪江靡。
			皓齒粲爛，宜笑的皪。
	張衡	《舞賦》	增芙蓉之紅花兮，光的皪以發揚。
		《七辯》	皓齒朱脣，的皪粲練。
	繁欽	《弭愁賦》	眷紅顏之曄曄，何的皪之少輝。
的礫	傅毅	《舞賦》	珠翠的礫而炤燿兮，華袿飛髾而雜纖羅。
的皪	張衡	《思玄賦》	離朱脣而微笑兮，顏的皪以遺光。
蔕芥	賈誼	《鵩鳥賦》	細故蔕芥，何足以疑。
	司馬相如	《子虛賦》	吞若雲夢者八九，於其匈中曾不蔕芥。
迭遰	張衡	《思玄賦》	鹹汩龞戾沛以罔象兮，爛漫麗靡藐以迭遰。
髑髏	張衡	《髑髏賦》	顧見髑髏，委於路旁。
阿那	王褒	《洞簫賦》	其奏歡娛，則莫不憚漫衍凱，阿那腲腇者已。
	王延壽	《魯靈光殿賦》	朱桂黝儵於南北，蘭芝阿那於東西。
	張衡	《七辯》	蜵蜎之領，阿那宜顧。
	趙壹	《迅風賦》	阿那徘徊，聲若歌謳。
阿郍	張衡	《南都賦》	阿郍蓊茸，風靡雲披。
婀娜	陳琳	《迷迭賦》	立碧莖之婀娜，鋪綵條之蜿蟺。
猗那	孔臧	《楊柳賦》	天繞連枝，猗那其旁。
		《蓼蟲賦》	猗那隨風，綠葉紫莖。
汎淒	王褒	《洞簫賦》	泡溲汎淒，趨巇道兮。
汎沛	揚雄	《河東賦》	鬱蕭條其幽藹兮，瀺汎沛以豐隆。

續表十一

詞目	作者	篇目	例句
汎淫	司馬相如	《上林賦》	汎淫氾濫，隨風澹淡。
方攘	揚雄	《甘泉賦》	森駭雲訊，奮以方攘。
方驤	張衡	《思玄賦》	偃蹇夭矯娩以連卷兮，雜沓叢頴颯以方驤。
髣髴	司馬相如	《子虛賦》	眇眇忽忽，若神之髣髴。
	班固	《幽通賦》	夢登山而迴眺兮，覿幽人之髣髴。
	馮衍	《顯志賦》	於陵子之灌園兮，似至人之髣髴。
	張衡	《西京賦》	曾髣髴其若夢，未一隅之能睹。
	王延壽	《魯靈光殿賦》	忽瞟眇以響像，若鬼神之髣髴。
	蔡邕	《述行賦》	問甯越之裔胄兮，藐髣髴是無聞。
	陳琳	《神女賦》	儀營魄於髣髴，託嘉夢以通精。
	鄒陽	《几賦》	離奇髣髴，似龍盤馬迴，鳳去鸞歸。
	丁廙	《蔡伯喈女賦》	詠芳草於萬里，想音塵之髣髴。
	丁廙妻	《寡婦賦》	想逝者之有憑，因宵夜之髣髴。
仿佛	司馬相如	《長門賦》	時仿佛以物類兮，象積石之將將。
	揚雄	《長楊賦》	從者仿佛，軱屬而還。
彷彿	賈誼	《旱雲賦》	嵬隆崇以崔巍兮，時彷彿而有似。
	揚雄	《甘泉賦》	雖方征僑與偓佺兮，猶彷彿其若夢。
	傅毅	《舞賦》	彷彿神動，迴翔竦峙。
沸卉	張衡	《西京賦》	奮隼歸鳧，沸卉軿訇。
沸渭	揚雄	《長楊賦》	汾沄沸渭，雲合電發。
沸愲	王褒	《洞簫賦》	故其武聲則若雷霆輘輷，佚豫以沸愲。
紛焱	傅毅	《舞賦》	纖縠蛾飛，紛焱若絕。

續表十二

詞目	作者	篇目	例句
紛溶	司馬相如	《上林賦》	紛溶萷蔘，猗柅從風，蓟莅芔歙。
紛緼	班固	《東都賦》	寶鼎見兮色紛緼，煥其炳兮被龍文。
轒輼	繁欽	《征天山賦》	於是轒輼雲趨，威弧雨發。
汾沄	揚雄	《長楊賦》	汾沄沸渭，雲合電發，猋騰波流，機駭蠭軼。
紛紜	枚乘	《七發》	連廊四注，臺城層構，紛紜玄緑。
			或紛紜其流折兮，忽繆往而不來。
	班固	《東都賦》	千乘雷起，萬騎紛紜。
	劉勝	《文木賦》	紛紜翔集，嘈嗷鳴啼。
	張衡	《思玄賦》	文章煥以粲爛兮，美紛紜以從風。
	王延壽	《夢賦》	於是夢中驚怒，腷臆紛紜。
	劉梁	《七舉》	華組之纓，從風紛紜。
	應瑒	《馳射賦》	紛紜絡驛，次授二八。
紛云	司馬相如	《難蜀父老》	威武紛云，湛恩汪濊。
岎崯	揚雄	《蜀都賦》	爾乃倉山隱天，岎崯迴叢。
丰茸	司馬相如	《長門賦》	羅丰茸之遊樹兮，離樓梧而相撐。
豐融	揚雄	《甘泉賦》	肸蠁豐融，懿懿芬芬。
酆琅	馬融	《長笛賦》	酆琅磊落，駢田磅唐。
鳳凰	司馬相如	《上林賦》	捎鳳凰，捷鵷鶵，揜焦明。
鳳皇	揚雄	《甘泉賦》	於是乘輿乃登夫鳳皇兮翳華芝。
	張衡	《西京賦》	蘭林、披香，鳳皇、鴛鸞。
敷紛	王褒	《洞簫賦》	洞條暢而罕節兮，標敷紛以扶疎。
敷菜	班固	《西都賦》	決渠降雨，荷臿成雲。五穀垂穎，桑麻敷菜。

續表十三

詞目	作者	篇目	例句
敷蕤	王粲	《初征賦》	春風穆其和暢兮，庶卉煥以敷蕤。
佛仿	黄香	《九宮賦》	東井輟轢而播洒，彗孛佛仿以梢擊。
拂汩	揚雄	《甘泉賦》	惟弸彋其拂汩兮，稍暗暗而靚深。
茀蔚	王延壽	《魯靈光殿賦》	下茀蔚以璀錯，上崎嶬而重注。
茀鬱	司馬相如	《子虛賦》	其山則盤紆茀鬱，隆崇律崒。
怫鬱	枚乘	《七發》	觀其兩傍，則滂渤怫鬱，闇漠感突。
	馮衍	《顯志賦》	心怫鬱而紆結兮，意沈抑而內悲。
扶疏	枚乘	《七發》	中鬱結之輪菌，根扶疏以分離。
	司馬相如	《上林賦》	垂條扶疏，落英幡纚，紛溶前蔘，猗柅從風。
	揚雄	《解嘲》	支葉扶疏，獨說十餘萬言。
	禰衡	《鸚鵡賦》	想崑山之高嶽，思鄧林之扶疏。
	王粲	《柳賦》	枝扶疏而覃布，莖森梢以奮揚。
扶踈	繁欽	《柳賦》	交緑葉而重葩，轉紛錯以扶踈。
扶輿	司馬相如	《子虛賦》	扶輿猗靡，翕呷萃蔡。
踾踧	馬融	《長笛賦》	踾踧攢仄，蜂聚蟻同。
輵螛	司馬相如	《大人賦》	跮踱輵螛容以骫麗兮，蜩蟉偃寋怵臭以梁倚。
輵嶭	揚雄	《蜀都賦》	方彼碑池，崛岉輵嶭，礫乎岳岳。
軩匝	羊勝	《屏風賦》	屏風軩匝，蔽我君王。
韐韎	張衡	《西京賦》	緹衣韐韎，睢盱拔扈。
汩活	馬融	《長笛賦》	爭湍蘋縈，汩活澎濞。
汩湟	馬融	《長笛賦》	絞槩汩湟，五音代轉。
汩急	司馬相如	《上林賦》	馳波跳沫，汩急漂疾。

續表十四

詞目	作者	篇目	例句
汨㴨	司馬相如	《哀秦二世賦》	汨㴨噏習以永逝兮，注平皋之廣衍。
灝溔	司馬相如	《上林賦》	然後灝溔潢漾，安翔徐佪。
嘽咺	王褒	《洞簫賦》	形旖旎以順吹兮，瞋嘽咺以紆鬱。
谽呀	司馬相如	《上林賦》	蹇產溝瀆，谽呀豁閜。
谽礏	司馬相如	《哀二世賦》	巖巖深山之谾谾兮，通谷豁乎谽礏。
谽閜	張衡	《思玄賦》	趨谽閜之洞穴兮，摽通淵之砎砎。
頤淡	馬融	《長笛賦》	淳溰障潰，頤淡滂流。
罕漫	蔡邕	《釋誨》	罕漫而已，非己咎也。
菡萏	王延壽	《魯靈光殿賦》	發秀吐榮，菡萏披敷。
澔汗	司馬相如	《上林賦》	磷磷爛爛，采色澔汗，叢積乎其中。
皓旰	繁欽	《征天山賦》	素甲玄鏃，皓旰流光。
	徐幹	《齊都賦》	翠幄浮遊，金光皓旰。
浩唐	枚乘	《七發》	淹沈之樂，浩唐之心，遁佚之志，其奚由至哉！
鶋鳱	枚乘	《七發》	朝則鸝黃鳱鳴焉，暮則羈雌迷鳥宿焉。
沆茫	揚雄	《羽獵賦》	鴻濛沆茫，碣以崇山。
酥囉	王褒	《洞簫賦》	啾咇嘯而將吟兮，行鍖銋以龢囉。
赫戲	張衡	《西京賦》	譬衆星之環極，叛赫戲以輝煌。
	傅毅	《扇賦》	背和暖於青春，踐朱夏之赫戲。
赫㸌	王粲	《大暑賦》	或赫㸌以癉炎，或鬱術而燠蒸。
赫曦	繁欽	《柳樹賦》	翳炎夏之白日，救隆暑之赫曦。
	王粲	《初征賦》	當短景之炎陽，犯隆暑之赫曦。
赫弈	陳琳	《武軍賦》	聲訇隱而動山，光赫弈以燭夜。

續表十五

詞目	作者	篇目	例句
澒洞	賈誼	《旱雲賦》	運清濁之澒洞兮，正重沓而並起。
虹洞	枚乘	《七發》	虹洞兮蒼天，極慮乎崖涘。
鴻洞	王褒	《洞簫賦》	風鴻洞而不絕兮，優嬈嬈以婆娑。
	劉楨	《遂志賦》	去峻溪之鴻洞，觀日日於朝陽。
鴻絧	揚雄	《羽獵賦》	鴻絧緁獵，殷殷軫軫，被陵緣阪。
鴻溶	司馬相如	《大人賦》	僸祲尋而高縱兮，紛鴻溶而上厲。
忽荒	賈誼	《鵩鳥賦》	寥廓忽荒兮，與道翱翔。
	班固	《答賓戲》	不覩其能奮靈德，合風雲，超忽荒。
環句	王延壽	《魯靈光殿賦》	層櫨磥垝以岌峩，曲枅要紹而環句。
恍惚	揚雄	《蜀都賦》	偃衍撇曳，絺素恍惚。
	蔡邕	《彈琴賦》	於是歌人恍惚以失曲，舞者亂節而忘形。
恍忽	馮衍	《顯志賦》	華芳曄其發越兮，時恍忽而莫貴。
怳忽	司馬相如	《上林賦》	於是乎周覽氾觀，縝紛軋芴，芒芒怳忽。
荒忽	劉徹	《悼李夫人賦》	勢路日以遠兮，遂荒忽而辭去。
	司馬相如	《大人賦》	西望崑崙之軋沕荒忽兮，直徑馳乎三危。
慌忽	張衡	《思玄賦》	追慌忽於地底兮，軼無形而上浮。
潢漾	司馬相如	《上林賦》	然後灝溔潢漾，安翔徐佪。
洄闇	枚乘	《七發》	直使人踣焉，洄闇悽愴焉。
虺隤	蔡邕	《述行賦》	仆夫疲而劬瘁兮，我馬虺隤以玄黃。
歂歙	司馬相如	《上林賦》	紛溶萷蔘，猗柅從風，藰莅歂歙。
		《大人賦》	莅颯歂歙猋至電過兮，煥然霧除，霍然雲消。
回穴	班固	《幽通賦》	畔回穴其若玆兮，北叟頗識其倚伏。
渾沌	王褒	《洞簫賦》	或渾沌而潺湲兮，獵若枚折。
	王粲	《七釋》	恬淡清玄，渾沌淳樸。

續表十六

詞目	作者	篇目	例句
濩濩	王延壽	《魯靈光殿賦》	濩濩爌亂，煒煒煌煌。
蠵濩	揚雄	《甘泉賦》	蓋天子穆然，珍臺閒館，琁題玉英，淵蜎蠵濩之中。
蠵略	司馬相如	《大人賦》	駕應龍象輿之蠵略委麗兮，驂赤螭青虯之蚴蟉宛蜒。
	揚雄	《甘泉賦》	蠵略蕊綏，灕虖幓纚。
峛崺	王延壽	《魯靈光殿賦》	層櫨磥垝以岌峩，曲枅要紹而環句。
疾棃	揚雄	《羽獵賦》	及至獲夷之徒，蹶松柏，掌疾棃。
戢舂	王延壽	《魯靈光殿賦》	芝栭欑羅以戢舂，枝掌权枒而斜據。
嵥嵘	司馬相如	《上林賦》	嵯峨嵥嵘，刻削崢嶸。
岌嶪	張衡	《西京賦》	疏龍首以抗殿，狀巍峩以岌嶪。
巢岌	黃香	《九宮賦》	戴巢岌而帶繚繞，曳陶匏以委蛇。
鷗鶬	東方朔	《答客難》	辟若鷗鶬，飛且鳴矣。
謇產	司馬相如	《上林賦》	振溪通谷，謇產溝瀆，谽呀豁閜。
	張衡	《西京賦》	既乃珍臺謇產以極壯，磴道邐倚以正東。
	崔琰	《述初賦》	列金臺之謇產，方玉闕之嵯峨。
謇連	班固	《幽通賦》	紛屯亶與謇連兮，何艱多而智寡。
	蔡邕	《述行賦》	途屯邅其謇連兮，潦汙滯而爲災。
膠葛	司馬相如	《上林賦》	置酒乎顥天之臺，張樂乎膠葛之寓。
	揚雄	《甘泉賦》	齊總總撙撙，其相膠葛兮，焱駭雲訊，奮以方攘。
	桓譚	《仙賦》	有似乎鸞鳳之翔飛，集於膠葛之宇。
膠輵	司馬相如	《大人賦》	紛湛湛其差錯兮，雜遝膠輵以方馳。
	揚雄	《羽獵賦》	方馳千駟，狡騎萬師。虓虎之陳，從橫膠輵。

續表十七

詞目	作者	篇目	例句
轇轕	王延壽	《魯靈光殿賦》	洞轇轕乎，其無垠也。
	陳琳	《武軍賦》	鈎車轇轕，九牛轉牽。
	應瑒	《西狩賦》	屬車轇轕，羽騎騰驤。
轇輵	張衡	《東京賦》	雲罕九斿，閨戟轇輵。
絞槩	馬融	《長笛賦》	絞槩汨湟，五音代轉。
噍眇	馬融	《長笛賦》	噍眇睢維，涕洟流漫。
嶕嶢	班固	《西都賦》	內則別風之嶕嶢，眇麗巧麗而竦擢。
	張衡	《西京賦》	閨閣之內，別風嶕嶢。
叫竂	王延壽	《魯靈光殿賦》	旋室婣娟以窈窕，洞房叫竂而幽邃。
叫奰	司馬相如	《大人賦》	糾蓼叫奰踏以艐路兮，蔑蒙踊躍騰而狂趡。
揭蘗	王延壽	《魯靈光殿賦》	飛陛揭蘗，緣雲上征。
子蛻	王延壽	《魯靈光殿賦》	白鹿子蛻於欂櫨，蟠螭宛轉而承楣。
桔桀	張衡	《西京賦》	駆娑、馲馲，熏奰桔桀。
詰屈	王延壽	《魯靈光殿賦》	巖突洞出，逶迤詰屈。
捷獵	王褒	《洞簫賦》	鄰菌繚糾，羅鱗捷獵。
	王延壽	《魯靈光殿賦》	捷獵鱗集，支離分赴。
嵃嵏	張衡	《西京賦》	崟崟嵃嵏，罔識所則。
巀嶭	司馬相如	《上林賦》	九嵕巀嶭，南山峨峨。
	揚雄	《長楊賦》	椓巀嶭而爲弋，紆南山以爲罝。
巀嶭	張衡	《南都賦》	坂坻巀嶭而成巋，豀壑錯繆而盤紆。
嶜岑	揚雄	《蜀都賦》	其中則有玉石嶜岑，丹青玲瓏。
	張衡	《南都賦》	幽谷嶜岑，夏含霜雪。
嶜崟	揚雄	《羽猎賦》	玉石嶜崟，眩燿青熒。

詞目	作者	篇目	例句
嚌吟	揚雄	《解嘲》	范雎以折摺而危穰侯，蔡澤以嚌吟而笑唐舉。
靚莊	司馬相如	《上林賦》	妖冶閑都，靚莊刻飾。
啾唧	枚乘	《柳賦》	鎗鍠啾唧，蕭條寂寞。
劙流	張衡	《思玄賦》	倚招搖、攝提以低回劙流兮，察二紀、五緯之綢繆遹皇。
樛流	揚雄	《甘泉賦》	覽樛流於高光兮，溶方皇於西清。
	班彪	《北征賦》	涉長路之綿綿兮，遠紆回以樛流。
赳螑	司馬相如	《大人賦》	沛艾赳螑仡以佁儗兮，放散畔岸驤以孱顏。
距虛	枚乘	《七發》	前似飛鳥，後類距虛。
	司馬相如	《子虛賦》	蹵蛩蛩，轔距虛。
駏驢	黃香	《九宮賦》	三台執兵而奉引，軒轅乘駏驢而先驅。
崛𡹉	王延壽	《魯靈光殿賦》	屹山峙以紆鬱，隆崛𡹉乎青雲。
𡷖垣	揚雄	《甘泉賦》	登降峛崺，單𡷖垣兮。
葰楙	司馬相如	《上林賦》	夸條直暢，實葉葰楙。
鵁鸕	司馬相如	《子虛賦》	捔翡翠，射鵁鸕。
鵁鶄	司馬相如	《上林賦》	道孔鸞，促鵁鶄。
睽睢	王延壽	《魯靈光殿賦》	仡欺狠以鵰眈，鵾顬顤而睽睢。
堪巖	揚雄	《蜀都賦》	南則有犍牂潛夷，昆明羌眉，絕限岷嵉，堪巖亶翔。
坎坷	揚雄	《河東賦》	瀸南巢之坎坷兮，易閫岐之夷平。
坮軻	馮衍	《顯志賦》	非惜身之坮軻兮，憐衆美之憔悴。
硊磈	張衡	《思玄賦》	凌驚雷之硊磈兮，弄狂電之淫裔。
康瀶	揚雄	《蜀都賦》	鴻康瀶，速遠乎長喻。
慷慨	賈誼	《旱雲賦》	遂積聚而給沓兮，相紛薄而慷慨。

續表十九

詞目	作者	篇目	例句
慷慨	司馬相如	《長門賦》	貫歷覽其中操兮，意慷慨而自卬。
	張衡	《歸田賦》	感蔡子之慷慨，從唐生以決疑。
	王褒	《洞簫賦》	澎濞慷慨，一何壯士。
	侯瑾	《箏賦》	朱絃微而慷慨兮，哀氣切而懷傷。
	阮瑀	《箏賦》	慷慨磊落，卓躒盤紆。
忼慨	揚雄	《羽獵賦》	若夫壯士忼慨，殊鄉別趣。
	王粲	《七釋》	聲流暢以清哇，時忼慨而激揚。
坑衡	司馬相如	《上林賦》	崔錯癹骫，坑衡閜砢。
碣嵑	揚雄	《蜀都賦》	彭門嶙峋，岬嶸碣嵑。
巀嶭	張衡	《南都賦》	其山則崆巄巀嵑，嵣崿嶚刺。
閜砢	司馬相如	《上林賦》	攢立叢倚，連卷欐佹，崔錯癹骫，坑衡閜砢。
鏗鎗	司馬相如	《上林賦》	鏗鎗閬鞈，洞心駭耳。
崆巄	張衡	《南都賦》	其山則崆巄巀嵑，嵣崿嶚刺。
澮峗	馬融	《長笛賦》	巀嶪澮峗，峪窞巖窴。
暆眔	張衡	《西京賦》	枌㯷、承光，暆眔庌鐇。
蠼跜	王延壽	《魯靈光殿賦》	虯龍騰驤以蜿蟬，頷若動而蠼跜。
	李尤	《辟雍賦》	萬騎蠼跜以攓挐。
歸嶍	王延壽	《魯靈光殿賦》	彤彤靈宮，歸嶍穿崇，紛厖鴻兮。
崑崙	枚乘	《梁王菟園賦》	故徑於崑崙，狼觀相物。
	司馬相如	《大人賦》	西望崑崙之軋沕荒忽兮，直徑馳乎三危。
	揚雄	《蜀都賦》	北屬崑崙泰極。
		《太玄賦》	陟崑崙以散髮兮，蹍弱水而濯足。
		《逐貧賦》	舍汝遠竄，崑崙之顛。

續表二十

詞目	作者	篇目	例句
崑崙	劉歆	《甘泉宮賦》	冠高山而為居，乘崑崙而為宮。
	杜篤	《論都賦》	蹈滄海，跨崑崙。
	傅毅	《洛都賦》	被崑崙之洪流，據伊洛之雙川。
	班昭	《大雀賦》	嘉大雀之所集，生崑崙之靈丘。
	黃香	《九宮賦》	蹠崑崙而蹈碣石，跪底柱而跨太行。
	張衡	《東京賦》	崑崙無以夐，閬風不能踰。
	禰衡	《鸚鵡賦》	跨崑崙而播弋，冠雲霓而張羅。
	阮瑀	《紀征賦》	經崑崙之高岡，目幽蒙以廣衍。
	徐幹	《齊都賦》	其川瀆則洪河洋洋，發源崑崙。
	王粲	《迷迭賦》	惟遐方之珍草兮，產崑崙之極幽。
	應瑒	《靈河賦》	咨靈川之遐原，於崑崙之神丘。
昆侖	揚雄	《甘泉賦》	蛟龍連蜷於東厓兮，白虎敦圉虖昆侖。
崏崘	張衡	《思玄賦》	發音夢之於木禾兮，穀崏崘之高岡。
			瞻崏崘之巍巍兮，臨縈河之洋洋。
		《西京賦》	珍物羅生，煥若崏崘。
		《七辯》	上游紫宮，下棲崏崘。
廓落	揚雄	《羽獵賦》	萃從允溶，淋離廓落。
拉揸	傅毅	《舞賦》	鶣𩯨燕居，拉揸鵠驚。
矲𥪜	枚乘	《梁王菟園賦》	徐飛矲𥪜，往來霞水，離散而沒合。
牢落	司馬相如	《上林賦》	牢落陸離，爛漫遠遷。
	王褒	《洞簫賦》	翩縣連以牢落兮，漂乍棄而為他。
	蔡邕	《瞽師賦》	時牢落以失次，号縫塞而陽絕。
浑浪	張衡	《西京賦》	摎蓼浑浪，乾池滌藪。

續表二十一

詞目	作者	篇目	例句
轠轤	揚雄	《羽獵賦》	繽紛往來，轠轤不絕。
礨峟	張衡	《西京賦》	上林岑以礨峟，下嶄巖以嵒齬。
礫塊	王延壽	《魯靈光殿賦》	層櫨礫塊以岌峩，曲枅要紹而環句。
鱟峗	揚雄	《蜀都賦》	龍陽鱟峗，潅鬃交倚。
礌碨	王延壽	《魯靈光殿賦》	葱翠紫蔚，礌碨璺瑋，含光昬兮。
嶃峴	王延壽	《魯靈光殿賦》	瞻彼靈光之為狀也，則嵯峨嶰嵬，岧巍嶃峴。
磊砢	司馬相如	《上林賦》	蜀石黃碝，水玉磊砢。
磊砢	王延壽	《魯靈光殿賦》	萬楹叢倚，磊砢相扶。
磊落	馬融	《長笛賦》	酆琅磊落，駢田磅唐。
磊落	馬融	《樗蒲賦》	磊落蹌踔，並來猥至。
磊落	蔡邕	《釋誨》	連衡者六印磊落，合從者駢組流離。
磊落	阮瑀	《箏賦》	慷慨磊落，卓躒盤紆。
離摟	王延壽	《魯靈光殿賦》	倜儱雲起，嶔崟離摟。
離樓	司馬相如	《長門賦》	羅丰茸之遊樹兮，離樓梧而相撐。
離披	劉勝	《文木賦》	麗木離披，生彼高崖。
離灑	王褒	《洞簫賦》	鏤鏤離灑，絳脣錯雜。
勞櫟	馬融	《長笛賦》	勞櫟銚憛，晢龍之惠也。
邐倚	張衡	《西京賦》	既乃珍臺蹇產以極壯，磴道邐倚以正東。
剫𡊓	揚雄	《甘泉賦》	登降剫𡊓，單埢垣兮。
欐佹	司馬相如	《上林賦》	攢立叢倚，連卷欐佹，崔錯癹骫，坑衡閜砢。
離靡	司馬相如	《上林賦》	離靡廣衍，應風披靡。
麗靡	司馬相如	《上林賦》	所以娛耳目樂心意者，麗靡爛漫於前，靡曼美色於後。

詞目	作者	篇目	例句
麗靡	揚雄	《蜀都賦》	翠紫青黃，麗靡螭燭。
		《長楊賦》	惡麗靡而不近，斥芬芳而不御。
	張衡	《思玄賦》	碱汨飂戾沛以罔象兮，爛漫麗靡藐以迭遝。
離支	司馬相如	《上林賦》	隱夫薁棣，答遝離支。
	揚雄	《蜀都賦》	棠棃離支，雜以樴橙。
連娟	司馬相如	《上林賦》	長眉連娟，微睇緜藐。
	劉徹	《悼李夫人賦》	美連娟以脩嫮兮，命樔絕而不長。
	傅毅	《舞賦》	眉連娟以增繞兮，目流涕而橫波。
連卷	司馬相如	《上林賦》	攢立叢倚，連卷欐佹，崔錯癹骪。
		《大人賦》	低卬夭蟜裾以驕驁兮，詘折隆窮躇以連卷。
	揚雄	《蜀都賦》	褭弱蟬抄，扶施連卷。
	張衡	《思玄賦》	偃蹇夭矯娩以連卷兮，雜沓叢頷颯以方驤。
		《南都賦》	微眺流睇，蛾眉連卷。
連拳	王延壽	《魯靈光殿賦》	連拳偃蹇，崎菌踡嶸。
連蜷	揚雄	《甘泉賦》	蛟龍連蜷於東厓兮，白虎敦圉虖昆侖。
連蹇	揚雄	《解嘲》	孟軻雖連蹇，猶爲萬乘師。
聯翩	張衡	《思玄賦》	繽聯翩兮紛暗曖，儵眩眃兮反常閭。
連翩	張衡	《舞賦》	連翩駱驛，乍續乍絕。
踉蹡	王延壽	《夢賦》	爾乃三三四四，相隨踉蹡而歷僻。
寥窲	王延壽	《魯靈光殿賦》	隱陰夏以中處，靈寥窲以崢嶸。
漻淚	劉歆	《遂初賦》	激流澌之漻淚兮，窺九淵之潛淋。
	張衡	《南都賦》	長輪遠逝，漻淚減汨。
憀慄	應瑒	《正情賦》	步便旋以永思，情憀慄而傷悲。

續表二十三

詞目	作者	篇目	例句
飂戾	張衡	《思玄賦》	鹹汨飂戾沛以罔象兮，爛漫麗靡蘵以迭邊。
繚繞	黃香	《九宮賦》	戴葉茇而帶繚繞，曳陶匏以委蛇。
	張衡	《南都賦》	脩袖繚繞而滿庭，羅襪躡蹀而容與。
繚糾	王褒	《洞簫賦》	鄰菌繚糾，羅鱗捷獵。
瞵瑉	揚雄	《甘泉賦》	翠玉樹之青蔥兮，璧馬犀之瞵瑉。
鄰菌	王褒	《洞簫賦》	鄰菌繚糾，羅鱗捷獵。
嶙囷	班固	《終南山賦》	伊彼終南，歸巇嶙囷。
轔囷	張衡	《西京賦》	白象行孕，垂鼻轔囷。
淋浪	丁廙妻	《寡婦賦》	涕流迸以淋浪。
林離	司馬相如	《大人賦》	騷擾衝蓯其相紛挐兮，滂濞泱軋麗以林離。
淋離	揚雄	《羽獵賦》	萃從允溶，淋離廓落，戲八鎮而開關。
淋灑	王褒	《洞簫賦》	被淋灑其靡靡兮，時橫潰以陽遂。
惏慄	王褒	《洞簫賦》	惏慄密率，掩以絕滅。
嶙峋	揚雄	《甘泉賦》	嶺嶒嶙峋，洞無厓兮。
鱗眗	張衡	《西京賦》	坻堮鱗眗，棧齴巉嶮。
璘彬	張衡	《西京賦》	珊瑚琳碧，瓀珉璘彬。
璘䃅	張衡	《七辯》	收明月之照曜，玩赤瑕之璘䃅。
嶺嶒	揚雄	《甘泉賦》	嶺嶒嶙峋，洞無厓兮。
驚磕	揚雄	《羽獵賦》	焱泣雷厲，驈驒驚磕。
玲瓏	揚雄	《蜀都賦》	其中則有玉石嶜岑，丹青玲瓏。
	班固	《東都賦》	鳳蓋颯灑，和鸞玲瓏。
薔苙	司馬相如	《上林賦》	紛溶萷蔘，猗柅從風，薔苙噳歙。
惻慄	劉徹	《悼李夫人賦》	惻慄不言，倚所恃兮。

續表二十四

詞目	作者	篇目	例句
蟉虬	賈誼	《簴賦》	櫻攣拳以蟉虬，負大鍾而欲飛。
蟉虯	王延壽	《魯靈光殿賦》	朱鳥舒翼以峙衡，騰虵蟉虯而遶榱。
巃嵸	司馬相如	《上林賦》	於是乎崇山矗矗，巃嵸崔巍。
	傅毅	《舞賦》	車騎並狎，巃嵸逼迫。
	王延壽	《魯靈光殿賦》	崱屴嵫釐，岑崟巉嶷，駢巃嵸兮。
嶡嵸	枚乘	《梁王菟園賦》	寋路崣簃，崟巖嶡嵸。
蘢茸	司馬相如	《大人賦》	攢羅列聚叢以蘢茸兮，衍曼流爛痑以陸離。
隆崇	賈誼	《旱雲賦》	嵬隆崇以崔巍兮，時彷彿而有似。
	司馬相如	《子虛賦》	其山則盤紆岪鬱，隆崇律崒。
	張衡	《西京賦》	處甘泉之爽塏，乃隆崇而弘敷。
		《南都賦》	於其宮室則有園廬舊宅，隆崇崔嵬。
	王粲	《七釋》	爾乃層臺特起，隆崇嵳峩。
	陳琳	《大荒賦》	仰閬風之城樓兮，縣圃邈以隆崇。
	劉楨	《魯都賦》	路殿巋其隆崇，文陛巘其高驤。
隆崛	張衡	《西京賦》	隆崛崔崒，隱轔鬱律。
	王延壽	《魯靈光殿賦》	屹山峙以紆鬱，隆崛岉乎青雲。
瓏玲	揚雄	《甘泉賦》	前殿崔巍兮，和氏瓏玲。
礲硂	張衡	《羽獵賦》	翠蓋葳蕤，鑾鳴礲硂。
隆窮	司馬相如	《大人賦》	低卬夭蟜裾以驕驁兮，詘折隆窮躩以連卷。
逯趗	張衡	《東京賦》	狹三王之逯趗，軼五帝之長驅。
陸離	司馬相如	《上林賦》	牢落陸離，爛漫遠遷。
			先後陸離，離散別追。
		《大人賦》	攢羅列聚叢以蘢茸兮，衍曼流爛痑以陸離。

續表二十五

詞目	作者	篇目	例句
陸離	揚雄	《甘泉賦》	聲駍隱以陸離兮，輕先疾雷而馺遺風。
		《羽獵賦》	鮮扁陸離，騈衍佖路。
	張衡	《南都賦》	緣延坻阪，澶漫陸離。
		《舞賦》	叛淫衍分漫陸離。
	王延壽	《王孫賦》	若將顙而復著，紛贏絀以陸離。
	繁欽	《柳賦》	鬱青青以暢茂，紛冉冉以陸離。
陸梁	揚雄	《甘泉賦》	飛蒙茸而走陸梁。
	張衡	《西京賦》	怪獸陸梁，大雀踆踆。
	王逸	《機婦賦》	儀鳳晨鳴翔其上，怪獸群萃而陸梁。
輪菌	枚乘	《七發》	中鬱結之輪菌，根扶疏以分離。
崙菌	王延壽	《魯靈光殿賦》	連拳偃蹇，崙菌踨蹭。
覼縷	王延壽	《王孫賦》	忽涌逸而輕迅，羌難得而覼縷。
駱漠	傅毅	《舞賦》	駱漠而歸，雲散城邑。
駱驛	枚乘	《七發》	純馳浩蜺，前後駱驛。
	王褒	《洞簫賦》	或漫衍而駱驛兮，沛焉竞溢。
			連延駱驛，變無窮兮。
	傅毅	《舞賦》	駱驛飛散，颹揚合併。
	張衡	《南都賦》	男女姣服，駱驛繽紛。
		《舞賦》	連翩駱驛，乍續乍絕。
	馬融	《長笛賦》	繁縟駱驛，范蔡之說也。
		《圍棋賦》	駱驛自保兮，先後來迎。
	王延壽	《魯靈光殿賦》	縱橫駱驛，各有所趣。
絡驛	傅毅	《洛都賦》	絡驛相屬，揮沫揚鑣。
	應瑒	《馳射賦》	紛紜絡驛，次授二八。

續表二十六

詞目	作者	篇目	例句
律崪	司馬相如	《子虛賦》	其山則盤紆弗鬱，隆崇律崪。
曼延	王延壽	《魯靈光殿賦》	長途升降，軒檻曼延。
	李尤	《平樂觀賦》	魚龍曼延，峱嵷山阜。
	張衡	《西京賦》	巨獸百尋，是爲曼延。
蔓延	李尤	《德陽殿賦》	蒲萄安石，蔓延蒙籠。
	馬融	《圍棋賦》	蔓延連閣兮，如火不滅。
漫汗	張衡	《南都賦》	布濩漫汗，潒沆洋溢。
潒沆	張衡	《西京賦》	顧臨太液，滄池潒沆。
		《南都賦》	布濩漫汗，潒沆洋溢。
	劉楨	《魯都賦》	又有鹹池潒沆，煎炙賜春。
玫瑰	司馬相如	《子虛賦》	其石則赤玉玫瑰，琳珉琨吾。瑊玏玄厲，礝石武夫。
		《上林賦》	玫瑰碧琳，珊瑚叢生。
蒙籠	孔臧	《楊柳賦》	蒙籠交錯，應風悲吟。
	揚雄	《甘泉賦》	乘雲閣而上下兮，紛蒙籠以捆成。
	張衡	《南都賦》	上平衍而曠蕩，下蒙籠而崎嶇。
	李尤	《德陽殿賦》	蒲萄安石，蔓延蒙籠。
蒙蘢	揚雄	《羽獵賦》	獵蒙蘢，轔輕飛。履殷首，帶修蛇。
厐浿	張衡	《思玄賦》	踰厐浿於宕冥兮，貫倒景而高厲。
厐鴻	王延壽	《魯靈光殿賦》	彤彤靈宮，歸崒穹崇，紛厐鴻兮。
蘪蕪	司馬相如	《子虛賦》	江離蘪蕪，諸柘巴且。
蘪蕪	司馬相如	《上林賦》	挩以綠蕙，被以江離，糅以蘪蕪，雜以留夷。
靡迆	張衡	《西京賦》	於後則高陵平原，據渭踞涇，澶漫靡迆，作鎮於近。

續表二十七

詞目	作者	篇目	例句
宓汩	司馬相如	《上林賦》	洶涌彭湃，潭弗宓汩，偪側泌瀄。
潗溢	張衡	《南都賦》	芝房菌蠢生其隈，玉膏滵溢流其隅。
汩穆	賈誼	《鵩鳥賦》	汩穆無窮兮，胡可勝言。
緜藐	司馬相如	《上林賦》	長眉連娟，微睇緜藐。
綿邈	繁欽	《弭愁賦》	從景炎而猗靡，粲綿邈以繽紛。
蔑蒙	張衡	《思玄賦》	涉清霄而升遐兮，浮蔑蒙而上征。
蔑蠓	揚雄	《甘泉賦》	歷倒景而絕飛梁兮，浮蔑蠓而撒天。
覭蒙	司馬相如	《大人賦》	糾蓼叫奡踏以艐路兮，覭蒙踊躍騰而狂趡。
瀎潏	張衡	《南都賦》	潛廬洞出，沒滑瀎潏。
漠泊	王褒	《洞簫賦》	處幽隱而奧屏兮，密漠泊獥獥。
沒滑	張衡	《南都賦》	潛廬洞出，沒滑瀎潏。
褭弱	揚雄	《蜀都賦》	褭弱蟬抄，扶施連卷。
躡蹀	張衡	《南都賦》	脩袖繚繞而滿庭，羅襪躡蹀而容與。
槷刖	馬融	《長笛賦》	巔根跱之槷刖兮，感迴飇而將頹。
忸怩	蔡邕	《釋誨》	於是公子仰首降階，忸怩而避。
徘徊	司馬相如	《子虛賦》	於是楚王乃弭節徘徊，翱翔容與。
		《上林賦》	於是乎乘輿弭節徘徊，翱翔往來。
	崔駰	《反都賦》	上貫紫宮，徘徊天闕。
	張衡	《舞賦》	徘徊相侔，提若霆震。
		《南都賦》	揔萬乘兮徘徊，按平路兮來歸。
			彈琴擫籥，流風徘徊。
	馬融	《圍碁賦》	踔度閒置兮，徘徊中央。
	崔琦	《七蠲》	眾戲並進，於肆徘徊。

續表二十八

詞目	作者	篇目	例句
徘徊	趙壹	《迅風賦》	阿那徘徊，聲若歌謳。
	蔡邕	《彈琴賦》	左手抑揚，右手徘徊。
	王粲	《七釋》	忽捐枑而揮袂，聊徘徊以容與。
	應瑒	《迷迭賦》	舒芳香之酷烈，乘清風以徘徊。
	丁廙妻	《寡婦賦》	鳥凌虛以徘徊。
俳佪	揚雄	《甘泉賦》	俳佪招搖，靈遲迡兮。
俳回	張衡	《思玄賦》	魂眷眷而屢顧兮，馬倚輈而俳回。
裵回	劉徹	《悼李夫人賦》	何靈魂之紛紛兮，哀裵回以躊躇。
裵回	馮衍	《顯志賦》	發軔新豐兮，裵回鎬京。
			遵大路而裵回兮，履孔德之窈冥。
	班固	《西都賦》	大輅鳴鸞，容與裵回。
盤桓	路喬如	《鶴賦》	豈忘赤霄之上，忽池籞而盤桓。
	張衡	《西京賦》	袒裼戟手，奎踽盤桓。
	王粲	《登樓賦》	夜參半而不寐兮，悵盤桓以反側。
	陳琳	《神武賦》	佇盤桓以淹次，乃申命而後征。
		《大荒賦》	惟民生之每在兮，佇盤桓以躊躇。
	丁儀	《厲志賦》	雖德厚而祚卑，猶不忘於盤桓。
般桓	傅毅	《舞賦》	或有宛足鬱怒，般桓不發。
槃旋	蔡邕	《釋誨》	槃旋乎周孔之庭宇，揖儒墨與爲友。
般旋	揚雄	《蜀都賦》	崇戎總濃，般旋闠闠。
媻姍	司馬相如	《子虛賦》	於是乃群相與獠於蕙圃，媻姍勃窣。
盤跚	王延壽	《夢賦》	或盤跚而欲走，或拘攣而不能步。
	蔡邕	《青衣賦》	盤跚蹀躞，坐起低昂。
蟠蜿	張衡	《東京賦》	龍雀蟠蜿，天馬半漢。

續表二十九

詞目	作者	篇目	例句
半漢	張衡	《東京賦》	龍雀蟠蜿，天馬半漢。
滂浮	馮衍	《顯志賦》	淚汍瀾而雨集兮，氣滂浮而雲披。
滂渤	枚乘	《七發》	觀其兩傍，則滂渤怫鬱，闇漠感突。
旁薄	揚雄	《解難》	而陶冶大鑪，旁薄眾生。
磅硠	張衡	《思玄賦》	觀壁壘於北落兮，伐河鼓之磅硠。
滂沛	揚雄	《甘泉賦》	雲飛揚兮雨滂沛，於胥德兮麗萬世。
	王粲	《浮淮賦》	長瀨潭瀤，滂沛洶溶。
滂濞	司馬相如	《大人賦》	騷擾衝蓯其相紛挐兮，滂濞泱軋麗以林離。
			貫列缺之倒景兮，涉豐隆之滂濞。
		《上林賦》	滂濞沆溉，穹隆雲橈，宛潬膠盭。
磅礚	張衡	《西京賦》	礔磶激而增響，磅礚象乎天威。
仿偟	司馬相如	《子虛賦》	秋田乎青丘，仿偟乎海外。
彷徨	司馬相如	《長門賦》	舒息悒而增欷兮，蹤履起而彷徨。
	王褒	《洞簫賦》	時奏狡弄，則彷徨翱翔。
	班固	《西都賦》	既懲懼於登望，降周流以彷徨。
	楊修	《節遊賦》	行中林以彷徨，玩奇樹之抽英。
	應瑒	《正情賦》	晝彷徨於路側，宵耿耿而達晨。
徬徨	馬融	《長笛賦》	徬徨縱肆，曠瀁敞罔，老莊之槩也。
方皇	揚雄	《甘泉賦》	覽樛流於高光兮，溶方皇於西清。
彷徉	王粲	《遊海賦》	遊余心以廣觀兮，且彷徉乎西裔。
旁唐	司馬相如	《上林賦》	珉玉旁唐，玢豳文鱗。
磅唐	馬融	《長笛賦》	鄧琅磊落，駢田磅唐。

續表三十

詞目	作者	篇目	例句
泡溲	王褒	《洞簫賦》	又似流波，泡溲汎淈，趨巇道兮。
沛艾	司馬相如	《大人賦》	沛艾赳螑仡以佁儗兮，放散畔岸驤以孱顏。
	張衡	《東京賦》	六玄虯之弈弈，齊騰驤而沛艾。
	應瑒	《馳射賦》	揚驪沛艾，蝶略相連。
配藜	揚雄	《甘泉賦》	配藜四施，東燭倉海。
噴勃	馬融	《長笛賦》	氣噴勃以布覆兮，乍跱踞以狼戾。
砰磷	司馬相如	《大人賦》	徑入雷室之砰磷鬱律兮，洞出鬼谷之堀礨崴魁。
砰磅	司馬相如	《上林賦》	沈沈隱隱，砰磅訇礚。
軯䪸	張衡	《西京賦》	奮隼歸鳧，沸卉軯䪸。
弸彋	揚雄	《甘泉賦》	惟弸彋其拂汨兮，稍暗暗而靚深。
翩軋	張衡	《南都賦》	流湍投濈，砏汃翩軋。
蓬茸	張衡	《西京賦》	苯蓴蓬茸，彌皋被岡。
蓬勃	賈誼	《旱雲賦》	遙望白雲之蓬勃兮，滃澹澹而妄止。
澎濞	賈誼	《旱雲賦》	若飛翔之從橫兮，楊侯怒而澎濞。
	王褒	《洞簫賦》	澎濞慷慨，一何莊士。
	馬融	《長笛賦》	爭湍蘋縈，汩活澎濞。
	王延壽	《夢賦》	澎濞趹抗，揩倒批，笞強梁。
彭湃	司馬相如	《上林賦》	洶涌彭湃，滭弗宓汩，偪側泌瀄。
霹靂	枚乘	《七發》	冬則烈風、漂霰、飛雪之所激也，夏則雷霆、霹靂之所感也。
礔礰	張衡	《西京賦》	礔礰激而增響，磅礚象乎天威。
被麗	揚雄	《甘泉賦》	攢并閭與茇葀兮，紛被麗其亡鄂。
披靡	司馬相如	《上林賦》	離靡廣衍，應風披靡。

續表三十一

詞目	作者	篇目	例句
披靡	司馬相如	《難蜀父老》	風之所被，罔不披靡。
髻髵	張衡	《西京賦》	及其猛毅髻髵，隅目高匡。
枇杷	司馬相如	《上林賦》	枇杷橪柿，亭奈厚朴。
枇杷	揚雄	《蜀都賦》	諸柘柿桃，杏李枇杷。
罷池	司馬相如	《子虛賦》	罷池陂陁，下屬江河。
蹁躚	張衡	《南都賦》	翹遙遷延，蹰蹐蹁躚。
便娟	枚乘	《梁王菟園賦》	便娟數顧，芳溫往來接。
便娟	張衡	《南都賦》	致飾程蠱，便姍便娟。
便娟	邊讓	《章華臺賦》	形便娟以嬋媛兮，若流風之靡草。
便娟	王粲	《七釋》	便娟婉婗，紛綸連屬。
嫙娟	王延壽	《魯靈光殿賦》	旋室嫙娟以窈窕，洞房叫窱而幽邃。
便悁	東方朔	《七諫》	獨便悁而懷毒兮，愁郁郁之焉極。
便姍	司馬相如	《上林賦》	便姍嫳屑，與世殊服。
駢田	張衡	《西京賦》	麀鹿麇麌，駢田偪仄。
駢田	馬融	《長笛賦》	酆琅磊落，駢田磅唐。
駢闐	孔臧	《諫格虎賦》	車騎駢闐，被行岡巒。
便嬛	司馬相如	《上林賦》	靚莊刻飾，便嬛綽約。
便旋	張衡	《西京賦》	便旋閭閻，周觀郊遂。
駢衍	揚雄	《羽獵賦》	鮮扁陸離，駢衍佖路。
瞟眇	王延壽	《魯靈光殿賦》	忽瞟眇以響像，若鬼神之髣髴。
瀄汩	司馬相如	《上林賦》	橫流逆折，轉騰瀄汩。
撇曳	揚雄	《蜀都賦》	偃衍撇曳，絺索恍惚。
砏汃	張衡	《南都賦》	流湍投濿，砏汃軯軥。

續表三十二

詞目	作者	篇目	例句
驖駍	揚雄	《羽獵賦》	猋泣雷厲，驖駍駖磕。
蘋縈	馬融	《長笛賦》	爭湍蘋縈，汩活澎濞。
陂陁	司馬相如	《哀秦二世賦》	登陂陁之長阪兮，坌入曾宮之嵯峩。
婆娑	王褒	《洞簫賦》	風鴻洞而不絕兮，優嬈嬈以婆娑。
	班固	《答賓戲》	究先聖之壼奧，婆娑虖術藝之場。
駊騀	揚雄	《甘泉賦》	崇丘陵之駊騀兮，深溝嶔巖而爲谷。
蒲伏	枚乘	《七發》	沇沇湲湲，蒲伏連延。
匍匐	馬融	《長笛賦》	逮乎其上，匍匐伐取。
扶服	揚雄	《長楊賦》	皆稽顙樹頟，扶服蛾伏。
蒲陶	司馬相如	《上林賦》	樗棗楊梅，櫻桃蒲陶。
	張衡	《七辯》	玄清白醴，蒲陶醲醽。
	張紘	《瓌材枕賦》	有若蒲陶之蔓延，或如兔絲之煩縈。
蒲桃	王逸	《荔支賦》	南浦上黄甘之華橘，西旅獻崑山之蒲桃。
蒲萄	李尤	《德陽殿賦》	蒲萄安石，蔓延蒙籠。
溥漠	馬融	《長笛賦》	氾濫溥漠，浩浩洋洋。
巧老	馬融	《長笛賦》	庨窌巧老，港洞坑谷。
鎗鍠	枚乘	《柳賦》	鎗鍠啾唧，蕭條寂寥。
欺猥	王延壽	《魯靈光殿賦》	仡欺猥以鵰䀛，鶣顤顟而睽睢。
崎巇	王延壽	《魯靈光殿賦》	下弟蔚以璀錯，上崎巇而重注。
崎嶇	司馬相如	《難蜀父老》	民人升降移徙，崎嶇而不安。
	張衡	《南都賦》	上平衍而曠蕩，下蒙籠而崎嶇。
	禰衡	《鸚鵡賦》	流飄萬里，崎嶇重阻。
麒麟	司馬相如	《上林賦》	其獸則麒麟角端，騊駼橐駝。
	東方朔	《非有先生論》	鳳凰來集，麒麟在郊。

續表三十三

詞目	作者	篇目	例句
麒麟	桓譚	《仙賦》	觀倉川而升天門，馳白鹿而從麒麟。
	崔寔	《大赦賦》	攔麒麟之肉角，聆鳳皇之和鳴。
磧歷	司馬相如	《上林賦》	陵三峻之危，下磧歷之坻。
遷延	司馬相如	《美人賦》	覗臣遷延，微笑而言。
		《難蜀父老》	敞罔靡徙，遷延而辭避。
	王褒	《洞簫賦》	遷延徙迤，魚瞰雞睨。
	傅毅	《舞賦》	遷延微笑，退復次列。
	張衡	《南都賦》	翹遙遷延，蹠躄蹁躚。
		《西京賦》	遷延邪睨，集乎長楊之宮。
		《羽獵賦》	於是皇輿綢繆，遷延容與。
倩㶁	司馬相如	《子虛賦》	儵眒倩㶁，雷動猋至。
嗛呭	王延壽	《王孫賦》	耳聿役以適知，口嗛呭以齡鮚。
蹌捍	傅毅	《舞賦》	良駿逸足，蹌捍凌越。
嶕崒	揚雄	《解難》	泰山之高不嶕崒，則不能浡滃雲而散歊烝。
焦瘁	班固	《答賓戲》	朝爲榮華，夕而焦瘁。
顦顇	禰衡	《鸚鵡賦》	音聲悽以激揚，容貌慘以顦顇。
嫶妍	劉徹	《悼李夫人賦》	嫶妍太息，嘆稚子兮。
嶕嶢	黃香	《九宮賦》	登嶕嶢之鼇臺，闢天門而閃帝宮。
翹遙	張衡	《南都賦》	翹遙遷延，蹠躄蹁躚。
嶔巖	司馬相如	《上林賦》	磐石裖崖，嶔巖倚傾。
	揚雄	《甘泉賦》	崇丘陵之駊騀兮，深溝嶔巖而爲谷。
嶔崟	班固	《終南山賦》	嶔崟鬱律，萃於霞雰。
	王延壽	《魯靈光殿賦》	倔佹雲起，嶔崟離摟。
		《王孫賦》	扶嶔崟以棟橑，蹋危臬而騰舞。

續表三十四

詞目	作者	篇目	例句
欽崟	張衡	《思玄賦》	嘉曾氏之《歸耕》兮，慕歷陵之欽崟。
窮忽	蔡邕	《瞽師賦》	夫何矇昧之瞽兮，心窮忽以鬱伊。
穹隆	司馬相如	《上林賦》	滂濞沆溉，穹隆雲橈，宛潬膠盭。
	劉勝	《文木賦》	制爲屏風，鬱茀穹隆。
	張衡	《西京賦》	於是鉤陳之外，閣道穹隆。
	繁欽	《建章鳳闕賦》	上規圜以穹隆，下矩折而繩直。
窮隆	揚雄	《甘泉賦》	香芬茀以窮隆兮，擊薄櫨而將榮。
穹崇	司馬相如	《長門賦》	正殿塊以造天兮，鬱並起而穹崇。
	王延壽	《魯靈光殿賦》	彤彤靈宮，歸崒穹崇，紛厖鴻兮。
屈奇	賈誼	《簴賦》	妙彫文以刻鏤兮，象巨獸之屈奇兮。
嶇嶔	王褒	《洞簫賦》	徒觀其旁山側兮，則嶇嶔巋崎。
屈橋	揚雄	《河東賦》	千乘霆亂，萬騎屈橋。
鵁鶄	枚乘	《梁王菟園賦》	鷫鷞鵁鵁，翡翠鵁鶄。
拳句	孔臧	《楊柳賦》	或拳句以逮下土，或擢跡而接穹蒼。
蜷嵸	王延壽	《魯靈光殿賦》	連拳偃蹇，崘菌踡嵸。
岩嶙	張衡	《南都賦》	或岩嶙而纚連，或豁爾而中絕。
姌嫋	傅毅	《舞賦》	蜲蛇姌嫋，雲轉飄忽。
咀嗾	王延壽	《王孫賦》	齒崖崖以齗齗，嚼咀嗾而囁呪。
仁頻	司馬相如	《上林賦》	留落胥邪，仁頻並閭。
荏苒	丁廙妻	《寡婦賦》	時荏苒而不留，將遷靈以大行。
容裔	張衡	《南都賦》	汰瀺灂兮舡容裔，陽侯澆兮掩鳧鷖。
		《東京賦》	建辰旒之太常，紛焱悠以容裔。
	陳琳	《武軍賦》	干戈森其若林，牙旗翻以容裔。

續表三十五

詞目	作者	篇目	例句
容與	劉徹	《悼李夫人賦》	的容與以猗靡兮，縹飄姚虖愈莊。
	司馬相如	《子虛賦》	於是楚王乃弭節徘徊，翱翔容與。
	王褒	《洞簫賦》	其仁聲則若颺風紛披，容與而施惠。
	揚雄	《河東賦》	於是靈輿安步，周流容與。
	馮衍	《顯志賦》	意斟愖而不澹兮，俟回風而容與。
	傅毅	《洛都賦》	然後弭節容與，淥水之濱。
	班固	《西都賦》	大輅鳴鸞，容與裵回。
	班昭	《東征賦》	悵容與而久駐兮，忘日夕而將昏。
	張衡	《思玄賦》	登蓬萊而容與兮，鼇雖抃而不傾。
		《南都賦》	脩袖繚繞而滿庭，羅襪躡蹀而容與。
		《羽獵賦》	於是皇輿綢繆，遷延容與。
	王延壽	《王孫賦》	時遼落以蕭索，乍睥睨以容與。
	蔡邕	《述行賦》	濟西谿而容與兮，息羣都而後逝。
	應瑒	《西狩賦》	攏脩勒而容與，並軒鬐而厲怒。
柔橈	司馬相如	《上林賦》	柔橈嬛嬛，嫵媚孅弱。
蘽綏	揚雄	《甘泉賦》	蠖略蕤綏，灕虖慘纚。
颭灑	班固	《東都賦》	鳳蓋颭灑，和鸞玲瓏。
	王延壽	《魯靈光殿賦》	祥風翕習以颭灑，激芳香而常芬。
颯沓	班倢伃	《擣素賦》	翔鴻爲之徘徊，落英爲之颯沓。
	應瑒	《西狩賦》	按轡清途，颯沓風翔。
颭揚	傅毅	《舞賦》	駱驛飛散，颭揚合併。
颭纚	張衡	《西京賦》	振朱屣於盤樽，奮長袖之颭纚。
騷殺	張衡	《東京賦》	駙承華之蒲梢，飛流蘇之騷殺。

續表三十六

詞目	作者	篇目	例句
森槮	馬融	《長笛賦》	林簫蔓荊，森槮柞樸。
唼喋	司馬相如	《上林賦》	唼喋菁藻，咀嚼菱藕。
唼喋	張衡	《鴻賦》	唼喋粃糩，雞鶩爲伍。
珊瑚	司馬相如	《上林賦》	玫瑰碧琳，珊瑚叢生。
珊瑚	班固	《西都賦》	珊瑚碧樹，周阿而生。
珊瑚	張衡	《西京賦》	珊瑚琳碧，瓀珉璘彬。
珊瑚	徐幹	《齊都賦》	折珊瑚，破琉璃。
珊瑚	王粲	《游海賦》	桂林蘽乎其上，珊瑚周乎其趾。
勺藥	枚乘	《七發》	熊蹯之臑，勺藥之醬。
芍藥	司馬相如	《子虛賦》	芍藥之和具，而後御之。
儵爚	張衡	《西京賦》	璐弁玉纓，遺光儵爚。
橄欚	黃香	《九宮賦》	即蹴縮以橄欚，坎竬援以洤煬。
潚率	揚雄	《羽獵賦》	飛廉、雲師，吸嚊潚率。
橚爽	張衡	《西京賦》	鬱蓊薆薱，橚爽櫹槮。
睢剌	張衡	《南都賦》	方今天地之睢剌，帝亂其政，豺虎肆虐。
睢維	馬融	《長笛賦》	憔眇睢維，涕洟流漫。
睢盱	王延壽	《魯靈光殿賦》	鴻荒樸略，厥狀睢盱。
睢盱	張衡	《西京賦》	緹衣韎韐，睢盱拔扈。
鰛鱴	揚雄	《蜀都賦》	罜蟺鼇軀，衆鱗鰛鱴。
闒茸	賈誼	《弔屈原賦》	闒茸尊顯兮，讒諛得志。
壇曼	司馬相如	《子虛賦》	其南則有平原廣澤，登降阤靡，案衍壇曼。
壇曼	揚雄	《甘泉賦》	平原唐其壇曼兮，列新雉於林薄。
檀欒	枚乘	《梁王菟園賦》	脩竹檀欒，夾池水，旋菟園。
闛鞈	司馬相如	《上林賦》	鏗鎗闛鞈，洞心駭耳。

續表三十七

詞目	作者	篇目	例句
閶闔	揚雄	《羽獵賦》	乃詔虞人典澤，東延昆鄰，西馳閶闔。
儵芒	陳琳	《大荒賦》	天儵芒其無色兮，地潰坼而裂崩。
爌閬	王延壽	《魯靈光殿賦》	鴻爌炾以爌閬，颲蕭條而清泠。
儵莽	王褒	《洞簫賦》	彌望儵莽，聯延曠蕩。
焱昇	張衡	《西京賦》	駁犖，駘盪，焱昇桀桀。
饕餮	揚雄	《逐貧賦》	饕餮之群，貪富苟得。
	張衡	《東京賦》	進明德而崇業，滌饕餮之貪欲。
騊駼	司馬相如	《子虛賦》	軼野馬，轊騊駼。
		《上林賦》	其獸則麒麟角端，騊駼橐駝。
鶤鳩	張衡	《思玄賦》	恃己知而華予兮，鶤鳩鳴而不芳。
俶儻	司馬相如	《子虛賦》	若乃俶儻瑰瑋，異方殊類。
	馮衍	《顯志賦》	既俶儻而高引兮，願觀其從容。
殄沌	王褒	《洞簫賦》	躋躓連絕，淈殄沌兮。
潷澀	張衡	《思玄賦》	屬箕伯以函風兮，澂潷澀而爲清。
	繁欽	《暑賦》	溫風潷澀，動靜增煩。
	王粲	《大暑賦》	就清泉以自沃，猶潷澀而不涼。
	陳琳	《大暑賦》	土潤溽以欰烝，時潷澀以混濁。
舐䶩	王延壽	《魯靈光殿賦》	玄熊舐䶩以齗齗，却負載以蹲跠。
岹嵽	王延壽	《魯靈光殿賦》	浮柱岹嵽以星懸，漂嶢蚭而枝拄。
蜩蟉	司馬相如	《大人賦》	蹛踱輵螛容以骫麗兮，蜩蟉偃蹇怵奐以梁倚。
岩嶤	李尤	《平樂觀賦》	大廈累而鱗次，承岩嶤之翠樓。
迢嶢	王延壽	《魯靈光殿賦》	迢嶢偶儻，豐麗博敞。
蜩蜥	枚乘	《柳賦》	蜩蜥厲響，蜘蛛吐絲。
瀟瀷	揚雄	《甘泉賦》	梁弱水之瀟瀷兮，躡不周之逶蛇。

續表三十八

詞目	作者	篇目	例句
瞳矇	張衡	《應閒》	吉凶紛錯，人用瞳矇。
掕崝	揚雄	《蜀都賦》	掕崝嶵巍，霜雪終夏。
頹唐	王褒	《洞簫賦》	頹唐遂往，長辭遠逝，漂不還兮。
哇咬	傅毅	《舞賦》	眄般鼓則騰清眸，吐哇咬則發皓齒。
汎瀾	馮衍	《顯志賦》	淚汎瀾而雨集兮，氣滂浡而雲披。
蜿蜷	揚雄	《蜀都賦》	龍虯蜿蜷錯其中，禽獸奇偉髦山林。
宛潬	司馬相如	《上林賦》	滂濞沆溉，穿隆雲橈，宛潬膠盭。
宛亶	王粲	《遊海賦》	山隆谷窔，宛亶相搏。
蜿蟺	劉歆	《甘泉宮賦》	黃龍遊而蜿蟺兮，神龜沉於玉泥。
	劉騊駼	《玄根賦》	玄雁蜿蟺感清羽，玄鶴顧躅應徵宮。
	馬融	《長笛賦》	蚡緼繙紆，緫冤蜿蟺。
	王延壽	《魯靈光殿賦》	虯龍騰驤以蜿蟺，頷若動而躘踂。
	陳琳	《迷迭賦》	立碧莖之婀娜兮，鋪綵條之蜿蟺。
婉僤	司馬相如	《上林賦》	青龍蚴蟉於東箱，象輿婉僤於西清。
冤延	揚雄	《甘泉賦》	曳紅采之流離兮，颺翠氣之冤延。
蜿蜓	李尤	《德陽殿賦》	連璧組之潤漫，雜虬文之蜿蜓。
	張衡	《七辯》	雕蟲刑縤，蝀虹蜿蜓。
嵬嵷	李尤	《平樂觀賦》	魚龍曼延，嵬嵷山阜。
宛蜒	司馬相如	《大人賦》	駕應龍象輿之蠖略委麗兮，驂赤螭青虯之蚴蟉宛蜒。
宛轉	王延壽	《魯靈光殿賦》	白鹿子蜺於欂櫨，蟠螭宛轉而承楣。
		《王孫賦》	尋柯條以宛轉，或捉膚而登危。
	趙壹	《迅風賦》	經營八荒之外，宛轉毫毛之中。
婉轉	劉勝	《文木賦》	制爲樂器，婉轉蟠紆。

續表三十九

詞目	作者	篇目	例句
蜎蠉	王褒	《洞簫賦》	垂喙蜎蠉，瞪瞢忘食。
蟃蜒	司馬相如	《子虛賦》	其下則有白虎玄豹，蟃蜒貙犴。
汪濊	司馬相如	《難蜀父老》	威武紛云，湛恩汪濊。
方良	張衡	《東京賦》	斬蜲蛇，腦方良。
魍魎	張衡	《西京賦》	螭魅魍魎，莫能逢旃。
	王延壽	《夢賦》	斫鬼魅，捎魍魎。
网蜽	班固	《幽通賦》	恐网蜽之責景兮，慶未得其云已。
蝄蜽	張衡	《西京賦》	驚蝄蜽，憚蛟蛇。
		《南都賦》	追水豹兮鞭蝄蜽，憚蘷龍兮怖蛟螭。
罔閬	司馬相如	《哀二世賦》	精罔閬而飛颺兮，拾九天而永逝。
罔象	王褒	《洞簫賦》	薄索合沓，罔象相求。
罔像	張衡	《東京賦》	殘夔魖與罔像，殪野仲而殲游光。
望浪	劉歆	《遂初賦》	獸望浪以穴竄兮，鳥脅翼之浚浚。
潢瀁	枚乘	《七發》	俶兮儻兮，浩潢瀁兮，慌曠曠兮。
	陳琳	《神女賦》	望陽侯而潢瀁，覘玄麗之軼靈。
廣瀁	陳琳	《止欲賦》	道攸長而路阻，河廣瀁而無梁。
委麗	司馬相如	《大人賦》	駕應龍象輿之蠖略委麗兮，驂赤螭青虯之蚴蟉宛蜒。
欹麗	司馬相如	《大人賦》	跮踱輵螛容以欹麗兮，蜩蟉偃蹇怵夐以梁倚。
逶遲	枚乘	《柳賦》	枝逶遲而含紫，葉萋萋而吐綠。
崟岑	枚乘	《梁王菟園賦》	卷路崟岑，崏岩崒嵸。
逶迤	王延壽	《魯靈光殿賦》	嚴突洞出，逶迤詰屈。
	邊讓	《章華臺賦》	振華袂以逶迤，若遊龍之登雲。
	班昭	《鍼縷賦》	退逶迤以補過，似素絲之《羔羊》。

續表四十

詞目	作者	篇目	例句
逶迤	蔡邕	《述行賦》	彌信宿而後闋兮，思逶迤以東運。
	王粲	《登樓賦》	路逶迤而脩迴兮，川既漾而濟深。
		《思友賦》	超長路兮逶迤，實舊人兮所經。
委蛇	司馬相如	《上林賦》	酆鎬潦滈，紆餘委蛇，經營其內。
	黃香	《九宮賦》	戴巢炭而帶繚繞，曳陶匏以委蛇。
	張衡	《南都賦》	巨蜯函珠，駮瑕委蛇。
蜲蛇	傅毅	《舞賦》	蜲蛇姌嫋，雲轉飄曶。
	張衡	《西京賦》	女娥坐而長歌，聲清暢而蜲蛇。
逶蛇	揚雄	《甘泉賦》	梁弱水之潚瀁兮，躡不周之逶蛇。
葳蕤	司馬相如	《子虛賦》	錯翡翠之葳蕤，繆繞玉綏。
	劉向	《雅琴賦》	葳蕤心而自愬兮，伏雅操之循則。
	黃香	《九宮賦》	翳華蓋之葳蕤，依上帝以隆崇。
	張衡	《南都賦》	望翠華兮葳蕤，建太常兮裶裶。
		《羽獵賦》	翠蓋葳蕤，鑾鳴礧硠。
	王粲	《七釋》	戴明月之羽雀，雜華鑷之葳蕤。
	陳琳	《柳賦》	蔚曇曇其杳藹，象翠蓋之葳蕤。
威蕤	張衡	《東京賦》	羽蓋威蕤，葩瑤曲莖。
崴魁	司馬相如	《大人賦》	徑入雷室之砰磷鬱律兮，洞出鬼谷之堀礨崴魁。
崴磈	司馬相如	《上林賦》	崴磈嵔廆，丘虛堀礨。
嵔廆	司馬相如	《上林賦》	崴磈嵔廆，丘虛堀礨。
韡曄	張衡	《西京賦》	飾華榱與璧璫，流景曜之韡曄。
崣嵯	枚乘	《梁王菟園賦》	巻略崣嵯，崟巖嵍崻。
崣崋	杜篤	《首陽山賦》	九折崣崋而多艱。

續表四十一

詞目	作者	篇目	例句
嵬巍	王延壽	《魯靈光殿賦》	瞻彼靈光之爲狀也，則嵯峨嶵嵬，嵬巍嶵崥。
腲腇	王褒	《洞簫賦》	其奏歡娛，則莫不憚漫衍凱，阿那腲腇者已。
溫汾	枚乘	《七發》	所揚汩者，所溫汾者。
殟歿	傅毅	《舞賦》	超瑜鳥集，縱弛殟歿。
壝菱	司馬相如	《哀秦二世賦》	觀衆樹之壝菱兮，覽竹林之榛榛。
蓊蔓	繁欽	《建章鳳闕賦》	嘉樹蓊蔓，奇鳥哀鳴。
蓊蔚	楊修	《許昌宮賦》	紛蓊蔚以參差。
蓊鬱	張衡	《南都賦》	杳藹蓊鬱於谷底，森葺葺而刺天。
握蹢	司馬相如	《難蜀父老》	豈特委瑣握蹢，拘文牽俗。
齷齪	張衡	《西京賦》	獨儉嗇以齷齪，忘《蟋蟀》之謂何。
勿罔	王延壽	《魯靈光殿賦》	屹鏗瞑以勿罔，屑黶翳以懿濗。
狎獵	張衡	《西京賦》	蔕倒茄於藻井，披紅葩之狎獵。
		《南都賦》	琢瑁狎獵，金銀琳琅。
狎躐	蔡邕	《青衣賦》	條風狎躐，吹子淋帷。
嘒嘒	王褒	《洞簫賦》	嘒嘒曄曄，跳然復出。
蟋蟀	王褒	《洞簫賦》	是以蟋蟀蚸蠖，蚑行喘息。
歙艴	王延壽	《魯靈光殿賦》	皓壁皣曜以月照，丹柱歙艴而電烻。
吸呷	王延壽	《王孫賦》	歸瑣縈於庭廡，觀者吸呷而忘疲。
胚響	司馬相如	《上林賦》	胚響布寫，晻薆咇茀。
胚嚅	揚雄	《甘泉賦》	胚嚅豐融，懿懿芬芬。
盼蠁	杜篤	《祓禊賦》	蘭蘇盼蠁，感動情魂。
菥蓂	張衡	《南都賦》	諸蔗薑䕬，菥蓂芋瓜。
翕赫	揚雄	《甘泉賦》	翕赫曶霍，霧集蒙合兮。

續表四十二

詞目	作者	篇目	例句
翕習	王延壽	《魯靈光殿賦》	祥風翕習以颷灑，激芳香而常芬。
	蔡邕	《釋誨》	隆貴翕習，積富無崖。
	徐幹	《齊都賦》	應節往來，翕習翩翩。
噏習	司馬相如	《哀秦二世賦》	汨淢噏習以永逝兮，注平皋之廣衍。
翕呷	司馬相如	《子虛賦》	扶輿猗靡，翕呷萃蔡。
敽呷	揚雄	《蜀都賦》	博岸敽呷，洔瀨礔巖。
徙倚	司馬相如	《長門賦》	間徙倚於東廂兮，觀夫靡靡而無窮。
	李尤	《東觀賦》	步西蕃以徙倚，好綠樹之成行。
	蔡邕	《檢逸賦》	情罔寫而無主，意徙倚而左傾。
	王粲	《登樓賦》	步棲遲以徙倚兮，白日忽其將匿。
徙迆	王褒	《洞簫賦》	遷延徙迆，魚瞰雞睨。
襳襹	張衡	《西京賦》	洪涯立而指麾，被毛羽之襳襹。
響像	王延壽	《魯靈光殿賦》	忽瞟眇以響像，若鬼神之髣髴。
相羊	劉徹	《悼李夫人賦》	念窮極之不還兮，惟幼眇之相羊。
	張衡	《西京賦》	相羊乎五柞之館，旋憩乎昆明之池。
相佯	張衡	《思玄賦》	會帝軒之未歸兮，恨相佯而延佇。
襄羊	司馬相如	《上林賦》	消搖乎襄羊，降集乎北紘。
梟牢	劉歆	《遂初賦》	天烈烈以厲高兮，寥珠窱以梟牢。
庨豁	張衡	《西京賦》	枌橌、承光，睼眾庨豁。
庨窌	馬融	《長笛賦》	庨窌巧老，港洞坑谷。
欞槮	張衡	《西京賦》	鬱蓊薆薱，橚爽欞槮。
逍搖	蔡邕	《青衣賦》	《河上》逍搖，徙倚庭階。
消搖	司馬相如	《上林賦》	消搖乎襄羊，降集乎北紘。

續表四十三

詞目	作者	篇目	例句
消搖	馮衍	《顯志賦》	陟雍時而消搖兮，超略陽而不反。
	張衡	《思玄賦》	墨無爲以凝志兮，與仁義乎消搖。
逍遙	司馬相如	《長門賦》	夫何一佳人兮，步逍遙以自虞。
	孔臧	《蓼蟲賦》	逍遙諷誦，遂歷東園。
	王褒	《洞簫賦》	攬搜澤捎，逍遙踊躍。
	李尤	《平樂觀賦》	逍遙俯仰，節以鞀鼓。
	張衡	《南都賦》	聖皇之所逍遙，靈祇之所保綏。
		《歸田賦》	於焉逍遙，聊以娛情。
		《髑髏賦》	步馬於疇阜，逍遙乎陵岡。
			況我已化，與道逍遙。
	朱穆	《鬱金賦》	清風逍遙，芳越景移。
	王粲	《鸚鵡賦》	日奄藹以西邁，忽逍遙而既冥。
		《鶯賦》	日捭藹以西邁，忽逍遙而既冥。
	應瑒	《馳射賦》	將逍遙於郊野，聊娛游於騁射。
顛頟	王延壽	《魯靈光殿賦》	仡欺猥以雕眽，鬮顛頟而睽睢。
萷蔘	司馬相如	《上林賦》	紛溶萷蔘，猗柅從風，藰莅卉歙。
蕭條	枚乘	《柳賦》	鎗鍠啾唧，蕭條寂寥。
	揚雄	《河東賦》	鬱蕭條其幽藹兮，瀹汎沛以豐隆。
	劉歆	《遂初賦》	野蕭條以寥廓兮，陵谷錯以盤紆。
	班彪	《北征賦》	野蕭條以莽蕩，迴千里而無家。
	班固	《西都賦》	原野蕭條，目極四裔。
	王延壽	《魯靈光殿賦》	鴻爌炾以爊閭，颭蕭條而清泠。
	王粲	《初征賦》	野蕭條而騁望，路周達而平夷。
哮呷	王褒	《洞簫賦》	哮呷吮喚，躋躓連絕。

續表四十四

詞目	作者	篇目	例句
歇欻	王延壽	《魯靈光殿賦》	歇欻幽藹，雲覆霮霴，洞杳冥兮。
戌削	司馬相如	《子虛賦》	袣袣裶裶，揚袘戌削。
恤削	司馬相如	《上林賦》	曳獨繭之褕袣，眇閻易以恤削。
汹溶	王粲	《浮淮賦》	長瀨潭潡，滂沛汹溶。
洶涌	司馬相如	《上林賦》	洶涌彭湃，滭弗宓汩，偪側泌㴸。
胥邪	司馬相如	《上林賦》	留落胥邪，仁頻并閭。
虛徐	班固	《幽通賦》	承靈訓其虛徐兮，竚盤桓而且俟。
須臾	班彪	《冀州賦》	且休精於敝邑，聊卒歲以須臾。
		《北征賦》	登障隧而遙望兮，聊須臾以婆娑。
	崔駰	《反都賦》	禍起蕭牆，不在須臾。
旭卉	揚雄	《甘泉賦》	上天之綷，杳旭卉兮。
玄潲	司馬相如	《大人賦》	紅杳眇以玄潲兮，猋風涌而雲浮。
眩泯	司馬相如	《大人賦》	視眩泯而亡見兮，聽敞怳而亡聞。
泫沄	張衡	《思玄賦》	揚芒熛而絳天兮，水泫沄而涌濤。
眅恤	王延壽	《王孫賦》	眼睅睅以眅恤，視職睫以眹睓。
睅睫	王延壽	《王孫賦》	眼睅睅以眅恤，視職睫以眹睓。
岪嵧	揚雄	《蜀都賦》	方彼碑池，岪嵧輵嶭，磙乎岳岳。
軋芴	司馬相如	《上林賦》	於是乎周覽氾觀，縝紛軋芴，芒芒恍忽。
軋沕	司馬相如	《大人賦》	西望崑崙之軋沕荒忽兮，直徑馳乎三危。
軋盤	枚乘	《七發》	旬陷匈礚，軋盤涌裔。
碣磃	揚雄	《長楊賦》	鳴韒磬之和，建碣磃之虛。
窸窳	揚雄	《長楊賦》	昔有強秦，封豕其土，窸窳其民。
閻易	司馬相如	《上林賦》	曳獨繭之褕袣，眇閻易以恤削。

續表四十五

詞目	作者	篇目	例句
巖穾	司馬相如	《上林賦》	夷嵕築堂，絫臺增成，巖穾洞房。
	王延壽	《魯靈光殿賦》	巖穾洞出，逶迤詰屈。
衍曼	司馬相如	《大人賦》	攢羅列聚叢以蘢茸兮，衍曼流爛痑以陸離。
奄藹	王粲	《鸚鵡賦》	日奄藹以西邁，忽逍遙而既冥。
揜藹	王粲	《鶯賦》	日揜藹以西邁，忽逍遙而既冥。
偃蹇	枚乘	《七發》	旍旗偃蹇，羽毛肅紛。
	司馬相如	《上林賦》	夭蟜枝格，偃蹇杪顛。
		《長門賦》	澹偃蹇而待曙兮，荒亭亭而復明。
	班固	《西都賦》	神明鬱其特起，遂偃蹇而上躋。
	張衡	《思玄賦》	偃蹇夭矯娩以連卷兮，雜沓叢顇颯以方驤。
	王延壽	《魯靈光殿賦》	飛梁偃蹇以虹指，揭蘧蘧而騰湊。
			連拳偃蹇，崘菌踡嵼。
	趙壹	《刺世疾邪賦》	偃蹇反俗，立致咎殃。
偃寋	司馬相如	《大人賦》	掉指橋以偃寋兮，又猗抳以招搖。
			跮踱輵蠖容以骫麗兮，蜩蟉偃寋怵臬以梁倚。
嫵婉	張衡	《西京賦》	捐衰色，從嫵婉。
	邊讓	《章華臺賦》	設長夜之歡飲兮，展中情之嫵婉。
嫵娩	蔡邕	《青衣賦》	雖得嫵娩，舒寫情懷。
蝘蜓	王褒	《洞簫賦》	螻蟻蝘蜓，蠅蠅翊翊。
蝘蜓	揚雄	《解嘲》	執蝘蜓而嘲龜龍，不亦病乎!
偃衍	揚雄	《蜀都賦》	偃衍撇曳，絺索恍惚。
黶翳	王延壽	《魯靈光殿賦》	屹鏗瞑以勿罔，屑黶翳以懿濞。
坱圠	賈誼	《鵩鳥賦》	大鈞播物兮，坱圠無垠。

續表四十六

詞目	作者	篇目	例句
坱圠	王延壽	《魯靈光殿賦》	鬱坱圠以嶒峗，崭繒綾而龍鱗。
	黃香	《九宮賦》	鏡大道之浩廣，泐沉瀁以坱圠。
泱軋	司馬相如	《大人賦》	騷擾衝蓯其相紛挐兮，滂濞泱軋麗以林離。
軮軋	揚雄	《甘泉賦》	據軨軒而周流兮，忽軮軋而亡垠。
泱漭	司馬相如	《上林賦》	徑乎桂林之中，過乎泱漭之壄。
	馮衍	《顯志賦》	覽河華之泱漭兮，望秦晉之故國。
	李尤	《平樂觀賦》	軀池泱漭，果林榛榛。
	張衡	《西京賦》	山谷原隰，泱漭無疆。
	王粲	《思友賦》	平原兮泱漭，綠草兮羅生。
夭矯	張衡	《思玄賦》	偓佺夭矯媧以連卷兮，雜沓叢頷颯以方驤。
夭蟜	司馬相如	《上林賦》	夭蟜枝格，偃蹇杪顛。
		《大人賦》	低卬夭蟜裾以驕驁兮，詘折隆窮躩以連卷。
	王延壽	《魯靈光殿賦》	傍夭蟜以橫出，互黝糾而搏負。
要褭	司馬相如	《上林賦》	嫋要褭，射封豕。
	張衡	《思玄賦》	斥西施而弗御兮，羈要褭以服箱。
騕褭	張衡	《東京賦》	卻走馬以糞車，何異騕褭與飛兔。
	應瑒	《馳射賦》	群駿籠於衡首，咸皆騕褭與飛菟。
夭繞	孔臧	《楊柳賦》	夭繞連枝，猗那其旁。
夭紹	張衡	《七辯》	蟬綿宜愧，夭紹紆折。
要紹	王延壽	《魯靈光殿賦》	層櫨磥垝以岌峩，曲枅要紹而環句。
	張衡	《西京賦》	要紹修態，麗服颺菁。
偠紹	張衡	《南都賦》	致飾程蠱，偠紹便娟。
杳眇	司馬相如	《大人賦》	紅杳眇以玄潛兮，猋風涌而雲浮。

續表四十七

詞目	作者	篇目	例句
杳眇	司馬相如	《上林賦》	頹杳眇而無見，仰矫橑而捫天。
杳藹	張衡	《南都賦》	杳藹蓊鬱於谷底，森蒪蓴而刺天。
	陳琳	《柳賦》	蔚曇曇其杳藹，象翠蓋之葳蕤。
嶕嶢	王延壽	《魯靈光殿賦》	浮柱岹嵽以星懸，漂嶕嶢而枝拄。
嶕崢	張衡	《思玄賦》	勔自強而不息兮，蹈玉階之嶕崢。
嶕嶸	揚雄	《河東賦》	乘翠龍而超河兮，陟西岳之嶕嶸。
窈裹	王延壽	《王孫賦》	緣百仞之高木，攀窈裹之長枝。
窈窕	賈誼	《旱雲賦》	或窈窕而四塞兮，誠若雨而不墜。
	司馬相如	《大人賦》	互折窈窕以右轉兮，橫厲飛泉以正東。
	班倢伃	《擣素賦》	若乃窈窕姝妙之年，幽閑貞專之性。
	杜篤	《祓禊賦》	若乃窈窕淑女，美腰豔姝。
	班固	《西都賦》	窈窕繁華，更盛迭貴。
	張衡	《西京賦》	群窈窕之華麗，嗟內顧之所觀。
		《七辯》	淑性窈窕，秀色美豔。
	王逸	《機婦賦》	爾乃窈窕淑媛，美色貞怡。
	王延壽	《魯靈光殿賦》	旋室婳娟以窈窕，洞房叫窱而幽邃。
	邊讓	《章華臺賦》	爾乃攜窈窕，從好仇。
	蔡邕	《青衣賦》	歎茲窈窕，產於卑微。
	楊修	《許昌宮賦》	重閨禁之窈窕，造華蓋之幽深。
	張超	《誚青衣賦》	但願周公，好以窈窕。
	王粲	《七釋》	窈窕遷化，莫識所從。
			都冶閒靡，窈窕娥娙。
	應瑒	《正情賦》	承窈窕之芳美，情踴躍乎若人。

續表四十八

詞目	作者	篇目	例句
杳篠	班固	《西都賦》	步甬道以縈紆，又杳篠而不見陽。
窗篠	張衡	《西京賦》	望窗篠以徑庭，眇不知其所返。
曄煜	班固	《東都賦》	鐘鼓鏗鎗，管絃曄煜。
伊郁	班彪	《北征賦》	諒時運之所爲兮，永伊郁其誰愬。
壹鬱	賈誼	《弔屈原賦》	國其莫我知兮，獨壹鬱其誰語。
狋觺	馬融	《長笛賦》	兀嶁狋觺，傾昊倚伏。
猗靡	枚乘	《七發》	從容猗靡，消息陽陰。
	司馬相如	《子虛賦》	扶輿猗靡，翕呷萃蔡。
	劉徹	《悼李夫人賦》	的容與以猗靡兮，縹飄姚虖愈莊。
	繁欽	《弭愁賦》	從景炎而猗靡，粲綿藐以繽紛。
	王粲	《七釋》	紛綢繆而雜錯，忽猗靡以依徽。
迤靡	張衡	《冢賦》	曲折相連，迤靡相屬。
施靡	司馬相如	《上林賦》	隱轔鬱𡾰，登降施靡。
	揚雄	《甘泉賦》	迣迣離宮般以相燭兮，封巒石關施靡虖延屬。
阤靡	司馬相如	《子虛賦》	登降阤靡，案衍壇曼。
迤㠔	王褒	《洞簫賦》	倚巇迤㠔，誠可悲乎，其不安也。
旖旎	王褒	《洞簫賦》	形旖旎以順吹兮，瞋𠿒𠹭以紆鬱。
	王粲	《柳賦》	覽玆樹之豐茂，紛旖旎以脩長。
猗抳	司馬相如	《大人賦》	掉指橋以偃寋兮，又猗抳以招搖。
猗柅	司馬相如	《上林賦》	紛溶箾蔘，猗柅從風，藰莅𦽈歙。
旖柅	揚雄	《甘泉賦》	騰清霄而軼浮景兮，夫何旟旐郅偈之旖柅也。
倚巇	王褒	《洞簫賦》	倚巇迤㠔，誠可悲乎，其不安也。
呹肸	揚雄	《甘泉賦》	薌呹肸以棍根兮，聲駍隱而歷鍾。
佚豫	王褒	《洞簫賦》	故其武聲則若雷霆輘輷，佚豫以沸㥜。

續表四十九

詞目	作者	篇目	例句
懿澒	王延壽	《魯靈光殿賦》	屹鏗瞑以勿罔，屑黶翳以懿澒。
暗魁	劉楨	《魯都賦》	山則連岡屬嶺，暗魁峽北。
屹嶻	張衡	《南都賦》	峯崿嵳崼，嶙巇屹嶻。
煙熅	枚乘	《七命》	萬物煙熅，天地交泰。
	班固	《東都賦》	降烟熅，調元氣。
	張衡	《思玄賦》	天地煙熅，百卉含蘤。
	王延壽	《魯靈光殿賦》	包陰陽之變化，含元氣之烟熅。
綆冤	馬融	《長笛賦》	蚡縕繙紆，綆冤蜿蟺。
崟嶺	李尤	《平樂觀賦》	赫巖巖其崟嶺，紛電影以盤旰。
崟巖	枚乘	《梁王菟園賦》	崣峉姕移，崟巖嵍崼。
淫衍	劉徹	《悼李夫人賦》	燕淫衍而撫楹兮，連流視而娥揚。
	張衡	《舞賦》	叛淫衍兮漫陸離。
淫鬻	司馬相如	《上林賦》	陂池貏豸，允溶淫鬻。
隱匐	張衡	《東京賦》	旁震八鄙，軯磕隱匐。
隱轔	司馬相如	《上林賦》	隱轔鬱嵼，登降施靡。
	張衡	《西京賦》	隆崛崔崒，隱轔鬱律。
熒郁	揚雄	《蜀都賦》	蔓茗熒郁，翠紫青黃。
涌裔	枚乘	《七發》	訇陷匈磕，軋盤涌裔。
嶰嵷	揚雄	《甘泉賦》	陵高衍之嶰嵷兮，超紆譎之清澄。
優遊	鄧耽	《郊祀賦》	舒優游，展弘仁。
	侯瑾	《箏賦》	新聲順變，妙弄優遊。
	蔡邕	《釋誨》	仆不能參跡於若人，故抱璞而優遊。
	黃香	《九宮賦》	蕩翊翊而敝降，聊優遊而尚陽。
優游	王褒	《洞簫賦》	優游流離，躊躇稽詣，亦足耽兮。

續表五十

詞目	作者	篇目	例句
幽藹	揚雄	《河東賦》	鬱蕭條其幽藹兮，潏汎沛以豐隆。
	王延壽	《魯靈光殿賦》	歊炊幽藹，雲覆霼霽，洞杳冥兮。
	王粲	《七釋》	青蔥幽藹，含實吐華。
蚴蟉	司馬相如	《上林賦》	青龍蚴蟉於東箱，象輿婉僤於西清。
蚴虯	李尤	《平樂觀賦》	有仙駕雀，其形蚴虯。
黝糾	王延壽	《魯靈光殿賦》	傍夭蟜以橫出，互黝糾而搏負。
黝倏	王延壽	《魯靈光殿賦》	朱桂黝倏於南北，蘭芝阿那於東西。
紆餘	司馬相如	《上林賦》	酆鎬潦潏，紆餘委蛇，經營其內。
紆鬱	王褒	《洞簫賦》	形旖旎以順吹兮，瞋啽唴以紆鬱。
	王延壽	《魯靈光殿賦》	屹山峙以紆鬱，隆崛岉乎青雲。
窊圖	馬融	《長笛賦》	惆悵怨懟，窊圖寞詖。
鬱怫	賈誼	《旱雲賦》	憭兮慓兮，以鬱怫兮。
鬱弟	劉勝	《文木賦》	制爲屛風，鬱弟穿隆。
鬱邑	張衡	《思玄賦》	溫風翕其增熱兮，怒鬱邑其難聊。
鬱伊	蔡邕	《述行賦》	乘馬蟠而不進兮，心鬱伊而憤思。
鬱律	司馬相如	《大人賦》	徑入雷室之砰磷鬱律兮，洞出鬼谷之堀礱崴魁。
	揚雄	《甘泉賦》	雷鬱律而巖突兮，電倏忽於墙藩。
	班固	《終南山賦》	嶔崟鬱律，萃于霞雰。
	張衡	《西京賦》	隆崛崔崒，隱轔鬱律。
	馬融	《長笛賦》	充屈鬱律，瞋菌碨柍。
鬱嵂	司馬相如	《上林賦》	隱轔鬱嵂，登降施靡。
鬱術	蔡邕	《述行賦》	雲鬱術而四塞兮，雨濛濛而漸唐。
	王粲	《大暑賦》	或赫熾以癉炎，或鬱術而燠蒸。

續表五十一

詞目	作者	篇目	例句
聿皇	揚雄	《羽獵賦》	及至罕車飛揚，武騎聿皇。
	馬融	《長笛賦》	聿皇求索，乍近乍遠。
減泪	張衡	《南都賦》	長輸遠逝，漻淚減泪。
鬱蓊	張衡	《西京賦》	鬱蓊薆莃，橚爽櫹椮。
逼皇	張衡	《思玄賦》	倚招搖、攝提以低回剹流兮，察二紀、五緯之綱繆遹皇。
蝹蜎	揚雄	《甘泉賦》	蓋天子穆然，珍臺閒館，琁題玉英，蝹蜎蠖濩之中。
頯砝	馬融	《長笛賦》	夫其面旁則重巘增石，簡積頯砝。
允溶	司馬相如	《上林賦》	陂池貏豸，允溶淫鬻。
	揚雄	《羽獵賦》	萃傱允溶，淋離廓落，戲八鎮而開關。
雜遝	枚乘	《梁王菟園賦》	相與雜遝而往款焉。
		《七發》	衣裳則雜遝曼煖，燂爍熱暑。
	司馬相如	《大人賦》	紛湛湛其差錯兮，雜遝膠輵以方馳。
	王褒	《洞簫賦》	或雜遝以聚斂兮，或拔摋以奮棄。
	李尤	《辟雍賦》	攢羅鱗次，差池雜遝。
		《平樂觀賦》	雜遝歸誼，集於春正。
	張衡	《溫泉賦》	士女曄其鱗萃，紛雜遝其如絪。
		《七辯》	珍羞雜遝，灼爍芳香。
	陳琳	《柳賦》	綠條縹葉，雜遝纖麗。
雜沓	揚雄	《甘泉賦》	駢羅列布，鱗以雜沓兮，柴虒參差，魚頡而鳥𨐔。
	張衡	《思玄賦》	儵𩨉夭矯娜以連卷兮，雜沓叢頽颹以方驤。
	王粲	《七釋》	飆駭機發，雜沓遄促。

續表五十二

詞目	作者	篇目	例句
峬坼	王延壽	《魯靈光殿賦》	峬坼嵫釐，岑崟峣嶬，駢龍徙兮。
繪綾	王延壽	《魯靈光殿賦》	鬱坱圠以嶒峻，峬繪綾而龍鱗。
苂虒	司馬相如	《上林賦》	柴池苂虒，旋還乎後宮。
棧齴	張衡	《西京賦》	坻崿鱗眴，棧齴巉嶮。
章皇	揚雄	《羽獵賦》	章皇周流，出入日月，天與地杳。
尌惏	馮衍	《顯志賦》	意尌惏而不澹兮，俟回風而容與。
繽紛	司馬相如	《上林賦》	於是乎周覽氾觀，繽紛軋芴，芒芒恍忽。
崢嶸	司馬相如	《上林賦》	嵯峨嶵嶫，刻削崢嶸。
		《大人賦》	下崢嶸而無地兮，上嵺廓而無天。
	揚雄	《甘泉賦》	閌閬閬其寥廓兮，似紫宮之崢嶸。
	班固	《西都賦》	巖峻崔崒，金石崢嶸。
	馮衍	《顯志賦》	瞰太行之崟岊兮，觀壺口之崢嶸。
	王延壽	《魯靈光殿賦》	隱陰夏以中處，霝寥窲以崢嶸。
嵧嶸	蔡邕	《述行賦》	迫嵯峨以乖邪兮，廓巖墼以嵧嶸。
怔忪	孔臧	《諫格虎賦》	愀駭內懷，迷冒怔忪。
蜘蛛	枚乘	《柳賦》	蜩螗厲響，蜘蛛吐絲。
嵫釐	王延壽	《魯靈光殿賦》	峬坼嵫釐，岑崟峣嶬，駢龍徙兮。
躑躅	阮瑀	《止欲賦》	出房戶以躑躅，覬天漢之無津。
	王粲	《鸚鵡賦》	步籠阿而躑躅，叩衆目之希稠。
潚汨	枚乘	《七發》	潚汨潺湲，披揚流灑。
郅偈	揚雄	《甘泉賦》	騰清霄而軼浮景兮，夫何旟旐郅偈之旖柅也。
周邅	董仲舒	《士不遇賦》	使彼聖人其繇周邅兮，矧舉世而同迷。
諸柘	司馬相如	《子虛賦》	江離蘪蕪，諸柘巴且。
	揚雄	《蜀都賦》	諸柘柿桃，杏李枇杷。

續表五十三

詞目	作者	篇目	例句
諸蔗	張衡	《南都賦》	諸蔗薑蟠，薪蒟芋瓜。
侏儒	司馬相如	《上林賦》	俳優侏儒，狄鞮之倡。
窋咤	王延壽	《魯靈光殿賦》	綠房紫菂，窋咤垂珠。
灼爍	崔駰	《七依》	紛屑屑以曖曖，昭灼爍而復明。
灼鑠	劉楨	《魯都賦》	九采灼鑠，菁藻紛繢。
嶇嶷	王延壽	《魯靈光殿賦》	剚朽嶵礐，岑崟嶇嶷，駢巃挺兮。
摧崣	司馬相如	《上林賦》	巖陁甗錡，摧崣崛崎。
摧嗺	揚雄	《甘泉賦》	於是大夏雲譎波詭，摧嗺而成觀。
崟魄	揚雄	《蜀都賦》	技礛崟魄，霜雪終夏。
崋嵬	張衡	《南都賦》	岝崿崋嵬，嶵巇屹嶙。
嶪嵬	王延壽	《魯靈光殿賦》	瞻彼靈光之爲狀也，嵯峨嶪嵬。
岝崿	黃香	《九宮賦》	枉矢持芒以岝崿，迅衝風而突飛電。
岝崿	張衡	《南都賦》	岝崿崋嵬，嶵巇屹嶙。

附錄二

漢賦疊字簡明通檢表

詞目	作者	篇目	例句
皚皚	劉歆	《甘泉宮賦》	雲闕蔚之巌巌，衆星接之皚皚。
		《遂初賦》	漂積雪之皚皚兮，涉凝露之隆霜。
	班彪	《北征賦》	飛雲霧之杳杳，涉積雪之皚皚。
	劉楨	《魯都賦》	水沍露凝，冰雪皚皚。
磑磑	枚乘	《七發》	白刃磑磑，矛戟交錯。
	王延壽	《魯靈光殿賦》	汨磑磑以璀璨，赫燡燡而爥坤。
	張衡	《思玄賦》	行積冰之磑磑兮，清泉沍而不流。
藹藹	司馬相如	《長門賦》	望中庭之藹藹兮，若季秋之降霜。
	陳琳	《柳賦》	旗旟藹藹，干戈戚揚。
靄靄	王延壽	《魯靈光殿賦》	遂排金扉而北入，霄靄靄而晻曖。
曖曖	司馬相如	《大人賦》	時若曖曖將混濁兮，召屏翳，誅風伯，刑雨師。
	崔駰	《七依》	紛屑屑以曖曖，昭灼爍而復明。
	應瑒	《愁霖賦》	雲曖曖而周馳，雨濛濛而霧零。
晻晻	班彪	《北征賦》	日晻晻其將暮兮，覲牛羊之下來。
	蔡邕	《霖雨賦》	瞻玄雲之晻晻兮，聽長雷之淋淋。
暗暗	揚雄	《甘泉賦》	帷弸彋其拂汨兮，稍暗暗而靚深。

續表一

詞目	作者	篇目	例句
卬卬	枚乘	《七發》	顒顒卬卬，椐椐彊彊，莘莘將將。
昂昂	羊勝	《屏風賦》	畫以古列，顒顒昂昂。
班班	趙壹	《窮鳥賦》	余畏禁，不敢班班顯言。
本本	班固	《西都賦》	元元本本，周見洽聞。
颽颽	班固	《西都賦》	颽颽紛紛，矰繳相纏。
熛熛	陳琳	《武軍賦》	燁若飆炎，熛熛九敲。
彬彬	張衡	《七辯》	講禮習樂，儀則彬彬。
步步	班倢伃	《擣素賦》	笑笑移妍，步步生芳。
采采	禰衡	《鸚鵡賦》	采采麗容，咬咬好音。
	王粲	《槐樹賦》	形褋褋以暢條，色采采而鮮明。
慘慘	王粲	《登樓賦》	風蕭瑟而並興兮，天慘慘而無色。
蒼蒼	徐幹	《齊都賦》	兼葭蒼蒼，莞菰沃若。
嘈嘈	王延壽	《魯靈光殿賦》	耳嘈嘈以失聽，目瞼瞼而喪精。
	劉歆	《遂初賦》	鷗邑邑以遲遲兮，野鶴鳴而嘈嘈。
懆懆	蔡邕	《述行賦》	山風泊以飆涌兮，氣懆懆而厲涼。
襜襜	司馬相如	《長門賦》	飄風迴而起閨兮，舉帷幄之襜襜。
沈沈	司馬相如	《上林賦》	沈沈隱隱，砰磅訇礚。
	揚雄	《羽獵賦》	沈沈容容，遙噱虖絋中。
沉沉	揚雄	《覈靈賦》	太易之始，太初之先，馮馮沉沉，奮搏無端。
	班固	《終南山賦》	玄泉落落，密蔭沉沉。
遲遲	枚乘	《柳賦》	階草漠漠，白日遲遲。
	班彪	《北征賦》	紛吾去此舊都兮，騑遲遲以歷茲。
	劉歆	《遂初賦》	鷗邑邑以遲遲兮，野鶴鳴而嘈嘈。
	班昭	《東征賦》	明發曙而不寐兮，心遲遲而有違。

詞目	作者	篇目	例句
泜泜	蔡邕	《釋誨》	泜泜庶類，含甘吮滋。
崇崇	揚雄	《甘泉賦》	崇崇圜丘，隆隱天兮。
	班彪	《北征賦》	歷雲門而反顧，望通天之崇崇。
重重	張昇	《白鳩賦》	丹青綠目，耳象重重。
幢幢	張衡	《東京賦》	蕤鼓路鼗，樹羽幢幢。
怲怲	枚乘	《七發》	惕惕怲怲，臥不得瞑。
蠱蠱	司馬相如	《上林賦》	於是乎崇山蠱蠱，巃嵷崔巍。
蹲蹲	揚雄	《河東賦》	穆穆肅肅，蹲蹲如也。
	傅毅	《舞賦》	是以《樂》記干戚之容，《雅》美蹲蹲之舞。
耽耽	張衡	《西京賦》	大夏耽耽，九戶開闢。
旦旦	司馬相如	《美人賦》	信誓旦旦，秉志不回。
澹澹	賈誼	《旱雲賦》	遙望白雲之蓬勃兮，滃澹澹而妄止。
	張衡	《東京賦》	於東則洪池清蘌，淥水澹澹。
蕩蕩	賈誼	《旱雲賦》	廓蕩蕩其若滌兮，日照照而無穢。
	司馬相如	《上林賦》	蕩蕩乎八川分流，相背異態。
	司馬遷	《悲士不遇賦》	時悠悠而蕩蕩，將遂屈而不伸。
	班彪	《北征賦》	惟太宗之蕩蕩兮，豈囊秦之所圖。
	馮衍	《顯志賦》	堯舜煥其蕩蕩兮，禹承平而革命。
	蔡邕	《筆賦》	敘五帝之休德，揚蕩蕩之明文。
	陳琳	《大荒賦》	越洪寧之蕩蕩兮，追玄漠之造化。
盪盪	揚雄	《河東賦》	參天地而獨立兮，廓盪盪其亡雙。
	李尤	《函谷關賦》	混無外之盪盪兮，惟唐典之極崇。
	張衡	《思玄賦》	廓盪盪其無涯兮，迺今窮乎天外。

續表三

詞目	作者	篇目	例句
悚悚	張衡	《西京賦》	悚悚黔首。
沌沌渾渾	枚乘	《七發》	沌沌渾渾，狀如奔馬。
峩峩	司馬相如	《上林賦》	九嵏嶻嶭，南山峩峩。
	班彪	《冀州賦》	望常山之峩峩，登北岳而高遊。
	張衡	《西京賦》	清淵洋洋，神山峩峩。
			華嶽峩峩，岡巒參差。
	賈誼	《簴賦》	戴高角之峩峩，負大鍾而顧飛。
	崔琰	《述初賦》	覿游夏之峩峩，聽大猷之篇記。
峨峨	馮衍	《顯志賦》	山峨峨而造天兮，林冥冥而暢茂。
	傅毅	《舞賦》	在山峨峨，在水湯湯。
	張衡	《冢賦》	繁霜峨峨，匪雕匪琢。
峨峨	傅毅	《七激》	積雪峨峨，中夏不流。
咢咢	張衡	《思玄賦》	冠咢咢其映蓋兮，佩綝纚以煇煌。
鄂鄂	徐幹	《齊都賦》	皓皓乎若白雪之積，鄂鄂乎若景阿之崇。
鍔鍔	張衡	《西京賦》	楷栌重梦，鍔鍔列列。
幡幡	枚乘	《梁王菟園賦》	枝葉翼散，摩來幡幡焉。
汎汎	張衡	《思玄賦》	乘天潢之汎汎兮，浮雲漢之湯湯。
氾氾	桓譚	《仙賦》	氾氾乎濫濫，隨天轉旋，容容無爲，壽極乾坤。
菲菲	枚乘	《梁王菟園賦》	流連焉轔轔，陰發緒菲菲。
	司馬相如	《上林賦》	吐芳揚烈，郁郁菲菲。
	揚雄	《蜀都賦》	汎閡野望，芒芒菲菲。
	蘇順	《歎懷賦》	華菲菲之將實，中夭零而消亡。

續表四

詞目	作者	篇目	例句
袘袘	司馬相如	《子虛賦》	袊袊袘袘，揚袘戌削。
	張衡	《南都賦》	望翠華兮葳蕤，建太常兮袘袘。
霏霏	張衡	《思玄賦》	雲霏霏兮繞余輪，風眇眇兮震餘旗。
		《西京賦》	初若飄飄，後遂霏霏。
	王粲	《羽獵賦》	鷹犬竟逐，弈弈霏霏。
霝霝	揚雄	《河東賦》	雲霝霝而來迎兮，澤滲灕而下降。
斐斐	張超	《誚青衣賦》	麗辭美譽，雅句斐斐。
	陳琳	《迷迭賦》	動容飾而微發，穆斐斐以承顏。
袊袊	司馬相如	《子虛賦》	袊袊袘袘，揚袘戌削。
紛紛	賈誼	《弔屈原賦》	般紛紛其離此尤兮，亦夫子之故也。
	枚乘	《梁王菟園賦》	紛紛紜紜，騰踊雲亂。
			疾疾紛紛，若塵埃之間白雲也。
		《七發》	紛紛翼翼，波涌雲亂。
	劉徹	《悼李夫人賦》	何靈魂之紛紛兮，哀裴回以躊躇。
	揚雄	《羽獵賦》	莫莫紛紛，山谷爲之風猋，林叢爲之生塵。
	班固	《西都賦》	颮颮紛紛，矰繳相纏。
		《竹扇賦》	杳篠叢生於水澤，疾風時紛紛蕭颯。
	王粲	《七釋》	羽旄奮麾，弈弈紛紛。
			紛紛藉藉，蔽野被原。
芬芬	張衡	《東京賦》	春醴惟醇，燔炙芬芬。
	揚雄	《甘泉賦》	肸蠁豐融，懿懿芬芬。
汾汾	揚雄	《蜀都賦》	樘汾汾，忽溶閫沛。
馮馮	揚雄	《覈靈賦》	太易之始，太初之先，馮馮沉沉，奮搏無端。
馥馥	楊修	《節游賦》	紛灼灼以舒葩，芳馥馥以播馨。

續表五

詞目	作者	篇目	例句
豹豹	班昭	《蟬賦》	崇皇朝之輝光，映豹豹而灼灼。
喟喟	王延壽	《王孫賦》	或喟喟而嗷嗷，又嘀嗅其若啼。
耿耿	應瑒	《正情賦》	晝彷徨於路側，宵耿耿而達晨。
渨渨	司馬相如	《上林賦》	潏潏渨渨，湁潗鼎沸。
關關	揚雄	《羽獵賦》	王雎關關，鴻雁嚶嚶。
	張衡	《東京賦》	鶬鴰麗黃，關關嚶嚶。
		《歸田賦》	交頸頡頏，關關嚶嚶。
浩浩	枚乘	《七發》	其少進也，浩浩澄澄。
	班彪	《覽海賦》	風波薄其襄襄，邈浩浩以湯湯。
	馬融	《長笛賦》	氾濫溥漠，浩浩洋洋。
	蔡邕	《漢津賦》	夫何大川之浩浩兮，洪流淼以玄清。
澔澔	王延壽	《魯靈光殿賦》	澔澔汧汧，流離爛漫。
皓皓	徐幹	《齊都賦》	皓皓乎若白雪之積，鄂鄂乎若景阿之崇。
滴滴	司馬相如	《上林賦》	灟乎滴滴，東注大湖，衍溢陂池。
顯顯	蔡邕	《述行賦》	見陽光之顯顯兮，懷少弭而有欣。
汧汧	王延壽	《魯靈光殿賦》	澔澔汧汧，流離爛漫。
赫赫	劉楨	《大暑賦》	赫赫炎炎，烈烈暉暉。
	陳琳	《武軍賦》	赫赫哉，烈烈矣!
谾谾	司馬相如	《哀二世賦》	巖巖深山之谾谾兮，通谷豁乎谽谺。
輷輷	王延壽	《夢賦》	輷輷磟磟，鬼驚魅怖。
洪洪	王粲	《游海賦》	洪洪洋洋，誠不可度也。
忽忽	司馬相如	《子虛賦》	眇眇忽忽，若神之髣髴。
	馮衍	《顯志賦》	歲忽忽而日邁兮，壽冉冉其不與。
	王粲	《傷夭賦》	晝忽忽其若昏，夜煚煚而至明。

續表六

詞目	作者	篇目	例句
旷旷	張衡	《西京賦》	漸臺立於中央，赫旷旷以弘敞。
扈扈	司馬相如	《上林賦》	煌煌扈扈，照曜鉅野。
	馮衍	《顯志賦》	光扈扈而煬燿兮，紛郁郁而暢美。
	朱穆	《鬱金賦》	赫乎扈扈，萋兮猗猗。
熩熩	劉楨	《魯都賦》	奮紅葩之熩熩，逸景燭於崖水。
煌煌	司馬相如	《上林賦》	煌煌扈扈，照曜鉅野。
	班固	《東都賦》	聖皇宗祀，穆穆煌煌。
	黃香	《九宮賦》	序列宿之煥爛，咸垂景以煌煌。
	李尤	《德陽殿賦》	文槐曜水，光映煌煌。
		《辟雍賦》	卓矣煌煌，永元之隆。
	王延壽	《魯靈光殿賦》	瀖濩燐亂，煒煒煌煌。
	蔡邕	《釋誨》	粲乎煌煌，莫非華榮。
	徐幹	《齊都賦》	靈芝生乎丹石，發翠華之煌煌。
	繁欽	《暑賦》	煌煌野火，熿薄中原。
	劉楨	《遂志賦》	信此山之多靈，何神分之煌煌?
皇皇	董仲舒	《士不遇賦》	皇皇匪寧，祇增辱矣。
	班固	《答賓戲》	是以聖喆之治，棲棲皇皇。
	張衡	《東京賦》	穆穆焉，皇皇焉。
喤喤	張衡	《東京賦》	萬舞奕奕，鍾鼓喤喤。
徨徨	揚雄	《甘泉賦》	徒回回以徨徨兮，魂固眇眇而昏亂。
趪趪	張衡	《西京賦》	洪鐘萬鈞，猛虡趪趪。
怳怳	司馬相如	《長門賦》	登蘭臺而遙望兮，神怳怳而外淫。
	班固	《西都賦》	魂怳怳以失度，巡回途而下低。
禕禕	王粲	《槐樹賦》	形禕禕以暢條，色采采而鮮明。

續表七

詞目	作者	篇目	例句
煇煇	張衡	《西京賦》	金釭玉階，彤庭煇煇。
暉暉	劉楨	《大暑賦》	赫赫炎炎，烈烈暉暉。
回回	揚雄	《甘泉賦》	徒回回以徨徨兮，魂固眇眇而昏亂。
	張衡	《思玄賦》	紛翼翼以徐戾兮，焱回回其揚靈。
喊喊	張衡	《東京賦》	鑾聲喊喊，和鈴鉠鉠。
昏昏	司馬遷	《悲士不遇賦》	昏昏罔覺，內生毒也。
混混庉庉	枚乘	《七發》	混混庉庉，聲如雷鼓。
惑惑	賈誼	《鵩鳥賦》	衆人惑惑兮，好惡積億。
炭炭	馮衍	《顯志賦》	高吾冠之炭炭兮，長吾佩之洋洋。
疾疾	枚乘	《梁王菟園賦》	疾疾紛紛，若塵埃之間白雲也。
藉藉	枚乘	《七發》	侯波奮振，合戰於藉藉之口。
	崔駰	《七依》	死獸藉藉，聚如山。
	王粲	《七釋》	紛紛藉藉，蔽野被原。
濟濟	東方朔	《非有先生論》	惟周之楨，濟濟多士。
	班固	《東都賦》	孰與同履法度，翼翼濟濟也。
	李尤	《辟雍賦》	喜喜濟濟，春射秋饗。
	張衡	《東京賦》	濟濟焉，將將焉。
	蔡邕	《釋誨》	濟濟多士，端委縉綎。
	徐幹	《齊都賦》	濟濟盈堂，爵位以齒。
嘈嘈	班彪	《北征賦》	雁邕邕以群翔兮，鵾雞鳴以嘈嘈。
戔戔	張衡	《東京賦》	聘丘園之耿絜，旅束帛之戔戔。
咬咬	禰衡	《鸚鵡賦》	采采麗容，咬咬好音。

續表八

詞目	作者	篇目	例句
皎皎	傅毅	《舞賦》	夫何皎皎之閑夜兮，明月爛以施光。
矯矯	陳琳	《武軍賦》	矯矯虎旅，執戟撫弓。
皦皦	揚雄	《太玄賦》	皦皦著乎日月兮，何俗聖之暗燭。
	劉歆	《遂初賦》	望亭隧之皦皦兮，飛旗幟之翩翩。
	崔駰	《七依》	皦皦練絲退濁污。
叫叫	揚雄	《解難》	大語叫叫，大道低回。
噍噍	揚雄	《羽獵賦》	群娭虖其中，噍噍昆鳴。
	馬融	《長笛賦》	由衍識道，噍噍讙譟。
嗷嗷	蔡邕	《青衣賦》	停停溝側，嗷嗷青衣。
喈喈	徐幹	《齊都賦》	磬管鏘鏘，鍾鼓喈喈。
兢兢	蔡邕	《釋誨》	戰戰兢兢，必慎厥尤。
炯炯	王粲	《閑邪賦》	目炯炯而不寐，心忉怛而惕驚。
烱烱	王粲	《止欲賦》	宵烱烱以不寐，晝舍食而忘飢。
	陳琳	《傷夭賦》	晝忽忽其若昏，夜烱烱而至明。
啾啾	趙壹	《迅風賦》	啾啾颸颸，吟嘯相求。
九九	張衡	《東京賦》	屬車九九，乘軒並轂。
椐椐	枚乘	《七發》	顒顒卬卬，椐椐彊彊，莘莘將將。
悁悁	王褒	《洞簫賦》	哀悁悁之可懷兮，良醰醰而有味。
	張衡	《思玄賦》	悲離居之勞心兮，情悁悁而思歸。
眷眷	張衡	《思玄賦》	魂眷眷而屢顧兮，馬倚輈而徘回。
	繁欽	《桑賦》	玩庇蔭之厚惠，情眷眷而愛深。
	王粲	《登樓賦》	情眷眷而懷歸兮，孰憂思之可任。

續表九

詞目	作者	篇目	例句
潝潝	司馬相如	《上林賦》	潝潝渭渭，滭弗鼎沸。
磕磕	司馬相如	《子虛賦》	礧石相擊，琅琅磕磕。
	王褒	《洞簫賦》	揚素波而揮連珠兮，聲磕磕而澍淵。
	王延壽	《夢賦》	隆隆磕磕，精氣充布。
嗷嗷	王延壽	《王孫賦》	或嗝嗝而嗷嗷，又噫嗅其若啼。
迁迁	司馬相如	《長門賦》	惕寤覺而無見兮，魂迁迁若有亡。
駹駹	張衡	《南都賦》	馴飛龍兮駹駹，振和鸞兮京師。
曠曠	枚乘	《七發》	儵兮儻兮，浩漻瀁兮，慌曠曠兮。
爛爛	司馬相如	《上林賦》	磷磷爛爛，采色澔汗。
	張衡	《舞賦》	騰嫣目以顧眄，盼爛爛以流光。
濫濫	桓譚	《仙賦》	氾氾乎濫濫，隨天轉旋，容容無爲，壽極乾坤。
礀礀	劉楨	《遂志賦》	磷磷礀礀，以廣其心。
琅琅	司馬相如	《子虛賦》	礧石相擊，琅琅磕磕。
閶閶	揚雄	《甘泉賦》	閌閶閶其寥廓兮，似紫宮之崢嶸。
	張衡	《思玄賦》	出紫宮之肅肅兮，集大微之閶閶。
離離	劉騊駼	《玄根賦》	芳林臻臻，朱竹離離。
	張衡	《西京賦》	神木靈草，朱實離離。
		《思玄賦》	曳雲旗之離離兮，鳴玉鸞之譻譻。
	馬融	《圍碁賦》	離離馬目兮，連連駢行。
	王逸	《荔支賦》	灼灼若朝霞之暎日，離離如繁星之着天。
	劉楨	《魯都賦》	翠實離離，鳳皇攸食。
浥浥	司馬相如	《上林賦》	踰波趨浥，浥浥下瀨。
櫐櫐	枚乘	《梁王菟園賦》	若乃附巢塞鷖之傳於列樹也，櫐櫐若飛雪之重弗麗也。

續表十

詞目	作者	篇目	例句
連連	東方朔	《非有先生論》	縣縣連連，殆哉，世之不絕也！
	馬融	《圍棋賦》	離離馬目兮，連連鴈行。
溓溓	丁廙妻	《寡婦賦》	霜悽悽而夜降，水溓溓而晨結。
嘐嘐	王粲	《鸚鵡賦》	聲嚶嚶以高厲，又嘐嘐而不休。
列列	張衡	《西京賦》	橧桴重棼，鍔鍔列列。
烈烈	劉歆	《遂初賦》	天烈烈以厲高兮，廖琤窱以梟牢。
	陳琳	《武軍賦》	赫赫哉，烈烈矣！
	劉楨	《大暑賦》	赫赫炎炎，烈烈暉暉。
	應瑒	《撰征賦》	烈烈征師，尋遐庭兮。
轔轔	枚乘	《梁王菟園賦》	流連焉轔轔，陰發緒菲菲。
	張衡	《東京賦》	肅肅習習，隱隱轔轔。
	劉楨	《魯都賦》	冠蓋交錯，隱隱轔轔。
磷磷	司馬相如	《上林賦》	磷磷爛爛，采色澔汗。
	劉楨	《遂志賦》	磷磷礛礛，以廣其心。
淋淋	枚乘	《七發》	其始起也，洪淋淋焉，若白鷺之下翔。
	蔡邕	《霖雨賦》	瞻玄雲之晻晻兮，聽長霤之淋淋。
琳琳	張衡	《思玄賦》	趨谽喗之洞穴兮，摽通淵之琳琳。
凜凜	丁廙妻	《寡婦賦》	風蕭蕭而增勁，寒凜凜而彌切。
泠泠	劉歆	《遂初賦》	迴風育其飄忽兮，迴颭颭之泠泠。
	班健伃	《自悼賦》	廣室陰兮帷幄暗，房櫳虛兮風泠泠。
隆隆	揚雄	《解嘲》	炎炎者滅，隆隆者絕。
		《太玄賦》	雷隆隆而輟息兮，火熠熾而速滅。
	王延壽	《夢賦》	隆隆磕磕，精氣充布。
硺硺	馮衍	《顯志賦》	馮子以爲夫人之德，不硺硺如玉，落落如石。

續表十一

詞目	作者	篇目	例句
落落	杜篤	《首陽山賦》	長松落落，卉木濛濛。
	馮衍	《顯志賦》	馮子以爲夫人之德，不碌碌如玉，落落如石。
	班固	《終南山賦》	玄泉落落，密蔭沉沉。
曼曼	司馬相如	《長門賦》	夜曼曼其若歲兮，懷鬱鬱其不可再更。
漫漫	班彪	《北征賦》	越安定以容與兮，遵長城之漫漫。
	揚雄	《甘泉賦》	正瀏灠以弘惝兮，指東西之漫漫。
蔓蔓	揚雄	《蜀都賦》	羅畏彌澌，蔓蔓汋汋。
芒芒	司馬相如	《上林賦》	於是乎周覽氾觀，繽紛軋芴，芒芒怳忽。
	劉徹	《悼李夫人賦》	驩接狎以離別兮，宵寤夢之芒芒。
	揚雄	《蜀都賦》	汎閎野望，芒芒菲菲。
	张衡	《思玄賦》	建罔車之幙幙兮，獵青林之芒芒。
茫茫	班彪	《覽海賦》	余有事於淮浦，覽滄海之茫茫。
	阮瑀	《紀征賦》	遂臨河而就濟，瞻禹績之茫茫。
	繁欽	《述行賦》	茫茫河濱，實多沙塵。
莓莓	應瑒	《迷迭賦》	振纖枝之翠粲，動綵葉之莓莓。
濛濛	枚乘	《梁王菟園賦》	濛濛若雨委雪，高冠扁焉，長劍閑焉。
	杜篤	《首陽山賦》	長松落落，卉木濛濛。
	蔡邕	《述行賦》	雲鬱術而四塞兮，雨濛濛而漸唐。
	陳琳	《止欲賦》	拂穹岫之瀟渤兮，飛沙礫之濛濛。
	應瑒	《愁霖賦》	雲曖曖而周馳，雨濛濛而霧零。
蒙蒙	班固	《幽通賦》	昒昕寤而仰思兮，心蒙蒙猶未察。
靡靡	司馬相如	《長門賦》	間徙倚於東廂兮，觀夫靡靡而無窮。
	王褒	《洞簫賦》	被淋灑其靡靡兮，時橫潰以陽遂。
	王延壽	《魯靈光殿賦》	何宏麗之靡靡，咨用力之妙勤。

續表十二

詞目	作者	篇目	例句
瀰瀰	劉歆	《甘泉宮賦》	甘醴涌於中庭兮，激清流之瀰瀰。
沕沕	揚雄	《蜀都賦》	羅畏彌漸，蔓蔓沕沕。
綿綿	東方朔	《非有先生論》	綿綿連連，殆哉，世之不絕也!
緜緜	班彪	《北征賦》	涉長路之緜緜兮，遠紆回以樛流。
	班固	《幽通賦》	葛緜緜於樛木兮，詠南風以爲綏。
	張衡	《南都賦》	翩緜緜其若絕，眩將墜而復舉。
眇眇	司馬相如	《子虛賦》	眇眇忽忽，若神之髣髴。
	揚雄	《蜀都賦》	眇眇之態，吡嗷出焉。
		《甘泉賦》	徒回回以徨徨兮，魂固眇眇而昏亂。
	班婕仔	《自悼賦》	神眇眇兮密靚處，君不御兮誰爲榮。
	班固	《幽通賦》	咨孤朦之眇眇兮，將圮絕而罔階。
	張衡	《思玄賦》	雲霏霏兮繞余輪，風眇眇兮震餘旗。
	王粲	《思友賦》	身既逝兮幽翳，魂眇眇兮藏形。
妙妙	應瑒	《正情賦》	神妙妙以潛翔，恆存遊乎所觀。
冥冥	劉徹	《悼李夫人賦》	去彼昭昭，就冥冥兮。
	劉歆	《遂初賦》	反情素於寂漠兮，居華躰之冥冥。
	馮衍	《顯志賦》	山峨峨而造天兮，林冥冥而暢茂。
	蔡邕	《瞽師賦》	目冥冥而無睹兮，嗟求煩以愁悲。
莫莫	揚雄	《甘泉賦》	炕浮柱之飛榱兮，神莫莫而扶傾。
		《羽獵賦》	莫莫紛紛，山谷爲之風猋，林叢爲之生塵。
漠漠	枚乘	《柳賦》	階草漠漠，白日遲遲。
嘿嘿	崔駰	《達旨》	胡爲嘿嘿而久沈滯也?
默默	賈誼	《弔屈原賦》	吁嗟默默，生之無故兮。

續表十三

詞目	作者	篇目	例句
默默	揚雄	《解嘲》	攫挐者亡，默默者存。
眽眽	王延壽	《魯靈光殿賦》	齊首目以瞪眄，徒眽眽而狋狋。
幕幕	張衡	《思玄賦》	建罔車幕幕兮，獵青林之芒芒。
穆穆	揚雄	《河東賦》	穆穆肅肅，蹲蹲如也。
		《甘泉賦》	聖皇穆穆，信厥對兮。
	班固	《東都賦》	聖皇宗祀，穆穆煌煌。
	張衡	《東京賦》	穆穆焉，皇皇焉。
			肅肅之儀盡，穆穆之禮殫。
	鄧耽	《郊祀賦》	穆穆皇王，克明厥德。
	蔡邕	《釋誨》	君臣穆穆，守之以平。
	陳琳	《柳賦》	穆穆天子，亶聖聰兮。
泥泥	鄒陽	《酒賦》	流光醳醳，甘滋泥泥。
莩莩	李尤	《東觀賦》	東觀之藝，莩莩洋洋。
轑轑	張衡	《西京賦》	反宇業業，飛檐轑轑。
翩翩	劉歆	《遂初賦》	望亭隧之嶽嶽兮，飛旗幟之翩翩。
	班固	《東都賦》	翩翩巍巍，顯顯翼翼。
	蔡邕	《述行賦》	翩翩獨征，無儔與兮。
		《釋誨》	踔宇宙而遺俗兮，眇翩翩而獨征。
	陳琳	《止欲賦》	魂翩翩以遙懷，若交好而通靈。
		《神女賦》	結金鑠之納褘兮，飛羽裳之翩翩。
	應瑒	《正情賦》	魂翩翩而夕遊，甘同夢而交神。
		《馳射賦》	翩翩神厲，體若飛仙。
		《鸚鵡賦》	何翩翩之麗鳥，表衆豔之殊色。
	阮瑀	《鸚鵡賦》	惟翩翩之豔鳥，誕嘉類於京都。

續表十四

詞目	作者	篇目	例句
漂漂	賈誼	《弔屈原賦》	鳳漂漂其高逝兮，固自引而遠去。
	司馬相如	《長門賦》	廓獨潛而專精兮，天漂漂而疾風。
飄飄	枚乘	《七發》	飄飄焉如輕車之勒兵。
	張衡	《西京賦》	初若飄飄，後遂霏霏。
			雨雪飄飄，冰霜慘烈。
艴艴	丁廙妻	《寡婦賦》	顧顏貌之艴艴，對左右而掩涕。
皤皤	鄒陽	《酒賦》	召皤皤之臣，聚肅肅之賓。
	班固	《東都賦》	皤皤國老，迺父迺兄。
	張衡	《南都賦》	於是乎鯢齒眉壽鮐背之叟，皤皤然被黃髮者。
棲棲	班固	《答賓戲》	是以聖喆之治，棲棲皇皇。
悽悽	丁廙妻	《寡婦賦》	霜悽悽而夜降，水溓溓而晨結。
萋萋	枚乘	《梁王菟園賦》	春陽生兮萋萋，不才子兮心哀。
		《柳賦》	枝逶遲而含紫，葉萋萋而吐綠。
	張衡	《南都賦》	布綠葉之萋萋，敷華蘂之蓑蓑。
		《溫泉賦》	陽春之月，百草萋萋。
	王粲	《迷迭賦》	布萋萋之茂葉兮，挺苒苒之柔莖。
悽悽	丁廙妻	《寡婦賦》	霜悽悽而夜降，水溓溓而晨結。
磑磑	枚乘	《梁王菟園賦》	西山磑磑，卹焉隗隗。
祁祁	班固	《東都賦》	習習祥風，祁祁甘雨。
	蔡邕	《協和婚賦》	嘉賓僚黨，祁祁雲聚。
乾乾	崔寔	《大赦賦》	朝乾乾於萬機，夕處敬以厲惕。
	班彪	《冀州賦》	嘉孝武之乾乾，親飾躬於伯姬。
	張衡	《東京賦》	勤屢省，懋乾乾。

續表十五

詞目	作者	篇目	例句
潛潛	揚雄	《蜀都賦》	潛潛延延，雷抶電擊。
鏘鏘	王延壽	《魯靈光殿賦》	狀若積石之鏘鏘，又似乎帝室之威神。
	繁欽	《建章鳳闕賦》	抗神鳳以甄甍，似虞庭之鏘鏘。
	徐幹	《齊都賦》	磬管鏘鏘，鍾鼓喈喈。
	張衡	《七辯》	應門鏘鏘，華闕雙建。
將將	枚乘	《七發》	顥顥印印，椐椐彊彊，莘莘將將。
	司馬相如	《長門賦》	時仿佛以物類兮，象積石之將將。
	張衡	《東京賦》	啓南端之特闈，立應門之將將。
			濟濟焉，將將焉。
		《冢賦》	奕奕將將，崇棟廣宇。
	崔琰	《述初賦》	倚高艫以周眄兮，觀秦門之將將。
牄牄	班固	《西都賦》	揚波濤於碣石，激神嶽之牄牄。
彊彊	枚乘	《七發》	顥顥印印，椐椐彊彊，莘莘將將。
蹌蹌	揚雄	《羽獵賦》	秋秋蹌蹌，入西園，切神光。
	李尤	《辟雍賦》	戴甫垂畢，其儀蹌蹌。
悄悄	張衡	《思玄賦》	天不可階仙夫希，《柏舟》悄悄吝不飛。
翹翹	司馬相如	《美人賦》	恆翹翹而西顧，欲留臣而共止。
	張衡	《東京賦》	常翹翹以危懼，若乘奔而無轡。
青青	班固	《竹扇賦》	青青之竹形兆直，妙華長竿紛竷翼。
	繁欽	《柳賦》	鬱青青以暢茂，紛冉冉以陸離。
	朱穆	《鬱金賦》	瞻百草之青青，羌朝榮而夕零。
煢煢	董仲舒	《士不遇賦》	觀上古之清濁兮，廉士亦煢煢而靡歸。
	劉徹	《悼李夫人賦》	神煢煢以遙思兮，精浮游而出畺。

續表十六

詞目	作者	篇目	例句
㷀㷀	班固	《幽通賦》	魂㷀㷀與神交兮，精誠發於宵寐。
	張衡	《思玄賦》	何孤行之㷀㷀兮，子不群而介立。
	丁廙妻	《寡婦賦》	賤妾㷀㷀，顧影爲儔。
蛩蛩	司馬相如	《子虛賦》	蹵蛩蛩，轔距虛。
		《上林賦》	其獸則麒麟角端，騊駼橐駝，蛩蛩驒騱，駃騠驢騾。
秋秋	揚雄	《羽獵賦》	秋秋蹌蹌，入西園，切神光。
渠渠	李尤	《七款》	夏屋渠渠，嵯峨合連。
蘧蘧	崔駰	《七依》	夏屋蘧蘧。
	王延壽	《魯靈光殿賦》	飛梁偃蹇以虹指，揭蘧蘧而騰湊。
浚浚	劉歆	《遂初賦》	獸望浪之穴竄兮，鳥脅翼之浚浚。
跧跧	張衡	《西京賦》	怪獸陸梁，大雀跧跧。
冉冉	馮衍	《顯志賦》	歲忽忽而日邁兮，壽冉冉其不與。
	蔡邕	《青衣賦》	脩長冉冉，碩人其頎。
	繁欽	《柳賦》	鬱青青以暢茂，紛冉冉以陸離。
苒苒	王粲	《迷迭賦》	布萋萋之茂葉兮，挺苒苒之柔莖。
穰穰	揚雄	《甘泉賦》	儐暗藹兮降清壇，瑞穰穰兮委如山。
	張衡	《東京賦》	神具醉止，降福穰穰。
嬈嬈	王褒	《洞簫賦》	風鴻洞而不絕兮，優嬈嬈以婆娑。
擾擾	枚乘	《七發》	擾擾焉如三軍之騰裝。
日日	劉楨	《遂志賦》	去峻溪之鴻洞，觀日日於朝陽。
容容	揚雄	《羽獵賦》	沈沈容容，遙噱虖紘中。
	桓譚	《仙賦》	氾氾乎濫濫，隨天轉旋，容容無爲，壽極乾坤。

續表十七

詞目	作者	篇目	例句
溶溶	揚雄	《蜀都賦》	涇淫溶溶，繽紛幼靡。
戎戎	張衡	《冢賦》	乃樹靈木，靈木戎戎。
彤彤	張衡	《思玄賦》	聆廣樂之九奏兮，展洩洩以彤彤。
騷騷	張衡	《思玄賦》	寒風淒而永至兮，拂穹岫之騷騷。
湯湯	東方朔	《七諫》	高山崔巍兮，水流湯湯。
	傅毅	《舞賦》	在山峨峨，在水湯湯。
	李尤	《辟雍賦》	流水湯湯，造舟爲梁。
	班固	《西都賦》	前唐中而後太液，攬滄海之湯湯。
		《東都賦》	迺流辟雍，辟雍湯湯。
	張衡	《思玄賦》	乘天潢之汎汎兮，浮雲漢之湯湯。
參參	張衡	《思玄賦》	脩初服之娑娑兮，長余珮之參參。
莘莘	枚乘	《七發》	顒顒卬卬，椐椐彊彊，莘莘將將。
	班固	《東都賦》	獻酬交錯，俎豆莘莘。
師師	張衡	《東京賦》	百僚師師，於斯胥泊。
	王粲	《七釋》	九德咸事，百寮師師。
時時	枚乘	《七發》	賴君之力，時時有之。
庶庶	枚乘	《梁王菟園賦》	游風踊焉，秋風揚焉，滿庶庶焉。
數數	王延壽	《夢賦》	後人夢者讀誦以却鬼，數數有驗。
悚悚	王延壽	《魯靈光殿賦》	魂悚悚其驚斯，心猥猥而發悸。
從從	揚雄	《甘泉賦》	風從從而扶轄兮，鸞鳳紛其御蕤。
飀飀	趙壹	《迅風賦》	啾啾飀飀，吟嘯相求。
肅肅	鄒陽	《酒賦》	召幡幡之臣，聚肅肅之賓。
	揚雄	《河東賦》	穆穆肅肅，蹲蹲如也。

續表十八

詞目	作者	篇目	例句
肅肅	張衡	《思玄賦》	出紫宮之肅肅兮，集大微之閬閬。
		《東京賦》	肅肅習習，隱隱轔轔。
			肅肅之儀盡，穆穆之禮殫。
速速	蔡邕	《釋誨》	速速方轂，夭夭是加。
娑娑	張衡	《思玄賦》	脩初服之娑娑兮，長余珮之參參。
蓑蓑	張衡	《南都賦》	布綠葉之萋萋，敷華蘂之蓑蓑。
璅璅	張衡	《東京賦》	薄狩於敖，既璅璅焉。
它它 藉藉	司馬相如	《上林賦》	不被創刃而死者，它它藉藉。
曇曇	陳琳	《柳賦》	蔚曇曇其杳藹，象翠蓋之葳蕤。
醰醰	王褒	《洞簫賦》	哀悁悁之可懷兮，良醰醰而有味。
慆慆	班固	《幽通賦》	安慆慆而不葩兮，卒隕身虖世慨。
滔滔	傅毅	《七激》	偏滔滔以南北，似漢女之神遊。
惕惕	枚乘	《七發》	惕惕怵怵，臥不得瞑。
田田	杜篤	《論都賦》	田田相如，鐇钁株林。
亭亭	司馬相如	《長門賦》	澹偃蹇而待曙兮，荒亭亭而復明。
	張衡	《西京賦》	干雲霧而上達，狀亭亭以苕苕。
	蔡邕	《協初賦》	立若碧山亭亭竪，動若翡翠奮其羽。
		《釋誨》	和液暢兮神氣寧，情志泊兮心亭亭。
	鄭玄	《相風賦》	蜿盤虎以爲趾，建修竿之亭亭。
停停	蔡邕	《青衣賦》	停停溝側，噭噭青衣。
苕苕	張衡	《西京賦》	干雲霧而上達，狀亭亭以苕苕。
彤彤	王延壽	《魯靈光殿賦》	彤彤靈宮，巋嶵穹崇，紛庬鴻兮。
	陳琳	《大暑賦》	溫風鬱其彤彤，譬炎火之陶燭。

續表十九

詞目	作者	篇目	例句
團團	張衡	《思玄賦》	志團團以應懸兮，誠心固其如結。
蜿蜿	張衡	《西京賦》	海鱗變而成龍，狀蜿蜿以蝹蝹。
萬萬	崔駰	《七依》	彭蠡之鳥，萬萬而群。
往往	揚雄	《蜀都賦》	往往薑梔，附子巨蒜。
	杜篤	《論都賦》	往往繕離觀，東臨霸、滻。
	馬融	《圍棋賦》	誘敵先行兮，往往一室。
徃徃	馬融	《圍棋賦》	緣邊遮列兮，徃徃相望。
逞逞	揚雄	《甘泉賦》	逞逞離宮般以相燭兮，封巒石關施靡虖延屬。
威威	揚雄	《甘泉賦》	建光燿之長旓兮，昭華覆之威威。
巍巍	班固	《東都賦》	翩翩巍巍，顯顯翼翼。
	李尤	《函谷關賦》	殊中外以隔別，翼巍巍之高崇。
	張衡	《南都賦》	鞠巍巍其隱天，俯而觀乎雲霓。
		《思玄賦》	瞻崑崙之巍巍兮，臨縈河之洋洋。
隑隑	枚乘	《梁王菟園賦》	西山隑隑，郵焉隑隑。
微微	張衡	《南都賦》	章陵鬱以青葱，清廟肅以微微。
煒煒	王延壽	《魯靈光殿賦》	灌渡爤亂，煒煒煌煌。
	蔡邕	《彈琴賦》	丹華煒煒，綠葉參差。
韡韡	蔡邕	《彈棋賦》	榮華灼爍，萼不韡韡。
亹亹	杜篤	《論都賦》	成兆庶之亹亹，遂興復乎大漢。
	張衡	《思玄賦》	時亹亹而代序兮，疇可與乎比伉?
	崔寔	《大赦賦》	亹亹乎恩隆平之進也，寔就而賦焉。
	應瑒	《靈河賦》	汾鴻踴而騰鶩，恆亹亹而徂徵。
	丁廙妻	《寡婦賦》	時翳翳以東陰，日亹亹以西墜。

續表二十

詞目	作者	篇目	例句
依依	楊修	《節遊賦》	楊柳依依，鍾龍蔚青。
溫溫	王粲	《初征賦》	薰風溫溫以增熱，體燁燁其若焚。
翕翕	繁欽	《暑賦》	翕翕盛熱，蒸我層軒。
習習	班固	《東都賦》	習習祥風，祁祁甘雨。
	傅毅	《舞賦》	或有矜容愛儀，洋洋習習。
	張衡	《東京賦》	肅肅習習，隱隱轔轔。
喜喜	李尤	《辟雍賦》	喜喜濟濟，春射秋饗。
嘻嘻	揚雄	《河東賦》	嘻嘻旭旭，天地稠嫩。
戲戲	枚乘	《七發》	險險戲戲，崩壞陂池，決勝乃罷。
愢愢	王延壽	《魯靈光殿賦》	魂悚悚其驚斯，心愢愢而發悸。
屭屭	張衡	《西京賦》	含利屭屭，化爲仙車。
纖纖	王逸	《機婦賦》	纖纖靜女，經之絡之。
	劉楨	《魯都賦》	纖纖絲履，燦爛鮮新。
顯顯	班固	《東都賦》	翩翩巍巍，顯顯翼翼。
險險	枚乘	《七發》	險險戲戲，崩壞陂池，決勝乃罷。
蕭蕭	王褒	《洞簫賦》	翔風蕭蕭而逕其末兮，迴江流川而溉其山。
	丁廙妻	《寡婦賦》	風蕭蕭而增勁，寒凜凜而彌切。
蟉蟉	王延壽	《夢賦》	鞠鞠蟉蟉，鬼驚魅怖。
笑笑	班倢伃	《擣素賦》	笑笑移妍，步步生芳。
屑屑	崔駰	《七依》	紛屑屑以曖曖，昭灼爍而復明。
屑屑	崔駰	《達旨》	子笑我之沈滯，吾亦病子屑屑而不已也。
欣欣	蔡邕	《協和婚賦》	婚姻協而莫違，播欣欣之繁祉。
	劉楨	《黎陽山賦》	覿衆物之集華，退欣欣而樂康。

續表二十一

詞目	作者	篇目	例句
炘炘	揚雄	《甘泉賦》	揚光曜之燎燭兮，乘景炎之炘炘。
行行	班固	《幽通賦》	固行行其必凶兮，免盜亂爲賴道。
汹汹	揚雄	《羽獵賦》	汹汹旭旭，天動地岋。
休休	崔琰	《述初賦》	見一道人，獨處休休。
呴呴	東方朔	《非有先生論》	說色微辭，愉愉呴呴。
旭旭	揚雄	《羽獵賦》	汹汹旭旭，天動地岋。
		《河東賦》	嘻嘻旭旭，天地稠嶅。
瞁瞁	王延壽	《魯靈光殿賦》	耳嘈嘈以失聽，目瞁瞁而喪精。
炫炫	李尤	《七款》	黃景炫炫，眩林曜封。
熏熏	張衡	《東京賦》	君臣歡康，具醉熏熏。
焳焳	阮瑀	《止欲賦》	夫何淑女之佳麗，顏焳焳以流光。
崖崖	王延壽	《魯靈光殿賦》	齒崖崖以齴齴，嚼咋齫而囓呭。
岩岩	司馬相如	《哀二世賦》	岩岩深山之谾谾兮，通谷嶿乎崷崪。
巖巖	揚雄	《蜀都賦》	湔山巖巖，觀上岑崟。
		《甘泉賦》	金人仡仡其承鐘虡兮，嵌巖巖其龍鱗。
	劉歆	《甘泉宮賦》	雲闋蔚之巖巖，衆星接之皚皚。
	李尤	《平樂觀賦》	赫巖巖其崟嶺，紛電影以盤旰。
		《德陽殿賦》	朱闕巖巖，嵯峨槩雲。
	王延壽	《魯靈光殿賦》	崇墉岡連以嶺屬，朱闕巖巖而雙立。
嵒嵒	劉楨	《魯都賦》	應門嵒嵒，朱扉含光。
	劉歆	《遂初賦》	地坼裂而憤忽急兮，石捌破之嵒嵒。
岊岊	李尤	《辟雍賦》	辟雍岊岊，規圓矩方。
延延	揚雄	《蜀都賦》	潛潛延延，雷抶電擊。
焱焱	班固	《東都賦》	焱焱炎炎，揚光飛文。

續表二十二

詞目	作者	篇目	例句
炎炎	揚雄	《解嘲》	炎炎者滅，隆隆者絕。
	班固	《東都賦》	焱焱炎炎，揚光飛文。
	崔寔	《答譏》	雖無炎炎之樂，亦無灼灼之憂。
	劉楨	《大暑賦》	赫赫炎炎，烈烈暉暉。
巋巋	王延壽	《王孫賦》	齒崖崖以巋巋，嚼咂呫而囁呪。
晏晏	馮衍	《顯志賦》	思唐虞之晏晏兮，揖稷契與爲朋。
央央	司馬相如	《長門賦》	撫柱楣以從容兮，覽曲臺之央央。
泱泱	張衡	《東京賦》	造舟清池，惟水泱泱。
鉠鉠	張衡	《東京賦》	鑾聲噦噦，和鈴鉠鉠。
洋洋	李尤	《東觀賦》	東觀之藝，孳孳洋洋。
	班固	《西都賦》	若游目於天表，似無依而洋洋。
	馮衍	《顯志賦》	高吾冠之岌岌兮，長吾佩之洋洋。
	傅毅	《舞賦》	或有矜容愛儀，洋洋習習。
	張衡	《思玄賦》	瞻崑崙之巍巍兮，臨縈河之洋洋。
		《西京賦》	清淵洋洋，神山峩峩。
	馬融	《長笛賦》	氾濫溥漠，浩浩洋洋。
	徐幹	《齊都賦》	其川瀆則洪河洋洋，發源崑崙。
	王粲	《游海賦》	洪洪洋洋，誠不可度也。
	劉楨	《遂志賦》	揚洪恩於無涯，聽頌聲之洋洋。
漾漾	揚雄	《蜀都賦》	於汜則注注漾漾，積土崇隍。
夭夭	崔駰	《大將軍臨洛觀賦》	桃枝夭夭，楊柳猗猗。
	蔡邕	《釋誨》	速速方轂，夭夭是加。
嶢嶢	揚雄	《甘泉賦》	直嶢嶢以造天兮，厥高慶而不可虖疆度。

續表二十三

詞目	作者	篇目	例句
杳杳	班彪	《北征賦》	飛雲霧之杳杳，涉積雪之皚皚。
窈窈	司馬相如	《長門賦》	浮雲鬱而四塞兮，天窈窈而晝陰。
耀耀	司馬相如	《長門賦》	五色炫以相曜兮，爛耀耀而成光。
業業	張衡	《西京賦》	反宇業業，飛檐轍轍。
	王粲	《七釋》	旁施業業，勤釐萬機。
燁燁	王粲	《初征賦》	薰風溫溫以增熱，體燁燁其若焚。
曄曄	班固	《西都賦》	蘭茝發色，曄曄猗猗。
	繁欽	《弭愁賦》	眷紅顏之曄曄，何的皪之少羣。
		《桑賦》	曄曄隆暑，涼風自生。
猗猗	班彪	《冀州賦》	瞻淇澳之園林，善綠竹之猗猗。
	崔駰	《大將軍臨洛觀賦》	桃枝夭夭，楊柳猗猗。
	班固	《西都賦》	蘭茝發色，曄曄猗猗。
	朱穆	《鬱金賦》	赫乎扈扈，萋兮猗猗。
	蔡邕	《傷故栗賦》	形猗猗以豔茂兮，似碧玉之清明。
	繁欽	《柳賦》	浸朝露之清液，曜華采之猗猗。
依依	劉歆	《甘泉宮賦》	桂木雜而成行，芳肸嚮之依依。
	楊修	《節遊賦》	楊柳依依，鍾龍蔚青。
狋狋	王延壽	《魯靈光殿賦》	齊首目以瞪眄，徒眽眽而狋狋。
澄澄	枚乘	《七發》	其少進也，浩浩澄澄。
怡怡	崔駰	《達旨》	六合怡怡，比屋爲仁。
懿懿	揚雄	《甘泉賦》	肸蠁豐融，懿懿芬芬。
繹繹	揚雄	《甘泉賦》	是時未轃夫甘泉也，乃望通天之繹繹。
醳醳	鄒陽	《酒賦》	流光醳醳，甘滋泥泥。

續表二十四

詞目	作者	篇目	例句
驛驛	孔臧	《諫格虎賦》	禽鳥育之，驛驛淫淫。
燡燡	王延壽	《魯靈光殿賦》	汨磑磑以璀璨，赫燡燡而燭坤。
弈弈	張衡	《東京賦》	六玄虬之弈弈，齊騰驤而沛艾。
弈弈	王粲	《七釋》	羽旄奮麾，弈弈紛紛。
弈弈	王粲	《羽獵賦》	鷹犬竟逐，弈弈霏霏。
弈弈	陳琳	《神女賦》	文絳虬之弈弈，鳴玉鸞之嚶嚶。
弈弈	陳琳	《神武賦》	可謂神武弈弈，有征無戰者已。
弈弈	應瑒	《馳射賦》	弈弈騂牡，既佶且閑。
奕奕	張衡	《東京賦》	萬舞奕奕，鍾鼓喤喤。
奕奕	張衡	《冢賦》	奕奕將將，崇棟廣宇。
翳翳	丁廙妻	《寡婦賦》	時翳翳以東陰，日曋曋以西墜。
億億	崔駰	《七依》	荊山之獸，億億而屯。
仡仡	揚雄	《甘泉賦》	金人仡仡其承鐘虡兮，嵌巖巖其龍鱗。
洩洩	張衡	《思玄賦》	聆廣樂之九奏兮，展洩洩以彤彤。
翼翼	枚乘	《七發》	紛紛翼翼，波涌雲亂。
翼翼	班固	《東都賦》	孰與同履法度，翼翼濟濟也。
翼翼	班固	《東都賦》	翩翩巍巍，顯顯翼翼。
翼翼	張衡	《思玄賦》	紛翼翼以徐戾兮，焱回回其揚靈。
翼翼	張衡	《南都賦》	百穀蕃廡，翼翼與與。
翼翼	張衡	《東京賦》	京邑翼翼，四方所視。
翼翼	李尤	《德陽殿賦》	青瑣禁門，廊廡翼翼。
裔裔	司馬相如	《子虛賦》	纚乎淫淫，般乎裔裔。
裔裔	司馬相如	《上林賦》	淫淫裔裔，緣陵流澤，雲布雨施。
襄襄	班彪	《覽海賦》	風波薄其襄襄，邈浩浩以湯湯。

續表二十五

詞目	作者	篇目	例句
褭褭	陳琳	《武軍賦》	褭褭驍騎，衛角守偏。
暚暚	馮衍	《顯志賦》	日暚暚其將暮兮，獨於邑而煩惑。
	蔡邕	《述行賦》	格莽丘而稅駕兮，陰暚暚而不陽。
抑抑	孔臧	《楊柳賦》	威儀抑抑，動合典章。
	班固	《東都賦》	抑抑威儀，孝友光明。
翊翊	王褒	《洞簫賦》	螻蟻蜒蜒，蠅蠅翊翊。
	黃香	《九宮賦》	蕩翊翊而敝降，聊優遊以尚陽。
	張衡	《羽獵賦》	風翊翊其扶輪。
殷殷	司馬相如	《長門賦》	雷殷殷而響起兮，聲象君之車音。
	揚雄	《羽獵賦》	殷殷軫軫，被陵緣阪。
	蔡邕	《述行賦》	佇淹留以候霽兮，感憂心之殷殷。
愔愔	劉向	《雅琴賦》	游予心以廣觀，且聽樂之愔愔。
狺狺	趙壹	《刺世疾邪賦》	九重既不可啓，又群吠之狺狺。
閭閭	枚乘	《梁王菟園賦》	閭閭謹擾，昆鷄蜈蛙，倉庚密切。
	司馬相如	《長門賦》	桂樹交而相紛兮，芳酷烈之閭閭。
淫淫	司馬相如	《子虛賦》	繩乎淫淫，般乎裔裔。
		《上林賦》	淫淫裔裔，緣陵流澤，雲布雨施。
	揚雄	《羽獵賦》	淫淫與與，前後要遮。
	孔臧	《諫格虎賦》	禽鳥育之，驛驛淫淫。
齗齗	王延壽	《魯靈光殿賦》	玄熊䑏䬴以齗齗，却負載而蹲跠。
	繁欽	《述行賦》	涉洙泗而飲馬兮，恥少長之齗齗。
隱隱	司馬相如	《上林賦》	沈沈隱隱，砰磅訇磕。
	崔駰	《七依》	雲合風散，隱隱震震。
	班固	《西都賦》	粲乎隱隱，各得其所。

續表二十六

詞目	作者	篇目	例句
隱隱	張衡	《西京賦》	商旅聯槅，隱隱展展。
		《東京賦》	肅肅習習，隱隱轔轔。
	劉楨	《魯都賦》	冠蓋交錯，隱隱轔轔。
嚶嚶	張衡	《南都賦》	嚶嚶和鳴，澹淡隨波。
		《東京賦》	鶬鶊麗黃，關關嚶嚶。
		《歸田賦》	交頸頡頏，關關嚶嚶。
	王粲	《鸚鵡賦》	聲嚶嚶以高厲，又嘐嘐而不休。
	陳琳	《神女賦》	文絳虯之弈弈，鳴玉鸞之嚶嚶。
嚠嚠	張衡	《思玄賦》	曳雲旗之離離兮，鳴玉鸞之嚠嚠。
熒熒	朱穆	《鬱金賦》	增妙容之美麗，發朱顏之熒熒。
	繁欽	《弭愁賦》	點圜的之熒熒，暎雙輔而相望。
營營	揚雄	《羽獵賦》	羽騎營營，昈分殊事。
	陳琳	《大荒賦》	魂營營與神遇兮，又訴余以嘉夢。
蠅蠅	王褒	《洞簫賦》	螻蟻蝘蜒，蠅蠅翊翊。
庸庸	馮衍	《顯志賦》	獨慷慨而遠覽兮，非庸庸之所識。
邕邕	枚乘	《七發》	蟂龍、德牧，邕邕群鳴。
	班彪	《北征賦》	雁邕邕以群翔兮，鶬鷄鳴以嚌嚌。
	劉歆	《遂初賦》	鴈邕邕以遲遲兮，野鶴鳴而喈喈。
雍雍	揚雄	《長楊賦》	聽廟中之雍雍，受神人之福祜。
	班昭	《大雀賦》	上下協而相親，聽《雅》、《頌》之雍雍。
雝雝	揚雄	《河東賦》	隃於穆之緝熙兮，過清廟之雝雝。
噰噰	陳琳	《神女賦》	感仲春之和節，歎鳴鴈之噰噰。

續表二十七

詞目	作者	篇目	例句
顒顒	枚乘	《七發》	顒顒卬卬，椐椐彊彊，莘莘將將。
	羊勝	《屏風賦》	畫以古列，顒顒昂昂。
呦呦	公孫詭	《文鹿賦》	呦呦相召，《小雅》之詩。
悠悠	董仲舒	《士不遇賦》	悠悠偕時，豈能覺矣。
	司馬遷	《悲士不遇賦》	時悠悠而蕩蕩，將遂屈而不伸。
	梁竦	《悼騷賦》	彼皇麟之高舉兮，熙太清之悠悠。
	崔駰	《達旨》	悠悠罔極，亦各有得。
	蔡邕	《述行賦》	尋修軌以增舉兮，邈悠悠之未央。
	王粲	《七釋》	上不爲悠悠苟進，下不與鳥獸同群。
	應瑒	《撰征賦》	悠悠萬里，臨長城兮。
	丁廙	《蔡伯喈女賦》	行悠悠於日遠，入穹谷之寒山。
油油	趙岐	《藍賦》	同丘中之有麻，似麥秀之油油。
	劉楨	《魯都賦》	黍稷油油，秔族垂芒。
沈沈	枚乘	《七發》	沈沈湲湲，蒲伏連延。
禺禺	司馬相如	《上林賦》	鰅鰫鰬魠，禺禺魼鰨。
愉愉	東方朔	《非有先生論》	説色微辭，愉愉呴呴。
	張衡	《東京賦》	我有嘉賓，其樂愉愉。
麌麌	張衡	《西京賦》	麀鹿麌麌，騈田偪仄。
與與	揚雄	《羽獵賦》	淫淫與與，前後要遮。
	張衡	《南都賦》	百穀蕃廡，翼翼與與。
鬱鬱	司馬相如	《長門賦》	夜曼曼其若歲兮，懷鬱鬱其不可再更。
	劉徹	《悼李夫人賦》	慘鬱鬱其蕪穢兮，隱處幽而懷傷。

續表二十八

詞目	作者	篇目	例句
郁郁	司馬相如	《上林賦》	吐芳揚烈，郁郁菲菲。
	東方朔	《七諫》	獨便悁而懷毒兮，愁郁郁之焉極。
	馮衍	《顯志賦》	光扈扈而煬燿兮，紛郁郁而暢美。
	李尤	《東觀賦》	覽三代而采宜，包郁郁之周文。
	張衡	《南都賦》	體爽塏以閑敞，紛郁郁其難詳。
蔚蔚	張衡	《思玄賦》	愁蔚蔚以慕遠兮，越卬州而愉敖。
汩汩	枚乘	《七發》	悅兮忽兮，聊兮慄兮，混汩汩兮。
灅灅	張衡	《東京賦》	雷鼓灅灅，六變既畢。
悁悁	王褒	《洞簫賦》	哀悁悁之可懷兮，良醰醰而有味。
	張衡	《思玄賦》	悲離居之勞心兮，情悁悁而思歸。
湲湲	枚乘	《七發》	沈沈湲湲，蒲伏連延。
元元	杜篤	《論都賦》	徒垂意於持平守實，務在愛育元元。
	班固	《西都賦》	元元本本，周見洽聞。
	陳琳	《應譏》	剝落元元，結疑本朝。
嫚嫚	司馬相如	《上林賦》	柔橈嫚嫚，嫵媚嬈弱。
爌爌	班固	《西都賦》	震震爌爌，雷奔電激。
岳岳	揚雄	《蜀都賦》	方彼碑池，峺岒輵嶻，礐乎岳岳。
	王延壽	《魯靈光殿賦》	神仙岳岳於棟間，玉女闚窗而下視。
躍躍	路喬如	《鶴賦》	舉脩距而躍躍，奮皓翅之嶘嶘。
蜵蜵	張衡	《西京賦》	海鱗變而成龍，狀蜿蜿以蜵蜵。
云云	佚名	《神鳥賦》	云云青蠅，止於杅。
紜紜	枚乘	《梁王菟園賦》	紛紛紜紜，騰踊雲亂。
孳孳	賈誼	《旱雲賦》	孳孳望之，其可悼也。

續表二十九

詞目	作者	篇目	例句
子子孫孫	揚雄	《甘泉賦》	子子孫孫，長亡極兮。
	趙壹	《窮鳥賦》	且公且侯，子子孫孫。
颾颾	劉歆	《遂初賦》	迴風育其飄忽兮，迴颾颾之泠泠。
展展	張衡	《西京賦》	商旅聯槅，隱隱展展。
翪翪	路喬如	《鶴賦》	舉脩距而躍躍，奮皓翅之翪翪。
戰戰	蔡邕	《釋誨》	戰戰兢兢，必慎厥尤。
湛湛	司馬相如	《大人賦》	紛湛湛其差錯兮，雜遝膠輵以方馳。
昭昭	劉徹	《悼李夫人賦》	去彼昭昭，就冥冥兮。
	蔡邕	《青衣賦》	明月昭昭，當我戶扉。
炤炤	司馬遷	《悲士不遇賦》	炤炤洞達，胸中豁也。
照照	賈誼	《旱雲賦》	廓蕩蕩其若滌兮，日照照而無穢。
晢晢	張衡	《東京賦》	夏正三朝，庭燎晢晢。
蓁蓁	李尤	《德陽殿賦》	果竹鬱茂以蓁蓁，鴻鴈沛裔而來集。
	張衡	《思玄賦》	咖河林之蓁蓁兮，偉《關雎》之戒女。
榛榛	司馬相如	《哀秦二世賦》	觀衆樹之塕蓊兮，覽竹林之榛榛。
	班昭	《東征賦》	睹蒲城之丘墟兮，生荆棘之榛榛。
	李尤	《平樂觀賦》	蝃池泱泙，果林榛榛。
臻臻	劉騊駼	《玄根賦》	芳林臻臻，朱竹離離。
	王逸	《荔支賦》	脩幹紛錯，綠葉臻臻。
溱溱	班固	《東都賦》	百穀溱溱，庶卉蕃蕪。
	蔡邕	《述行賦》	玄雲黯以凝結兮，集零雨之溱溱。
軫軫	揚雄	《羽獵賦》	殷殷軫軫，被陵緣阪。
震震	崔駰	《七依》	雲合風散，隱隱震震。

續表三十

詞目	作者	篇目	例句
震震	班固	《西都賦》	震震爚爚，雷奔電激。
蒸蒸	張衡	《東京賦》	蒸蒸之心，感物曾思。
注注	揚雄	《蜀都賦》	於氾則注注漾漾，積土崇隄。
惴惴	班固	《幽通賦》	蓋惴惴之臨深兮，乃二《雅》之所祇。
濯濯	公孫詭	《文鹿賦》	麀鹿濯濯，來我槐庭。
灼灼	班昭	《蟬賦》	崇皇朝之輝光，映豹豹而灼灼。
	王逸	《荔支賦》	灼灼若朝霞之暎日，離離如繁星之着天。
	崔寔	《答譏》	雖無炎炎之樂，亦無灼灼之憂。
	楊修	《節遊賦》	紛灼灼以舒葩，芳馥馥以播馨。
孳孳	賈誼	《旱雲賦》	孳孳望之，其可悼也。
	東方朔	《答客難》	此士所以日夜孳孳，敏行而不敢怠也。
總總	揚雄	《甘泉賦》	齊總總撙撙，其相膠葛兮。
撙撙	揚雄	《甘泉賦》	齊總總撙撙，其相膠葛兮。
嶕嶕	揚雄	《甘泉賦》	洪臺掘其獨出兮，㩅北極之嶕嶕。
蓴蓴	張衡	《南都賦》	杳藹蓊鬱於谷底，森蓴蓴而剌天。

後 記

博士畢業後，我入職浙江師範大學人文學院，至今已整整十四年。學校座落在金華北山腳下，這是《宋元學案》中北山四先生所居之地，在忙碌的教學、讀書、寫作中，偶擡倦眼，北山的晴嵐霧靄，野翠隱秀，怡人心目，令我忘憂。不知不覺中時光流轉，這十餘年的學術之旅，正如《小雅·北山》所描繪的情景："陟彼北山，言采其杞。"登攀的路途雖險阻且長，卻能領略到美好的景致，收獲甘美的果實。

漢賦是漢代文學作品中最有時代特點的文體，但因其文字古奧、佶屈聲牙，令人望而生畏，閱讀時往往要借助《爾雅》《說文解字》《方言》等辭書。這些漢賦家又多爲小學家，越是向深處探索，越能發現兩者之間的緊密關聯。通過與辭書對比研讀，能更深入地領會漢賦在語言和結構上的獨特之處，比如漢賦在字形、字義、字音上的特點，漢賦詞彙的創新與承襲，以及利用語言文字特點而形成的修辭手法等。經過師長的點撥和長時間的閱讀思考，我撰寫了國家社科基金項目申報書，並經過多次修改、打磨，於 2012 年獲得了國家社科基金的資助。

　　很多師友都有同樣的感慨：課題立項的喜悅是非常短暫的，三天後就會陷入短則三年、長則五六年的焦慮與壓力中。我學力微弱，加之課題確有難度，故常有戰戰兢兢、如履薄冰之感。研究漢賦字詞，需要大量的閱讀、統計功夫，在書桌前常常一坐半日。寒暑假可以心無旁鶩地工作，投入的時間就更長。曾發表於《中華文史論叢》中的《論漢賦與漢代辭書中的聯邊》一文，就是我在寒假中連續工作兩旬完成的。江南一月的冬季，室內溫度僅有零上十度左右，用空調取暖難免空氣渾濁，無法保持頭腦清醒，祇能穿着厚厚的棉衣棉鞋坐在書桌前工作。困惑中偶有所得，倍覺欣喜，卻發現手指已冰冷僵硬，無法屈伸，需呵凍取暖，才能把文字鍵入電腦。當時雖頗覺辛苦，此時回憶起來，學術收穫的欣喜、課題進展的快樂，遠遠勝過溽暑嚴寒的痛苦。

　　因爲長時間伏案，課題研究期間我患上了嚴重的頸椎病，原本打算三年完成的書稿，不得不延期至五年。這期間的種種甘苦，親人師友、學生給予我的關心、幫助和鼓勵，令我永誌難忘。

　　書稿完成後，碩士生方志豪、韓志遠、陳詩怡協助校對，在此一併致以真摯的謝意。

　　限於學力，書中難免有錯訛之處，祈望方家指正。

于淑娟誌於浙江師範大學人文學院江南文化中心

2021 年 11 月 3 日